KILL THE RICH !

Du même auteur
chez Sonatine Éditions

Le Livre sans nom, traduit de l'anglais par Diniz Galhos, 2010.

L'Œil de la Lune, traduit de l'anglais par Diniz Galhos, 2011.

Le Cimetière du Diable, traduit de l'anglais par Diniz Galhos, 2011.

Le Livre de la mort, traduit de l'anglais par Diniz Galhos, 2012.

Psycho Killer, traduit de l'anglais par Cindy Colin-Kapen, 2013.

Le Pape, le Kid et l'Iroquois, traduit de l'anglais par Cindy Colin-Kapen, 2015.

Bourbon Kid, traduit de l'anglais par Cindy Colin-Kapen, 2017.

Que le diable l'emporte, traduit de l'anglais par Cindy Colin-Kapen, 2019.

Santa Mondega, traduit de l'anglais par Cindy Colin-Kapen, 2021.

Le huitième jour, Dieu dit : « J'espère qu'il y aura des milliardaires. » Puis il rit, car il avait créé le sarcasme.

Anonyme

PREMIÈRE PARTIE

LE MANTEAU

1

L'oreillette de Rueben Donaldson vibra. Il y avait fort à parier que celle de Martin Rossman avait vibré aussi. Les deux hommes montaient la garde devant la chambre d'hôtel de leur patron, vêtus de costumes gris assortis et de lunettes de soleil noires, un pistolet glissé dans le holster qu'ils portaient sous l'aisselle. Donaldson, la petite quarantaine, était un type solidement charpenté aux épais cheveux bruns et à la peau tannée par ses années de service à l'étranger. Rossman, qui devait avoir dans les trente-cinq ans, était plus mince que son collègue, et chauve. Tous deux avaient plusieurs années d'entraînement militaire derrière eux. En réponse à la vibration aiguë dans leur oreillette, ils échangèrent un regard inquiet.

Ils savaient ce que cela signifiait : il était temps de passer à l'action. Le cœur de Donaldson s'emballa. C'était le moment qu'il avait attendu toute sa vie.

« À l'aide ! »

Le cri dissipa les derniers doutes qu'ils pouvaient avoir quant à la gravité de la situation. Ce n'était pas une fausse alerte. La voix s'était clairement fait entendre dans l'oreille de Donaldson, et sans doute aussi dans celle de Rossman.

Donaldson sortit une clé magnétique de sa poche et la glissa dans le lecteur de la porte. Il tint la poignée, prêt à la baisser d'un coup sec dès qu'elle se déverrouillerait. Le voyant rouge passa au vert. Il ouvrit la porte et ils chargèrent, l'arme au poing.

Le spectacle qui accueillit les gardes du corps lorsqu'ils pénétrèrent dans la pièce était à mille lieues de ce à quoi ils s'attendaient. Il n'y avait aucun intrus en vue. Le président des États-Unis se tenait seul dans le salon de sa suite, vêtu d'un peignoir noir aux bordures dorées grand ouvert sur son boxer blanc. Il s'empressa de le refermer et de nouer la ceinture.

« Il y a quelqu'un ! » dit-il, les traits déformés par la panique.

Rossman partit fouiller les autres pièces, son pistolet braqué devant lui.

Localiser la menace.

Pendant ce temps, Donaldson balaya le salon du regard, d'un coin à l'autre, du sol au plafond. Il garda son arme pointée vers le bas, prêt à la lever et à faire feu dès qu'il aviserait l'intrus. Rossman cria « RAS ! » de la première pièce, puis de la seconde. Toujours aucun signe de l'invité indésirable.

Le président perdait-il la tête ? Ce n'était pas impossible. Ce type était sacrément vieux, et il lui arrivait de divaguer. Sans parler du fait que, sans maquillage, il ressemblait à un mort vivant, même dans ses meilleurs jours.

« Où est-il, monsieur le président ? » demanda Donaldson, ses yeux fouillant toujours le salon.

Rossman était à présent dans la salle de bains.

« Je ne le vois pas, marmonna le vieil homme. Mais il est là. Je le sais. »

Donaldson faillit répondre « Hein ? », mais se ravisa. Il ne voulait pas paraître irrespectueux. Une réponse plus courtoise s'imposait.

« Dans cette pièce ? demanda-t-il.

– Bouclez le bâtiment ! chevrota le président, ignorant sa question. Ne le laissez surtout pas s'échapper ! »

BAM !

Donaldson fit volte-face en entendant le fracas derrière lui. Personne. Il avait pourtant senti quelque chose. Une légère brise, comme si quelqu'un était passé devant lui en courant pour rejoindre la sortie.

« C'était quoi, ça, putain ? lâcha-t-il, verbalisant par inadvertance ses pensées.

– C'est lui, dit le président. Il s'est enfui, rattrapez-le ! »

Donaldson s'engouffra par la porte ouverte et regarda dans le couloir. Il n'y avait rien droit devant, hormis la sortie de secours. Il se tourna vers la droite et braqua son arme. Personne. Il pivota de cent quatre-vingts degrés. Rien non plus de ce côté.

Martin Rossman rejoignit Donaldson dans le couloir et fit exactement la même chose, pointant son pistolet sur le vide tout en pivotant sur lui-même. C'est à ce moment-là que le président se décida enfin à leur communiquer une information utile, quoiqu'un peu étrange.

« IL EST INVISIBLE ! cria-t-il. ATTRAPEZ-LE ! »

Dans toute autre circonstance, Donaldson et Rossman auraient échangé des regards entendus, l'air de dire *Il a perdu la boule*, mais il s'agissait du président. L'étiquette voulait qu'on fasse preuve d'indulgence envers lui.

« Prends l'escalier », dit Rossman.

Sans lui laisser le temps de protester, il fonça en direction des ascenseurs. Donaldson se précipita vers la sortie de secours, enfonça la porte et émergea dans une cage d'escalier grise et froide. Il commença à descendre. À la poursuite d'un homme invisible. Il avait fait un paquet de trucs bizarres au cours de sa carrière, mais jamais rien d'aussi stupide, c'était certain.

L'excitation initiale qu'il avait ressentie en entendant le bourdonnement dans son oreillette s'était estompée. C'était une putain de chasse au dahu, sans dahu. Merde, c'était peut-être un exercice d'entraînement, voire une farce du président, qui était connu pour son humour à chier.

En atteignant le bas de la première volée de marches, Donaldson s'arrêta sur le palier. C'est alors qu'il entendit des pas précipités plus bas dans l'escalier.

Mais il n'y avait personne. Personne de visible, en tout cas. Juste une cage d'escalier vide. *C'est quoi ce délire ?*

« FILS DE PUTE ! hurla Donaldson. Je vais t'attraper va, connard ! »

Pour souligner le sérieux de sa menace, il pointa son arme sur le vide. C'était un truc qu'on ne leur avait pas appris à l'académie. Comment tirer sur un homme invisible. Donaldson visa malgré tout.

BANG !

Juste un tir d'avertissement, il ne pouvait pas se permettre davantage. Il avait déjà dû réveiller tout l'hôtel avec ce premier coup de feu.

Ne t'arrête pas.

Il descendit les marches deux par deux, les pieds en pilotage automatique. Il avait du mal à distinguer le martèlement des pas de l'autre personne du sien, mais il avait bon espoir de rattraper cet enfoiré. Rien n'indiquait qu'il était jeune et athlétique. Il pouvait très bien être vieux et lent. Mais s'il était armé ? Comment fait-on pour savoir si un homme invisible est armé ou non, putain ? Est-ce que l'arme devient invisible aussi ? *Académie de mes deux.* Ce genre de trucs devraient figurer au programme. Donaldson décida que la personne n'était pas armée. Était-elle nue ? Possible. Il soupira. Comment un simple garde du corps est-il censé connaître les réponses à des questions pareilles ?

Après avoir dévalé six étages, il s'arrêta de nouveau sur le palier et tendit l'oreille. Il entendait toujours le bruit des pas de l'autre. L'enfoiré semblait même l'avoir distancé. De trois étages au moins. Connard.

« PLUS UN GESTE ! » hurla Donaldson.

Le fuyard l'ignora. Fils de pute ! Un deuxième coup de semonce s'imposait.

BANG !

Ricochet sur une rampe.

Merde. *Baisse-toi !*

Fini les tirs d'avertissement. Donaldson recommença à courir. Cette foutue cage d'escalier et ses putains de rampes à la con. Qui avait conçu ce truc ? Il détestait les escaliers.

Alors qu'il se rapprochait de la dernière marche, il ralentit un peu. Il avait descendu dix-huit étages. Dix-huit putains d'étages.

Et soudain, il entendit quelque chose.

Un cliquetis métallique, comme un bruit de porte qu'on secoue. La porte coupe-feu du rez-de-chaussée : le connard invisible n'arrivait pas à sortir. La barre argentée qui s'étendait sur toute sa longueur s'agitait sous les assauts du type, qui essayait en vain de l'ouvrir.

Donaldson franchissait le deuxième étage. Il était tout près.

« PLUS UN GESTE OU JE TIRE ! »

CLAC !

Merde. Il avait réussi à ouvrir la porte. Il faisait nuit dehors, mais un faible rayon de lumière en provenance d'un lampadaire filtra dans la cage d'escalier, accompagné d'une brise froide.

« Putain ! »

Donaldson n'avait pas rêvé, quelqu'un venait de dire ça. Une voix d'homme. Un homme invisible venait de dire « Putain ». Mais pourquoi ?

« Merde ! »

Putain et merde. Ce type possédait un certain vocabulaire, qui n'était guère différent de celui qui composait le monologue intérieur de Donaldson.

Soudain, en une microseconde, la situation changea. L'intrus était là, dans l'embrasure de la porte. Parfaitement visible. Une forme floue vêtue de rouge. Puis il disparut de nouveau. Dans la nuit.

Donaldson franchit le dernier palier et dévala les marches avec une agilité digne d'un danseur de Riverdance. La porte coupe-feu était ouverte. Coincé en dessous, par terre, gisait un manteau translucide traversé de lignes noires et blanches tremblotantes, semblables à des parasites sur une vieille vidéo amateur. Donaldson était à bout de souffle, mais il tituba jusqu'à la porte, son arme levée, prêt à faire feu. Il sortit dans la ruelle et regarda d'un côté. Rien. Virage à cent quatre-vingts degrés. Un type maigrichon en survêtement rouge. Une grosse camionnette noire.

« PLUS UN GESTE ! »

Le type l'ignora et plongea dans le véhicule par une portière latérale.

BANG !

Raté. Il avait touché la camionnette.

Crissement de pneus.

Quatre tirs de plus. Encore raté. Même pas un pneu, putain.

Pourquoi t'as crié PLUS UN GESTE ? Tu t'es pris pour Keanu Reeves, espèce de crétin ? On n'est pas dans Speed *ou* Point Break, *bordel.*

Dépité, Donaldson se pencha pour reprendre son souffle. Ses yeux se posèrent sur le manteau translucide qui gisait à ses pieds. Il se baissa pour le ramasser. La texture ne ressemblait à rien de ce qu'il connaissait. C'était comme caresser un millier d'abeilles mouillées. Et il était long comme un peignoir. C'était quoi, ce truc ?

Il rangea son arme dans l'étui sous sa veste. Comme il s'en doutait, les déflagrations avaient réveillé quelques personnes. Ce qui se confirma quand une alarme incendie retentit. Un instant plus tard, Martin Rossman franchit en trombe la porte qui donnait sur le hall d'entrée, rejoignant Donaldson dans la cage d'escalier. *Ascenseur de mes deux.*

« Tu l'as eu ? » demanda Rossman.

Donaldson secoua la tête.

« Non, dit-il en montrant le manteau. Mais j'ai eu ça.

– C'est quoi ce truc ?

– Je crois que c'est un manteau d'invisibilité. »

2

« Je ne sais pas quoi en penser, admit Rueben Donaldson. Je suppose que quand on l'enfile, on devient invisible ? »

Le président considéra le vêtement dans sa main. Il secoua la tête.

« Un manteau d'invisibilité. J'espère que ce n'est pas un coup des Russes. » Il leva les yeux vers Donaldson. « Vous n'auriez pas le numéro de téléphone de ce type, par hasard ? »

C'était une demande étrange, mais Donaldson fit ce qu'il faisait toujours quand le président lui posait une question, aussi incongrue soit-elle. Il répondit honnêtement et sans jugement.

« Non, monsieur. J'ai déjà eu de la chance d'avoir le manteau. J'imagine qu'il s'est coincé sous la porte coupe-feu. Il l'a laissé derrière lui et a sauté dans une camionnette qui l'attendait.

– Merde. Je crois que cet enfoiré me filmait. Ou qu'il s'apprêtait à le faire. »

Le président se dirigea vers le canapé au milieu du salon et s'y affala. Il était toujours vêtu de son peignoir, qu'il semblait avoir le plus grand mal à garder fermé. Il renoua encore une fois la ceinture, s'installa confortablement et alluma la télévision. Un écran noir s'afficha, qu'il remplaça promptement par une chaîne d'information.

« Qu'est-ce qui vous fait penser qu'il vous filmait ? » demanda Donaldson.

Le président coupa le son, préférant regarder le texte qui défilait en bas de l'écran, avec toutes les informations de dernière minute.

« J'étais sur le point de prendre une douche quand j'ai entendu un bruit, comme si quelqu'un avait fait tomber quelque chose. J'ai baissé les yeux, et j'ai vu ce foutu téléphone par terre. Mais quand j'ai voulu le ramasser, il a disparu. Je sais que ça paraît dingue, mais j'ai entendu un homme dire "merde". C'est là que j'ai compris que j'avais affaire à quelqu'un d'invisible. Je veux qu'on retrouve ce type. Je ne sais pas pendant combien de temps il m'a observé, ou pire, filmé. Mais il doit mourir. » Ayant terminé son récit, le président prit une profonde inspiration. « Vous avez noté la plaque d'immatriculation de la camionnette ? » demanda-t-il.

Donaldson se tapota la tempe.

« Stockée là-dedans, monsieur.

– Bien. Écrivez-la quelque part. » Le vieux claqua des doigts à l'adresse de Martin Rossman, qui se tenait derrière Donaldson. « Vous, allez me chercher Navan Douglas immédiatement.

– Oui, monsieur. »

Rossman quitta la chambre d'hôtel et ferma la porte derrière lui. Le président s'affala de nouveau dans le canapé et contempla le manteau d'invisibilité qu'il tenait dans sa main.

« C'est une catastrophe, gémit-il.

– Je peux faire autre chose, monsieur ? demanda Donaldson.

– Non. Vous pouvez retourner à votre poste. Gardez cette histoire pour vous, bien sûr. N'en parlez à personne. *Personne.*

– Oui, monsieur.

– Vous avez fait du bon boulot, Rueben, merci.

– Oui, monsieur le président. »

Dès que Donaldson eut quitté la pièce, le vieil homme remit le son de la télé. Le présentateur en studio annonçait que des coups de feu avaient été entendus dans l'hôtel où séjournait le président. Putain de merde. Pas moyen d'être tranquille une seconde.

Une minute à peine s'écoula avant que l'on frappe à la porte. Elle s'ouvrit dans la foulée, et le procureur général, Navan

Douglas, pénétra dans la pièce. Douglas était un grand type large d'épaules, âgé d'une cinquantaine d'années, aux cheveux blancs coupés court et affublé de grosses lunettes rondes derrière lesquelles ses yeux ressemblaient à des billes. Il respirait la jeunesse en comparaison du vieux schnock de soixante-treize ans qui l'avait convoqué.

« Tout va bien, monsieur ? » demanda Douglas.

Le président hocha la tête.

« Rossman parle d'un manteau d'invisibilité. C'est bien ça ? »

Son chef brandit l'objet incriminé.

« La vache. C'est bien ce que je pense ?

– Je crois, oui. J'ignore comment ils ont mis la main dessus, mais nous devons l'enterrer quelque part. »

Douglas s'approcha du canapé du président et tendit la main vers le manteau. Son chef le lui remit, et se tourna de nouveau vers la télévision.

« La texture est étrange, n'est-ce pas ? dit Douglas en passant la main sur le tissu.

– Oui, répondit le président dans un soupir. Nous allons devoir faire une déclaration sur les coups de feu. Vous pouvez préparer quelque chose ?

– C'est déjà fait, monsieur, dit Douglas, toujours émerveillé par la fibre du manteau. Je n'arrive pas à y croire. Nous devons découvrir qui était en sa possession, et où il l'a trouvé.

– Non, vous croyez ? »

Douglas ignora le sarcasme.

« C'est le putain de Manteau sans couleurs ! s'exclama-t-il comme dans un mauvais remake d'*Indiana Jones* interdit aux moins de seize ans.

– Ouaip.

– On sait quoi que ce soit sur le type qui l'avait ? »

Le président tendit la main vers la table basse près de son canapé et prit un verre de jus d'orange éventé.

« Donaldson a noté la plaque d'immatriculation de la camionnette dans laquelle il s'est enfui, dit-il en buvant une gorgée. C'est notre seule piste.

– Et ce type vous filmait ?

– Il essayait. Je ne sais pas s'il a réussi.

– Que faisiez-vous ? »

Le président se tourna vers lui.

« Je regardais la télévision. »

Douglas consulta sa montre.

« Je vois. Qu'allons-nous faire de ce manteau, alors ?

– L'enterrer. Faut-il que je dise toujours tout deux fois ? Faites-le disparaître. Quelque part où personne ne le trouvera jamais.

– Attendez une seconde, monsieur. C'est une sacrée trouvaille. On pourrait peut-être le faire analyser ? Vous savez, pour essayer de découvrir comment il a été fabriqué, pour en produire d'autres. »

Le président faillit recracher son jus d'orange croupi.

« Hors de question, dit-il en reposant le verre sur la table. Vous imaginez ce qui se passerait si ce manteau tombait entre les mauvaises mains ? Je veux dire, regardez ce qui est arrivé aujourd'hui !

– Ça pourrait être une arme très utile. »

Le président se leva et gratifia Douglas de son *regard sérieux*.

« Exactement. À qui pourrions-nous le confier ? Réfléchissez un peu. Même si on le donne à notre assassin le plus digne de confiance, il y a de grandes chances qu'on ne le revoie jamais. Nous devons l'enterrer, comme l'a fait Roosevelt quand il l'a trouvé. Mais mieux que lui.

– Le détruire, alors ?

– Il ne *peut pas* être détruit. Je pense que nous devrions l'enterrer dans le caveau de la Maison-Blanche, avec le bâton de Moïse. »

Douglas fit une drôle de grimace, comme s'il aspirait un épais milkshake avec une paille.

« Est-ce bien prudent de les cacher tous les deux au même endroit ? »

Le président tira sur son menton.

« Merde. Je déteste quand vous avez raison. Une autre idée ?

– Je pense à Bratwurst. Les hommes du général Calhoon surveillent cet endroit depuis des années, et jusqu'à présent, nous n'avons eu aucun incident.

– Bratwurst. Qu'est-ce qu'on a d'autre là-bas ?

– Des artéfacts religieux. Si on le place dans un coffre-fort inviolable et qu'on l'emmène à Bratwurst, je pense qu'il y restera pour toujours. Ou du moins de notre vivant.

– Bratwurst, vous dites ? fit le président, laissant mûrir l'idée. Cet endroit est tellement top secret que j'avais oublié son existence. Ça me plaît. Faites donc cela.

– Oui, monsieur. Je vais trouver un coffre-fort, puis je demanderai à Calhoon et à ses hommes de m'y emmener. Si j'aime ce que je vois, je l'enterrerai là-bas.

– D'accord, parfait. Avons-nous pensé à tout ?

– Il y a une chose, monsieur le président.

– Je vous écoute.

– Donaldson et Rossman. Ils ont vu le manteau. Ils savent qu'il existe. »

Le vieillard passa ses doigts dans les fins cheveux blancs sur sa tête.

« Ils vont devoir disparaître. Je ne veux plus jamais les revoir. Occupez-vous-en.

– Oui, monsieur. Je vais appeler Calhoon pour lui dire que je viens avec deux de vos gardes du corps, et que j'aimerais qu'on s'occupe d'eux. Elle a des gens pour ça. »

Le président parut horrifié par la suggestion.

« Vous ne parlez tout de même pas des Dead Hunters ?

– Bien sûr que non, monsieur. Elle a des agents pour ce genre de boulot, des gens bien plus discrets, et Calhoon est assez intelligente pour ne pas poser de questions.

– Bien. » Le président dirigea la télécommande sur la télévision et l'éteignit. « Je vais prendre une douche. Oh, et n'oubliez pas de demander la plaque d'immatriculation à Donaldson avant qu'on s'occupe de lui. Quels qu'ils soient, les enfoirés qui avaient ce manteau doivent mourir. Le plus tôt possible. Tous autant qu'ils sont. Ainsi que tous ceux qui sont au courant de son existence. »

3

« Voilà mon chez-moi », dit Diago en s'approchant d'une splendide caravane peinte en rouge et noir.

Elle avait beau être plus classe que toutes ses voisines réunies, il voyait bien que Penny n'était pas très impressionnée.

« C'est ici que tu vis ? Tout le temps ? demanda-t-elle.

– Attends de voir l'intérieur. »

Penny était assez timorée. C'était précisément la raison pour laquelle Diago avait jeté son dévolu sur elle. Le choix de sa victime du jour dépendait entièrement de son humeur. S'il était bourré d'entrain et d'énergie, il optait pour un type balèze, quelqu'un qui se débattrait. Mais ce soir, Diago était fatigué. La journée avait été longue, il avait donc choisi Penny, une jeune femme timide, assez mal fagotée mais plutôt mignonne, qui n'opposerait pas trop de résistance. En plus, il était sûr à cent pour cent qu'elle serait partante pour le sexe. Une fois qu'il en aurait fini avec elle, elle serait lessivée et la tuer serait un jeu d'enfant.

Il ouvrit la porte de la caravane et s'effaça pour la laisser passer.

« Entre », dit-il avec un sourire. Il remarqua avec satisfaction que Penny rougissait. Excellent. « Tu vas adorer, je te le promets », ajouta-t-il en lui faisant monter les marches et en fermant la porte derrière eux.

Il avait raison. Penny était partante pour s'envoyer en l'air. Il n'eut même pas à insister, simplement à dire : « Tu veux baiser ? », pour qu'elle le laisse faire d'elle ce qu'il voulait. Il lui fit l'amour passionnément, tenant sa promesse de lui offrir la meilleure baise de sa jeune vie. Il savait qu'elle avait passé un bon moment, car comment aurait-il pu en être autrement avec un mec comme lui ? Il était grand, ténébreux, beau comme un dieu et monté comme un cheval. Sans parler de sa longue crinière de cheveux bruns soyeux qui rendait folles les femmes. La plupart auraient tué pour en avoir une semblable.

Après cette fantastique partie de jambes en l'air, Penny s'effondra sur le lit, un sourire radieux aux lèvres. Aucun doute, l'euphorie postcoïtale était le meilleur moment pour tuer quelqu'un. Diago était allongé sur le côté tout près d'elle, les yeux rivés à la chair de son cou. Elle jacassait mais il ne l'écoutait pas. Il comptait simplement à rebours dans sa tête. Trois, deux, un...

Au moment où il s'apprêtait à passer à l'acte, son téléphone sonna, rompant le charme. Pas grave. Penny resterait dans cet état d'extase béate pendant un bon moment. Il avait le temps. Il pourrait même jouer un peu avec elle avant de la tuer. Il tendit la main vers sa table de chevet. (C'est dire à quel point sa caravane était géniale : il avait une putain de table de chevet. Et une bonne, avec ça, en vrai contreplaqué.) Il prit son téléphone sur la table et vérifia qui appelait avant de répondre. Un numéro inconnu. Il décrocha malgré tout.

« Allô ?

– C'est moi. »

Diago reconnut la voix.

« Qu'est-ce que vous voulez ?

– J'ai un plan pour toi.

– Du genre ?

– Retrouve-moi dehors.

– Dehors ? Où ça, dehors ?

– Tu veux bien sortir de ta putain de caravane, bordel ? »

Diago soupira.

« Une seconde. »

Il se pencha et embrassa Penny sur le front.

« Je reviens dans une minute », dit-il.

La jeune femme sourit, et laissa même échapper un petit gloussement. C'était assez compréhensible. Comment aurait-elle pu se douter qu'elle allait être brutalement assassinée dans quelques instants ?

Diago enfila un pantalon violet et sortit de sa caravane en titubant dans l'air froid de la nuit. C'était la pleine lune et tout était paisible. L'herbe fraîche et humide léchait la sueur de ses pieds palmés tandis qu'il s'éloignait de la caravane et s'enfonçait dans l'obscurité.

« Par ici ! »

Diago marcha jusqu'à l'endroit d'où provenait le chuchotement. Il n'y avait personne. Bizarre.

« Tu me vois ? »

Diago soupira. Ça commençait à le fatiguer.

« Non. Où êtes-vous ?

– Ici !

– Ce n'est pas drôle. »

Soudain, un homme apparut devant lui, sorti de nulle part. Diago fit un bond en arrière.

« Comment vous avez fait ça, putain ? »

L'homme qui se tenait face à lui portait un étrange manteau transparent traversé de lignes floues noires et blanches qui semblaient bouger. C'était Navan Douglas, le procureur général et conseiller spécial du président. Il avait un grand sourire aux lèvres, ce qui était assez inhabituel pour un homme d'ordinaire si sérieux.

« Pas mal, hein ? dit Douglas.

– C'est quoi, ce truc ? »

Douglas retira ses bras de l'étrange manteau à capuche. Il portait un pantalon gris et une chemise noire en dessous. Après l'avoir ôté, il le brandit devant Diago pour qu'il le voie mieux.

Celui-ci tendit la main et le toucha.

« J'y crois pas ! C'est bien ce que je pense ?

– Absolument.

– Le Manteau sans couleurs ?

– Tout à fait.

– Le manteau que Jacob a donné à Benjamin ?

– Oui.

– Où est-ce que vous avez trouvé ça, putain ? »

Douglas regarda autour de lui pour s'assurer que personne n'était à portée de voix avant de répondre.

« L'année dernière, un type qui le portait a essayé de tuer le président.

– Sérieux ?!

– Ouaip. Le mec s'est enfui, mais un des gardes du corps du président a récupéré le manteau.

– C'est dingue. Pourquoi vous l'amenez ici ?

– Pour te le donner. »

Jackpot ! Diago n'en croyait pas sa chance. Pour un peu, il aurait embrassé Douglas.

« Vraiment ? dit-il en priant pour que ce ne soit pas une blague.

– Oui. Le président m'a demandé de l'enterrer là où personne ne le trouvera jamais. Je reviens d'un voyage à Bratwurst avec le général Alexis Calhoon. Elle pense qu'on l'a enterré là-bas, mais le coffre était vide. J'ai gardé le manteau parce que je veux que toi et tes potes vous y jetiez un œil.

– Qu'on y jette un œil ? Pour quoi faire ?

– Je veux que vous trouviez de quoi il est fait. Et que vous en fabriquiez d'autres. »

Un sourire se dessina sur le visage de Diago.

« Je peux l'essayer ? »

Douglas le laissa prendre le manteau.

« Fais-toi plaisir. Ça te rend invisible seulement quand tu remontes la capuche. Fais-le pendant dix secondes. Ensuite, je veux te voir.

– Compris. »

Diago glissa ses bras dans les manches du manteau. Il était confortable et lui allait parfaitement, comme s'il avait été taillé pour lui. Il rabattit la capuche. *Boum*. Invisible. Merveilleux.

« Bon Dieu de bois. C'est incroyable. Quelle trouvaille !

– OK, enlève-le, maintenant », dit Douglas.

Diago s'émerveilla de son invisibilité pendant quelques secondes de plus avant de baisser la capuche.

« Je vais le montrer à Athena et à Yoga, dit-il. Ils sauront quoi en faire.

– Bien. Je veux que tu me tiennes régulièrement informé de vos progrès. C'est compris ?

– Aucun problème.

– Et ne l'utilise pas pour l'instant. Si on apprend qu'une personne invisible se balade dans le coin, le président saura que je lui ai menti.

– C'est promis. Mais par curiosité, si on arrive à en fabriquer d'autres, on pourra en garder quelques-uns, n'est-ce pas ?

– Vous pourrez en avoir un chacun.

– Un chacun ?

– Oui. Il permet aux vampires de sortir à la lumière du jour. Ça va vous changer la vie, surtout maintenant que Santa Mondega est un lieu si inhospitalier pour les gens de ton espèce. Je sais que vous êtes en colère parce que les dirigeants de ce monde ne vous ont pas encore trouvé un nouveau refuge, donc je me disais que je pourrais faire ma part en vous donnant ceci. Mais en échange, j'en veux cent de plus. Quand ce président sera mort, j'ai bon espoir que le prochain voie d'un meilleur œil ma suggestion d'utiliser des manteaux d'invisibilité comme armes de guerre. »

Diago ricana.

« Vous avez l'esprit tordu, Navan. Ça me plaît.

– Bien. Écoute, il faut que j'y aille. Je ne veux pas qu'on me voie ici. Tiens-moi au courant.

– Oui, monsieur. »

Navan Douglas quitta les lieux et se dirigea vers l'aéroport le plus proche, très content de lui. Son projet de fabriquer des manteaux d'invisibilité allait complètement rebattre les cartes de la diplomatie internationale.

Malheureusement pour lui, Diago avait d'autres idées en tête. Pour commencer, il se rendit de nouveau invisible, puis retourna dans son mobile home, où il tortura Penny pendant quelques minutes, arrachant des lambeaux de peau de son corps tandis qu'elle hurlait autant de douleur que de terreur, la pauvre fille n'ayant aucune idée de ce qu'il se passait. Quand il commença à se lasser de la torturer, il baissa la capuche de son manteau, se révélant à elle. Puis il enfonça ses crocs de vampire dans la chair tendre de son cou et but son sang. Une fois repu, il traîna son corps à l'extérieur. Il la donnerait en pâture aux lions plus tard. Débarrassé de cette corvée, Diago envoya un message aux résidents des caravanes voisines pour les convoquer à une réunion importante à minuit.

Quand arriva l'heure fatidique, Diago, le maître de cérémonie du bien nommé « cirque itinérant de Diago », se dirigea vers le grand chapiteau dans son nouveau manteau. Tous les autres vampires du cirque étaient déjà là, l'attendant sur la piste. Acrobates, clowns, trapézistes, lanceurs de couteaux, nains boulets de canon, tous étaient présents et impatients d'entendre ce que le patron avait à dire.

Sous sa forme invisible, Diago marcha jusqu'au centre du cercle à l'insu de tous, puis baissa la capuche de son manteau. Des exclamations étouffées parcoururent l'assistance, qui venait de le voir apparaître comme par magie au milieu de la piste. Tout le monde se rassembla pour l'écouter.

« Mes amis, j'ai une grande nouvelle à vous annoncer.

– Qu'est-ce que tu portes ? demanda un des nains.

– Laisse-moi parler, répondit sèchement Diago. Fermez-la tous et écoutez-moi. Cet étrange vêtement que je porte est le célèbre Manteau sans couleurs, offert à Benjamin par son père, Jacob. »

Des hoquets de stupeur retentirent à cette annonce. Pour prouver qu'il ne plaisantait pas, Diago remonta la capuche, disparaissant sous leurs yeux.

De nouvelles exclamations étouffées se firent entendre.

Il baissa la capuche.

« Mes amis, nous autres vampires avons beaucoup souffert ces derniers temps. Sans ville pour nous accueillir, nous avons été traqués par les sbires de Scratch, et traités comme des citoyens de seconde zone par les élites. Cependant, maintenant que nous sommes en possession de ce manteau, de nouvelles voies s'offrent à nous. Notre défi est de trouver un moyen de le reproduire, d'en créer beaucoup d'autres, et enfin, le monde nous appartiendra. La lumière du soleil n'entravera plus jamais nos mouvements. Avec des manteaux comme celui-ci, nous pourrons marcher nuit et jour parmi les humains.

– Où est-ce que tu l'as eu ? » cria un des acrobates.

Diago eut un sourire en coin.

« Navan Douglas, le procureur général, vient de nous en faire cadeau à l'insu du président. Je lui ai assuré que nous allions en fabriquer d'autres pour lui, mais d'ici à ce qu'il découvre que nous l'avons entubé, tous les chefs d'État du monde seront morts. Les vampires deviendront la nouvelle élite ! »

Cette déclaration fut saluée par un concert d'acclamations. Tous semblaient d'accord : travailler dans un cirque, c'était naze. Diriger le monde serait bien plus amusant.

4

Six mois plus tard

Ci-gît Rush Palmer, une femme exceptionnelle qui ouvrit l'abbaye de Coldworm aux nécessiteux. Un ange pour les membres de la communauté locale et une mère dévouée. Repose en paix.

Un homme brun et mal rasé qui approchait de la quarantaine se tenait au-dessus de la pierre tombale, fixant l'inscription. Son nom était JD, bien que le commun des mortels le connût sous le surnom de Bourbon Kid. Quant à la femme enterrée sous la stèle, elle s'appelait en réalité Beth Lansbury, Ruth Palmer étant le pseudonyme que Beth avait utilisé dans l'espoir d'échapper au diable. Le subterfuge n'avait pas fonctionné. Le prince des ténèbres l'avait trouvée malgré tout et, grâce à un plan machiavélique, avait réussi à la piéger au XIXe siècle. Le diable était mort à présent, tué par JD, mais ça n'avait pas ramené Beth. Rien ne pourrait jamais la ramener. De part et d'autre de sa tombe se dressaient les stèles de ses enfants, Emma et Vincent. *Les enfants de JD.* Toute sa famille était enterrée sur le terrain de l'abbaye de Coldworm.

Des nuages sombres planaient en permanence au-dessus du cimetière, déversant une pluie incessante sur ses visiteurs. JD garda la capuche de son long manteau noir remontée sur sa tête, se protégeant de la pluie, mais pas du clapotis sourd des gouttes tombant sur le tissu.

Il se rendait sur la tombe de Beth une fois par mois, quand son emploi du temps le lui permettait. Il fixait les stèles depuis cinq minutes, essayant de se souvenir des visages des personnes enterrées dessous, lorsqu'il fut interrompu par un appel sur son portable. Il l'extirpa de sa poche et consulta l'écran.

ALEXIS.

Le général Alexis Calhoon était l'une des rares personnes dont JD prenait les appels. Il plaça le téléphone contre son oreille.

« Salut, Alexis.

– Salut, JD. » La voix de Calhoon était forte et claire, parfaitement audible malgré la pluie. « Comment ça va ?

– Comme d'habitude.

– J'ai du travail pour vous, si vous êtes intéressé ?

– Non.

– Je m'en doutais, mais je ne pouvais pas ne pas vous appeler pour celui-là, parce qu'il paie très bien. »

La curiosité de JD prit le dessus.

« Je vous écoute.

– Ce n'est pas pour moi, et je ne peux pas me porter garante de celui qui veut vous engager. Il a réussi à avoir un rendez-vous avec moi parce qu'il est riche et qu'il a des amis haut placés. Je dois dire que je ne l'ai pas beaucoup apprécié, mais je l'ai quand même écouté. Et comme je l'ai précisé, ça paie très bien, donc je me suis dit que j'allais vous en parler, au cas où vous seriez intéressé.

– Combien ?

– Cinquante mille dollars pour une semaine de travail.

– Je vous écoute.

– L'homme qui veut vous engager s'appelle Antonio Rodriguez. Et, heu, c'est une demande assez étrange.

– Comme toujours, non ?

– Heu, oui, je suppose. Il veut que vous conduisiez sa fille à l'école pendant une semaine.

– Vous avez raison. C'est étrange. Pourquoi moi ?

– Il a reçu des menaces anonymes de quelqu'un qui dit qu'il va tuer sa gamine, donc évidemment, il s'inquiète. Et comme il est riche, il veut engager le meilleur garde du corps possible pour protéger sa petite fille chérie. Il dit que si vous ne voulez pas de l'argent, je dois demander à Rex.

– Quel âge elle a, la gamine ?

– Douze ans.

– Dites-lui que je le ferai pour cent mille dollars.

– Donc vous acceptez ?

– Ouaip. Une semaine pour cent mille. Mais dites-lui qu'il doit aussi embaucher Rex. Je veux pas avoir à discuter avec une gamine pendant une semaine. Rex s'en chargera. Moi, je me contenterai de conduire. Et assurez-vous que ce type sache que s'il ne paie pas, je le tuerai, lui et toute sa famille, ainsi que ses amis.

– D'accord, je transmettrai le message. Vous pouvez commencer demain ?

– Ça dépend. C'est où ?

– Il possède une grande propriété à San Antonio. Je vous envoie les détails par SMS.

– OK. »

JD mit fin à l'appel et en passa un autre à son ami Jacko, un ancien bluesman devenu responsable d'un bar de bord de route situé au-dessus de la porte des Enfers. Le Purgatoire était équipé d'un portail dans les toilettes pour hommes, à partir duquel Jacko pouvait téléporter des gens dans n'importe quelle salle de bains du monde. JD s'en était récemment servi pour se rendre à l'abbaye de Coldworm, et il comptait recommencer pour revenir au Purgatoire. Jacko décrocha presque immédiatement.

« Hé, mec, t'as fini ? demanda-t-il.

– Oui. Je serai au portail dans deux minutes.

– Je le prépare. »

JD replaça son téléphone dans sa poche. Il regarda une dernière fois la pierre tombale de Ruth Palmer et dit ce qu'il disait toujours.

« On se voit le mois prochain. »

DEUXIÈME PARTIE

LE PRÉSIDENT

5

Sanchez détestait le président. Flake, en revanche, pensait que c'était un type bien qui n'avait pas un travail facile. Et elle était très excitée à l'idée de le rencontrer dans quelques jours. Elle ne se souvenait pas s'être jamais sentie aussi fière. C'était le genre de nouvelle qu'elle aurait été heureuse de partager avec ses parents, mais sa seule famille consistait en Sanchez et un groupe de psychopathes connus sous le nom de Dead Hunters, qui étaient en train d'écluser des bières dans la salle du bar au rez-de-chaussée. Elle les entendait se disputer. Plus précisément, elle entendait Elvis et Rex débattre assez vigoureusement des règles d'un jeu de cartes. Ils approchaient tous les deux de la quarantaine, mais à les voir se chamailler comme des gosses après avoir fait la fête toute la nuit, on aurait pu croire qu'ils étaient beaucoup plus jeunes. C'était généralement Jasmine, la petite amie d'Elvis (qui, elle, *était* beaucoup plus jeune), qui commençait les disputes, mais elle ne semblait pas être là ce matin. Le seul qu'on n'entendait jamais, c'était JD. Même dans ses bons jours, il préférait s'asseoir seul dans un coin et boire tranquillement sans parler à personne.

Flake vérifia son apparence dans le miroir de la chambre qu'elle partageait avec Sanchez au-dessus du Tapioca. Elle était vêtue d'une jupe grise qui lui arrivait aux genoux, d'un pull blanc à col roulé et d'un blazer assorti à la jupe. L'Œil de la Lune pendait à une chaîne autour de son cou. Ce n'était pas du meilleur effet avec le col roulé, elle glissa donc la pierre bleue magique à l'intérieur. Ce n'était pas beaucoup mieux. Le problème était que cette tenue ne lui ressemblait pas. Elle préférait les uniformes de serveuse ou de fliquette, les jeans et les tee-shirts, le genre de fringues dans lesquelles elle se sentait le plus à l'aise, même si ses carrières dans la restauration et les forces de l'ordre étaient loin derrière elle. Ses chaussures étaient confortables, en revanche. Flake n'était pas du genre à porter des talons hauts, elle préférait les baskets et les chaussures plates. Ses cheveux bruns étaient attachés en chignon, mais elle n'était pas non plus certaine que cette coiffure soit une bonne idée. Les femmes portaient-elles leurs cheveux lâchés quand elles rencontraient le président ? Aucune idée. Flake soupira. Son entrevue avec l'homme le plus puissant du monde n'aurait lieu que dans quelques jours, mais elle voulait être certaine que sa tenue serait appropriée.

Ses réflexions vestimentaires furent soudain interrompues par la voix de Sanchez, son petit ami, chantant à tue-tête « Do They Know It's Christmas ? » de Band Aid. En plus de se planter dans la plupart des paroles, il remplaçait délibérément le mot *Christmas* par son mot préféré, *breakfast*. Un message peu subtil à l'intention de Flake destiné à lui rappeler que son petit déjeuner était en retard.

Sanchez pénétra dans la chambre d'un pas nonchalant. Il portait la même chose que d'habitude, à savoir un pantalon noir et une chemise blanche tachée avec un veston noir. Il ressemblait un peu à Han Solo, en plus âgé, moins athlétique – *vraiment* moins athlétique – et beaucoup plus petit, avec des cheveux noirs à la fois épais et clairsemés, signe que son crâne n'allait pas tarder à se dégarnir. Il arrêta de chanter quand il vit Flake se regarder dans le miroir.

« C'est quoi, ce look ? On attend une visite du percepteur, ou quoi ? »

Elle se retourna pour lui faire face.

« J'envisage de porter ça pour notre rencontre avec le président, dit-elle, espérant un compliment.

– Pourquoi ? Tu veux te faire embaucher comme secrétaire ?

– Non, mais il faut qu'on soit élégants. Je pense qu'on devrait aussi aller t'acheter un costume. Tu ne peux pas porter celui de *Jumeaux*.

– Pourquoi pas ?

– Eh bien, pour commencer, on est censés le ramener à la boutique de déguisements. Et deuxièmement, il est ringard. »

Sanchez pouffa.

« C'est ça, ouais. Et mon cul, il est ringard ? »

Flake soupira.

« Qu'est-ce que t'en penses, alors, j'ai l'air élégante ?

– Ça va, dit Sanchez dans un haussement d'épaules. Si t'étais ma secrétaire et que tu ressemblais à ça, je te harcèlerais sexuellement, c'est certain. »

C'était sans doute le meilleur compliment qu'elle pouvait espérer de Sanchez. Ça ne comptait pas vraiment, cela dit, dans la mesure où il l'aurait trouvée sexy même habillée comme une sans-abri.

« C'est très gentil de ta part, dit-elle. Je vais demander son avis à Jasmine.

– Elle va te dire d'enlever la jupe, la veste et le col roulé, mais tu peux pas lui demander, de toute façon. Je suis quasi sûr qu'elle n'est pas là. »

Flake soupira encore. Sans Jasmine, elle allait sans doute devoir se rabattre sur Elvis. Le sosie du King n'était jamais avare de compliments. Au pire, il y avait toujours Rex. C'était un amour, il aurait peut-être quelque chose de gentil à lui dire.

Elle descendit. Elvis et Rex jouaient aux cartes à l'une des tables rondes au milieu de la salle. Ils avaient l'air d'avoir passé la nuit à boire. Elvis ne portait sous son costume noir qu'un marcel blanc, qui était tout froissé et de travers. Ses cheveux bruns, d'ordinaire parfaitement coiffés, étaient en bataille, des mèches tombant devant son visage tandis qu'il vérifiait ses cartes. Rex portait quant à lui un jean bleu et une veste sans manches noire qui mettait en valeur ses muscles saillants. Ses cheveux châtains ondulés étaient ceints d'un bandana noir. Le signe évident qu'il avait trop bu était la position de son cache-œil, quelques centimètres à côté de son œil.

Et puis il y avait JD, assis seul dans un coin à quelques tables de là. Il était habillé en noir des pieds à la tête et n'avait pas pris la peine de retirer son long manteau à capuche. Il semblait plus ou moins sobre et inhabituellement abordable, et on ne pouvait pas en dire autant des deux autres, qui ergotaient toujours sur les règles de leur jeu de cartes (probablement inventé). Il n'était que 8 heures. Le Tapioca n'était pas encore ouvert au public, mais Elvis et Rex s'étaient pris quelques bouteilles de bière dans le frigo derrière le comptoir.

« Où est Jasmine ? demanda Flake.

– Pas ici », répondit Elvis sans même lever les yeux.

Il posa une carte sur la table.

« Où, alors ?

– Tu ne veux pas savoir », dit Rex.

Lui non plus ne leva pas les yeux. C'était un jeu sérieux.

« Si vous voulez continuer à boire à l'œil, vous allez devoir me le dire. »

Rex daigna finalement la regarder.

« Elle a un rencard.

– Un rencard ? »

Ça n'avait aucun sens. Jasmine était en couple avec Elvis, pourquoi diable aurait-elle un rencard ?

« Avec qui ? »

Elvis posa une autre carte sur la table et pivota sur sa chaise.

« Tu te souviens, elle avait passé un accord avec Dieu pour qu'il l'emmène à un match de basket ou un truc du genre ? »

Flake en resta bouche bée.

« Elle a un rencard avec Dieu ?

– Ouais, dit Elvis, qui n'avait toujours pas remarqué sa nouvelle tenue. D'autres questions ?

– Je vais préparer le petit déj. Vous voulez quelque chose ? »

Rex répondit pour eux deux.

« On est allés chez Dirty Marie. »

Dirty Marie était connue pour ses petits déjeuners très matinaux, extrêmement prisés des fêtards qui avaient passé la nuit à se bourrer la gueule. Flake la voyait comme une rivale, une rivale inférieure, certes, mais une rivale malgré tout. Rex et Elvis pouvaient toujours courir pour qu'elle leur prépare un autre petit déj. Les traîtres.

« Mais on prendrait bien quelques bières de plus, dit Elvis en commençant à distribuer les cartes pour leur jeu de merde.

– Servez-vous. Vous savez où elles sont. »

Personne n'avait daigné faire la moindre remarque sur la tenue de Flake. Ces connards ignorants. Elle se tourna vers JD et parvint à intercepter son regard. Elle eut même droit à un sourire. Enfin, une sorte de sourire.

« Belle tenue, commenta-t-il. Elle te va bien.

– Merci. C'est pour ma rencontre avec le président, vendredi. Je te sers quelque chose ? Ou toi aussi, t'as été chez Filthy Marie ?

– Dirty Marie », la corrigea Rex.

Flake l'ignora et s'approcha de la table de JD.

« Ça va ? » lui demanda-t-elle.

Il lui fit signe de se rapprocher, comme s'il voulait lui murmurer quelque chose que les autres ne devaient pas entendre. Elle s'exécuta et se pencha vers lui. Il parla tout bas à son oreille.

« Oublie le chignon. Tu es plus jolie avec les cheveux lâchés, ou une queue-de-cheval. »

Flake était agréablement surprise.

« Tu crois ?

– Ouais. Le chignon, c'est pas toi. »

Elle leva les mains et défit son chignon, puis secoua la tête pour laisser retomber ses cheveux sur ses épaules.

« Tu n'as pas répondu à ma question.

– C'est beaucoup mieux.

– Tout va bien ? T'as pas l'air dans ton assiette.

– Je vais bien.

– Tu penses à Beth, pas vrai ? »

JD se perdit dans la contemplation de son verre de bourbon.

« Ce n'est pas facile de perdre quelqu'un avec qui on pensait passer le reste de sa vie.

– C'était la femme la plus chanceuse au monde. Elle le savait. Ne l'oublie pas.

– Ouais.

– Tu sais, tu ne veux probablement pas entendre ça, mais il y a peut-être quelqu'un d'autre qui t'attend.

– Même si c'était le cas, ça n'aurait pas d'importance.

– Pourquoi ?

– Tous les gens que j'aime se font tuer. C'est ma malédiction. »

Voyant qu'il semblait sur le point de sombrer dans un épisode dépressif majeur, Flake essaya de détendre l'atmosphère en lui poussant gentiment l'épaule, chose qu'elle était la seule à pouvoir se permettre. N'importe qui d'autre se serait pris un coup.

« Si c'était vrai, toutes les personnes ici seraient mortes aussi, dit-elle avec un sourire, en espérant qu'il le lui rendrait. Mais je sais comment te remonter le moral. Je vais te préparer un de mes petits déjeuners épiques. J'ai du bacon, des œufs, des saucisses, des champignons...

– Merci, mais non, ça ira.

– Je fais les meilleurs petits déjeuners, tu sais. »

JD sourit.

« Ce n'est pas ta seule qualité, Flake. »

Cette fois, c'est elle qui sourit. Elle faillit même rougir.

« Mais c'est ce que je fais le mieux. Tu sais, toi tu tues des gens. Jasmine se déshabille, Elvis fait son Elvis, Rex a sa main magnétique, Sanchez est l'homme le plus chanceux sur terre, et moi, je fais les meilleurs petits déjeuners du monde.

– C'est vrai. Y a quoi au menu aujourd'hui ? demanda-t-il, sans doute pour lui faire plaisir.

– Je teste un nouveau truc pour Sanchez. Un sandwich petit déjeuner. Ça te dirait d'y goûter en avant-première ? »

Il considéra sa proposition un instant, puis répondit avec un enthousiasme qui semblait sincère :

« D'accord, je serai ton cobaye. Mais t'as pas intérêt à le rater.

– Est-ce que j'ai déjà raté un petit déjeuner ? »

À ce moment-là, Sanchez descendit l'escalier en trombe.

« Flake, je veux deux saucisses de plus aujourd'hui, lui lança-t-il. Et je crois que je vais prendre des haricots, aussi. Je me sens un peu ballonné, ça m'aidera peut-être à évacuer les gaz emprisonnés. »

Flake se tourna vers lui.

« D'accord, mon cœur ! Mais je voulais tester mon nouveau sandwich petit déj sur toi aujourd'hui.

– Je ne veux pas d'un *nouveau* petit déjeuner, répondit Sanchez d'un air horrifié. Tu veux bien faire le même que d'habitude, s'il te plaît ? Je crève la dalle.

– Je m'y mets tout de suite. » Flake se tourna vers JD. « Tu veux toujours le nouveau sandwich ?

– Et comment. »

Pendant que Flake se dirigeait vers la cuisine, Sanchez s'approcha de la table où Rex et Elvis étaient installés.

« Vous jouez à quoi ?

– Tu peux pas jouer, répondit Elvis.

– Pourquoi ?

– Parce qu'on joue pas à la bataille, dit Rex. Ce serait trop long de t'apprendre les règles. »

Avant que Sanchez puisse se plaindre d'être laissé pour compte, la porte des toilettes pour dames s'ouvrit et Jasmine en sortit. Elle portait un short en jean et un crop top blanc qui mettait en valeur sa peau brune soyeuse. Ses longs cheveux marron étaient attachés en queue-de-cheval. Sanchez s'imprégna du spectacle, compta jusqu'à trois dans sa tête, puis détourna le regard. L'expérience lui avait appris que s'il fixait Jasmine pendant plus de trois secondes, Flake surgissait soudain et lui flanquait une taloche sur l'oreille.

« Salut, les mecs, dit-elle avec un grand sourire. Ohhh, des cartes, je peux jouer ?

– Ils jouent pas à la bataille, l'informa Sanchez.

– Pourquoi ?

– Comment s'est passé ton rencard ? demanda Elvis en posant ses cartes sur la table pour signifier qu'il en avait assez.

– On est allés voir un match de basket en Australie », dit Jasmine. Elle s'approcha d'Elvis et l'embrassa sur la joue. « C'était sympa.

– Et ?

– Et je lui ai fait une branlette. »

Rex recracha sa bière sur la table.

« T'as fait une branlette à Dieu ? »

Jasmine se glissa sur le genou d'Elvis et passa un bras autour de ses épaules.

« Ouais, c'était le but du rencard. On rejouait la scène d'*Un prince à New York* où Patrice essaie de branler Eddie Murphy au match de basket. Sauf que nous, on l'a vraiment fait. Enfin, jusqu'à ce qu'on nous demande de partir.

– Est-ce que Dieu ressemblait à Patrick Swayze ? s'enquit Sanchez.

– Non, répondit Jasmine en levant les yeux au ciel. Il ressemblait à Eddie Murphy. Suis un peu. »

Elvis écarta une mèche du visage de Jasmine et parla doucement à son oreille.

« C'est tout ce que tu as fait ? »

Elle hocha la tête.

« Ouais, Mme Dieu ne le laisse pas avoir de relations sexuelles avec pénétration avec d'autres personnes, donc il a dit qu'on devrait se contenter d'une branlette. Comme ça, il ne la trompait pas vraiment.

– Mme Dieu ? fit Sanchez, incrédule. C'est qui, Mme Dieu ? »

Jasmine leva de nouveau les yeux au ciel.

« La mère de Jésus, espèce d'idiot.

– Je pensais que c'était Marie, la mère de Jésus ? dit Rex.

– Pffft, fit Jasmine. Et tu penses aussi que Joseph était son père ? Jésus, fils de Joseph. Et dire que tu es censé être le chasseur de primes de Dieu !

– Et Elvis est d'accord ? » demanda Sanchez.

Après un silence inconfortable, l'intéressé répondit :

« Ça me dérange pas. »

Jasmine l'embrassa une nouvelle fois sur la joue.

« Tu sais, t'as le droit de branler quelqu'un si tu veux qu'on soit quittes.

– Je n'ai pas envie de branler qui que ce soit, répliqua Elvis, rejetant l'idée avant que quiconque puisse faire une blague de merde.

– Je plaisantais. Tu peux coucher avec qui tu veux. Mais une seule fois. Après, on sera quittes. »

Elvis considéra son offre.

« D'accord », dit-il en hochant la tête. Puis il se tourna vers la cuisine. « Flake, t'es partante ?

– Dans tes rêves, loser ! »

Sanchez posa ses mains sur ses hanches et fusilla Elvis du regard.

« Je suis là, au cas où t'aurais pas remarqué.

– Je sais. C'était pour que tu sois au courant.

– Ne t'approche pas de Flake, dit le barman d'une grosse voix qu'il espérait sans doute menaçante.

– Sinon quoi ?

– Sinon elle te flanquera un coup de pied dans les couilles. »

Rex soupira.

« On joue toujours aux cartes ou pas ?

– Vous jouez à la bataille ? demanda Jasmine.

– Non, dit Rex.

– OK. »

Jasmine sauta du genou d'Elvis et se dirigea vers les toilettes. Rex ramassa le jeu de cartes puis commença à les mélanger. Avant qu'il ait eu le temps de les distribuer, un téléphone vibra sur la table devant lui.

« Une seconde, dit-il en posant les cartes. Je dois prendre cet appel. » Il décrocha. « Bonjour, général. Que puis-je faire pour vous ? »

Elvis leva les yeux.

« C'est Calhoon ? »

Rex hocha la tête. Pendant les trente secondes qui suivirent, il discuta avec Calhoon d'une mission qu'elle avait à lui confier. Une fois l'appel terminé, il regarda JD d'un air méfiant.

« Calhoon dit qu'elle t'a proposé un boulot de garde du corps et que tu insistes pour que je participe ?

– Hmm, hmm, répondit JD.

– T'as de la chance que ça paie bien. Sinon, j'aurais refusé. »

6

Cinq jours plus tard

Sanchez avait horreur qu'on le fasse attendre. Or, ça faisait près d'une heure que Flake et lui poireautaient dans le hall de l'hôtel Poséidon. Cet endroit était immense. La moquette rouge de la réception était parcourue d'un étrange motif noir évoquant des serpents rampant sur le sol. Il y avait des fauteuils çà et là dans lesquels des gens étaient installés et lisaient des livres. Sanchez et Flake étaient pour leur part assis sur un canapé en cuir noir, dos à l'énorme pilier qui se dressait au milieu de la pièce. Des bagagistes, des serveurs, des femmes de chambre, des concierges et des managers couraient dans tous les sens comme si leur boulot était en jeu. Pourtant, personne n'avait pensé à proposer à Sanchez un en-cas gratuit, ce qui l'agaçait au plus haut point. Ces gens devaient bien voir que c'était quelqu'un d'important. Il portait un vrai costume. Pas un costume de magasin de déguisements. Un vrai putain de costard. Fait sur mesure. Pantalon noir, veste noire, chemise blanche, et même une rose rouge dans la poche de sa veste. De nouvelles chaussures noires élégantes. Merde, il avait même peigné ses cheveux, ou du moins ce qu'il en restait. Dans son esprit, il ressemblait un peu à Marlon Brando dans *Le Parrain*, mais avec de meilleurs cheveux. Même Flake s'était mise sur son trente et un. Elle avait revêtu pour l'occasion un nouveau tailleur gris et un pull à col roulé blanc. Ses cheveux étaient lâchés, ce qui était inhabituel. Elle était beaucoup trop bien pour lui, coiffée comme ça.

« Pour qui il se prend, ce trou-du-cul ? grommela Sanchez. Ça fait presque une heure qu'on attend, bordel !

– C'est le président des États-Unis. Il peut nous faire attendre aussi longtemps qu'il veut.

– Non, il ne peut pas. S'il est pas là dans cinq minutes, je me casse.

– Non. Tu te fiches peut-être de contrarier le président, mais crois-moi, tu ne veux pas me contrarier, moi. »

Il y avait une détermination d'acier dans la voix de Flake, un ton que Sanchez ne connaissait que trop bien. Il allait devoir rester. Ce n'était pas comme s'il avait vraiment eu l'intention de rentrer chez lui, de toute façon. Après tout, ce n'était pas tous les jours qu'on avait l'occasion de rencontrer l'homme le plus puissant du pays. Sanchez avait lui-même été président pendant une demi-journée (président de Santa Mondega, ou maire, comme d'autres l'avaient appelé à l'époque), il savait donc combien ce travail pouvait être stressant, avec toutes ces tentatives d'assassinat. Il avait perdu le compte du nombre de personnes qui avaient essayé de le tuer pendant son très bref mandat.

« Regarde, voilà Alexis », dit Flake en lui décochant un coup de coude dans les côtes.

Le général Alexis Calhoon, une femme noire d'une cinquantaine d'années, sortit à grands pas de l'ascenseur et se dirigea vers eux. Elle portait un tailleur noir très élégant et tenait un épais livre relié. Elle sourit à Flake en s'approchant.

« Bonjour, dit-elle. Comment allez-vous, tous les deux ?

– J'ai mangé des cacahuètes, tout à l'heure, annonça Sanchez. Alors mon estomac est un peu perturbé. Vous pourriez nous dire combien de temps on doit attendre ? Pour que je sache si je vais aux toilettes maintenant ou après notre rencontre avec le vieux croulant.

– Ça va, merci », ajouta Flake.

Calhoon soupira.

« Bien. Le président est prêt à vous recevoir. Il a eu une matinée un peu difficile. Je suppose que vous avez vu les informations ?

– Si vous voulez parler de la mort de ces deux sénateurs et de ce type chelou du gouvernement britannique, alors oui, dit Sanchez. Leurs décès sont liés ? »

Calhoon se força à esquisser un sourire.

« Il n'y a pas qu'eux. De nombreuses personnalités politiques ont été assassinées dans la nuit. Cinq d'entre elles étaient des sénateurs, mais nous venons d'apprendre que les dirigeants italien et néerlandais sont morts aussi.

– Cinq sénateurs ? dit Flake, ignorant la partie sur les chefs d'État étrangers. Je croyais qu'il n'y avait que Baynard et Palmer ?

– C'est ce que rapporte CNN, mais la Fox vient d'annoncer la mort de Babcock. Il s'est fait découper des testicules au menton, et ce n'est pas le pire. » Elle baissa la voix. « Entre vous et moi, ça ressemble à une attaque terroriste coordonnée. Des politiciens sont en train d'être tués dans le monde entier, pas juste dans notre pays. » Calhoon remarqua un bagagiste qui regardait dans sa direction. « Enfin bon, assez parlé de ça. Le président va vous recevoir, mais évidemment, ce sera assez bref. Il y a fort à parier que si vous restez plus de dix minutes, il recevra un appel lui annonçant que quelqu'un d'autre est mort. La situation est extrêmement préoccupante. »

Sanchez fit la grimace.

« J'espère que Kevin Kline va bien.

– J'en suis certaine, dit généreusement Calhoon. Bien, encore une chose avant que nous montions le voir. Le procureur général m'a chargée de vous remettre vos médailles.

– Le président ne peut pas le faire ? demanda Sanchez. Il est trop paresseux ?

– Non, mais comme je l'ai dit, sa matinée a été bien remplie. »

Calhoon brandit le livre qu'elle tenait à la main et l'ouvrit. Il n'y avait pas de pages à l'intérieur, mais un épais feutre bleu dans lequel étaient glissées quatre bagues en or.

« Il y en a une pour chacun d'entre vous. Elvis et Jasmine ont déjà les leurs. Douglas a pensé que ce serait bien que vous les portiez quand vous rencontrerez le président. »

Sanchez tendit la main vers la boîte déguisée en livre et la survola des doigts comme s'il s'agissait d'une boîte de chocolats et qu'il ne savait pas lequel choisir.

« C'est celle-ci, la vôtre », dit Calhoon en désignant la plus grosse.

Sanchez arracha la bague du feutre et l'examina. Elle était gravée de son nom d'un côté et d'un drapeau américain de l'autre.

« Génial », dit-il en l'admirant.

Il s'apprêtait à en mettre plein la vue à Calhoon avec son imitation de Gollum quand son portable vibra dans sa poche, contrariant ses plans. Il tint la bague dans une main tout en extirpant de l'autre son téléphone de sa poche, et regarda l'écran. C'était un appel d'Elvis, qui avait sans doute des choses bien plus intéressantes à raconter que Calhoon. Il s'excusa et se dirigea vers un endroit plus calme pour prendre l'appel.

Flake s'apprêtait à sermonner Sanchez pour son impolitesse quand elle se souvint que Calhoon avait une bague en or à lui remettre. Elle décida donc de laisser couler. Calhoon prit un des anneaux et le lui tendit. Il était similaire à celui de Sanchez, mais il était plus petit et portait son nom à elle. Il lui allait parfaitement au majeur. Flake était ravie. C'était le deuxième plus beau bijou qu'elle ait jamais possédé, le premier étant l'Œil de la Lune, qui était suspendu à une chaîne autour de son cou, caché sous son col roulé.

« C'est mérité, dit Calhoon avec un sourire généreux. Je pense que vous êtes maintenant prêts à aller voir le président. »

Flake et Calhoon attendirent que Sanchez ait terminé sa conversation téléphonique, puis ils se dirigèrent tous les trois vers une rangée d'ascenseurs.

« À qui tu parlais ? murmura Flake à Sanchez alors qu'ils attendaient que l'ascenseur descende.

– Elvis.

– Qu'est-ce qu'il voulait ?

– Savoir quel était le meilleur endroit pour se cacher à Santa Mondega.

– Pour quoi faire ?

– Je suis pas bien sûr.

– Le meilleur endroit, c'est le Tapioca, non ?

– Non.

– Alors ça doit être le tunnel sous le Tapioca, celui qui mène à l'église.

– Non, toujours pas, Flake. C'est Chinatown.

– Chinatown. Qu'est-ce que tu racontes ? Et de qui il veut se cacher ? Qu'est-ce qu'il a encore fait ? »

Sanchez lui décocha un coup de coude dans les côtes.

« L'ascenseur est là. »

Leur discussion sur Elvis et Chinatown prit fin lorsqu'ils rejoignirent Calhoon dans l'espace confiné de la cabine d'ascenseur. Ils étaient à quelques minutes de rencontrer l'homme le plus puissant du monde.

7

Le président soupira. Encore une journée de merde en perspective. Ce métier était vraiment pourri. Tous ses projets pour faire du monde un endroit meilleur pour les riches allaient devoir attendre. Il comprenait maintenant pourquoi les dirigeants de ce monde n'arrivaient jamais à tenir toutes leurs promesses. Il y avait toujours un désastre à gérer. Sans parler de toutes ces réunions à la con. Bon sang, qu'est-ce qu'elles pouvaient être pénibles, en particulier quand il devait recevoir des citoyens lambda et feindre de s'intéresser à leurs accomplissements pathétiques. Ces gens lui donnaient parfois envie de se couper les oreilles. Mais bon, au moins les chambres d'hôtel étaient sympas. Quitter la Maison-Blanche, c'était la meilleure partie du boulot. Il prit l'expresso sur la table basse devant lui et l'avala d'un trait. Impossible de faire ce métier sans caféine.

« Je vois qui, déjà, à 10 h 30 ?

– Il est en fait 11 h 15, monsieur le président, dit Navan Douglas. Mais vous recevez deux des personnes qui ont aidé à sauver Arizona il y a quelques mois, vous vous souvenez ?

– Arizona ?

– Votre fille illégitime.

– Ah, elle. D'accord. Et qui sont ces gens qui l'ont sauvée ? »

Navan Douglas tapota l'épaule de son patron pour lui montrer qu'il compatissait à sa fatigue. Douglas était au côté du président depuis le début de sa campagne pour devenir conseiller municipal. Ils avaient alors tous les deux les cheveux bruns, mais cette époque était révolue depuis longtemps, le brun ayant au fil des ans laissé place au gris puis au blanc. Voilà ce que la politique faisait à un homme. Et les journées comme celle-ci en étaient l'une des principales raisons. Trente-six personnalités de premier plan étaient mortes en une matinée. Des politiciens pour la plupart, un mélange de démocrates et de républicains. Ces terroristes ne faisaient pas de discrimination, ce qui était d'autant plus déconcertant. Des dirigeants d'autres pays et des membres des familles royales avaient également été tués. Que se passait-il, bordel ? Était-ce une attaque terroriste ? Une invasion extraterrestre ? Un canular ? Ou un rêve, peut-être ? Douglas n'en avait pas la moindre idée, et le président non plus, qui, enfoncé dans une chaise orange moelleuse, avait l'air passablement agacé.

« Sanchez Garcia et Flake Munroe, dit Douglas.

– Oui, bien sûr. Et de quoi dois-je leur parler ? Je leur donne quelque chose ?

– Je me suis déjà arrangé pour qu'ils reçoivent des anneaux en or gravés, monsieur. J'ai demandé au général Calhoon de les leur remettre pour que vous n'ayez pas à le faire.

– Dieu merci. Je ne suis pas sûr que j'aurais supporté d'entendre un autre connard plaisanter sur le fait que je le demande en mariage.

– Je sais que c'est pénible, monsieur le président. Tout ce que vous avez à faire, c'est papoter un peu, offrir une poignée de main à Mlle Munroe et un check du poing à M. Garcia. Pour des raisons d'hygiène, je vous déconseille de lui serrer la main. »

Le président se leva et rentra sa chemise dans son pantalon. Puis il desserra un peu sa cravate.

« Je n'ai aucune envie d'échanger des poignées de main avec ces trous-du-cul. J'ai l'impression de ne faire que ça de mes journées, serrer la main à des paysans.

– Je sais, monsieur. Y aura-t-il autre chose ? »

Le vieil homme se lécha le doigt et aplatit un de ses sourcils. Il avait l'air d'avoir passé une nuit blanche, ce qui n'était pas loin de la réalité. Il n'avait dormi que deux heures, et ça se voyait.

« Non, faites-les entrer, dit-il avec un soupir. Et si je n'ai pas réussi à me débarrasser d'eux d'ici dix minutes, frappez à la porte et dites-moi qu'il y a une urgence.

– Oui, monsieur. Je vais aller les chercher. Au fait, vous avez de la nourriture entre les dents, monsieur.

– Oh, bon sang. Encore ?

– J'en ai bien peur, monsieur le président.

– D'accord. Je vais m'en occuper avant qu'ils entrent.

– Très bien, monsieur. »

Navan Douglas s'excusa et quitta la suite du président. Deux hommes armés montaient la garde de part et d'autre de la porte. Douglas les ignora et longea le couloir. Il n'avait parcouru que quelques mètres lorsque les portes dorées d'un des ascenseurs au bout du couloir s'ouvrirent. Trois personnes se trouvaient à l'intérieur de la cabine. Douglas reconnut Alexis Calhoon, ainsi que ses deux compagnons, qu'il n'avait jusque-là vus qu'en photo, Sanchez Garcia et Flake Munroe. Il ne comprenait pas comment ces deux-là pouvaient être en couple. Sanchez était en surpoids et avait bien quinze ans de plus que Flake, laquelle était plutôt mignonne, une sorte de Lily James du pauvre, cette jeune actrice que Douglas avait vue récemment dans *Baby Driver.*

Calhoon fit signe à Sanchez et à Flake de sortir de l'ascenseur, mais resta elle-même à l'intérieur, sachant qu'elle n'était pas autorisée à aller plus loin.

« Bonjour, dit Douglas avec un enthousiasme forcé en s'approchant d'eux. Je suis Navan Douglas, le procureur général. Vous devez être Flake. » Il prit la main de la jeune femme et la serra. « Et Sanchez, ajouta-t-il en adressant un signe de tête au Mexicain joufflu.

– Tout à fait, dit Flake avec un sourire. Ravie de faire votre connaissance. »

Douglas regarda Calhoon derrière eux et lui sourit.

« Merci, général, je prends le relais.

– Oui, monsieur. »

Les portes se refermèrent sur Calhoon et l'ascenseur la ramena dans le hall, laissant Douglas avec ses deux invités.

« Comment trouvez-vous vos bagues en or ? demanda-t-il.

– Elles sont merveilleuses, répondit Flake.

– Un peu serrée », marmonna Sanchez.

Voyant qu'il s'apprêtait à ajouter quelque chose, Flake lui marcha sur le pied pour le faire taire.

« Le président est très heureux de vous rencontrer tous les deux, mentit Douglas. Je vais vous conduire à lui, suivez-moi, je vous prie. »

Il escorta le couple improbable jusqu'à la chambre du président, s'enquérant poliment du déroulement de leur matinée tout en ignorant leurs réponses. Lorsqu'ils arrivèrent tous les trois devant la suite, Douglas se tourna vers le plus proche des deux gardes du corps, un malabar d'un mètre quatre-vingt-dix à la peau brune et aux cheveux noirs coupés court, qui affichait en permanence un air blasé.

« Alvin, voici les invités du président, Flake Munroe et Sanchez Garcia. Ils sont attendus.

– Oui, monsieur. »

Alvin ouvrit la porte de la suite. Navan Douglas entra le premier, suivi de Flake, qui regarda autour d'elle d'un air émerveillé tandis que Sanchez avançait d'un pas traînant en faisant de son mieux pour ne pas paraître impressionné.

« Cet endroit est génial, souffla Flake. On dirait l'hôtel où étaient Richard Gere et Julia Roberts dans *Pretty Woman.* »

Sanchez regarda autour de lui.

« Où est le président ? » Il renifla l'air. « Ça sent le vieux, ici. »

Navan Douglas désigna un canapé orange brillant.

« Je vous en prie, asseyez-vous. Le président sera bientôt là. Il est en train de se rafraîchir. »

Alors qu'ils se dirigeaient tous les deux vers le canapé, Douglas remarqua que la télévision était toujours allumée. Le son était coupé, mais le texte qui défilait en bas de l'écran confirmait ce que le procureur savait déjà : les dirigeants du Brésil, de l'Allemagne, de la France et de l'Australie avaient tous été assassinés au cours de la dernière heure. *Quelle matinée.* Il devait quitter ces idiots pour pouvoir passer quelques coups de fil importants et essayer de tirer cette histoire au clair.

« Je vais vous laisser, dit-il. Je vous souhaite une bonne réunion. Ne soyez pas nerveux, le président a très hâte de discuter avec vous. À bientôt, j'espère. »

Là-dessus, il quitta la pièce et marcha d'un pas vif vers l'ascenseur. Il composa un numéro sur son téléphone et pressa l'appareil contre son oreille. Il sonna dans le vide, comme toutes les fois où il avait essayé d'appeler Diago ce matin-là. Le vampire du cirque ne répondait pas.

8

« On attend ici, alors ? demanda Sanchez, qui faisait le tour de la suite en inspectant tout sur son passage.

– Je suppose, oui. »

Flake était toujours assise sur le canapé orange très confortable et lisait les informations qui défilaient en bas de l'écran de télévision.

La suite était splendide. Le salon à lui seul était plus grand que le premier étage du Tapioca, et équipé de meubles dont ni Sanchez ni Flake ne connaissait le nom. Tout était orange, noir ou rouge.

« C'est quoi, ce truc, là-bas ? demanda Sanchez en désignant un objet rond et mou.

– Je crois que c'est un *pouf*[1].

– Un *pouf* ?

– Oui, c'est pour s'asseoir dessus, ou y poser les pieds, mais on peut aussi soulever le couvercle et y ranger des trucs, je crois.

– Pourquoi ça s'appelle un *pouf* ?

– Qu'est-ce que j'en sais ?

– Regarde sur ton téléphone.

– Toi, regarde. »

Sanchez s'approcha d'une des grandes fenêtres encadrées de rideaux rouge foncé et contempla la rue en contrebas.

« Putain de merde, on est haut.

– Chut, parle moins fort ! Et arrête avec les gros mots. N'oublie pas où on est. »

---

1. En français dans le texte original. (*Toutes les notes sont de la traductrice.*)

Sanchez se détourna de la fenêtre et balaya la pièce du regard, en quête d'une autre raison de se plaindre.

« Et si tu réfléchissais à des questions à lui poser ? suggéra Flake.

– Comme quoi ? répondit Sanchez en croisant les bras.

– Quelque chose d'intéressant, tu sais, que personne ne lui a jamais demandé. T'es doué pour ce genre de truc.

– C'est vrai, dit Sanchez en se grattant le menton tandis qu'il réfléchissait à une question à poser à l'homme le plus puissant du monde.

– Moi, je pense que je vais lui demander combien d'heures il dort par nuit, dit Flake.

– Pfff, c'est naze comme question. Je parie qu'on la lui pose tout le temps.

– Au moins, j'ai une idée, moi.

– Moi aussi. Je vais lui demander qui, selon lui, gagnerait un combat entre Thunderlips le mâle ultime et Mumm-Ra l'éternel vivant. »

Flake grogna.

« C'est quoi cette question ?

– Une question que personne ne lui a jamais posée. D'après toi, qui gagnerait ?

– Je sais pas. Mumm-Ra, c'est le truc dans *Cosmocats* ?

– Oui, et Thunderlips c'est le lutteur dans *Rocky 3*.

– Dans ce cas, je dirais Mumm-Ra. Il avait des super pouvoirs, non ? »

Sanchez secoua la tête.

« Mauvaise réponse ! C'est Thunderlips, le mâle ultime.

– Je vais regretter d'avoir demandé, dit Flake dans un soupir las, mais pourquoi Thunderlips gagnerait ce combat entre un lutteur fictif et un personnage de dessin animé ? »

Sanchez marcha jusqu'au pouf et s'assit dessus. C'était plutôt confortable, en fait.

« Facile. Mumm-Ra se faisait battre toutes les semaines par une bande de chats. Thunderlips ne perdrait jamais contre un chat. En plus, si Mumm-Ra est pas foutu de battre un Cosmocat, quelle chance aurait-il contre un type qui a Thunder dans son nom ?

– Tu es stupide. Si tu poses cette question au président, il saura avec certitude que tu es un idiot.

– S'il se trompe, ce sera lui l'idiot.

– D'accord », soupira Flake, qui n'avait pas le courage d'argumenter davantage. Elle consulta sa montre. « Je me demande ce qu'il fait.

– Il doit être en train de couler un bronze. Je parie qu'il fait toujours ça avant une réunion importante. »

Flake tapota le coussin à côté d'elle sur le canapé.

« Viens t'asseoir avec moi, sinon il va croire qu'on s'est disputés. »

Sanchez se leva du pouf et retourna sur le canapé. Il s'y affala de tout son poids, faisant rebondir Flake.

« Je crève la dalle, dit Sanchez. On devrait appeler le service d'étage.

– Non.

– Je parie que la bouffe est sensass, ici. Les burgers doivent être incroyables.

– Tiens, j'ai une idée de question pour toi. Demande-lui comment est la nourriture. Il te proposera peut-être de goûter quelque chose.

– Pourquoi l'attendre ? » dit Sanchez en se levant à nouveau.

Il savait que son impatience et son incapacité à rester tranquille commençaient à taper sur les nerfs de Flake. Ça irait mieux après avoir mangé. Repérant un téléphone à l'ancienne sur une petite table près du mur, il s'en approcha nonchalamment, souleva le combiné et appela le service d'étage.

« Bonjour, ici le penthouse, vous faites des burgers ?

– Oui, monsieur, lui répondit-on.

– Faites monter deux cheeseburgers et deux grandes frites s'il vous plaît. Et un Coca light. »

Flake enfouit sa tête dans ses mains, craignant que Sanchez ne soit en train de commettre un délit, voire un crime.

« Tu veux quelque chose ? lui demanda-t-il.

– Non. Raccroche ce téléphone.

– D'accord. » Il reposa le combiné, en croisant les doigts pour que sa commande ait bien été prise. « Je vois pas pourquoi tu t'inquiètes comme ça, grommela-t-il. C'est payé par l'argent du contribuable, tu sais.

– Assieds-toi et tais-toi. Je veux pas que le président arrive et découvre que tu as commandé à bouffer et tout mis sur sa note. »

Il se rassit à côté d'elle et soupira.

« Il est où, d'ailleurs, ce connard ? Il sait qu'on l'attend ? »

Flake darda sur lui un regard noir.

« *La ferme.* »

Sanchez parvint à rester tranquille pendant une dizaine de secondes avant d'avoir de nouveau la bougeotte. Il se leva et regarda autour de lui.

« Où sont les WC, ici ? »

Flake ferma les yeux et se concentra sur sa respiration pour garder son calme. Lorsqu'elle les rouvrit, Sanchez avait recommencé à se balader à la recherche des toilettes. Il était vain d'essayer de le calmer. Son impatience et son obsession pour tout ce qui touchait aux commodités ne pouvaient être raisonnées.

« Ne dérange pas le président s'il est en train de chier ! » lança-t-elle alors qu'il se dirigeait vers une porte au fond de la pièce.

Sanchez balaya sa mise en garde d'un revers de la main, puis ouvrit la porte et la franchit. Il se trouvait dans un couloir desservant trois portes, une sur la gauche, une sur la droite et une en face. Il choisit celle de droite et tourna la poignée. Elle s'ouvrit sur une pièce plongée dans l'obscurité, seule une faible lumière filtrant du mur opposé.

« Hé, ho ! Y a quelqu'un ? »

Pas de réponse.

Il prit ce silence pour une invitation à entrer et pénétra dans la pièce. Lorsque ses yeux se furent accoutumés à la pénombre, il constata que ce n'étaient pas des toilettes comme il l'espérait, mais une immense chambre à coucher. La lumière venait d'une porte dans le coin le plus éloigné. Une salle de bains, vraisemblablement. Sanchez marcha prudemment sur la moquette rouge moelleuse, passant à pas de loup devant un gigantesque lit à baldaquin. Comme il approchait de la porte, une odeur nauséabonde lui chatouilla les narines. Le président était-il derrière, en train de couler son bronze quotidien ?

Non, ce n'était pas ça.

L'odeur venait du lit.

Le président gisait sur le dos sur une couette dorée. Sanchez ne l'avait pas remarqué plus tôt parce qu'il faisait sombre et que le lit était ridiculement grand. La raison de la puanteur était assez évidente. Le président s'était chié dessus. Et ce n'était pas la nourriture de l'hôtel qui était en cause. Non, quelqu'un l'avait découpé des couilles au menton. Sa chemise et son pantalon étaient couverts de sang. La couette aussi était foutue. Une grande flaque de sang noir entourait le corps, et il était tout frais. Ce meurtre était récent. Très récent.

9

« FLAKE ! FLAKE ! VIENS VOIR, VITE ! » hurla Sanchez. Il s'éloigna à reculons du cadavre du président, se dirigeant vers la porte.

Flake réagit au quart de tour en entendant son cri de détresse et fit irruption dans la pièce quelques instants plus tard, manquant de renverser Sanchez au passage. Elle actionna l'interrupteur au mur et observa avec horreur le spectacle qui s'offrait à elle.

« Putain, Sanchez ! Qu'est-ce que t'as fait ? »

Il lui empoigna le bras et mit son doigt devant ses lèvres pour lui intimer le silence.

« Quoi ? » Elle regarda alentour. « Le tueur est encore là ? Et pourquoi tu me fais taire ? Tu viens de me crier de venir.

– J'ai paniqué. Ce n'est qu'après que j'ai réalisé que le tueur était peut-être encore là. »

Flake désigna la pièce d'un grand geste.

« Regarde. Il n'y a personne. » Elle s'approcha du lit et contempla le corps. « Putain de merde ! Qui a fait ça ? fit-elle en grimaçant à la vue du cadavre horriblement mutilé. C'est pas toi, au moins ?

– Bien sûr que non.

– Je veux bien croire que tu ne l'as pas fait exprès, mais regardons les choses en face : tu as la fâcheuse habitude de tuer des gens par accident. Y a que Jasmine qui fasse pire que toi. »

Sanchez ricana.

« Dit celle qui a écrasé une vieille dame avec mon ambulance. »

Flake retira son collier et le plaça sur la poitrine du président dans l'espoir que l'Œil de la Lune le ramènerait à la vie.

« Qu'est-ce que tu fous ? fit Sanchez, incrédule.

– Je regarde si l'Œil de la Lune peut guérir ses blessures.

– Il est mort. Tout ce que tu fais, c'est foutre plein d'ADN sur le cadavre. »

Flake eut un mouvement de recul et s'éloigna d'un pas.

« Merde, j'avais pas pensé à ça.

– De toute façon, il est mort de chez mort. Y a plus rien à faire.

– T'as raison. »

Flake contempla le sang sur ses mains et sur l'Œil, puis les essuya sur les draps à côté du corps.

« Tu crois que c'est un coup monté ? demanda Sanchez, des images de séries policières merdiques se bousculant dans son crâne.

– Un coup monté ? répéta Flake d'un air consterné en remettant l'Œil de la Lune autour de son cou. Pourquoi ce serait un coup monté ? Tu penses qu'on essaie de nous piéger ?

– Ça paraît logique, non ?

– Non, pas du tout. Explique.

– On est un couple d'assassins célèbres qui a été invité dans la chambre du président le matin où il a été tué. C'est le coup monté parfait. On se fait épingler pour le meurtre et personne n'y voit rien à redire, surtout maintenant que tu as son sang sur les mains et que tu les as essuyées sur la couette. »

Flake regarda de nouveau le cadavre du vieil homme. Ce que disait Sanchez n'était pas idiot, pour une fois. Elle tâcha de se ressaisir.

« Voilà ce qu'on va faire. On sort et on dit la vérité aux gardes du corps. On l'a trouvé mort. Je peux expliquer que j'ai essayé de lui faire un massage cardiaque. Tu ne l'as pas touché, n'est-ce pas ? » Elle couvrit Sanchez d'un regard noir. « *N'est-ce pas ?*

– Qu'est-ce que tu insinues ? Que je l'ai tripoté ?

– Je demande juste.

– Non, je ne l'ai pas touché, OK ?

– Bien, dans ce cas on va juste prévenir la sécurité.

– Woah, woah, attends une seconde, fit Sanchez, ne souhaitant pas agir dans la précipitation. Discutons-en une minute.

– De quoi veux-tu discuter ?

– Le coup monté, tu te souviens ? Et si l'un de ses hommes le voulait mort et l'avait tué juste avant qu'on arrive pour pouvoir nous faire porter le chapeau ? »

Flake soupira.

« Et *qui* ferait ça ? Et même : qui *pourrait* faire ça ? Qui aurait pu s'introduire dans la chambre d'hôtel du président et le découper, puis ressortir sans être vu ?

– Le vice-président.

– C'est fini. Tu ne regardes plus la télé.

– Réfléchis un peu. Quel meilleur candidat que la personne censée lui succéder ?

– Encore une fois, tu regardes trop la télé, Sanchez. Allons juste expliquer aux gardes du corps ce qui est arrivé. Plus on passe de temps ici, plus on aura l'air d'être impliqués.

– Donc tu es d'accord, on a l'air de suspects ? »

Flake respira lentement avant de répondre.

« Non.

– Attends une minute. Si c'est pas nous, et si c'est pas non plus le vice-président, alors qui l'a tué ?

– Je sais pas, c'est pour ça qu'on doit donner l'alerte. Le tueur est peut-être toujours dans le bâtiment. »

Sanchez parut soudain sous le coup d'une illumination. Il se couvrit la bouche.

« Peut-être que le président s'est suicidé ?

– Non, il ne s'est pas suicidé.

– Je pense que c'est ça, poursuivit-il, convaincu d'avoir raison. Et je dois dire que je le comprends. T'as vu la gueule de la première dame ?

– CE N'EST PAS UN SUICIDE ! » Flake attrapa Sanchez par le bras. « S'il s'est suicidé, où est le couteau dont il s'est servi ?

Est-ce qu'il l'a caché après s'être tué ? NON ! PARCE QU'IL NE S'EST PAS TUÉ !

– Ça va, pas la peine de crier.

– Viens, on se tire d'ici. MAINTENANT ! »

Flake entraîna Sanchez dans le couloir, et jusqu'au salon. Ils se dirigeaient vers la sortie quand quelqu'un frappa à la porte. Ils s'arrêtèrent net.

« Qu'est-ce qu'on fait ? murmura Sanchez.

– Je sais pas. »

La personne qui avait frappé n'attendit pas la permission d'entrer. La poignée commença à tourner.

« Merde ! souffla Sanchez. Je te l'avais dit. C'est un coup monté.

– Tais-toi ! »

La porte s'ouvrit. Une vieille dame vêtue d'un élégant tailleur-pantalon bleu clair pénétra dans la pièce. Voyant Flake et Sanchez, elle leur sourit. « Bonjour », dit-elle en lâchant la porte, qui se referma toute seule. Sanchez la reconnut tout de suite. C'était la première dame.

« Bonjour, Votre Altesse, dit-il avec un sourire forcé.

– Mon bon à rien de mari est toujours là ? demanda la femme avec humour.

– Il est en train de couler un bronze, répondit Sanchez. Un gros. Il va y passer un bon bout de temps. »

La première dame rit poliment.

« Oh, ne vous inquiétez pas pour ça. Je l'ai vu faire bien pire. Rien ne me choque. Je vais aller le chercher. »

Sur ces mots, elle se dirigea vers la chambre.

« NON, attendez ! » cria Flake en levant les mains, montrant par inadvertance ses paumes tachées de sang.

La vieille bique parut horrifiée.

« Qu'est-ce que... »

Avant qu'elle ait pu finir sa phrase, Flake fit jaillir deux éclairs bleus des paumes de ses mains, qui frappèrent la première dame en pleine poitrine, la soulevèrent dans les airs et la projetèrent à travers la pièce. Ses jambes heurtèrent le dossier du canapé, et elle rebondit par-dessus, atterrissant derrière à plat ventre, les bras en croix, de la fumée s'échappant de son dos.

« Regarde un peu ce que t'as fait, soupira Sanchez en secouant la tête.

– Oh, mon Dieu ! s'écria Flake en retournant ses mains et en fixant ses paumes, abasourdie.

– Ne pointe pas ces trucs sur toi-même ! T'es tarée ou quoi ?

– Qu'est-ce qui vient de se passer ? demanda Flake, toujours déconcertée.

– T'as tué la vieille. Peut-être que t'es en train de devenir le nouveau Dark Lord, dit Sanchez en observant le torse fumant de la première dame. Elle a l'air bien morte. On est vraiment dans la merde, maintenant.

– Je voulais pas faire ça, ces lasers sont sortis de nulle part.

– En fait, ils sont sortis de tes mains. Je les ai vus.

– Mais c'est la première fois que ça arrive, alors que je porte l'Œil de la Lune depuis des mois. J'ai jamais lancé d'éclairs sur personne avant ça.

– Peut-être qu'inconsciemment, tu voulais le faire ? »

Flake baissa ses mains et fusilla Sanchez du regard.

« Je ne *voulais pas* faire ça. C'est arrivé tout seul.

– Au moins, elle a plus l'air si coincée. Elle est chaude comme la braise, maintenant.

– Ce n'est pas drôle.

– D'accord, d'accord. Tu veux toujours aller dire aux gardes du corps que nous n'avons rien à voir dans tout ça ? »

Avant que Flake puisse répondre, la porte s'ouvrit de nouveau et les deux gardes firent irruption dans la pièce, l'arme au poing. En voyant le cadavre fumant de la première dame, Alvin, l'armoire à glace patibulaire, pointa son pistolet sur Flake et Sanchez. Son collègue, un homme petit et trapu aux cheveux blonds coupés en brosse, s'approcha de la vieille dame pour l'examiner.

« Où est le président ? » demanda Alvin en lançant un regard furieux à Flake.

Sanchez leva les mains en signe de reddition. Flake essaya de faire la même chose, mais l'Œil de la Lune prit de nouveau le contrôle de ses mains. Des éclairs d'électricité jaillirent de chacune de ses paumes. Alvin en reçut un dans le cou, qui faillit le décapiter. Il rebondit contre le mur derrière lui, lâcha son arme et glissa sur le sol dans une odeur de cochon grillé. Son collègue, comprenant ce qui allait se passer, plongea derrière une chaise rembourrée dans un geste parfaitement maîtrisé et commença à canarder Sanchez et Flake. Cette dernière tira un autre éclair dans sa direction, intentionnellement cette fois. Le laser bleu perça un trou dans la chaise et atteignit le garde du corps à la poitrine, le projetant contre le bureau en bois derrière lui. Il rebondit et s'effondra sur le sol, non loin de la première dame, des volutes de fumée s'élevant de son torse carbonisé.

Flake courut vers la porte et la claqua.

« Putain de merde, Sanchez. Qu'est-ce qu'on va faire, maintenant ? »

L'intéressé ne répondit pas. Flake contempla les trois cadavres. C'était un désastre.

« Sanchez, je... »

Soudain, elle comprit la raison de son silence.

Un froid glacial l'envahit. Son bien-aimé était étalé sur le canapé. Du sang jaillissait d'un trou dans son front. Le tissu derrière lui en était tout éclaboussé.

« Sanchez ? Mon cœur ? »

Le silence cruel qui s'ensuivit semblait la narguer. Le temps s'arrêta, puis s'accéléra subitement.

Elle se précipita vers lui tout en détachant l'Œil de la Lune de son cou, puis pressa la précieuse pierre bleue contre sa poitrine.

« Allez, allez ! » murmura-t-elle.

Les pouvoirs de guérison de l'Œil étaient plus nécessaires que jamais.

Rien ne se passa.

« Allez, putain ! »

Elle déplaça la pierre sur le trou dans sa tête. Toujours rien.

« Non, non, non, NON ! » gémit-elle frénétiquement en posant deux doigts sur le cou de Sanchez pour prendre son pouls.

Il n'en avait pas.

Elle essaya son poignet. Encore une fois, rien.

Elle le gifla, lui frappa la poitrine. En vain.

Enfin, elle dut se faire une raison.

Sanchez était mort.

10

Flake avait le tournis. Sanchez, l'amour de sa vie, était mort. Abattu d'une balle dans la tête par un des gardes du corps du président. Et maintenant elle était seule, piégée dans cette suite avec plusieurs cadavres, dont l'un était le putain de président des États-Unis. Elle devait trouver un moyen de s'enfuir, et vite. Elle regarda Sanchez une dernière fois. Il avait un air idiot, et du sang avait coulé dans ses yeux. Elle se pencha et l'embrassa sur les lèvres pour la dernière fois.

« Je t'aime, Sanchez. Je t'aimerai toujours. »

Elle remit l'Œil de la Lune autour de son cou et réfléchit à ses options. Elle avait le plus grand mal à se concentrer, à penser rationnellement, mais il était crucial qu'elle y parvienne. Comment sortir de cet endroit ?

La suite possédait peut-être d'autres sorties, mais dans la mesure où c'était celle du président, elle risquait de déclencher une alarme ou de tomber sur d'autres gardes. La solution la plus sûre restait la porte d'entrée. Les hommes qui la surveillaient étaient déjà morts, leurs cadavres jonchant le sol devant elle. *Vas-y. Tu n'as pas d'autre choix.*

Flake fonça vers la porte. Alors que ses doigts touchaient la poignée, elle hésita. Elle n'avait pas d'arme, hormis ce putain d'Œil de la Lune, qui n'en faisait qu'à sa tête. Devait-elle voler le pistolet d'un des gardes du corps ? Et puis merde, elle n'était plus à un crime près. Un flingue, ça sert toujours. Elle se précipita vers les gardes et les délesta de leurs armes, qu'elle glissa à l'arrière de sa jupe, sous sa veste, les dissimulant aux regards indiscrets.

Après avoir jeté un dernier coup d'œil à Sanchez, elle franchit la porte et sortit dans le couloir. Personne en vue. Ça commençait bien. Quelqu'un avait dû entendre les détonations, cela dit. Ce n'était qu'une question de temps avant que d'autres hommes ne débarquent. Et elle était confrontée à un nouveau dilemme : comment descendre ? Par l'escalier ou l'ascenseur ?

L'ascenseur était au bout du couloir, à une bonne quarantaine de mètres. Beaucoup plus près, une porte avec un écriteau « ESCALIER DE SECOURS » l'invitait à la pousser. C'était le choix logique. Si d'autres gardes arrivaient, ils passeraient probablement par l'ascenseur. Probablement.

Et merde. Va pour l'escalier.

Flake franchit la porte, qui se referma derrière elle avec un cliquetis. Elle s'approcha de la rampe et jeta un coup d'œil vers le bas pour voir ce qui l'attendait et vérifier que personne n'était en train de monter. Il n'y avait rien de spectaculaire à voir, juste une cage d'escalier classique, froide et grise, qui semblait haute de plusieurs kilomètres. De toute façon, elle n'avait plus le choix. Elle ne pouvait pas faire marche arrière.

Elle franchit le premier tournant et commença à descendre, le claquement de ses chaussures sur les marches résonnant dans toute la cage d'escalier. Elle avait parcouru la moitié d'un étage quand la prise de conscience la frappa de plein fouet. Sanchez était mort. Elle l'avait vu de ses propres yeux. Sa chance légendaire avait fini par tourner. Un frisson l'envahit. Elle continua à courir, mais elle sentait les larmes couler sur ses joues et son nez se remplir de morve.

Ce n'est pas le moment de t'apitoyer sur ton sort, se dit-elle. *Pense à autre chose. Concentre-toi sur les marches.* Ah oui, ces putains de marches. Elles n'en finissaient pas. À force de tourner et tourner, elle commençait à être étourdie. Elle avait descendu cinq étages quand, sans surprise, les choses prirent un tour encore plus désastreux.

Une alarme incendie retentit.

Merde. Flake arrêta de courir, consciente de l'écho de ses chaussures qui claquaient sur les marches. *Ils me cherchent. Qu'est-ce que je fais ? Je continue ? Je sors de la cage d'escalier au prochain étage ?* Ça paraissait idiot, mais elle aurait aimé qu'il y ait quelqu'un avec elle pour lui dire quoi faire. Mais qui aurait pu savoir comment agir dans une telle situation ? Ce n'était pas comme s'il existait un manuel expliquant comment s'échapper d'un hôtel après avoir assassiné la première dame et deux gardes du corps du président.

Soudain, elle entendit un bruit de pas dans l'escalier, plusieurs étages en dessous. Étaient-ce déjà des clients qui fuyaient à cause de l'alarme ? Elle jeta un coup d'œil par-dessus la rampe. Il n'y avait rien à voir. Rien d'intéressant, en tout cas. Son cœur battait à tout rompre. De la sueur s'écoulait de ses pores dilatés. Son nez était bouché par la morve. Et ses yeux étaient tellement pleins de larmes qu'il lui était impossible de voir quoi que ce soit. Flake avait besoin de quelqu'un pour réfléchir à sa place.

Son téléphone. C'était ça, la solution. Pourquoi n'y avait-elle pas pensé plus tôt ?

Elle l'extirpa de la poche de sa veste. Qui appeler ? JD, Elvis, Rex, Jasmine ? Non, aucun d'entre eux. La réponse était Jacko. Jacko pouvait la faire sortir d'ici. Il était au Purgatoire, aux commandes d'un portail qui lui permettrait de s'évader facilement. Elle afficha son numéro et passa l'appel. Au bout de quatre sonneries, il décrocha enfin.

« Salut, Flake. Qu'est-ce qui se passe ? »

Elle se força à parler dans un murmure.

« Jacko. Aide-moi. Sanchez est mort. Je suis piégée dans un hôtel, j'ai besoin d'aide pour m'échapper. Des gens essaient de me tuer. Tu peux me faire sortir ?

– Bien sûr. Quel hôtel ?

– Hmm, oh merde. C'est le… heu, l'hôtel Poséidon, à Chicago.

– Le Poséidon ? C'est là que loge le président ?

– Oui. Mais lui aussi, il est mort. Et j'ai tué par accident la première dame et deux gardes du corps avec l'Œil de la Lune. Jacko, fais-moi sortir d'ici. S'IL TE PLAÎT ! »

Jacko, fidèle à lui-même, ne semblait pas le moins du monde déstabilisé par le charabia hystérique de Flake.

« À quel étage es-tu ?

– Je sais pas. Je suis dans la cage d'escalier qui mène au hall d'entrée. J'ai descendu à peu près cinq étages, je crois. Mais je sais pas quoi faire. Je sors au prochain étage ?

– C'est une alarme que j'entends ?

– Oui. Ils sont à ma poursuite. Dépêche-toi, putain ! C'est une urgence !

– Laisse-moi juste une seconde. Je reviens.

– Je peux pas attendre... Jacko... Jacko ! T'es toujours là ? »

Pas de réponse. Flake examina les murs à la recherche d'un numéro d'étage. Elle le trouva peint en rouge sur le mur derrière elle. 48.

« Putain de merde, 48, sérieusement ? » marmonna-t-elle pour elle-même. Le rez-de-chaussée était encore loin. « Jacko, t'es là ? »

La voix du bluesman lui répondit quelques secondes plus tard.

« OK, Flake, il y a cinquante-quatre étages dans cet hôtel. Descends au quarantième.

– Le quarantième ? Pourquoi ?

– Fais-moi confiance. Tu dois plus être très loin. Vas-y, et attends de l'aide.

– C'est tout ? J'attends de l'aide ?

– Flake, fais ce que je te dis ! Je reste en ligne.

– Putain ! »

Les jambes de Flake menaçaient de la lâcher, mais elle tenait bon grâce au flot d'adrénaline qui déferlait dans ses veines. Elle reprit l'escalier et le descendit à toute vitesse d'un pas maladroit, telle une prostituée unijambiste pourchassant un client mauvais payeur. Elle rata la moitié des marches, mais parvint miraculeusement à rester debout. Les clients de l'hôtel commençaient à s'entasser dans la cage d'escalier, l'air désorienté, comme s'ils n'étaient pas sûrs de savoir s'ils étaient censés être là. Flake dut faire un écart pour éviter de bousculer un couple d'amoureux qui attendaient plantés au milieu des marches comme des connards. Finalement, après ce qui lui parut une éternité, elle atteignit le palier avec le numéro 40 peint sur le mur. Elle quitta la cage d'escalier et se retrouva dans un long couloir flanqué de portes de chaque côté. Des clients sortis de leurs chambres discutaient entre eux de la meilleure conduite à tenir.

Alors que Flake tournait la tête d'un côté puis de l'autre, elle croisa le regard de plusieurs clients, qui semblaient tous la fixer comme s'ils savaient ce qu'elle avait fait. Puis l'alarme se tut, mais son écho continua de résonner dans les oreilles de Flake. Le sifflement désagréable fut bientôt noyé par une voix de femme qui jaillit d'un haut-parleur.

« *Mesdames et messieurs, veuillez retourner dans vos chambres. L'alarme a été arrêtée. La sécurité va procéder à une fouille approfondie des lieux. Ceci est une alerte rouge. Veuillez rester dans vos chambres. Toute personne surprise dans les couloirs ou les escaliers sera considérée comme hostile. Retournez immédiatement dans vos chambres. Merci.* »

Putaiiiiiin.

Alors que les clients commençaient à se précipiter dans leurs chambres, se cognant les uns aux autres dans leur panique, Flake remarqua deux silhouettes au bout du couloir. Des types en costume gris, grands et baraqués, équipés d'oreillettes. Ils la repérèrent en un instant. L'un des deux la pointa du doigt et dit quelque chose à son collègue. Les deux hommes dégainèrent leur pistolet et commencèrent à se diriger vers Flake, jouant des coudes pour se frayer un passage à travers les clients qui traînaient toujours dans le couloir.

Flake plaça le téléphone devant son oreille.

« Jacko. Ils m'ont déjà trouvée. Qu'est-ce que je fais ? Je peux pas rester là.

– Où es-tu ?

– Au quarantième étage, mais je dois bouger.

– Reste où tu es.

– Ils ont leurs armes braquées sur moi. Je dois partir ! »

Flake glissa le téléphone dans sa poche et poussa la porte de la cage d'escalier.

PAF !

Elle fonça droit sur un poing. Un putain de poing énorme, qui appartenait à une autre armoire à glace en costume gris. Le coup l'atteignit à la poitrine et la renvoya dans le couloir, où elle tomba à la renverse.

« PLUS UN GESTE ! »

Il lui fallut un moment pour recouvrer ses esprits. Elle leva les yeux. La situation avait considérablement changé. Il y avait maintenant quatre hommes en costume gris qui se dressaient au-dessus d'elle. Trois pointaient leur arme sur elle, l'autre, celui qui l'avait frappée, se frottait le poing.

« À PLAT VENTRE ! » cria l'un des hommes.

Flake obtempéra. Dès qu'elle fut face contre terre, quelqu'un la débarrassa des deux armes à feu coincées dans la ceinture de sa jupe. Une grosse main plaqua sa tête contre le sol. Deux autres coururent le long de ses jambes, ses côtes, son cul, touchant toutes les parties de son corps sous prétexte de vérifier si elle n'avait pas d'autres armes cachées sur elle.

« Tu vas griller pour ce que t'as fait, salope.

– J'ai rien fait », marmonna Flake, la bouche pleine de bave et de tapis.

Sa vision devenait de plus en plus floue. Tout était flou en fait, de toutes les manières possibles.

C'est alors que quatre puissants coups de feu se firent entendre. Un instant plus tard, les quatre malabars tombèrent raides morts. L'un d'eux, le plus lourd évidemment, s'écrasa sur Flake, sa joue mal rasée pressant contre son oreille tandis que son poids mort menaçait de l'étouffer.

Des hurlements retentirent plus loin dans le couloir. Suivis d'autres coups de feu. Une fusillade était en cours à en croire la cacophonie de cris entrecoupés de détonations. Elle prit fin rapidement, pour reprendre quelques secondes plus tard, suivie d'un silence sinistre. Qui dura environ trois secondes. Après quoi les hurlements recommencèrent. Et les coups de feu. Puis de nouveau le silence. Un claquement de bottes sur le sol. Quelqu'un courait. En direction de Flake.

Le poids mort qui la clouait au sol fut soulevé. Elle poussa un soupir de soulagement. Une main l'attrapa au-dessus du coude et l'aida à se relever.

À travers ses yeux pleins de larmes, Flake n'arrivait pas à distinguer son sauveur, mais elle avait une petite idée de son identité. Une voix graveleuse, familière, confirma rapidement ses soupçons.

« Flake, tu peux courir ? » demanda JD.

11

JD baissa la capuche de son long manteau noir, révélant son visage mal rasé.

« Viens, dit-il. Il faut qu'on se tire. »

Voyant que Flake n'avait pas la moindre idée de ce qu'elle devait faire, le Kid lui prit la main et l'entraîna dans le couloir. Tous les deux ou trois pas, un autre agent du gouvernement surgissait devant eux. JD les éliminait l'un après l'autre d'une balle dans la tête avec son Glock 17. Étant donné l'urgence de la situation, c'était la seule option. Lorsqu'ils eurent parcouru la moitié du couloir, JD s'arrêta devant la chambre 4033 et lâcha la main de Flake. Il tourna la poignée qui, évidemment, était bloquée. Entre l'alarme, l'annonce par haut-parleur et les coups de feu, la plupart des clients de l'hôtel avaient paniqué et s'étaient réfugiés dans leurs chambres, il était donc inévitable que quelqu'un se soit enfermé dans la 4033. Eh bien, cette personne allait avoir une sacrée surprise.

JD éloigna Flake de la porte, puis recula et pointa son arme sur la serrure. Sans hésiter, il tira deux coups, faisant voler en éclats un morceau de la porte. Il la poussa et entraîna Flake à l'intérieur.

AAAAGH !

Le cri strident venait d'une vieille dame qui se tenait dans la chambre, agrippée à son mari. C'était un couple de septuagénaires élégamment vêtus, et ils étaient tous les deux pétrifiés. La dame portait une robe à motifs noir et orange, et son mari un pull gris avec un pantalon de golf bleu clair.

« Écartez-vous ! hurla JD en pointant son arme sur le vieil homme. Et mettez-vous face au mur ! » Il désigna de la tête la paroi en face de la salle de bains. « MAINTENANT ! »

Le vieillard fit pivoter sa femme et ils se placèrent tous les deux face au mur tels des prisonniers avant une fouille au corps.

JD entraîna Flake vers la salle de bains. La porte était déjà ouverte. Il s'attendait à voir un trou dans le mur du fond avec Jacko de l'autre côté, mais il n'y avait ni trou ni Jacko.

« Merde. »

Flake regarda JD d'un air inquiet.

« Le portail est censé être ouvert ?

– Ouais. Putain, Jacko. Qu'est-ce que tu fous, merde ? »

JD fouilla dans sa poche pour en sortir son téléphone.

« C'est bon, dit Flake en montrant le sien. Je l'ai en ligne. » Elle plaça l'appareil contre son oreille. « Merde, ça a coupé. Je vais le rappeler.

– Dépêche-toi, fit JD, plus à l'intention de Jacko que de Flake.

– C'est occupé, dit-elle, paniquée.

– Réessaie. »

Pendant que Flake tentait de joindre Jacko, JD sortit de la salle de bains. Les deux petits vieux se tenaient toujours face au mur comme un couple d'amoureux bien élevés. Mais la porte de leur chambre, que JD avait défoncée, était grande ouverte, ce qui signifiait que ces enfoirés d'agents du gouvernement n'allaient pas tarder à débarquer.

Les deux premiers à faire irruption dans la pièce étaient habillés en civil, mais JD aurait reconnu ces connards entre mille. Il tira deux balles dans la poitrine du premier et une dans la jambe de son pote, qu'il acheva d'une dernière dans la tête alors que l'autre s'écrasait au sol.

Tout en essayant de battre le record du monde de vitesse de rechargement du Glock, il cria :

« Flake ! Tu l'as eu ? »

Pas de réponse. JD finit de recharger et pointa son arme sur la porte défoncée, prêt à faire exploser le visage du prochain connard qui s'aviserait d'entrer.

« JD !

– Ouais ? »

Flake sortit de la salle de bains.

« Jacko dit qu'il peut pas ouvrir le portail.

– Quoi ? Pourquoi ?

– Apparemment, les deux petits vieux ont regardé à travers et vu le Purgatoire. Dieu est au courant, et il est furax. Plus de portail jusqu'à nouvel ordre. »

JD jeta un coup d'œil à Flake, espérant qu'elle faisait une blague de merde. Ce n'était pas le cas. Il dirigea de nouveau son regard sur la porte.

« OK, finit-il par dire tout en élaborant une nouvelle solution dans sa tête. On passe au plan B.

– C'est-à-dire ?

– On va devoir courir. Si on arrive à sortir de l'hôtel, il faudra qu'on vole une voiture et qu'on croise les doigts pour que tout se passe bien. Mais je vais être honnête, je suis pas très optimiste. »

La réponse de Flake fut noyée par deux nouveaux coups de feu. Ces enfoirés d'agents n'en finissaient pas d'arriver. Si les corps continuaient de s'empiler à ce rythme dans l'embrasure de la porte, ils ne pourraient bientôt plus sortir.

De sa main libre, JD dégaina un deuxième pistolet de sous son manteau et le lança à Flake, qui se tenait toujours derrière lui.

« T'as une vingtaine de balles, dit-il. Prépare-toi à les utiliser. On va prendre l'ascenseur jusqu'au deuxième étage, puis l'escalier.

– Pourquoi le deuxième étage ?

– Parce qu'on peut pas passer par le hall d'entrée, ça va être un carnage. Ferme les yeux une seconde. »

Flake eut le bon sens d'obéir. Deux coups de feu retentirent. Elle rouvrit les yeux et fut surprise de ne pas découvrir deux nouveaux cadavres dans l'embrasure de la porte. En revanche, elle entendit deux bruits sourds à l'autre bout de la pièce, qui attirèrent son regard vers les petits vieux. JD les avait abattus.

« Mon Dieu. Pourquoi tu les as tués ?

– Ils ont vu le Purgatoire. Ça devait être fait si on veut que le portail soit rouvert. » Il posa sa main sur son épaule et la regarda droit dans les yeux. « Prête ? Ça va être la folie. »

12

« Tu couvres l'arrière. »

JD lui donnait des ordres d'un ton sec et péremptoire, car c'était ce qu'exigeait la situation. Il se dirigea vers la porte défoncée, se pencha par-dessus le monticule de cadavres et passa la tête à l'extérieur. Pour l'instant, le calme était revenu dans le couloir du chaos.

Flake se trouvait un mètre derrière lui, les deux mains sur son arme. Ses doigts ne tremblaient pas, elle était parfaitement maîtresse d'elle-même, ayant temporairement réussi à faire abstraction de la mort de Sanchez.

« Allons-y », dit-elle.

JD marcha sur les cadavres pour regarder une nouvelle fois de chaque côté du couloir. Flake l'imita, manquant de se cogner la tête contre le cadre de la porte tant le tas de macchabées sous ses pieds était haut. Quelle que soit la direction dans laquelle JD pointait son arme, elle braquait la sienne de l'autre, s'assurant qu'à eux deux ils couvrent à chaque instant les deux côtés. Le couloir était jonché de cadavres, pour la plupart des agents du gouvernement, mais il y avait aussi quelques civils.

« ON Y VA ! » dit JD.

Il ne prit pas la peine de lui saisir le bras, cette fois : il savait qu'elle avait repris ses esprits. Il courut jusqu'à la rangée de six ascenseurs au bout du couloir et appuya sur le bouton d'appel. Flake le rattrapa et tourna le dos aux ascenseurs, prête à tirer sur tout ce qui surgirait au bout du couloir. Dix secondes douloureusement longues s'écoulèrent avant qu'un tintement annonce l'arrivée de la cabine.

JD lui donna une tape sur le bras puis se dirigea vers le dernier ascenseur de la rangée, son arme braquée sur les portes. Elles s'ouvrirent. Pas de coup de feu. La cabine était vide. *Dieu merci.*

Il s'engouffra à l'intérieur. Flake lui emboîta le pas et pointa son pistolet sur les portes ouvertes pendant qu'il enfonçait le bouton du deuxième étage.

« Tu crois qu'ils ont évacué le bâtiment ? demanda Flake.

– Non, ils ont fait une annonce au haut-parleur pour dire aux clients de rester dans leurs chambres, lui rappela-t-il. Avec un peu de chance, ce sera tellement la panique que personne ne fera attention à nous. »

Les portes de l'ascenseur se fermèrent et la cabine commença à descendre lentement. JD rangea son arme sous son manteau. Comprenant que la discrétion était de mise, Flake glissa la sienne à l'arrière de sa jupe. Quand les portes s'ouvriraient, ils devraient avoir l'air inoffensifs et parfaitement normaux.

Arrivés au deuxième étage, ils furent accueillis par un couloir identique à celui d'où ils venaient, à cela près que celui-ci n'était pas décoré de cadavres. Les clients étaient dans leurs chambres. Parfait.

JD sortit de l'ascenseur, vérifia que la voie était libre, puis fit signe à Flake de se diriger vers l'escalier de secours tout au bout du couloir principal.

Elle marcha d'un pas vif, sans courir pour ne pas attirer l'attention, mais assez vite pour ne pas se faire botter le cul par JD, qui la talonnait. Il lui vint à l'esprit que courir avec un pistolet caché à l'arrière de sa jupe était bien plus périlleux que courir avec des ciseaux. De toute évidence, celui qui avait inventé cette expression n'avait jamais foncé avec le canon d'une arme coincé entre les fesses.

Ils avaient parcouru la moitié du couloir quand JD tira sur quelque chose derrière eux. Flake sursauta en entendant les détonations, mais ne se retourna pas. Quand elle atteignit la porte de la cage d'escalier, elle l'ouvrit d'un coup d'épaule.

JD la suivit et referma la porte d'un coup de pied. Flake se pencha par-dessus la rampe pour voir s'il y avait quelqu'un au rez-de-chaussée. Deux autres agents de sécurité. Ils levèrent les yeux. Leurs têtes explosèrent avant même que Flake entende la détonation de l'arme de JD.

Ils dévalèrent les marches. Le Kid sauta par-dessus la rampe et atterrit à l'étage inférieur avant que Flake ait franchi le dernier tournant. Il poussa la porte coupe-feu et regarda à l'extérieur, son arme cachée dans son dos.

« La voie est libre. Range ton flingue. Et marche normalement. »

Flake avait laissé son arme à l'arrière de sa jupe, elle ignora donc le premier ordre. JD lui prit la main et ils franchirent la porte, émergeant à l'air libre. Ils se trouvaient dans un parking qui grouillait de monde, des centaines de personnes s'agitant autour d'eux dans une cacophonie de voix, de cris et de *putains de sirènes*. Ils traversèrent nonchalamment le parking comme un couple d'amoureux sans que personne ne fasse attention à eux, malgré le long manteau noir de JD. La plupart des gens regardaient leur téléphone. Certains filmaient ce qui se passait. Il n'y avait pas beaucoup de flics ni d'agents du gouvernement. Si les services secrets étaient vraiment en train de boucler le bâtiment, ils s'y prenaient comme des manches. Sans doute parce que JD avait tué la plupart d'entre eux.

Ils sortirent sans difficulté du parking et rejoignirent le trottoir. Des centaines de personnes étaient rassemblées de l'autre côté de la rue, qui observaient ou filmaient l'hôtel avec leur téléphone. Ils étaient tellement occupés à essayer d'obtenir de bonnes images à poster sur les réseaux sociaux qu'ils ne prêtèrent aucune attention à JD et à Flake, qui réussirent à traverser la route sans que personne ne pointe une caméra ou un pistolet sur eux.

Enfin, presque.

« HÉ, VOUS ! POLICE ! PLUS UN GESTE ! »

JD et Flake se tournèrent aussitôt vers l'endroit d'où venait la voix de la femme.

BANG !

C'est Flake qui descendit la grognasse d'une balle dans la gorge. En un seul mouvement rapide, elle avait sorti le pistolet de sa jupe, levé, visé et tiré. Tout ça en une fraction de seconde. *Désolée, madame la policière. Vous auriez dû nous laisser tranquilles.*

Le coup de feu réduisit au silence la foule réunie devant l'hôtel pendant un instant béni. Puis ils devinrent hystériques. Mais la diversion permit à JD de briser la vitre d'une Jeep. Flake s'installa sur le siège passager, et avant même qu'elle ait bouclé sa ceinture, JD avait fait démarrer le véhicule.

« Pointe ton arme sur tous ceux qui nous regardent, dit JD. Et essaie d'appeler Elvis et Jasmine. Demande-leur où ils sont.

– Compris. »

JD enfonça l'accélérateur et la Jeep s'engouffra dans la circulation dans un crissement de pneus. Flake afficha le numéro d'Elvis sur son téléphone et passa l'appel.

Aucune tonalité.

Elle essaya Jasmine.

Idem.

« Leurs téléphones sont éteints ! »

JD prit un virage serré puis fonça tout droit, du mauvais côté de la route.

« On a de la compagnie », dit-il.

Ce que confirma plus tard le hurlement d'une sirène de police.

« Merde. J'essaie Rex. »

À son grand soulagement, le biker répondit au bout de quatre sonneries.

« Salut, Flake.

– Rex, Dieu merci. JD et moi, on a des ennuis. Où es-tu ?

– JD ? » Rex semblait déconcerté. « Mais qu'est-ce que tu fous avec JD ?

– Sanchez est mort. »

Rex observa une courte pause avant de répondre.

« Mets-moi sur haut-parleur. Je veux parler à JD. »

Flake s'exécuta.

« Voilà. »

La voix inquiète de Rex résonna dans l'habitacle.

« Vous êtes où ? Et qu'est-ce qui se passe, putain ? »

JD guida la Jeep dans un virage et cria dans le téléphone :

« Rex, écoute-moi ! On a le monde entier à nos trousses. Ils pensent que Flake a tué le président.

– Pardon ?

– Pas le temps d'expliquer. Vous avez une planque de bikers, dans le coin ?

– Vous êtes où ?

– Centre-ville de Chicago, près de l'hôtel Poséidon.

– Poséidon ? Ouais, je connais un endroit pas loin. Les Gunslingers, ça s'appelle. Vous pouvez y être en dix minutes. Mais assure-toi que les flics ne vous suivent pas. Si tu les ramènes là-bas, ces types… disons qu'ils ne vont pas apprécier.

– C'est où ?

– Sous la pizzeria Another One Bites the Crust. Passez par le parking souterrain. Y a une entrée secrète. Je vais dire au patron de vous attendre. Ils vous laisseront entrer. OK ?

– T'es le meilleur, Rex, dit Flake.

– Bonne chance. Et je suis désolé pour Sanchez. Si vous avez d'autres problèmes, rappelez-moi… Le président est vraiment mort ?

– Ouais, dit JD. On parle que de ça aux infos.

– Merde. Bon, on se rappelle plus tard. Bonne chance. »

13

Flake tapa l'adresse des Gunslingers sur son téléphone.

« Trouvé, annonça-t-elle. C'est bien une pizzeria.

– Tu vois où est l'entrée ?

– Rex a dit que c'était dans un parking souterrain, non ? J'en vois pas sur la carte. Avec un peu de chance, ses potes nous attendront à l'entrée.

– Y a intérêt. » JD regarda dans son rétroviseur pour la centième fois. « On a toujours de la compagnie. »

Comme pour confirmer ses propos, une sirène retentit derrière eux. Flake regarda par-dessus son épaule. À travers la lunette arrière, elle vit une voiture de police se faufiler dans la circulation, gyrophare allumé. Puis une deuxième émergea d'une route secondaire pour se joindre à la poursuite.

« Prends le volant, dit JD en plongeant la main sous son manteau. Je m'occupe d'eux.

– C'est bon, répondit Flake en baissant sa vitre. Je vais le faire. »

Elle se pencha aussi loin que possible par la fenêtre et fit un signe de la main au véhicule de police le plus proche d'eux.

ZAP !

Un éclair bleu jaillit de sa paume, qui fit exploser la roue avant gauche de la voiture des flics. Le train arrière se souleva et le véhicule fit un tonneau au milieu de la route dans une boule de flammes. Flake n'eut pas le temps d'admirer son travail, car la deuxième voiture était en train de dépasser celle de ses collègues en feu. Et elle gagnait rapidement du terrain. La Jeep que JD avait volée ne pouvait rivaliser avec la puissance des voitures des flics.

Heureusement, Flake était là.

ZAP !

Elle commençait à y prendre goût. Au lieu de toucher une roue, son laser atteignit la calandre. Et la bousilla complètement. Le capot explosa dans une boule de feu. La voiture dérapa puis s'arrêta. Mais contrairement à ce qu'on voyait dans les séries télé, les flics n'eurent pas le temps de sortir. Les pauvres connards étaient piégés à l'intérieur tandis que la voiture se transformait en brasier.

Flake remonta sa vitre. Sa paume était chaude. Mais c'était une sensation agréable. JD la regardait.

« Pas mal, commenta-t-il.

– Je me suis entraînée.

– Sans blague ? J'espère qu'il te reste des munitions, parce qu'il y en a une autre devant. »

JD appuya sur un bouton qui fit redescendre la vitre de Flake.

« Merci, dit-elle. Essaie de rouler droit.

– Défonce-les. »

Pendant les dix minutes qui suivirent, Flake réussit à détruire six voitures de police et un hélicoptère. Les réjouissances prirent fin quand il n'y eut plus aucun flic à faire exploser et que JD quitta la route après avoir trouvé la pizzeria qu'ils cherchaient. Ils descendirent une longue rampe menant au parking souterrain. L'endroit était mal éclairé et assez glauque, et les voitures étaient rares.

« Tu vois des motards ou une entrée ? demanda JD.

– Là-bas », répondit Flake en désignant de grandes portes argentées dans le mur du fond.

JD dirigea la Jeep vers elles en faisant crisser les pneus suffisamment fort pour attirer l'attention de tout motard susceptible d'être dans les parages. La manœuvre fonctionna car, à leur approche, les portes s'ouvrirent, les invitant à entrer.

JD guida la Jeep à travers l'ouverture et ils débouchèrent dans une zone encore plus sombre. Il arrêta le véhicule presque immédiatement. Dès que les grandes portes se refermèrent derrière eux, les éclairages au plafond s'allumèrent. Ils se trouvaient dans une section secrète du parking souterrain. Les murs étaient couverts de graffitis en tout genre. Il y avait des dragons, des serpents, des épées, des filles sexy, des types barbus, des couteaux, des flingues et même Don Johnson et Mickey Rourke. JD dirigea la Jeep vers un atelier devant lequel étaient garées tout un tas de Harley-Davidson.

« Ça doit être ça, dit Flake. Qu'est-ce qu'on fait, maintenant ? »

JD se gara à bonne distance des motos.

« On se fait des amis.

– Tu devrais peut-être me laisser parler dans ce cas. »

JD ne répondit pas. Ils sortirent de la Jeep et marchèrent jusqu'à l'entrée, le son distant des sirènes de police leur rappelant qu'ils étaient encore loin d'être tirés d'affaire.

L'atelier ressemblait à un croisement entre un salon de tatouage et un club privé. Sa façade était elle aussi couverte de graffitis, mais une porte en bois entièrement peinte en noir se dressait au milieu.

Alors que JD et Flake s'approchaient, la porte s'ouvrit et deux Hells Angels d'âge moyen vêtus de jeans et de cuirs noirs vinrent à leur rencontre. Celui qui marchait en tête était un type petit aux longs cheveux roux, avec de mauvaises dents et une barbe hirsute. Son comparse était un colosse de près de deux mètres aux yeux bleus perçants et aux cheveux bruns courts et clairsemés.

« Attendez ici », dit le rouquin en levant la main.

Flake s'arrêta et plaça son bras devant JD, au cas où il envisagerait d'ignorer l'ordre du biker.

« On est des amis de Rodeo Rex, lança-t-elle avec un grand sourire.

– Ouais, on sait, fit le rouquin. Personne ne vous a suivis ?

– Si, dit Flake, mais on s'est occupés d'eux.

– Y a intérêt, parce qu'on aime pas beaucoup les flics par ici, ou ceux qui les conduisent à nous. »

Flake croisa les doigts pour que JD ne réponde pas à la menace voilée en en proférant une de son propre cru. Fort heureusement, il garda le silence.

« On cherche juste un endroit où se cacher un moment, dit Flake sans se départir de son sourire forcé. On doit juste contacter des amis à nous, et on s'en va. »

Le plus grand des deux regarda JD.

« T'es le Bourbon Kid ?

– Ouais. Et toi, t'es qui ?

– Moi, c'est Bruiser, et mon ami ici présent, c'est Axl. C'est le président de notre gang. »

Le petit rouquin n'avait pas franchement le physique d'un chef de gang, mais il aurait été assez malvenu de le lui faire remarquer. Axl toisa JD, l'air de dire : *Tu me fais pas peur.* JD l'ignora.

Deux autres motards sortirent de l'atelier. Le premier était un type imposant, mais gros et vieux, qui arborait un horrible mulet tandis que l'autre, grand et mince, avait le crâne rasé et le corps couvert de tatouages. Ils fixaient tous les deux JD. Personne ne prêtait la moindre attention à Flake. Elle se sentait tellement transparente qu'elle se demanda si le club des Gunslingers n'était pas le même genre d'établissement que le Blue Oyster Club des films *Police Academy.*

« C'est toi qui as bousillé la main de Rex, non ? lui lança Axl.

– Exact.

– Il t'a pardonné ?

– Pose-lui la question. »

La conversation commençait à devenir un poil trop tendue au goût de Flake. Elle voyait d'autres motards lourdement tatoués à l'intérieur de l'atelier, qui les observaient. Un mélange de mecs barbus et de nanas maigres et vulgaires. Tous, les hommes comme les femmes, avaient l'air capables de botter des culs si nécessaire. Flake se sentait un peu ringarde avec son tailleur gris et son col roulé.

Une des motardes, une grognasse très peu vêtue à la peau pâle et aux longs cheveux bruns parsemés de mèches blanches, passa la tête par la porte et interpella le rouquin.

« Hé, Axl, pourquoi t'invites pas tes amis à prendre un verre ? dit-elle en mâchonnant bruyamment un chewing-gum.

– OK », répondit l'intéressé sans quitter JD du regard. Après quelques secondes de silence inconfortable, Axl fit un signe du pouce en direction de l'atelier. « Entrez. Mettez-vous à l'aise. »

14

Si de l'extérieur le club des Gunslingers ressemblait à un trou à rats, l'intérieur était assez impressionnant. JD et Flake suivirent leurs hôtes le long d'un large couloir conduisant à un vrai paradis de gangsters. Ils passèrent devant une cuisine de la taille d'un restaurant et plusieurs chambres à l'intérieur desquelles des gens étaient en train de baiser, à en croire les sons qui s'en échappaient. Ils atteignirent finalement la partie bar du club. Cet endroit était immense. Il n'y avait pas de fenêtres, mais la pièce était éclairée par toute une collection de néons. Les logos des marques de diverses bières et alcools forts émettaient des lumières rouges, bleues, vertes et jaunes. Des faisceaux roses et dorés émanaient des lampes fixées au-dessus du comptoir qui longeait le mur du fond sur environ trente mètres, avec une centaine de bouteilles d'alcool de marques différentes exposées derrière. Une cinquantaine de tables étaient réparties de façon homogène à travers la salle, certaines assez grandes pour un groupe de plusieurs personnes, d'autres plus adaptées aux couples souhaitant un peu d'intimité. Deux billards étaient installés dans un coin plus sombre. Les murs étaient tapissés de téléviseurs, tous branchés sur une chaîne musicale qui diffusait « Eminence Front » des Who. Et, bien sûr, l'endroit était blindé de motards qui picolaient, jouaient au billard et semblaient d'une manière générale passer un bon moment, tandis que quelques nanas en tenue légère dansaient au rythme de la musique.

Axl conduisit Flake et JD à une grande table ronde.

« Je propose qu'on se boive quelques verres et que vous nous racontiez pourquoi vous êtes là, dit-il en leur faisant signe de s'asseoir.

– Non, merci, répondit JD en désignant une petite table plus loin. On va se mettre là-bas et s'occuper de nos affaires. »

Axl parut surpris, et quelque peu offensé. Il échangea un regard avec son pote géant, Bruiser, puis haussa les épaules.

« Comme vous voulez. Je vais envoyer une des filles prendre votre commande. »

Flake suivit JD à la petite table qu'il avait choisie, qui était suffisamment distante des autres pour que personne ne les entende parler. Elle craignait un peu que JD ait vexé Axl et Bruiser en refusant de s'asseoir avec eux, mais elle était aussi soulagée de ne pas avoir à leur expliquer les raisons de leur présence ici.

Comme promis, une bikeuse en short en jean et tee-shirt rose vint prendre leur commande, et revint quelques minutes plus tard avec un grand bourbon pour JD et un gin tonic pour Flake, tous deux offerts par la maison.

« Cet endroit est vraiment sympa, remarqua Flake.

– Il m'inspire pas confiance, dit JD.

– Pourquoi ?

– Il se passe trop de choses. Ne baisse pas ta garde, on n'est pas encore tirés d'affaire. Et n'oublie pas, ces gens pourraient se faire un max de fric en nous livrant aux flics. Morts ou vifs. »

Flake souleva son verre et sirota sa boisson au moyen d'une grande paille rose. Le liquide froid réveilla sa langue et le fond de sa gorge, tous deux secs comme du papier de verre. Elle poussa un profond soupir.

« Pfiou, ça fait du bien.

– Courage, dit JD. Tu t'en sors très bien, vu les circonstances.

– Oui. »

L'image de Sanchez avec un trou dans le crâne surgit dans son esprit. Elle secoua la tête pour la chasser.

« Comment s'est passée ta mission avec Rex ? demanda-t-elle, espérant que la réponse lui changerait les idées.

– Un putain de désastre.

– Oh. Pas à cause de moi, j'espère ?

– Non. On avait terminé. »

JD répondait à ses questions, mais ses yeux parcouraient la pièce à l'affût d'un problème potentiel. Flake but une nouvelle gorgée de gin tonic et regarda le petit écran fixé au mur derrière le bar. Contrairement aux autres, branchés sur une chaîne musicale, celui-ci diffusait des images en direct de la caméra de vidéosurveillance installée à l'extérieur de la pizzeria.

« Quand est-ce que t'as appris à tirer des éclairs ? » demanda JD, comme s'il en avait assez d'observer les motards qui traînaient dans le bar.

Flake repensa à la première fois qu'un laser bleu avait jailli de sa main.

« Quand ça m'est arrivé, je ne m'y attendais pas du tout. J'ai tiré sur la première dame, sans faire exprès.

– La première dame ? Pas mal.

– Si ce n'était pas arrivé, Sanchez serait toujours en vie. »

JD tendit le bras au-dessus de la table pour prendre la main de Flake. Il la regarda dans les yeux.

« Ce n'est pas ta faute.

– Ils l'ont tué », dit-elle d'une voix enrouée par l'émotion.

Prononcer cette phrase à voix haute était bien plus douloureux que la répéter encore et encore dans sa tête.

« Exactement. C'est eux qui l'ont tué. Pas toi. Merde, tu lui as même sauvé les miches un paquet de fois.

– Pas aussi souvent qu'il a sauvé les miennes. »

JD lâcha sa main, s'adossa à sa chaise et prit son verre de bourbon. Il le descendit en quelques secondes.

« Il faut qu'on se tire d'ici, annonça-t-il.

– Quoi ? Pourquoi ? »

La réponse à la question de Flake était sur l'écran derrière le bar. Les images de vidéosurveillance montraient des voitures de police se garant devant la pizzeria. Ils avaient, Dieu sait comment, trouvé leur planque.

L'arrivée des flics à l'écran avait attiré l'attention de plusieurs Hells Angels. Axl et son gorille, Bruiser, se dirigèrent à grands pas vers la table de Flake et de JD, suivis par plusieurs de leurs congénères. Ils avaient tous l'air passablement énervés. Puis la musique se tut et le silence se fit, bientôt interrompu par une brève quinte de toux.

« Espèce d'enfoiré ! gronda Axl en pointant un doigt sur JD quand il arriva à leur table. Je croyais que vous n'aviez pas été suivis ! »

JD se leva.

« On s'en va. »

Flake repoussa sa chaise pour se lever, et le grincement des pieds contre le plancher en bois attira sur elle les yeux de quelques motards qui fixaient JD.

« Rasseyez-vous ! » rugit Bruiser en les fusillant tous les deux du regard.

Il semblait soudain encore plus grand qu'avant. Et bien plus menaçant.

Axl se rapprocha encore de JD, de plus en plus sûr de lui.

« Vous nous avez amené les flics, gronda-t-il d'une voix grave et rauque.

– On les a semés, dit JD. Vous le savez.

– C'est pas ce que dit la télé, répliqua Axl en regardant l'écran derrière le bar.

– C'est peut-être vous qui les avez appelés, fit JD. Y a une jolie récompense à empocher. »

Flake décida d'intervenir avant que les choses tournent au vinaigre.

« Il y a une sortie à l'arrière ? demanda-t-elle. On s'en va tout de suite.

– La ferme, connasse. C'est entre moi et ton pote.

– Écoute-moi, trouduc, dit JD. On se tire, donc fous-nous la paix.

– Je crois pas », dit Axl. Se penchant en arrière, il parla du coin de la bouche à l'équipe derrière lui. « *Les gars.* »

C'était le signal qu'attendaient ses camarades pour dégainer leurs armes et les pointer sur JD. Axl recula d'un pas pour s'assurer qu'il était hors de portée des tirs. Bruiser sortit un six-coups à long canon et le braqua sur la tête de Flake.

« On dirait qu'on va toucher un joli pactole », dit Axl sans quitter JD des yeux.

Flake leva les mains en signe de capitulation et attendit que JD lui indique de passer à l'action.

« Tu vas toucher quelque chose, c'est sûr, dit-il à Bruiser. Flake. »

Depuis que JD lui avait dit « Il faut qu'on se tire d'ici », elle savait exactement ce qui allait se passer. Elle était capable de prédire chacun de ses mouvements, contrairement aux Hells Angels, qui n'avaient aucune idée de ce dans quoi ils s'embarquaient. Dès l'instant où elle avait levé les mains en signe de reddition, elle avait attendu que JD dise son nom, car ce qu'il entendait vraiment par là, c'était : *Défonce-moi ces connards avec tes rayons laser.*

15

Flake avait déjà les mains en l'air. Elle dirigea subtilement ses paumes vers Bruiser et Axl, les deux membres du gang de motards qui l'inquiétaient le plus. JD lui avait donné le signal de les mettre en pièces avec ses éclairs bleus. Sauf qu'il y avait un problème. Ces putains d'éclairs ne voulaient pas sortir. Quand elle les avait lancés sur la première dame et les gardes du corps du président, c'était arrivé tout seul, sans qu'elle ait eu à réfléchir ni à planifier quoi que ce soit. Après ça, elle y avait pris goût et avait canardé à dessein les voitures qui les poursuivaient. Le problème était que tirer sur des voitures, c'était facile. Sur des gens, beaucoup moins. Elle voulait vraiment faire exploser ces connards, mais quelque chose l'en empêchait. Son instinct, peut-être ? Après tout, ce serait un meurtre, contrairement au fait d'arroser des voitures de police et ainsi de causer la mort des flics qui s'y trouvaient, geste qui pouvait être considéré comme un homicide involontaire. Quoi qu'il en soit, elle avait beau se concentrer de toutes ses forces, elle n'arrivait pas à tirer sur ces enfoirés de bikers.

« Flake, répéta JD.

– Ouais, je sais. Ça marche pas.

– Génial. »

Bruiser tenait toujours son six-coups pointé sur le front de Flake.

« Si vous avez des flingues, jetez-les immédiatement, dit-il en glissant un regard vers JD.

– Baissez vos armes, répondit le Kid. Ou cet endroit va partir en fumée.

– T'as trois secondes, insista Bruiser. Ou je fais sauter la cervelle de ta meuf.

– Flake », dit JD, une fois de plus d'un ton qui signifiait : *Fais exploser ces connards.*

Elle tenta de pousser subtilement ses paumes vers l'avant. Toujours rien.

« Ça veut pas, murmura-t-elle.

– Trois, dit Bruiser, commençant son compte à rebours.

– Insiste, marmonna JD du bout des lèvres.

– J'essaie.

– Deux... »

Flake essaya de visualiser les lasers. Sans succès.

« Un ! »

JD plongea les mains sous son manteau et en sortit deux pistolets pour buter tout le monde lui-même. Le geste s'avéra inutile, puisque Bruiser se retrouva mystérieusement projeté vers l'avant comme s'il était attaché à l'arrière d'une voiture en marche, sauf que c'était son arme qui l'entraînait. Avant de perdre l'équilibre et de basculer, il lâcha le pistolet, qui ne tomba pas sur le sol mais vola à travers le bar en tournant sur lui-même. Sa course s'interrompit avec un puissant fracas quand il heurta un obstacle au fond de la pièce.

« Bonjour tout le monde », dit une voix avec un fort accent du sud des États-Unis.

Flake expira pour la première fois depuis dix bonnes secondes et regarda autour d'elle. Elle connaissait cette voix. Étalé par terre, Bruiser contemplait sa main vide. Son arme était en la possession de Rodeo Rex, qui la lui avait arrachée grâce à sa main magnétique.

« C'est comme ça qu'on traite nos invités, maintenant ? lança Rex en passant devant Bruiser pour rejoindre Flake et JD.

– Comment t'es entré, putain ? » demanda Axl, déconcerté.

Rex coinça l'arme de Bruiser à l'arrière de son jean, puis leva sa main en métal au-dessus de sa tête. Bien que ce ne fût pas le but de la manœuvre, son geste réduisit la salle au silence. Il baissa sa main d'un mouvement brusque, paume vers le sol. Toutes les armes pointées sur JD et Flake s'inclinèrent aussitôt, entraînant leurs propriétaires avec elles. Flake n'aurait su dire si c'était sa main magnétique qui avait dirigé les armes vers le sol, ou si c'était le geste de Rex qui avait convaincu les bikers de le faire de leur plein gré.

« On s'en fout, de comment je suis entré, dit Rex en réponse à la question d'Axl. Ce que j'aimerais savoir, en revanche, c'est pourquoi vous pointez vos flingues sur mes potes ?

– C'est un malentendu, dit Flake dans l'espoir de désamorcer la situation.

– Ils ont ramené les flics ici ! » gronda Axl en désignant l'écran derrière le bar.

Il montrait un escadron de policiers s'apprêtant à prendre d'assaut le parking qui menait au club.

« Non, ils n'ont pas ramené les flics, dit Rex. Posez vos armes et ayez l'air détendus.

– Comment on est censés avoir l'air détendus alors qu'on est en train de se prendre une descente de flics ? se plaignit Axl.

– Pas le temps d'expliquer. Je dois parler à mes potes en privé pendant une minute. »

ZAP !

Enfin, au moment le plus inapproprié, les paumes de Flake se décidèrent à balancer des éclairs. Un des lasers fit exploser la tête d'Axl, un autre atteignit un biker en pleine poitrine, l'envoyant valser contre ses potes derrière lui. Pour ajouter encore au chaos, JD se mit à faire feu à son tour, tirant dans le tas sur les motards qui volèrent dans toutes les directions comme autant d'étincelles de feu d'artifice. Quelques-uns réussirent à s'échapper par les différentes sorties, et la barmaid se réfugia derrière le comptoir. Quand les tirs cessèrent, la pièce était remplie de fumée et de cadavres. À eux deux, Flake et JD avaient éliminé la plupart des membres du club des Gunslingers.

Rex secoua la tête.

« Pourquoi vous avez fait ça, putain ?

– Désolée, dit Flake. Je les contrôle pas. »

JD rangea ses armes sous son manteau.

« Tu nous as ouvert le portail ?

– Ouais. On doit y aller. Vite.

– Jacko nous a dit que le portail avait dû être fermé.

– Ouais, Dieu l'a décidé. Mais Jasmine s'est fait tirer dessus. Heureusement pour nous, Dieu en pince pour elle, donc il nous a autorisés à utiliser le portail. Mais on doit se magner, parce que Jasmine va mourir si on lui apporte pas l'Œil de la Lune dans les deux prochaines minutes. Donc on y va. »

Rex se dirigea vers les toilettes pour handicapés au fond de la salle. JD fit passer Flake devant lui pendant qu'il couvrait leurs arrières, au cas où certains motards auraient survécu.

« Qu'est-ce qui est arrivé à Jasmine ? demanda Flake en suivant Rex dans les toilettes.

– Je vous l'ai dit, elle s'est fait tirer dessus.

– Oui, mais comment ?

– On s'en fout, du comment. Magnez-vous, putain ! »

16

Le Purgatoire était un rade assez similaire au Tapioca, sauf que les clients y étaient plus rares, puisqu'il se trouvait au fin fond d'un coin de désert connu sous le nom de Cimetière du Diable. Il n'y avait que deux façons d'y accéder : par une route secrète au niveau d'un carrefour dans le désert, ou par le portail dans les toilettes pour hommes. C'est ce dernier qu'empruntèrent Flake, Rex et JD pour s'échapper du club des Gunslingers.

Le Purgatoire avait jusqu'à récemment été dirigé par un individu en costume rouge qui, au fil des millénaires, s'était vu attribuer divers sobriquets : l'Homme en rouge, Scratch, Legba, Iblis ou le plus souvent « le Diable », puisque telle était sa véritable identité. Mais depuis son assassinat par les Dead Hunters, le Diable avait été remplacé par un jeune Noir nommé Jacko, alias Robert Johnson de son vivant, le légendaire bluesman qui en savait plus que quiconque sur les carrefours. Ce qui faisait de lui le gardien parfait. Jacko se tenait derrière le comptoir dans son habituel costume noir lorsque Flake, Rex et JD surgirent des toilettes pour hommes.

« Vous en avez mis du temps », dit-il, visiblement soucieux.

La raison de son inquiétude était claire. Jasmine et Elvis se trouvaient sur le sol près d'une table toute proche. Elvis était assis, mais la jeune femme était allongée, la tête sur ses genoux. Sa combinaison violette était tachée de sang, ainsi que les mains d'Elvis et son costume bleu clair. Flake se précipita vers eux en défaisant la chaîne de l'Œil de la Lune. Elle se laissa tomber sur le sol à côté de Jasmine tel un quarterback pendant qu'Elvis dézippait la combinaison de la jeune femme jusqu'à sa taille. Tout le haut de son corps était couvert de sang, et son visage ne montrait aucun signe de vie.

« Je la mets où ? demanda Flake en pressant la pierre contre la poitrine de Jasmine.

– Un peu plus bas, répondit Elvis. Elle a reçu plusieurs balles, la plupart au niveau de l'estomac, je crois. »

Flake repéra un trou noir dont s'écoulait un filet de sang juste au-dessus du nombril de son amie. Elle pressa l'Œil contre la plaie. Au bout d'une dizaine de secondes, elle passa à une autre blessure, puis une autre. La manœuvre n'avait pas l'air d'avoir beaucoup d'effet. Elle ne put s'empêcher de penser au moment où elle s'était servie de la pierre pour tenter de ressusciter Sanchez, en vain. Un très mauvais souvenir.

« Je m'y prends comme il faut ? demanda-t-elle.

– Je pense, oui, dit Elvis. Tu te souviens de la fois où tu as été poignardée dans le cou ? Sanchez l'a placée contre la blessure et a mis un bandage par-dessus.

– On a des bandages ? lança Rex à Jacko.

– Non, y en a plus, répondit Jacko d'un air contrit. On pourrait essayer avec un tee-shirt ?

– Il faut qu'on comprime toutes les plaies, dit Flake en regardant le sang s'écouler des nombreuses blessures dans le torse de Jasmine. L'Œil seul, ça suffira jamais. »

Elvis se pencha en arrière pour ôter sa veste, puis il arracha sa chemise blanche. Il retira les bras de Jasmine de sa combinaison et enroula la chemise autour de son torse en tâchant de faire pression sur autant de blessures que possible. Toujours aucun signe de vie.

« Oh, putain, fit Rex en tirant sur ses cheveux. Ça prend combien de temps ?

– Qu'est-ce qui lui est arrivé ? demanda Flake.

– C'est une longue histoire, dit Elvis. Où est Sanchez, d'ailleurs ? Il sait comment faire.

– Il est mort », se contenta de répondre Flake, qui ne souhaitait pas s'étendre sur le sujet.

Elvis leva les yeux vers Rex, qui confirma la triste nouvelle d'un hochement de tête grave.

JD les laissa s'occuper de Jasmine et se dirigea vers le bar. Il claqua des doigts à l'intention de Jacko, puis mima le fait de s'injecter quelque chose dans le bras. Le bluesman se pencha derrière le comptoir et se releva un instant plus tard avec une seringue vide. JD s'était incisé la paume de la main avec un couteau et saignait abondamment. Car le sang qui coulait dans ses veines était celui du Christ, et ce truc était doté d'un pouvoir de guérison hors du commun. Il prit la seringue et la remplit de sang, puis il rejoignit les autres, poussa Rex et s'accroupit à côté de Jasmine. Il attrapa son bras droit et y enfonça l'aiguille pour le lui injecter.

« Ça va fonctionner ? demanda Flake.

– Ça a fonctionné sur Rex.

– Tu m'en as bien donné un litre, lui signala celui-ci.

– Ouais, mais j'ai pas le temps d'en prélever un litre. »

Dix longues secondes s'écoulèrent pendant lesquelles il ne se passa pas grand-chose, et puis, alors qu'ils commençaient tous à perdre espoir, le visage de Jasmine reprit un peu de couleurs. Son corps, jusque-là froid et immobile, commença à montrer des signes de vie. Elle toussa, puis entrouvrit les paupières.

« Oh, putain, Dieu merci ! » dit Elvis. Il se pencha et embrassa Jasmine sur les lèvres. « Tiens bon, bébé. Ça va aller. » Il regarda Flake et JD. « Vous êtes géniaux. »

Flake parvint à esquisser un sourire. Après avoir échoué à rendre la vie à Sanchez avec l'Œil, c'était un soulagement de savoir qu'elle avait réussi à sauver Jasmine, même si le sang sacré de JD avait grandement aidé.

« Rex, tu peux apporter de l'eau ? demanda Elvis.

– Bien sûr. »

Le colosse se dirigea vers le comptoir, où Jacko avait déjà posé un verre qui l'attendait. Il le prit et courut vers les autres, puis tendit le verre à Elvis, qui versa délicatement de l'eau sur les lèvres de Jasmine. Elle ouvrit un peu plus les yeux, toussa, et regarda les visages penchés sur elle.

« Ça va aller, dit Flake. On est là. »

Malgré son état, Jasmine réussit à parler.

« Désolée pour Sanchez », dit-elle d'une voix rauque.

Flake ne répondit pas, bien qu'elle fût touchée par sa sollicitude. Elle glissa sa main sous la chemise qu'Elvis avait enroulée autour du torse de Jasmine pour placer l'Œil sur une autre blessure.

Elvis caressa les cheveux de Jasmine.

« Tu sais, t'as une mine épouvantable, mon cœur, dit-il.

– Toi aussi », répondit Jasmine dans une quinte de toux.

Flake s'apprêtait à darder un regard noir sur Elvis et le traiter de goujat, mais se ravisa quand elle remarqua une tache de sang et deux blessures par balle au niveau de sa cage thoracique. Voyant qu'elle les fixait d'un air inquiet, il tenta de la rassurer.

« Je vais m'en sortir. Occupe-toi d'abord de Jasmine.

– Quelle putain de journée de merde, souffla Rex. Vous savez que le monde entier pense que Flake a tué le président ?

– Ah ouais ? dit Elvis, qui avait l'air de croire à une plaisanterie. Le président s'est fait tirer dessus ?

– Il est mort, dit Rex. La moitié des dirigeants mondiaux sont morts. On parle que de ça aux infos. »

Flake inspecta de nouveau le torse d'Elvis. Ses blessures aussi avaient l'air assez graves. Du sang jaillissait d'une des plaies comme d'une fontaine à eau cassée.

« Je vais la laisser encore quelques minutes sur Jasmine, mais je pense que t'en as besoin aussi, Elvis.

– Je sais. Mais je me sens bien. C'est pas la première fois que je me fais tirer dessus. Si tu restes calme, le saignement ralentit.

– Qui vous a tiré dessus ? demanda Flake, espérant obtenir enfin une explication.

– On faisait un boulot pour Alexis Calhoon, dit Elvis. Un truc top secret, dont elle pouvait pas nous parler au téléphone. On a dû aller à son ranch pour qu'elle nous dise de quoi il s'agissait. Je regrette d'avoir accepté, maintenant. C'est parti en couilles dès le début. »

Il y avait deux autres visiteurs dans la salle, que personne n'avait remarqués au milieu du chaos. L'un était Eric Einstein, le scientifique aux cheveux roux en bataille, assis à une table, seul, pianotant sur son ordinateur portable. L'autre était un grand chien noir et brun, qui avait observé attentivement leurs tentatives de sauver Jasmine. Dès que Flake croisa le regard du berger allemand, il trotta vers elle et lui lécha le visage.

« Il est à qui, ce clebs ? demanda-t-elle en caressant la tête du gros chien.

– Il a franchi le portail avec Jas et moi, répondit Elvis.

– Il est blessé, dit Flake en remarquant du sang sur une des pattes de devant du chien. Jacko, tu peux me trouver des serviettes ou autre ? Un truc qui puisse servir de bandage ? » Elle examina son collier. « Ça dit qu'il s'appelle Goober. Jacko, des serviettes s'il te plaît ! Et tu peux lui donner de l'eau ? Il a l'air d'avoir soif.

– Oui, m'dame », dit Jacko avec un salut sarcastique.

Elvis leva les yeux vers Rex.

« Dis, ça s'est passé comment, votre boulot de gardes du corps avec JD ?

– Un putain de désastre. » Rex désigna un bandana enroulé autour de sa jambe, au-dessus du genou. « Moi aussi, je me suis fait tirer dessus.

– Qu'est-ce que t'attends pour nous raconter ? » dit Elvis.

TROISIÈME PARTIE

LE GANGSTER

17

Rex amena sa camionnette jusqu'à l'imposant portail de fer arqué qui donnait sur la propriété des Rodriguez. Quelqu'un avait dû le voir arriver, car les battants s'ouvrirent pour lui sans même qu'il ait à s'arrêter. Le domaine était immense. Il paraissait déjà grand de l'extérieur, mais la majeure partie était cachée par un haut mur qui courait tout autour du périmètre. Une fois le portail franchi, Rex vit le terrain de golf qui s'étendait en retrait de la route, et le bois qui l'entourait.

Rex ne se déplaçait généralement pas en camionnette, mais dans la mesure où il devrait séjourner chez les Rodriguez pendant une semaine, il avait emporté des fringues de rechange et assez d'armes et de munitions pour vaincre une petite armée, juste au cas où. Il gara la camionnette, mit son sac de sport en bandoulière et se dirigea vers les grandes portes en bois à moulures dorées à l'avant du manoir. Une des portes s'ouvrit à son approche. Une dame aux cheveux argentés, âgée d'une cinquantaine d'années et vêtue d'une robe blanche et d'un cardigan rouge, en sortit et le salua d'un sourire et d'un « bonjour ».

« Salut, je suis Rex, dit-il en lui rendant son sourire.

– Ravie de vous rencontrer, monsieur. Je suis Merris, la gouvernante. Le maître de la maison vous attend. Vous êtes seul ? On m'a dit que vous seriez deux.

– Je suis avec un ami, mais on voyage séparément.

– Je vois. Si vous voulez bien me suivre.

– Oui, madame. »

Rex était impatient de pouvoir prendre une douche car il se sentait un peu poisseux après ce long trajet. Il portait un jean bleu et un gilet en cuir noir, ainsi qu'un bandana Harley-Davidson noir et or autour de la tête afin que tout le monde sache que, malgré son arrivée peu glorieuse en camionnette, c'était un biker, et qu'il en était fier.

L'intérieur du manoir était tape-à-l'œil et d'assez mauvais goût. Il y avait des tableaux aux murs, des dorures un peu partout, et un escalier prétentieux au milieu du vestibule qui conduisait à des merdes encore plus kitsch à l'étage. Rex était impressionné.

Il suivit Merris le long de plusieurs couloirs dont le sol était recouvert de carrelage blanc brillant. De grandes plantes en pot se dressaient dans chaque coin, et il y avait là aussi tout un tas de tableaux et d'ornements précieux. La gouvernante lui indiqua poliment l'emplacement de diverses installations comme les toilettes, la cuisine et le parcours de golf.

Chaque fois qu'ils passaient devant une fenêtre, Rex voyait au moins un ou deux hommes de main qui arpentaient le terrain, armés de pistolets ou de fusils, certains à cheval, d'autres à pied ou dans des voiturettes de golf. La plupart étaient en surpoids, d'autres présentaient simplement une absence notable de muscles. Des hommes de main tout ce qu'il y avait de plus ordinaires, en fait.

Merris s'arrêta finalement devant une double porte. Elle frappa deux fois avant d'en ouvrir une.

« Par ici, dit-elle en l'invitant d'un geste à entrer.

– Merci. »

Rex adressa un dernier sourire à la charmante gouvernante avant de pénétrer dans la pièce.

« Passez une bonne journée », répondit-elle en fermant la porte derrière lui.

Cette pièce était encore plus impressionnante que tout ce qu'il avait vu jusqu'à présent. Baignée de la lumière naturelle du soleil grâce aux grandes portes-fenêtres qui offraient une vue superbe sur un des fairways, elle était ornée de tableaux, de plantes exotiques, et même de chandeliers qui pendaient du haut plafond. C'était assez spectaculaire. Au centre de la pièce trônait une longue table en marbre blanc. Un homme était assis à son extrémité, en train de prendre un petit déjeuner composé de fruits et de pancakes.

« Entrez, Rex, dit-il avec un sourire blanc éclatant plus faux qu'un billet de douze dollars. Je suis M. Rodriguez, mais vous pouvez m'appeler Antonio. »

Antonio était un homme d'une cinquante d'années, au teint hâlé et en assez bonne forme physique. Il portait un costume blanc avec une chemise assortie dont les trois premiers boutons étaient défaits, révélant une poitrine lisse et bronzée. Ses cheveux bruns étaient si épais qu'on aurait dit une perruque, mais ce n'était probablement pas le cas. Il posa sa fourchette et son couteau et désigna un siège à côté de la table.

« Asseyez-vous. Vous avez faim ? Je peux demander à mon chef de vous préparer quelque chose.

– Non, merci, dit Rex en laissant tomber son sac de sport sur le sol. Si ça ne vous dérange pas, j'aimerais voir ma chambre. J'ai besoin d'une douche.

– Bien sûr, bien sûr. Accordez-moi juste quelques minutes. J'aime connaître les gens qui travaillent pour moi.

– Juste un conseil, dit Rex. Quand mon ami le Bourbon Kid sera là, choisissez bien vos mots. Si vous dites qu'il travaille pour vous, il serait capable de vous tuer. »

Antonio éclata de rire.

« Aucun problème, dit-il en se tapotant le crâne pour montrer quel étourdi il faisait. Je devrai présenter les choses comme s'il me faisait une faveur, c'est ça ?

– Ouais. Et je vous conseille de le payer rapidement.

– Cela va de soi. Mais je vous en prie, asseyez-vous. Laissez-moi vous expliquer ce que j'attends de vous. »

Rex tira une chaise et s'y assit. Antonio tendit la main sous la table et prit un étui en cuir noir, qu'il fit glisser devant lui.

« Voici déjà cinquante mille.

– On avait dit cent.

– Exact. Cinquante maintenant, et dix à la fin de chaque journée.

– Ce n'était pas le marché. »

Antonio ne se départit pas de son sourire.

« Oh, je suis navré. Il s'agit manifestement d'un malentendu. Ce n'est rien. Je vous propose un compromis : je vais vous donner vingt par jour. Soit cinq jours de travail pour cent cinquante mille dollars. Qu'en dites-vous ?

– Je suppose que c'est acceptable. Vous voulez que mon pote et moi, on conduise votre fille à l'école, c'est ça ? »

Antonio ne répondit pas. Ses yeux se posèrent un instant sur un point derrière Rex. L'incident ne dura qu'une milliseconde, mais cela lui suffit pour comprendre ce qui allait se passer. C'était une embuscade. Une embuscade de débutant, certes, mais il allait malgré tout devoir s'en occuper. D'un unique mouvement, il se leva en faisant basculer sa chaise en arrière et se retourna pour faire face à son agresseur. Un gros lard s'était glissé derrière lui, armé d'une matraque en bois. Il avait un visage barbu qui luisait de sueur, des cheveux bruns en bataille, et il portait une salopette bleue sans manches qui montrait ses gros bras très poilus. Il balança sa matraque vers la tête de Rex, mais pas assez vite. Le biker tendit le bras et saisit le poignet du type avec sa main en métal, arrêtant net le mouvement de la matraque. Il serra fort, ce qui suffit à mettre fin à cette attaque pathétique. L'homme de main lâcha son arme et tomba à genoux.

« J'abandonne, j'abandonne », pleurnicha-t-il.

Rex le libéra et se retourna pour faire face à Antonio. Le milliardaire avait le sourire jusqu'aux oreilles.

« Bravo ! s'exclama-t-il en applaudissant. BRA-VO !

– Laissez-moi deviner, dit Rex. C'était une audition ? »

Antonio continua d'applaudir.

« Bien vu. Et vous avez réussi haut la main. Je vous présente Ozzy, au fait. »

Rex posa les yeux sur le dénommé Ozzy et lui offrit un conseil.

« Si t'essaies de faire la même chose à mon pote, il te tuera. Puis il tuera toute ta famille. *Capiche ?* »

L'homme était trop occupé à frotter son poignet malmené pour répondre. Antonio était aux anges, en revanche.

« Fabuleux, dit-il. Ozzy, après avoir conduit Rex à sa chambre, fais monter Nico. Je veux qu'il tente la même chose sur le Bourbon Kid.

– Oui, monsieur », dit Ozzy avant de se relever, l'air embarrassé.

Rex examina de nouveau Antonio Rodriguez. Il n'y avait pas grand-chose à aimer chez cet homme. En plus d'être une ordure pétée de fric, il semblait avoir l'habitude de faire tuer ses hommes de main pour son simple amusement. Le type payait bien, cela dit, donc Rex se rassit.

« Si tous vos gars sont comme lui, je comprends pourquoi vous avez besoin de nous. Au fait, ce type qui va attaquer le Bourbon Kid, il va crever, vous en êtes conscient ? »

Antonio rit.

« J'emmerde Nico. C'est un connard. Il l'a bien cherché. »

Ozzy, qui était toujours en train d'essayer de reprendre son souffle, hocha vigoureusement la tête.

« Nico est un connard », dit-il.

Rex l'ignora et se concentra sur Antonio.

« Dites-moi, pourquoi votre fille a-t-elle besoin d'être protégée ? De quoi avez-vous peur ?

– Content que vous posiez la question, dit Antonio en prenant son couteau et sa fourchette pour poursuivre son petit déjeuner. Il se trouve que j'ai reçu une menace de mort contre ma fille et moi, cette semaine.

– C'est inhabituel ? Je suppose qu'il y a pas mal de gens qui veulent vous tuer. »

Antonio parut offensé.

« Qu'est-ce qui vous fait dire ça ?

– Vous avez une petite armée avec vous. En général, quand quelqu'un a besoin d'autant de gens pour le protéger, c'est qu'il a pas mal d'ennemis. »

Antonio transperça un morceau de melon avec sa fourchette et glissa le tout dans sa bouche, le métal grattant contre ses dents.

« C'est drôle, dit-il avec un sourire. Et vrai. La vie est un combat. Celui qui gagne s'enrichit et devient roi. Et quand vous êtes le roi, vous devez payer des gros bras pour vous protéger de ceux qui veulent prendre votre place.

– Et qui veut prendre votre place, cette semaine ?

– Si seulement je le savais.

– Je pense que vous savez. C'est pour ça que vous nous avez embauchés. Vous pourriez nous faire gagner pas mal de temps en nous disant de qui il s'agit. »

Antonio reposa ses couverts et avala son dernier morceau de melon.

« D'accord, d'accord. Mais ça reste entre nous, OK ? »

Rex ne répondit pas.

« Bon. Je pense que la menace vient d'un de mes hommes. C'est pour ça que je la prends au sérieux. Je me dis que lorsqu'il verra que je vous ai embauchés, le connard qui menaçait de kidnapper ma fille comprendra son erreur et quittera la ville. Je vais prévenir tout le monde que vous êtes là pour trouver la personne qui a envoyé la lettre. Ça devrait suffire. Vous n'aurez sans doute pas à tuer qui que ce soit.

– Je peux voir la lettre ?

– J'ai dit que c'était une lettre ? Désolé, je voulais dire un appel téléphonique. Quelqu'un m'a appelé avec un modificateur de voix et m'a menacé.

– Et qu'est-ce qu'il a dit, exactement ?

– Qu'il allait nous tuer, moi et ma fille Paige.

– Vous venez de dire qu'il menaçait de la kidnapper.

– Eh bien, c'est ce que je crains, oui. Dans tous les cas, je veux qu'elle soit protégée. C'est mon unique enfant. Je veux que le Bourbon Kid et vous, vous l'escortiez à l'école pendant les cinq prochains jours, c'est tout. Avec un peu de chance, les kidnappeurs ou les assassins vous verront, et y regarderont à deux fois avant de mettre leur menace à exécution. »

Rex prit un instant pour réfléchir à ce qu'avait dit Antonio avant de choisir ses prochains mots.

« Si vous mentez et que JD le découvre, il vous tuera, vous et votre fille, vous le savez, n'est-ce pas ? »

Le rictus suffisant d'Antonio s'effaça.

« JD ? Le Bourbon Kid s'appelle JD ?

– Ouais, mais ne l'appelez pas comme ça.

– Comment je l'appelle, alors ?

– Ne l'appelez pas. En fait, soyez malin, parlez-lui le moins possible. Et évitez les blagues. Et les sourires en coin. Et les moues suffisantes. Il aime pas ce genre de trucs. Et si vous lui mentez, il le saura, alors assurez-vous d'avoir une histoire qui tienne la route.

– Il a l'air assez spécial. Est-ce qu'il y a une seule chose qu'il aime ?

– Ouais, qu'on le laisse tranquille. Maintenant, est-ce que quelqu'un peut me conduire à ma chambre ?

– Bien sûr. Quand vous vous serez rafraîchi, n'hésitez pas à aller vous balader sur le domaine. Profitez de ce qu'il a à offrir. Soyez là pour le dîner à 19 heures et je vous présenterai ma fille, Paige. Vous allez l'adorer, elle est très intelligente. »

Rex se leva et souleva son sac de sport.

« Rappelez-vous, dit-il en hissant le sac sur son épaule. Quand JD sera là, ne faites pas le malin, ne mentez pas et ne vous comportez pas comme si vous étiez le boss. Vous vivrez plus longtemps. »

Ozzy escorta Rex jusqu'à la porte et lui indiqua le chemin de sa chambre. Dès que Rex eut disparu, l'homme de main retourna à la table d'Antonio.

« Hé, patron. C'est vrai qu'un des gars menace de tuer Paige ?

– Ne sois pas ridicule, dit Antonio en secouant la tête. Personne ici n'oserait faire du mal à Paige. »

Ozzy se gratta la tête.

« Alors pourquoi vous avez embauché ces types ?

– Ça ne te regarde pas. Maintenant, va chercher Nico, comme je te l'ai demandé. Et pas un mot de tout ça à qui que ce soit. »

18

Après avoir pris une douche dans la chambre tout confort qu'on lui avait attribuée, Rex partit se promener autour de la maison. Le domaine de Rodriguez était vaste, et malgré tous les hommes qui patrouillaient et montaient la garde, il était très agréable. Des champs verdoyants, des bois, un étang presque assez grand pour être un lac, des chevaux, un stand de tir, il y avait tout ce qu'on pouvait espérer de ce genre d'endroit. Tout sauf le soleil. Le ciel était gris et couvert, comme si un orage se préparait.

Rex traversa une longue étendue d'herbe qui descendait en pente douce vers une zone boisée. Il passa devant six ou sept gardes en patrouille, qui l'ignorèrent tous sagement. Certains étaient à cheval, d'autres à pied.

Rex rejoignit la forêt, et se sentit immédiatement plus à l'aise. Elle était peuplée d'oiseaux qui gazouillaient dans les arbres et de toutes sortes de bestioles qui détalaient sur son passage : des lapins, des écureuils, des blaireaux, des renards et quelques créatures que Rex aurait été incapable d'identifier.

Il se trouvait au cœur de la forêt quand il repéra un animal qui ressemblait à un loup. Sa fourrure était rousse, mais il avait le ventre blanc et une bande noire sur le dos. Il trotta jusqu'à Rex et s'arrêta face à lui. Rex s'accroupit pour mieux l'examiner. La bête le fixait comme pour le défier à un concours de regards.

« Comment tu t'appelles, toi ? demanda Rex.

– Elle s'appelle Jackie, répondit une voix de femme. C'est un chacal. »

Rex se leva et chercha du regard la propriétaire de la voix, qui émergea d'une rangée de buissons un instant plus tard. Elle avait de longs cheveux bruns et de grands yeux marron. Sa peau était lumineuse, tout comme son sourire. Elle portait un pantalon noir moulant, des bottines marron et un chemisier blanc. À vue de nez, Rex lui donnait environ vingt-cinq ans.

« Vous devez être Rodeo Rex, dit-elle.

– Oui, et vous êtes ?

– Selene.

– Madame Rodriguez ?

– C'est ça. » Elle désigna de la tête l'animal que Rex venait de rencontrer. « Ne vous inquiétez pas pour Jackie, elle ne mord pas. Elle est bien dressée. Elle ne vous fera pas de mal, à moins que vous essayiez de m'en faire. Mais ce n'est pas votre intention, n'est-ce pas ? » Elle s'approcha de Rex et lui tendit la main. « Enchantée. Vous préférez que je vous appelle Rex, ou Rodeo Rex ?

– Rex, ça ira très bien. »

Il prit sa main et la serra. Sa peau était douce. L'expression dans ses yeux, désarmante. Rex tomba instantanément sous le charme.

« Vous vous baladez ici toute seule ? demanda-t-il.

– C'est parfaitement sûr, dit-elle avec un sourire en plantant son regard dans le sien. Et il y a toujours un homme de main à portée de voix.

– Ils sont partout, hein ?

– C'est certain. Vous appréciez votre séjour ?

– Jusqu'à présent, tout va bien. Ma chambre est assez impressionnante, comme tout ce que j'ai vu.

– Vous avez rencontré Paige ?

– Votre fille ? »

Le sourire de Selene s'élargit.

« Ai-je l'air d'avoir une fille de douze ans ?

– Désolé, non.

– Paige est la fille d'Antonio et de sa première femme.

– Vous êtes la seconde ? »

Selene hocha la tête.

« On est mariés depuis que j'ai dix-neuf ans. » Elle désigna les bois. « Il n'y a que des arbres par là où vous allez. Je peux vous faire visiter les lieux, si vous voulez.

– Non, ça ira. Je vais me débrouiller. Vous vous plaisez, ici ?

– Qu'est-ce qui pourrait ne pas me plaire ?

– Je sais pas, tous ces hommes de main ? »

Selene rit.

« Vous savez, vous êtes différent de ce que j'imaginais.

– Qu'est-ce que vous imaginiez ?

– Une grosse brute psychopathe.

– Non, ça c'est mon ami, le Bourbon Kid.

– Je ne l'ai pas encore rencontré.

– C'est sans doute aussi bien. Il n'est pas du genre sociable. Votre mari vous a dit pourquoi il nous a engagés ?

– Il m'a juste dit que vous deviez garder un œil sur Paige.

– Oui, mais pourquoi ? Quel genre de danger est-ce qu'elle court ? »

Selene rit.

« Paige est surtout un danger pour elle-même. À mon avis, Antonio veut que vous l'empêchiez de fuguer pour rejoindre le cirque.

– Pardon ?

– Il y a un cirque ambulant en ville. Paige a vu l'affiche, et elle veut y aller. Apparemment, ils tirent des nains avec un canon. Mais Antonio le lui a interdit. Paige est autiste. Si elle va au cirque, avec toutes ces lumières, ce bruit et ces clowns effrayants, elle risque de faire une crise. Personnellement, je serais ravie de l'emmener, mais Antonio ne me laissera jamais faire.

– Je n'aime pas trop le cirque moi-même. J'y ai vu trop de clowns maléfiques.

– Des clowns maléfiques ?

– Enfin, vous savez, les gens du cirque en général », se reprit Rex, ne souhaitant pas discuter davantage des clowns qu'il avait rencontrés (et tués), car c'étaient tous des vampires.

Selene fixa le cache-œil de Rex.

« Ça ne me regarde sans doute pas, mais qu'est-ce qui est arrivé à votre œil ?

– J'ai eu une altercation avec des cannibales. »

Un silence s'ensuivit pendant que Selene digérait l'information.

« Désolée, dit-elle finalement. Je n'aurais pas dû poser la question.

– C'est rien. Vous êtes la première, en fait.

– À vous demander pour le cache-œil ?

– Ouais. Ce truc avec les cannibales, c'est assez récent, et aucune des personnes que j'ai rencontrées depuis n'a eu le courage de m'en parler. Félicitations, d'ailleurs. J'attendais ce moment. »

Selene sourit à nouveau. Rex se sentait fondre un peu plus à chacun de ses sourires. Ils étaient assez captivants. Son gangster de mari était un homme chanceux.

« Ravie de vous avoir rencontré, dit-elle. Je vous laisse tranquille. Passez un agréable séjour. »

Elle émit un claquement de langue et partit en direction du manoir. Le chacal, en réaction à son signal, se leva d'un bond et la rejoignit, marchant à son côté. Selene ne se retourna pas une seule fois. Bon sang, quelle démarche elle avait. Le balancement de ses hanches était hypnotisant. Alors qu'elle était à une vingtaine de mètres, Rex l'interpella.

« Rien que des arbres dans cette direction, vous dites ?

– C'est ça », répondit-elle sans se retourner.

Rex exécuta une petite marche rapide pour rattraper Selene. Il chemina à côté d'elle, avec le chacal entre eux. Et dans la mesure où elle n'avait eu aucun scrupule à l'interroger sur son cache-œil, Rex ne se gêna pas pour lui poser une question personnelle à son tour.

« Comment avez-vous rencontré Antonio ? »

Selene s'arrêta et se tourna vers lui, le regardant avec un autre de ses sourires éclatants.

« Félicitations, dit-elle. Vous êtes le premier.

– À vous poser cette question ?

– Le premier aujourd'hui. »

Était-elle en train de flirter avec lui ? Elle avait de l'esprit, en tout cas, et ça plaisait à Rex. Beaucoup.

« C'est juste que je n'arrive pas à vous imaginer faire la connaissance de ce type sur un site de rencontres ou dans un bar, dit Rex avec un sourire.

– Pourquoi pas ?

– Vous avez l'air d'avoir les pieds sur terre. Vous n'êtes pas snob ou prétentieuse.

– Eh bien, merci, je suppose. Dois-je en déduire que vous trouvez mon mari prétentieux ?

– Non, mais les hommes riches finissent souvent avec des divas.

– Des divas ? Ah ! » Selene lui donna une tape sur le bras. « En fait, c'était un mariage arrangé. Ça vous choque moins ?

– Vous avez des mariages arrangés, par ici ?

– Mon père devait de l'argent à Antonio. Mais ils sont arrivés à un accord. En échange de ma main, Antonio a effacé sa dette.

– Comme c'est romantique.

– C'était beaucoup d'argent. Mes parents auraient perdu leur maison, et donc moi aussi. À la place, j'ai épousé l'homme le plus riche et le plus puissant de la ville. Et je peux vivre ici, dans ce paradis sur terre.

– C'est vrai que c'est le paradis. Un endroit très agréable. »

Un son de sabots martelant le sol se fit entendre, suivi de l'apparition d'un homme à cheval qui traversait les bois dans leur direction. Âgé d'une trentaine d'années, il avait la peau tannée par le soleil et était habillé comme un cow-boy, avec l'obligatoire fusil en bandoulière.

« Tout va bien, madame Rodriguez ? demanda-t-il en jetant un regard méfiant à Rex.

– Oui, merci, Lucas. Tout va bien.

– Je vais vous raccompagner à la maison.

– Non, ce n'est pas nécessaire. J'ai Jackie avec moi.

– Je crains de devoir insister.

– Pourquoi ça ?

– Votre nouvel ami, son partenaire vient d'arriver. Et il a tué Nico et Clyde. »

Selene parut surprise. Elle regarda Rex, la bouche ouverte.

« Ouais, ça devait arriver, dit-il d'un air désolé. J'ai prévenu votre mari, mais je savais qu'il ne m'écouterait pas.

– Il a tordu le cou à Nico, expliqua Lucas en fusillant Rex du regard. Et défoncé le visage de Clyde.

– J'y suis pour rien », dit Rex.

Les lèvres de Selene se retroussèrent en un sourire amusé.

« Nico était un bon à rien.

– Peut-être, dit Lucas, mais votre mari veut que vous rentriez à la maison. Maintenant. »

La jeune femme hésita un instant, comme si elle voulait protester, mais l'homme garda son regard d'acier rivé sur elle. Elle parut déçue mais se ressaisit rapidement, arborant un sourire forcé.

« Bien sûr », dit-elle. Elle effleura le coude de Rex. « J'ai été ravie de vous rencontrer. On se verra peut-être au dîner ?

– Peut-être, ouais. »

Selene offrit un dernier sourire à Rex, puis grimpa sur le cheval de Lucas. Elle entoura sa taille de ses bras et serra les jambes contre les flancs épais de l'animal. Lucas adressa un rictus hypocrite à Rex, baissa la tête et tapota le bord de son chapeau.

« Bonne journée à vous, monsieur.

– C'est ça. »

Là-dessus, Lucas fit volter son cheval vers la maison.

Rex posa les yeux sur le chacal à ses pieds.

« On retourne dans les bois ? »

Le malotru ne répondit pas. Tournant le dos à Rex, il disparut dans une rangée de buissons.

Avant que Rex puisse dire au chacal ce qu'il pensait de son comportement, son téléphone sonna. C'était un appel de JD, ce qui était assez inhabituel. Le Bourbon Kid n'était pas du genre à passer des appels, à moins d'avoir quelque chose de très important à dire.

Rex plaça le portable devant son oreille.

« Hé, JD, qu'est-ce qui t'arrive ?

– Qu'est-ce qui s'est passé ? T'avais l'air de bien t'en sortir. »

Rex regarda autour de lui. Il n'y avait aucun signe du Kid.

« Putain, t'es où ?

– Sur le toit du manoir. Je t'ai regardé draguer la jolie brune. Qu'est-ce qui s'est passé ? »

Rex se tourna vers le bâtiment principal. Il était presque à deux kilomètres.

« Qu'est-ce que tu racontes ? grommela-t-il.

– J'ai trouvé un fusil de sniper sur le toit. Je vous ai observés à travers le viseur.

– Un fusil de sniper ? Qu'est-ce qu'il fout sur le toit ?

– Je sais pas, mais je vais le découvrir. Alors, c'était qui la brunette ?

– La femme d'Antonio, Selene.

– Ah, c'est pour ça que ce type est venu la chercher ? Il t'a surpris en train de draguer la femme du patron ?

– Je la draguais pas.

– C'était quoi tous ces sourires, alors ?

– Va te faire foutre.

– J'ai compté trente-sept hommes de main jusqu'à présent. Ça fait beaucoup, non ?

– Ouais, je suis d'accord. Qu'est-ce que t'as pensé d'Antonio ?

– Je l'aime pas. Il se paie notre tête.

– Ouais, c'est aussi ce que je me suis dit. Il t'a dit que sa fille était autiste ?

– Non.

– Ben, c'est le cas. D'après Selene, on doit juste la surveiller parce qu'il a peur qu'elle s'enfuie pour rejoindre le cirque.

– J'y crois pas une seconde.

– Quoi qu'il en soit, demain à la première heure on emmène la gamine à l'école. »

19

Après avoir dîné avec la famille Rodriguez et quelques-uns des sbires d'Antonio, JD se retira pour la nuit. Il n'avait rien à reprocher à la chambre qu'on lui avait attribuée, mais Antonio Rodriguez ne lui inspirait pas confiance, sans parler de ses hommes de main. Et ils étaient nombreux. Sacrément nombreux. Pour ne rien arranger, il avait fallu que Rex s'entiche de la femme du patron. Il avait passé tout le dîner à se pâmer devant Selene sous les yeux de son mari. Pire encore : si mystérieux que cela puisse paraître, Selene aussi semblait apprécier Rex. Les goûts et les couleurs, comme on dit…

Cependant, le dîner avait donné l'occasion à JD et à Rex de rencontrer la fille autiste d'Antonio, Paige, une gamine de douze ans affublée d'une atroce coupe au bol et maigre comme un clou. JD avait reconnu certains de ses traits autistiques. Elle n'avait pratiquement pas prononcé un mot de tout le repas et avait évité soigneusement de croiser le regard de quiconque. Elle avait également divisé sa nourriture dans son assiette de manière que les différents aliments ne se touchent pas, et sa jambe droite n'avait pas cessé de rebondir pendant tout le repas. JD l'aimait bien, cela dit. Son petit frère, Casper, était autiste lui aussi, il comprenait donc sa différence.

JD ne dormit que d'un œil cette nuit-là. Le matin, il prit une douche dans la salle de bains attenante à sa chambre puis enfila des vêtements décontractés – un jean noir, un débardeur noir, son holster, une veste en cuir noire et une paire de baskets noires avec des lacets rouges, histoire d'apporter un peu de couleur à sa tenue. Après avoir dissimulé quelques armes supplémentaires sur sa personne, il quitta sa chambre, descendit au rez-de-chaussée, ignora tous les gens qu'il croisa, quitta la maison, grimpa dans la grosse Mercedes noire garée devant et attendit Paige et Rex.

Il était impressionné par le véhicule, qui était équipé de tout un tas de gadgets sympas, et de sièges confortables. Il alluma l'autoradio, qui passait « Li'l Red Riding Hood » de Sam the Sham & the Pharaohs.

Au bout d'une minute, Rex sortit de la maison vêtu de sa tenue habituelle : jean et veste sans manches. Il se dirigea vers le côté conducteur et tapa à la vitre. JD la baissa pour qu'il passe sa tête au travers.

« Tu veux que je conduise ? demanda Rex.

– Non. Tu montes à l'arrière avec la gamine.

– OK. »

Le biker tira la portière arrière et grimpa à l'intérieur. À peine s'était-il installé que Paige fit son apparition, un sac à dos sur l'épaule. Elle portait son uniforme scolaire, qui consistait en une veste écarlate avec une jupe et une cravate assorties et un chemisier blanc. Rex se pencha par-dessus les sièges pour lui ouvrir. Elle jeta son sac à dos à l'intérieur et monta.

« Bonjour, dit-elle poliment en fermant la portière.

– Bonjour, Paige », dit Rex. Il se pencha et tapa sur le dossier du siège de JD. « Roulez, chauffeur », ajouta-t-il avec un sourire narquois.

Le Kid guida la voiture jusqu'au portail au bout de l'allée, qui s'ouvrit automatiquement à leur approche, puis s'engagea sur la route.

« Vous pourriez changer la musique, s'il vous plaît ? » demanda Paige.

JD l'ignora.

« Qu'est-ce que t'écoutes, comme musique ? s'enquit Rex.

– J'aime bien John Denver.

– Sérieux ? C'est quoi ta chanson préférée de lui ?

– "Take Me Home, Con..." »

Paige éternua bruyamment avant de pouvoir finir le titre de la chanson.

« T'as entendu ? lança Rex à JD. Elle veut déjà rentrer à la maison.

– "Take Me Home, Country Roads", se reprit Paige en s'essuyant le nez. Je supporte pas cette musique. Vous pouvez essayer de trouver une station qui passe de la country, s'il vous plaît ? »

JD éteignit la radio.

« C'est mieux, non ? dit Rex en souriant à la gamine.

– Oui, répondit-elle avant d'ajouter : J'aime bien vos cheveux. »

JD était heureux d'être à l'avant. Faire la conversation avec des enfants, ce n'était pas son truc. En plus, Paige était très mal placée pour faire des commentaires sur les cheveux des autres, avec sa frange qu'elle semblait avoir coupée elle-même avec trois grammes dans le sang.

« Chauffeur, vous voulez entendre une blague ? demanda Paige.

– Non.

– Elle est drôle.

– Je m'en fiche.

– C'est à propos du pape.

– Moi, j'aimerais bien l'entendre, intervint Rex, pris de pitié pour la gamine. D'ailleurs, Paige, tu savais qu'une de mes amies a tué le pape ?

– Non. Et je vois pas le rapport avec ma blague.

– D'accord. Alors vas-y, je t'écoute.

– OK. Alors un jour, le pape est à un gala de charité.

– C'est là que ma pote l'a tué.

– Quoi ?

– À un gala de charité. Elle lui a tiré six fois dans la poitrine parce qu'elle pensait que c'était un zombie. »

JD regarda dans son rétroviseur. Paige semblait perturbée par les constantes interruptions de Rex, lequel avait l'air passablement agacé qu'elle ne s'intéresse pas à son histoire, qui était forcément meilleure que sa blague.

« Bref, poursuivit Paige, pendant ce gala, le pape se bourre la gueule. Il boit trop de vin et décide de rentrer chez lui en voiture, bien qu'il ait dépassé le taux d'alcool autorisé. Il vole une limousine sur le parking et s'en va avec. Et comme il est ivre, il oublie de surveiller sa vitesse et se retrouve à cent soixante kilomètres à l'heure sur l'autoroute dans sa limousine.

– Très réaliste, commenta Rex.

– Mais il passe devant des policiers. En voyant à quelle vitesse roule la limousine, ils décident de la prendre en chasse. En plus, la limousine n'arrête pas de faire des embardées, donc ils savent que le conducteur est ivre. Au bout de dix kilomètres, le pape finit par s'arrêter. Un des flics sort pour lui dresser une contravention pendant que son partenaire attend dans la voiture. Au bout d'une minute, le premier policier revient, mais sans avoir donné de contravention au conducteur de la limousine, donc son partenaire dit : "Pourquoi tu lui as pas fait faire un Alcootest ou donné un PV pour excès de vitesse ?", et là, le premier policier répond : "Je pouvais pas, la personne dans la voiture est très importante, j'ai dû la laisser partir." Et son partenaire dit : "Pourquoi ? C'était qui ? Quelqu'un de célèbre ?" Et l'autre répond : "Je sais pas, mais son chauffeur, c'était le pape !" »

Un silence gênant suivit la chute de la blague.

« Vous pigez ? Le policier pensait que le pape était le chauffeur de quelqu'un d'autre ! »

Rex rit poliment tandis que JD rallumait la radio. Il changea de station jusqu'à tomber sur « Under the Bridge » des Red Hot Chili Peppers. Ce qui était bien mieux qu'écouter une gamine de douze ans raconter des blagues pourries sur le pape.

« Je pensais que cette blague vous plairait, dit Paige. Je l'ai cherchée hier soir. C'est une blague sur un chauffeur, et vous êtes mes chauffeurs. Vous comprenez ? C'est de l'à-propos.

– Il faut lui accorder ça, dit Rex, qui commençait à voir les mérites de la blague. T'en as d'autres, Paige ?

– Non. C'était ma seule blague. J'en raconte pas, normalement.

– Sans rire, marmonna JD.

– C'est dommage », dit Rex, plus indulgent.

Paige tapota l'arrière du siège de JD.

« Tournez à droite, dit-elle, puis garez-vous devant Big Buns & Footlongs.

– Pourquoi ? demanda JD.

– Vous devez vous arrêter là et récupérer mon déjeuner. Ils devraient aussi vous donner un sandwich de petit déjeuner à tous les deux. Ils en donnent toujours un à Nico, mon chauffeur habituel, mais comme il n'est pas là aujourd'hui, ils vont en faire deux. Un pour chacun d'entre vous.

– Un sandwich de petit déjeuner ? demanda Rex.

– Vous en aurez un tous les deux, dit Paige. Ils sont gratuits. La propriétaire, Alicia, est une amie de papa. » Elle désigna la vitrine. « Vous voyez, c'est juste là, avec le grand panneau rouge. »

JD se gara devant le magasin et coupa le moteur.

« J'y vais, dit-il à Rex. Tu restes à l'arrière.

– Non, c'est moi qui devrais y aller. Ça va paraître louche si on me voit assis à l'arrière avec une petite fille.

– C'est pour ça qu'il y a des vitres teintées », répondit JD.

Il sortit de la voiture et verrouilla les portes pour que Rex ne puisse pas s'échapper.

La sandwicherie Big Buns & Footlongs était sise entre un barbier et une quincaillerie, et sa façade avait grandement besoin d'une rénovation – les fenêtres étaient sales et l'enseigne rouge au-dessus du magasin avait connu des jours meilleurs, sans parler du trottoir qui était couvert de chewing-gum et de taches de milkshake. JD entra et se dirigea vers le gamin qui tenait le comptoir.

« Je viens pour le déjeuner de Paige Rodriguez, et deux sandwichs de petit déjeuner. »

Le garçon, un Latino à l'air niais vêtu d'un tablier blanc et d'une chemise verte, qui ne devait pas avoir plus de douze ou treize ans, fixa JD la bouche grande ouverte.

« Vous êtes le...

– Exact. Je suis le nouveau chauffeur. Le déjeuner de Paige et deux sandwichs de petit déjeuner. »

JD lut le badge sur le tablier du garçon. Il s'appelait Kai, et il semblait avoir besoin d'être secoué un peu.

« Yo, Kai, j'ai pas toute la journée. »

Le gamin était visiblement nerveux. Il avait reconnu JD, c'était certain. Pendant quelques secondes de plus, il fixa son nouveau client d'un regard vide, clignant des yeux un peu plus que nécessaire. Finalement, quand il sortit de sa torpeur, il plongea la main sous le comptoir et attrapa deux sacs en papier brun, qu'il posa sur le comptoir.

« Ce sera tout ?

– Ouais. Combien je te dois ?

– Ils sont déjà payés. »

JD fronça les sourcils.

« Ah bon ?

– L'homme pour qui vous travaillez, Antonio Rodriguez, il s'occupe de la protection du magasin. En échange, on donne à Paige six pots de crème anglaise et une banane tous les jours. Et on prépare un sandwich pour Nico, son chauffeur.

– OK, plusieurs choses, dit JD. Pour commencer, Nico est mort. Il ne reviendra pas. Deuxièmement, six pots de crème anglaise ?

– Nico est mort ? » Kai sourit. « Tant mieux, c'était un connard. »

Avant qu'il puisse ajouter quelque chose, une grosse Latino en robe bleue sortit de la cuisine derrière lui d'un air agacé. Elle avait des cheveux noirs qui lui arrivaient aux épaules et un visage poupin.

« Kai, je pense que tu en as assez dit. » Elle regarda JD. « M. Rodriguez sera en colère si sa fille n'est pas à l'heure à l'école. »

JD prit les sacs sur le comptoir.

« Merci pour le repas, dit-il avec un signe de tête poli. À demain.

– Oui. Au revoir, monsieur. »

JD sortit du magasin, se dirigea vers le côté conducteur de la voiture et grimpa à l'intérieur, posant les sacs marron sur le siège passager. Rex et Paige jouaient à un jeu qui consistait à additionner les numéros des plaques d'immatriculation des voitures qui passaient. JD attrapa le sac renfermant le déjeuner de Paige et se pencha par-dessus les sièges pour le tendre à Rex.

« Alors, qu'avons-nous là ? » demanda celui-ci en prenant le sac et en l'ouvrant. Son enthousiasme retomba dès qu'il vit ce qu'il contenait. « De la crème anglaise ?

– C'est à moi, dit Paige en lui arrachant le sac des mains.

– Ça fait beaucoup de crème anglaise, commenta Rex.

– Et une banane », ajouta-t-elle.

JD ralluma l'autoradio. À son grand soulagement, « People Are Strange » des Doors noya aussitôt la conversation inepte de ses deux passagers sur la crème anglaise. Il enfonça l'accélérateur et prit la direction de l'école. Lorsqu'ils arrivèrent à destination, JD gara la Mercedes juste devant l'établissement. Il baissa le volume de la radio et se tourna vers Rex.

« Tu l'accompagnes ?

– Je sais pas, je suis censé le faire ? demanda Rex à Paige.

– Normalement, mon chauffeur m'ouvre la portière, répondit-elle en regardant JD. Comme ça, je fais pas tomber mon repas.

– J'ai les sandwichs, dit JD en jetant un coup d'œil à Rex.

– OK », soupira ce dernier.

Il sortit de la voiture et en fit le tour jusqu'à la portière de Paige pour lui ouvrir. Elle se laissa glisser sur le trottoir.

« Merci, Rex, dit-elle poliment.

– Aucun problème. Passe une bonne journée, à l'école. On se voit à 16 heures ? »

Elle hissa son sac à dos sur son épaule.

« Oui. Soyez à l'heure, s'il vous plaît.

– Oui, m'dame. »

Un groupe de filles du même âge que Paige qui traînaient devant le portail de l'école les regardèrent bizarrement, sans doute intriguées par le nouveau garde du corps géant. Paige passa devant elles et franchit le portail sans un coup d'œil dans leur direction.

Rex rejoignit JD à l'avant pour le retour.

« T'as vu comment ces gamines la regardaient ?

– Non, dit JD en avalant ce qu'il était en train de mâcher. Tiens, ton sandwich. »

C'était un long sandwich enveloppé dans du papier rouge et blanc. Rex le prit et le déballa. Dès la première bouchée, il comprit qu'il avait affaire à quelque chose d'exceptionnel. Le goût était divin. Il regarda JD, qui était en train de vivre la même expérience.

« Putain de merde, c'est une tuerie ! lâcha Rex, profitant d'un instant fugace où sa bouche était vide.

– Ouais, acquiesça JD. Mais ne le dis pas à Flake.

– Ni à Sanchez ! »

Un policier traversa la route en direction de leur voiture, se dirigea vers le côté conducteur et tapa sur la vitre. JD la baissa. Le flic se pencha pour mieux les regarder. Il avait la cinquantaine, une barbe grise bien taillée et un visage avenant.

« Excusez-moi, messieurs, dit-il. Vous ne pouvez pas vous arrêter ici. C'est une zone de dépose-minute.

– Va chier », répondit JD avant de remonter la vitre.

Le policier tapa de nouveau.

JD baissa la vitre, mais cette fois, il empoigna le flic par sa chemise et le tira d'un coup sec vers l'avant, cognant son visage au cadre de la portière et lui brisant le nez. Alors qu'il tendait la main vers le pistolet dans l'étui à sa hanche, il sentit le canon de l'arme de JD s'enfoncer dans sa pommette.

« On est en train de bouffer, gronda JD. Pigé ?

– Ouais, je comprends », dit l'autre. Il retira la main de son arme et s'en servit pour retenir le flot de sang qui coulait de son nez sur sa barbe. « Désolé, ajouta-t-il. Je ne vous avais pas reconnu. Ça ne se reproduira pas, c'est promis.

– Bien. Passez une bonne journée. »

JD lâcha sa chemise et remonta la vitre. Le flic prit un instant pour recouvrer ses esprits puis s'en fut emmerder quelqu'un d'autre.

« Y a un type là-bas qui a l'air un peu suspect », remarqua Rex, la bouche pleine.

JD regarda dans la direction qu'il lui indiquait.

« Lequel ? »

Rex mordit dans son sandwich en pointant du doigt la rue.

« Ce type, là-bas. Avec le manteau étrange.

– Qu'est-ce que tu racontes ? Y a personne. »

Rex essuya un peu de sauce sur sa bouche et leva les yeux.

« Bizarre, dit-il. Il était là y a genre une seconde.

– À quoi il ressemblait ?

– Je sais pas. Il avait juste un manteau chelou. Avec des lignes noires et blanches qui bougeaient. Tu sais, comme s'il sortait d'un clip d'A-ha. »

JD soupira.

« Finis ton sandwich. »

20

Retour au Purgatoire

« Elle en finit pas, ton histoire, remarqua Flake. T'étais pas censé nous dire comment vous vous étiez fait tirer dessus ?

– Je plante le décor, c'est tout », répliqua Rex, agacé d'être interrompu.

Elvis et Jasmine somnolaient sur le canapé au fond de la pièce tandis que Flake, JD et Rex étaient assis sur des tabourets au comptoir. JD tirait sur une cigarette et intervenait de temps en temps dans le récit de Rex. Et Goober le chien était assis aux pieds de Flake, sa nouvelle meilleure amie.

« J'ai l'impression que tu nous parles surtout d'une nana pour qui t'en pinces, grogna Flake. Quel est le rapport avec le fait que vous vous soyez fait tirer dessus ? »

Avant que Rex puisse répondre, Jacko l'interpella de derrière le comptoir.

« Flake, tu passes à la télé. »

Le téléviseur au mur du Purgatoire était branché sur une chaîne d'information en continu qui transmettait les derniers développements dans l'affaire des politiciens assassinés.

Il n'y avait pas de son, mais l'écran affichait deux photos d'identité, l'une de Flake et l'autre de Sanchez.

« Monte le volume », lança Rex.

Jacko prit la télécommande et remit le son. Sur le côté de l'écran, une journaliste était en train d'expliquer ce que tout le monde au Purgatoire savait déjà.

« Sanchez Garcia a été abattu par un des gardes du corps du président. Sa complice, Flake Munroe, s'est échappée avec l'aide du Bourbon Kid, le tristement célèbre tueur de masse. Selon les premières estimations, ils auraient tué jusqu'à cinquante personnes pendant leur évasion de l'hôtel Poséidon. »

La photo de Sanchez laissa place à une photo de JD. Flake détourna le regard de l'écran et caressa la tête de Goober pour se changer les idées. Le chien se blottit contre sa cuisse comme s'il sentait son chagrin et voulait la réconforter.

« Bon Dieu, souffla Rex. Le vice-président aussi est mort ? Et le président de la Chambre des représentants ? Qui dirige le pays, du coup ? »

Ce fut la journaliste qui répondit à sa question.

« Selon notre correspondante politique, Janice Litman, c'est la secrétaire d'État à la Défense, Rebecca Howe, qui devrait être nommée présidente par intérim. Malheureusement, Mlle Howe est actuellement introuvable. Des employés du gouvernement pensent qu'elle se cache, craignant pour sa vie. Si Mlle Howe n'est pas en mesure d'occuper ce poste pour quelque raison que ce soit, le prochain sur la liste est le procureur général, Navan Douglas. »

« Navan Douglas, dit Flake en se tournant vers le téléviseur. Je l'ai rencontré ce matin. C'est lui qui nous a escortés, Sanchez et moi… »

Elle s'interrompit au milieu de sa phrase, submergée par l'émotion. Il lui serait difficile de prononcer le nom de Sanchez pendant quelque temps.

Jacko coupa le son de la télévision.

« Rex, et si tu continuais ton histoire ? Pour nous changer les idées.

– Très bien, répondit l'intéressé. Je vais passer directement à la nuit juste avant que je me fasse tirer dessus. »

21

Il était près de minuit et Rex était dans sa chambre, au deuxième étage de la propriété des Rodriguez. La pièce était équipée d'une salle de bains privée, d'un grand lit double, d'une télévision de taille décente au mur et, surtout, d'un mini bar rempli de Randy Panda, son cidre préféré.

Il était en train d'en siroter un verre devant *Stone Cold* avec Brian Bosworth, allongé torse nu sur le lit, quand on frappa doucement à sa porte. Si doucement en fait qu'il faillit ne pas l'entendre. Il posa son cidre sur la table de chevet et prit son arme sous son oreiller. Il vérifia qu'elle était chargée, puis marcha à pas de loup vers l'entrée, pas tout à fait stable sur ses jambes après les cinq bouteilles de cidre qu'il s'était descendues à lui tout seul. Après s'être mis d'aplomb et avoir pris plusieurs longues inspirations, il pressa le canon de son pistolet contre la porte, à peu près à la hauteur de la poitrine d'un homme.

Un autre coup.

« Qui est-ce ?

– Selene. Je peux entrer ?

– Une seconde. »

Rex se précipita vers le lit, cacha son arme, inspecta son reflet dans le miroir, retourna vers la porte à pas rapides et, enfin, la déverrouilla et l'ouvrit. Selene se tenait devant lui, dans un peignoir en soie sous lequel on devinait un pyjama assorti.

« Que puis-je faire pour vous ? demanda Rex en essayant de paraître nonchalant et détendu.

– M'inviter à entrer ?

– Bien sûr. » Il s'effaça pour la laisser passer. « C'est pas un peu tard pour une visite de courtoisie ? » dit-il en refermant derrière elle.

Selene se tourna vers lui.

« J'ai une faveur à vous demander. En espérant ne pas vous choquer.

– Je vous écoute.

– Je peux dormir ici ce soir ?

– Sérieusement ?

– Oui. Mon mari a de la compagnie cette nuit, j'ai donc été exilée.

– Exilée ? Dans *ma* chambre ? Antonio vous a dit de venir dormir dans ma chambre ?

– Techniquement, ce n'est pas votre chambre, dit Selene avec un de ses sourires énigmatiques. Vous n'êtes qu'un invité.

– Vous jouez avec les mots, dit Rex. Mais vous avez raison, je suppose. »

Il marcha vers le lit, prit la télécommande et coupa la télévision.

« En fait, je préférerais que vous la laissiez allumée. Le bruit couvrira nos voix. »

Rex ralluma la télé.

« Il y a quelque chose dont vous voulez parler ? Parce que tant que vous êtes là, j'avais une question à vous poser : pourquoi est-ce qu'il y a un fusil de sniper sur le toit de la maison ? »

Selene rit.

« C'est ça que vous voulez me demander ?

– Ouais. Vous êtes la seule personne en qui j'ai suffisamment confiance pour espérer une vraie réponse.

– C'est pour les noix de coco.

– Les noix de coco ? »

Selene marcha jusqu'au lit et s'assit au bord.

« On fait des concours de tir de noix de coco depuis le toit, dit-elle. À peu près une fois par mois. Et en général, c'est moi qui gagne. Je peux abattre une noix de coco à deux kilomètres de distance.

– Il sert juste à ça ?

– Rex, c'est un domaine immense. Un fusil de sniper, ça peut être très utile pour se défendre, vous savez.

– C'est vrai. Désolé. Je peux faire quelque chose pour vous ? Vous êtes sérieuse, quand vous dites que vous voulez dormir ici ?

– Si je suis là, dit Selene en se rapprochant de Rex, c'est parce que quand Antonio invite une de ses maîtresses, je dois dormir dans une autre chambre.

– Il a une maîtresse ?

– Plusieurs. Généralement, je trouve facilement une chambre libre, mais ce soir, elles sont toutes prises. Avec tous ces hommes de main qui séjournent à la maison en ce moment. » Elle lui sourit. « Donc vous voulez bien que je dorme ici ?

– Votre mari ne va pas être en colère s'il l'apprend ?

– Si, bien sûr. Mais je ne vais pas le lui dire. Et vous ?

– Non. » Rex se dirigea vers le mini bar. « Je vous sers un verre ?

– Je n'en ai pas besoin, répondit Selene en considérant les bouteilles de cidre vides par terre. Je suis prête à me mettre au lit. »

Rex était pris au dépourvu. Il ne s'attendait pas à ce qu'elle vienne frapper à sa porte, et encore moins à ce qu'elle demande à passer la nuit avec lui.

« Heu, ouais, je pense que j'ai assez bu, de toute façon. Je vous en prie, installez-vous. Je dois juste passer à la salle de bains. »

Rex ferma la porte derrière lui et se regarda dans le miroir au-dessus du lavabo pour pouvoir demander quelques conseils à son reflet. Sérieusement, c'était quoi ce traquenard ? La femme de la maison, l'épouse du patron, était dans sa chambre, et voulait partager son lit. Ces gens riches étaient vraiment tarés. À bien y réfléchir, il n'était pas non plus bien malin de l'avoir laissée entrer. Elvis saurait quoi faire dans une telle situation, mais Rex ne pouvait pas l'appeler parce que, eh bien parce qu'il n'avait pas huit ans. En plus, Selene risquait de l'entendre.

Il s'aspergea le visage d'eau froide et réfléchit à ce qu'il devait faire. Cette femme était-elle dangereuse ? Était-ce un guet-apens ? Ou peut-être se sentait-elle juste seule ? Qu'est-ce qu'elle pouvait bien lui vouloir, putain ? Du sexe, très probablement, mais c'était hors de question. S'il couchait avec elle, il y avait fort à parier qu'elle lui demanderait une faveur dangereuse dès le lendemain, comme tuer son mari, ou ses hommes de main. Rex examina une nouvelle fois son reflet. Il fronçait les sourcils. Il lâcha un rire discret pour le dérider. Son reflet s'inquiétait pour rien. Tout ce qu'il avait à faire, c'était retourner dans la chambre. C'était là que se trouvaient les réponses. Il découvrirait très vite ce que voulait réellement Selene, et peut-être n'était-ce rien de plus qu'un lit pour la nuit.

Il éteignit la lumière et regagna la chambre. Le pyjama de Selene était par terre, devant la porte de la salle de bains. Elle était étendue sur le lit, nue, et regardait Rex.

« J'aime dormir nue. Ça ne vous dérange pas ? » demanda-t-elle, ses lèvres rouge foncé l'invitant à la rejoindre.

Les faibles défenses que Rex s'était efforcé d'ériger cédèrent dans l'instant. Selene avait un corps à se damner, une peau blanche crémeuse, des courbes parfaites. Elle voulait coucher avec lui, c'était certain. Ce qu'elle voulait d'autre, il le découvrirait plus tard. Quand ils auraient fini de baiser.

Pendant ce temps, dans un local de sécurité situé dans une autre partie du bâtiment, Lucas, le chef des porte-flingues, regardait les images de vidéosurveillance de tout ce qui se déroulait autour du manoir et dans ses couloirs. Il avait vu Selene pénétrer dans la chambre de Rex, en tenue de nuit, et n'avait aucun mal à imaginer ce qui était en train de s'y passer.

22

Le lendemain matin

« On n'est pas samedi, hein ?

– Non, on n'est pas samedi, répondit JD.

– Alors où est-elle, putain ? » marmonna Rex.

Il était assis à l'arrière de la Mercedes et avait l'impression d'attendre la gamine depuis des plombes. JD était derrière le volant, en train de zapper d'une station de radio à l'autre. Il s'arrêta quand il tomba sur « In the City » de Joe Walsh.

« Calme-toi, dit JD. C'est une gamine.

– Ouais, et elle est en retard. Est-ce qu'on doit vraiment poireauter là ? demanda Rex en élevant la voix pour se faire entendre par-dessus la musique.

– Tu veux qu'on aille à l'école *sans* elle ?

– Non, bien sûr que non. Mais j'ai mieux à faire qu'attendre une gamine à l'arrière d'une voiture. Et depuis quand es-tu si tolérant ? »

JD regarda Rex par-dessus son épaule.

« Qu'est-ce qui t'arrive ? T'as peur qu'Antonio sache que t'as baisé sa femme ? »

Rex resta un moment silencieux.

« Qu'est-ce qui te fait dire ça ?

– Je suis dans la chambre d'à côté.

– Merde. Tu nous as entendus ?

– Ouais.

– Tu penses que les hommes de main nous ont entendus aussi ?

– Qu'est-ce que j'en sais ? J'étais pas dans leur chambre avec eux. Ce que je sais en revanche, c'est que si Antonio est au courant, on va devoir le buter, lui et tous ses hommes. »

Rex marmonna quelque chose dans sa barbe et regarda par la vitre arrière les portes d'entrée du manoir. Toujours aucun signe de Paige.

« Quelque chose me dit qu'on va finir par tuer tous ses hommes dans tous les cas.

– C'est pour ça qu'ils sont là.

– Ouais. Ah, la voilà. »

Paige sortit de la maison, poussée par Merris, la gouvernante, qui salua JD et Rex et disparut à l'intérieur. Alors que la gamine s'approchait de la voiture, Rex remarqua qu'elle avait pleuré, et que son uniforme n'était pas aussi impeccable que la veille. Sa chemise n'était pas rentrée dans sa jupe, ses chaussettes étaient baissées et ses cheveux étaient en bataille. Au lieu de monter à l'arrière avec Rex, elle s'installa à l'avant avec JD. Elle claqua la portière et posa son sac à dos devant elle sans un mot. Puis elle attacha sa ceinture et croisa les bras. De toute évidence, elle était contrariée.

Rex se pencha vers elle.

« Qu'est-ce que tu fais à l'avant ? »

Pas de réponse. JD démarra et ils commencèrent à rouler en silence, Rex assis seul à l'arrière.

Finalement, au bout d'une minute, Rex en eut assez.

« J'ai l'air d'un crétin. À quoi ça sert que je vienne si c'est pour être assis tout seul comme un con à l'arrière ? »

Personne ne répondit à ses fulminations. À la place, JD jeta un coup d'œil à Paige.

« Ça va ? lui demanda-t-il.

– Non.

– Qu'est-ce qui se passe ?

– J'ai pas envie d'aller à l'école, aujourd'hui.

– Pourquoi ? »

Paige réfléchit un moment avant de se décider à partager les raisons de sa mauvaise humeur.

« Hier, deux filles d'une classe au-dessus m'ont volé mon déjeuner.

– Ta crème anglaise ?

– Oui.

– *Toute* ta crème anglaise ?

– Oui, et elles l'ont même pas mangée. Elles ont juste piétiné les pots, et ma banane. »

JD jeta un coup d'œil dans le rétroviseur et intercepta le regard de Rex. Celui-ci ferma les yeux, sachant ce qui allait suivre.

« Je peux résoudre ce problème pour toi, dit JD à Paige. Je serais ravi d'aller parler au directeur pour toi.

– C'est une directrice. Mme Lampkin.

– Quand on sera à l'école, j'irai lui parler. »

Paige décroisa les bras.

« Promis ?

– Promis.

– D'accord. Merci. Mais ne la tuez pas. Je n'ai pas envie d'être renvoyée.

– Compris. Ne pas tuer la directrice. Je m'en souviendrai. Tu pourras aussi me montrer les filles qui t'ont volé ton déjeuner, si tu veux.

– Je sais pas trop. » Paige tendit la main vers l'autoradio et changea la station. « Et je ne veux plus écouter de rock », dit-elle en autorisant un sourire en coin à se dessiner sur ses lèvres maintenant qu'elle ne boudait plus.

La station passait Nirvana. Elle soupira et en trouva une autre qui diffusait Led Zeppelin. Toujours pas convaincue, elle continua de zapper, tombant sur Radiohead, puis les Guns n' Roses. La goutte d'eau fut « Janie's Got a Gun » d'Aerosmith. Elle arrêta de tripoter le bouton et se rencogna dans son siège, croisant de nouveau les bras. Ce fut au tour de JD de sourire.

« Vous êtes tellement stupides, dit Paige. Cette radio est stupide. Elle passe que des morceaux stupides chantés par des vieux.

– John Denver était vieux, lui signala JD. Et pourtant tu l'aimes bien.

– Plus maintenant. »

Après deux autres morceaux de vieux, JD se gara devant Big Buns & Footlongs. Rex sortit de la voiture, claqua la portière pour rappeler à tout le monde qu'il était toujours de mauvais poil, et marcha jusqu'au magasin pour prendre le déjeuner de Paige et deux fantastiques sandwichs de petit déjeuner.

« Il a encore plus mauvais caractère que toi, dit JD.

– J'ai pas mauvais caractère.

– Tu veux faire un concours de regards ? Le premier qui sourit a perdu. »

Paige se tourna vers JD. À en croire son expression sévère, la partie avait déjà commencé.

JD la regarda dans les yeux. Il était sûr de gagner, car il savait que Paige n'aimait pas le contact visuel. Elle semblait prendre le défi très au sérieux, cela dit, et arbora plusieurs expressions qui auraient pu être efficaces contre un adversaire moins redoutable. Elle commença par un air solennel et, quand les commissures de ses lèvres se mirent à trembler, elle fit la moue. JD resta de marbre. La grimace de Paige commença petit à petit à s'estomper. Elle résista, mais ne put finalement empêcher un grand sourire de se dessiner sur ses lèvres. Au lieu d'admettre sa défaite, elle rappela à JD qu'il était stupide, puis se tourna vers la fenêtre pour qu'il ne voie pas son sourire.

Dès que Rex revint avec les sandwichs et le déjeuner de Paige, ils reprirent la route.

La cloche avait déjà sonné quand ils arrivèrent à l'école. L'avantage, c'était que l'endroit ne fourmillait plus de gamins. Pas de files de voitures, pas de parents stressés. Juste leur place de parking habituelle devant l'entrée.

« On a quinze minutes de retard, maintenant, dit Paige, comme s'ils n'étaient pas au courant. Vous avez roulé trop lentement.

– Hé, c'est toi qui étais en retard ! lança Rex de l'arrière, la bouche pleine de bacon, de saucisse, d'œuf et de toutes les autres merveilles qui composaient son sandwich.

– Les portes de l'école sont fermées, dit Paige. L'un de vous va devoir sonner et expliquer que c'est votre faute si on est en retard, sinon je vais avoir des problèmes. »

JD coupa le moteur.

« Je m'en occupe, dit-il en ouvrant sa portière. J'en profiterai pour aller voir Mme Je-sais-plus-quoi.

– Lampkin, dit Paige.

– C'est ça, Mme Lampkin. On peut y aller ? »

Paige ouvrit la portière, souleva son sac à dos et descendit sur le trottoir. JD avait déjà fait le tour pour refermer la portière derrière elle.

« Prête à swinguer ? lui demanda-t-il.

– Non. J'attends toujours que Rex me donne mon déjeuner.

– Ah, oui. » JD ouvrit la portière arrière. « Rex, tu as le... »

CRAC !

Quelque chose heurta JD à l'arrière de la tête. Tout disparut derrière une brume blanche éblouissante. Il se cogna le front au cadre de la portière et s'effondra sur le sol. Alors qu'il sombrait dans un abîme de confusion, il entendit Paige crier son nom, puis le fracas d'un objet tombant à côté de lui. JD ne pouvait rien faire. Il était étendu sur le dos, fixant le ciel. Le soleil du matin se mêlait à la brume blanche artificielle qui l'aveuglait.

« JD ! AIDE-MOI ! »

La voix de Paige s'était éloignée. Il tourna la tête pour voir où elle était. Il tâcha d'ignorer les taches blanches qui ondoyaient dans son champ de vision pour se concentrer sur une image floue de Paige. Elle flottait. Ses pieds étaient à un mètre du sol, et elle rapetissait, ses cris se faisant de plus en plus lointains.

« JD ! REX ! »

La portière arrière de l'autre côté de la Mercedes s'ouvrit. Rex courut sur la route.

« HÉ ! STOP ! » cria-t-il.

BANG !

« Aaaargh, putain ! »

BAM !

Rex tomba contre la voiture.

TUUUUUUT !

Quelqu'un donna un coup de klaxon indigné.

JD cligna des yeux plusieurs fois. Sa vision s'était légèrement éclaircie, même si les taches blanches étaient toujours là. Il posa ses mains sur le trottoir et poussa dessus pour se relever.

Paige ? Où était-elle ?

Là. Elle était là. Et elle flottait toujours, en direction de portières ouvertes à l'arrière d'une camionnette noire. Un type costaud attendait dedans, les bras tendus, prêt à la récupérer.

JD voulut s'élancer vers Paige, mais ses jambes ne reçurent pas le message. Il tituba sur le côté. La voiture l'empêcha de tomber. Il s'y appuya pour se redresser, puis plongea la main sous sa veste à la recherche d'une arme. Il en sortit une. Ses réflexes étaient encore vifs. Sa vision, en revanche, n'était toujours pas très au point. Alors qu'il pointait son arme sur la camionnette, il entendit les cris de panique de Paige.

« *Aide-moi. JD, aide-moi !* »

BAM !

Les portières du van se fermèrent et le rugissement du moteur étouffa ses cris.

JD cligna encore une fois des yeux. À travers une des vitres de la camionnette, le visage de Paige le fixait. Puis elle disparut. Le van commença à s'éloigner. Il n'avait plus qu'une chance : tirer dans les pneus.

BANG !

Trop tard. Le temps que JD appuie sur la détente, la camionnette était déjà loin. Elle prit un virage en dérapant et disparut complètement. Épuisé par le contrecoup de la montée d'adrénaline, il retomba sur le trottoir. Il cligna encore des paupières. Qu'était-il arrivé à Rex ?

« Rex ? lança JD. Ça va ? »

Il vit la silhouette floue et déformée de Rex qui boitillait sur le trottoir devant lui.

Le grand biker tendit la main pour attraper le bras de JD, l'aida à se relever et l'appuya contre son épaule. Ils contemplèrent tous les deux la route où s'était trouvé le van. L'image de Paige regardant par la vitre arrière ressurgit dans l'esprit de JD.

« Ce connard m'a tiré dessus », dit Rex.

Du sang s'écoulait d'un trou dans son jean, juste au-dessus du genou. Il pressa sa main magnétique dessus et en sortit une balle déformée, qu'il laissa tomber sur le trottoir.

JD se frotta l'arrière du crâne à l'endroit où on l'avait frappé. Il avait une bosse de la taille d'une balle de golf.

« C'était quoi, ça ? J'ai vu personne. Qui m'a frappé ?

– Personne ne t'a frappé.

– L'arrière de ma tête est d'un autre avis.

– Ce que je veux dire, c'est qu'on a affaire à un kidnappeur invisible. T'es tombé alors qu'il n'y avait personne près de toi. Et je me suis fait tirer dessus par quelqu'un qui n'était pas là.

– Un kidnappeur invisible ? fit JD, grimaçant encore en se frottant la tête. Antonio nous doit des explications. T'as relevé la plaque de la camionnette ?

– Tu plaisantes ? Je me suis fait tirer dessus et j'ai failli me faire écraser. »

JD regarda sa main. Elle était couverte d'une substance collante.

« C'est quoi, cette merde ? demanda-t-il en essayant de faire la mise au point dessus.

– De la crème anglaise », répondit Rex.

Le sac à dos de Paige était à côté de la voiture, son contenu éparpillé sur le trottoir. Des livres, des stylos, des crayons, des mouchoirs, un téléphone et un pot de crème anglaise rose écrasé étaient les seules preuves qu'elle s'était trouvée là quelques instants plus tôt. La crème anglaise avait éclaboussé le flanc de la Mercedes, le trottoir et la main de JD. Il y avait aussi une batte de base-ball un peu plus loin sur la chaussée.

« Je pense que c'est avec ça qu'on t'a frappé », dit Rex en la pointant du doigt.

JD soupira.

« Non, tu crois ? »

23

Retour au Purgatoire

« T'as couché avec la femme du patron ? s'exclama Flake d'un air horrifié. Et ensuite, Paige a été kidnappée ? »

Rex fronça les sourcils.

« Il me semble que l'enlèvement de Paige est plus choquant que le fait que j'aie couché avec Selene.

– T'as eu des ennuis, du coup ?

– Tu peux parler moins fort ? Tu vas réveiller les autres. »

Jasmine et Elvis somnolaient toujours au fond de la salle.

« Je vous entends », lança le King sans ouvrir les yeux.

Rex et Flake étaient installés au comptoir, avec Goober blotti aux pieds de celle-ci. JD, assis seul à une table, regardait le journal télévisé, qui rapportait sans cesse de nouveaux assassinats de politiciens et célébrités. Le monde entier était bel et bien en train de sombrer dans le chaos.

Jacko était derrière le bar, occupé à taper sur un ordinateur portable.

« Trouvé, annonça-t-il. Medicine Island.

– Medicine Island ? répéta JD. C'est où ?

– T'as bien dit Medicine Island ? lança Flake. C'est dans l'océan Pacifique, non ?

– Exact, dit Jacko. C'est parfait pour nos besoins. C'est tout petit, et surtout, c'est totalement inhabité. »

Rex était perplexe.

« Tu vas envoyer Flake vivre sur une île déserte ?

– Pas n'importe laquelle. Il y a environ quatre-vingts ans, le gouvernement américain a construit un centre de recherche médicale sur cette île. Ils comptaient l'utiliser pour tester les effets des vaccins sur les virus mortels. Évidemment, c'est parti en sucette et un virus a tué tous les gens qui travaillaient sur l'île.

– Tu veux que j'aille sur une île où sévit un virus mortel ? s'étrangla Flake.

– C'est parfaitement sûr, maintenant. Tu n'as rien à craindre. »

JD se leva de la table et ôta son manteau. Il le suspendit au dossier de sa chaise, puis rejoignit Jacko derrière le comptoir.

« Si on envoie Flake là-bas, dit-il en regardant l'écran de l'ordinateur, quelles sont les chances que quelqu'un débarque sur l'île et la trouve ?

– Très faibles, dit Jacko. L'île est entourée de formations rocheuses mortelles, qui rendent l'accès par la mer extrêmement périlleux. Et il n'y a aucun endroit où un avion pourrait atterrir. Un hélicoptère, à la limite. C'est parfait pour que Flake s'y cache jusqu'à ce qu'on prouve son innocence. »

Celle-ci parut horrifiée.

« Tu veux sérieusement m'envoyer vivre toute seule sur une île déserte ?

– Je pense que le chien sera d'accord pour venir avec toi », dit Jacko.

JD poussa le bluesman d'une bourrade dans le dos, puis tenta de rassurer Flake.

« Ce ne sera que temporaire. Je viendrai avec toi, j'inspecterai l'île, je vérifierai que tout va bien. Une fois que tu seras installée, on t'apportera de la nourriture et tout ce dont tu auras besoin. On pourra tous s'y retrouver. Jasmine va adorer. Peut-être même qu'elle s'installera avec toi.

– Super.

– T'as une meilleure idée ? »

Flake soupira.

« Meilleure que vivre sur l'île du Dr Blaireau ? Je dois dire que non, je n'ai pas de meilleure idée. C'est juste que ce n'est pas ce que j'avais prévu en me levant ce matin, tu sais ?

– Je sais. Mais jetons au moins un coup d'œil à cet endroit. Ça pourrait te plaire.

– C'est prêt, dit Jacko. J'ai réglé le portail sur une salle de bains du centre de recherche de l'île. Allez jeter un œil. Si ça ressemble un tant soit peu aux photos que j'ai sous les yeux, ce sera le paradis.

– On est sûr que cet endroit est inhabité, au moins ? demanda Flake.

– Il n'y a qu'un moyen de le savoir, dit JD en contournant le comptoir pour la rejoindre.

– Et s'il y a des animaux sauvages ? »

JD sourit.

« C'est pas Jurassic Park. Il n'y aura rien qu'on ne puisse gérer.

– J'espère. »

Flake se leva et ôta sa veste de tailleur, qu'elle posa sur le dossier de sa chaise avant de se diriger vers le portail avec JD.

« Hé, attendez, lança Rex. Vous voulez pas entendre la suite de l'histoire ?

– Ton histoire peut attendre, dit Jacko. Va plutôt voir comment vont Jasmine et Elvis pendant que ces deux-là visitent l'île. »

Rex soupira.

« Sers-moi un autre verre, alors.

– Débrouille-toi. Je suis occupé. » Jacko se tourna vers JD et Flake, qui patientaient devant les toilettes pour hommes. « Si l'île te plaît, je demanderai à Einstein de t'installer une télé, une antenne parabolique, un réseau téléphonique et tout ça, d'accord ? »

JD appuya sur un bouton dans le mur près de la porte des toilettes et celle-ci s'ouvrit automatiquement en coulissant. Le bouton avait été récemment mis en place par Einstein, qui le jugeait plus efficace que l'ouverture et la fermeture manuelles de la porte. En réalité, il avait surtout voulu se faire plaisir en apportant au lieu une petite touche futuriste, Einstein étant un gros *nerd* passionné de science-fiction.

Le portail s'ouvrit sur une salle de bains crasseuse qui renfermait une rangée de cabines de douche et quelques lavabos, tous couverts de toiles d'araignée, de poussière et de saleté.

« C'est mieux que la prison, non ? dit JD.

– Dit comme ça..., répondit Flake. Allez viens, allons voir avant que je change d'avis. »

JD passa le premier en faisant de son mieux pour écarter les toiles d'araignée, mais Flake en sentit plusieurs lui chatouiller le visage lorsqu'elle lui emboîta le pas. Il faisait bien plus froid qu'au Purgatoire, et même si la salle de douche qu'ils traversaient était couverte de poussière et de crasse, l'air n'était pas irrespirable.

« On risque pas de tomber sur une collection de squelettes ? demanda Flake, qui s'attendait à ce que quelque chose surgisse devant eux à tout moment.

– Possible. Mais t'as déjà eu affaire à des squelettes, non ? Au moins, si on en voit ici, ils seront vraiment morts. »

Ils passèrent de la salle de douche à un vestiaire et débouchèrent sur un couloir froid et stérile. C'était comme marcher dans un hôpital désaffecté.

« Je me demande combien de gens vivaient ici, dit Flake.

– Autant que ceux qui sont morts. »

Elle lui donna une bourrade dans le dos.

« T'es pas censé me remonter le moral ? »

Il ouvrit l'une des nombreuses portes du couloir et regarda à l'intérieur.

« Dortoir », dit-il.

Flake jeta à son tour un coup d'œil dans la pièce.

« On est sûr que c'était pas une prison ? » demanda-t-elle, peu convaincue par le confort pour le moins spartiate des installations.

« Dortoir » était effectivement un terme plus approprié que « chambre à coucher », la pièce ne contenant rien d'autre que des lits superposés, un placard et une commode.

JD referma la porte.

« Allons voir l'île. La vue devrait être plus sympa.

– Y a intérêt », répondit Flake.

À son grand soulagement, l'île était aussi belle que l'avait promis Jacko. C'était un paradis fait d'arbres exotiques, d'épais buissons verts, de plages de sable fin, d'un ruisseau et même d'une petite cascade qu'on distinguait au loin, sur les hauteurs de l'île. Et il faisait chaud. JD et Flake marchèrent jusqu'au rivage et contemplèrent l'océan d'un bleu étincelant.

« Waouh, souffla Flake. C'est peut-être bien le plus bel endroit au monde.

– C'est possible, dit JD. Une fois que tu seras installée, je pense que tu auras plein de visiteurs. Les autres vont adorer.

– Tu restes avec moi ce soir ?

– Tu pensais que j'allais te laisser toute seule ? »

Flake s'accroupit et attrapa une poignée de sable. Il était chaud. Elle le laissa glisser entre ses doigts avant de se relever.

« J'apprécierais vraiment que tu restes. Je n'ai pas envie d'être seule.

– Personne n'aurait envie d'être seul après tout ce qui s'est passé aujourd'hui. T'as faim ? »

Flake secoua la tête.

« Pas pour l'instant. Je ne pense pas pouvoir manger quoi que ce soit aujourd'hui. J'ai un nœud à l'estomac. Mais tu sais quoi, si on trouve un four et de la nourriture, je te ferai un petit déjeuner demain matin, pour te remercier de tout ce que t'as fait pour moi aujourd'hui. »

JD eut l'air déconcerté.

« Flake, c'est moi qui te préparerai le petit déj. Tu mérites de souffler un peu.

– Mais les petits déj, c'est mon truc. J'en préparais trois par jour parfois, pour... pour Sanchez. Je ne sais pas ce que je peux faire d'autre pour te remercier. »

Des larmes perlaient de nouveau à ses paupières, les souvenirs de la matinée revenant la submerger.

JD écarta quelques mèches égarées devant les yeux de Flake.

« T'as été très courageuse. Beaucoup de gens auraient craqué et se seraient fait arrêter ou tuer. »

Elle réussit à esquisser un sourire.

« Je te préparerai quand même un petit déj, OK ? »

JD passa sa main sur son bras.

« Tu as vaincu Jessica, la reine des vampires. Tu as tué Caïn avec la dague de Brutus, et tu as affronté Scratch avec une putain de lance à incendie. Tu vas très bien t'en sortir sur cette île. »

Flake rougit.

« Mince, tu te souviens de tout ça ?

– Tout le monde s'en souvient. C'était assez impressionnant. »

Flake se surprit à tendre les bras vers JD et à l'attirer à elle pour lui donner une accolade. Ce fut bref, juste quelques secondes, mais elle se sentit tout de suite beaucoup mieux. Elle recula d'un pas et le regarda dans les yeux.

« Personne ne mentionne jamais ces trucs, tu sais. Tout ce dont on parle, c'est de comment Jasmine a tué le pape, comment Jasmine a tué tous les acteurs de la série *La Planète des singes*, comment Jasmine a joué dans un porno. Et de son corps de rêve.

– T'es jalouse de Jasmine ?

– Non.

– Bien, parce que tout ça, t'es capable de le faire aussi.

– Je n'ai aucune intention de jouer dans un film porno.

– Moi non plus. »

Flake lui donna une tape sur le bras.

« Enfin bon, dit-elle, pressée de changer de sujet. Qu'est-ce qui est arrivé à Paige ? Tu l'as sauvée ? »

JD ne répondit pas. Il fixait un point derrière Flake, sur les hauteurs de l'île.

« Qu'est-ce qui se passe ? demanda-t-elle.

– Tu devrais retourner au Purgatoire. Voir comment va Jasmine.

– Pourquoi ? Y a un problème ?

– Y a quelque chose, là-haut, dit JD en observant le point culminant de l'île. Qui nous regarde. »

24

Retour à l'hôtel Poséidon

« Où est le secrétaire d'État, bon sang ?
– Nous pensons qu'il est mort aussi, monsieur. »

Navan Douglas avait l'impression de devenir fou. Cette série de meurtres parfaitement orchestrés était un bordel sans nom.

Il se trouvait avec trois agents des services secrets dans le salon de la suite du président, où plusieurs assassinats avaient eu lieu ce matin-là. Les corps avaient tous été emportés pour être autopsiés, avec celui du président, qui avait été tué dans la chambre à coucher.

« Trouvez Alexis Calhoon, lança Douglas à la cantonade. Et dites-lui de m'appeler immédiatement. »

Là-dessus, il sortit en trombe de la pièce et regagna sa propre chambre à l'étage inférieur de l'hôtel. Il avait besoin de passer un peu de temps seul. Pour réfléchir. Pour tâcher de comprendre ce qui se passait. Il se laissa tomber dans un fauteuil et essaya de mettre les choses au clair dans sa tête. Il savait que toutes sortes de rumeurs plus farfelues les unes que les autres circulaient dans les médias et sur Internet. Tout le monde semblait penser que les Russes étaient derrière ces assassinats. C'était une conclusion évidente dans la mesure où aucun Russe ne faisait partie des victimes. Le président chinois était mort, le petit gros à la tête de la Corée du Nord également. Douglas se rongea les ongles. Que se passait-il, bon sang ?

Il se leva et se mit à faire les cent pas, son cerveau tournant à plein régime. Des bruits étranges émanaient de son estomac perturbé par le stress et l'excès de caféine. Avait-il une part de responsabilité dans tout ça ? Il ne pouvait parler à personne de ce qu'il savait, de ce qu'il avait fait. Il avait donné un manteau d'invisibilité à un vampire. Un putain de vampire. Cet enfoiré de Diago était censé être du côté du gouvernement. Lui et sa bande de suceurs de sang bénéficiaient du statut d'espèce en voie de disparition. En échange de la protection du gouvernement, ils menaient à bien des missions, notamment des assassinats. Et ils étaient maintenant en possession d'un manteau d'invisibilité qu'ils étaient censés dupliquer pour le gouvernement, sauf que le gouvernement n'était pas au courant. Seul Navan Douglas savait puisque c'était lui qui avait eu l'idée de merde d'organiser ça dans le dos du président. C'était un risque insensé. Qu'est-ce qui avait bien pu lui passer par la tête ?

Pour ne rien arranger, Diago ne répondait plus au téléphone. Si les vampires avaient réussi à créer d'autres manteaux et s'en servaient pour assassiner tous ces chefs d'État, Douglas était dans une merde noire, en particulier s'ils travaillaient avec les Russes.

Son portable sonna, interrompant ses réflexions. C'était Alexis Calhoon. Un appel qu'il devait prendre.

« Bonjour, Alexis.

– Navan. Vous avez appris la nouvelle ?

– Mon Dieu, quoi encore ?

– La secrétaire à la Défense a été retrouvée. Elle est morte.

– Oh, Seigneur, non.

– Ça veut dire que c'est votre tour, monsieur. En tant que procureur général, vous êtes le nouveau président par intérim. Enfin, vous le serez si nous trouvons quelqu'un pour vous faire prêter serment. En attendant, vous avez des appels importants à passer. »

La situation empirait de seconde en seconde. Si Navan s'était souvent pris à imaginer des scénarios plus ou moins farfelus dans lesquels il devenait président, il ne s'était jamais attendu à ce qu'ils se concrétisent. Et certainement pas à la suite d'un accord secret qu'il avait passé et qui avait mal tourné. Très, très mal tourné.

« Vous avez réussi à localiser Flake Munroe ou le Bourbon Kid ? demanda-t-il à Calhoon.

– Non, monsieur, mais comme je l'ai dit plus tôt, il est impossible qu'ils soient derrière tout ça. C'est forcément les Russes. »

Leur conversation fut interrompue par l'arrivée d'un des agents des services secrets, un grand Noir nommé Cedric. Ce connard n'avait même pas frappé. Il avait utilisé son passe spécial qui ouvrait toutes les portes de l'hôtel. Cedric marcha vers lui d'un air nerveux, signe évident qu'il avait une mauvaise nouvelle à lui annoncer. Comme s'il n'en avait pas déjà reçu assez.

« MONSIEUR ! » hurla-t-il.

Douglas écarta le téléphone de son oreille.

« Oui, Cedric.

– Monsieur, je viens de recevoir un appel sur mon portable de Michael van der Lay.

– Je vous écoute.

– Il dit que de multiples missiles nucléaires se dirigent vers nous. Les Russes ont lancé une attaque de grande ampleur. »

Navan Douglas blêmit.

« Vous vous foutez de moi ?

– Non, monsieur. Les missiles vont frapper Chicago, Washington et le Texas dans environ deux minutes. Ce sera à vous de décider de notre réponse.

– Chicago ? Mais nous sommes à Chicago !

– Oui, monsieur. Deux minutes avant l'impact.

– Deux minutes ? C'est quoi ce bordel ? Comment est-ce possible ? Pourquoi n'ai-je pas été prévenu plus tôt ? »

Douglas connaissait déjà la réponse. Parce que c'était le chaos. Il n'y avait personne aux commandes du pays. Et on attendait maintenant de lui qu'il prenne une décision.

« Vous devez mettre fin à cet appel, monsieur. Van der Lay veut vous parler.

– PUTAIN ! » Douglas plaça le téléphone devant son oreille. « Calhoon, vous avez entendu ça ?

– Oui, monsieur.

– Des suggestions ?

– C'est vous qui êtes aux commandes, monsieur le président. »

Douglas raccrocha et essaya les exercices de respiration profonde que son psychiatre lui avait recommandés quelques années plus tôt. Ça ne fonctionnait pas. Il était en proie à une panique comme il n'en avait pas éprouvé depuis ce jour où il s'était moqué de la première dame dans un e-mail qu'il lui avait envoyé par erreur. Il attendit avec inquiétude l'appel de Michael van der Lay. Douglas allait devoir prendre une décision d'une importance capitale pendant cette conversation, sans pouvoir en discuter avec qui que ce soit. Dix secondes s'écoulèrent. Dix secondes de moins avant l'annihilation. Il regarda Cedric, qui attendait qu'il dise quelque chose.

« DEHORS ! lui hurla Douglas. Vous voyez pas que je suis en train de faire une putain de crise de panique ?

– Monsieur, si nous subissons une attaque nucléaire et que vous êtes le président en exercice, vous devez être placé hors de danger. L'hélicoptère du président est sur le toit, prêt à nous emmener où vous voulez. Et si je peux me permettre, monsieur, je pense que le ciel est pour le moment l'endroit le plus sûr.

– L'hélicoptère, marmonna Douglas pour lui-même, le cerveau toujours en vrac.

– Oui, monsieur. Si nous partons maintenant, nous pourrions être dans l'hélicoptère avant que les bombes atomiques frappent Chicago. MONSIEUR ! »

Douglas réfléchit à sa suggestion. La ville entière était sur le point d'être anéantie par une attaque nucléaire.

« Vous avez raison, Cedric, dit-il, une lueur d'espoir naissant dans son cœur de lâche. D'accord pour l'hélicoptère. Je vous suis. »

Cedric se dirigea vers Navan Douglas, l'attrapa par le bras et l'entraîna dans le couloir. De là, il le poussa sans ménagement le long des corridors comme s'il était son prisonnier. C'est à ce moment-là que Douglas reçut un appel de sa mère. Il l'accepta avec soulagement. Au moins, il était sûr qu'elle ne lui demanderait pas de prendre de grandes décisions.

« Salut, maman, dit-il en haletant alors que Cedric lui faisait monter une volée de marches.

– Tu as vu les infos ?

– Oui, maman, j'ai vu les infos. Fais-moi plaisir, mets-toi en sécurité. Sous terre. Les Russes ont tiré des missiles nucléaires sur nous.

– Oh, mince. Je dois prévenir les voisins ?

– Si tu veux. Mais reste en ligne pendant quelques minutes. Au moins, personne d'autre ne m'appellera. »

25

JD se déplaçait d'un pas léger et silencieux à travers la jungle épaisse en direction du point culminant de l'île. Il y avait quelque chose, là-haut. Il l'avait vu bouger. Medicine Island était censée être inhabitée. Pourtant, il était certain d'avoir vu une sorte de Robinson Crusoé – ou, pire encore, Tom Hanks – rôder au sommet de cette montagne.

À l'approche de la zone où il avait repéré un mouvement, JD sortit son couteau de chasse de l'étui à sa hanche. Qui ou quoi que ce soit, il n'avait d'autre choix que l'éliminer. Avec la moitié du monde à leur recherche, il devait s'assurer que personne ne pourrait trahir leur position.

CRAC !

Un bruit de branches cassées se fit entendre, suivi d'un bruissement de feuilles. Leur observateur était en train de s'enfuir. JD, n'ayant plus besoin de se faire silencieux, rangea le couteau et s'élança à sa poursuite. Très vite, il aperçut sa cible à travers l'enchevêtrement d'arbres et de plantes. C'était un homme. Une sorte d'homme des cavernes, à en croire ses longs cheveux brun filasse et son pagne marron en lambeaux. Il ne semblait pas armé. Il courait comme un homme terrifié. Alors que JD se rapprochait, il se retourna. Il avait un visage barbu et les yeux remplis de peur. Ce n'était qu'une question de secondes avant que JD le rattrape, et il le savait.

Lorsqu'il fut assez près, il tendit la main et attrapa son épaule. L'autre homme était si faible qu'il perdit l'équilibre, ce qui permit à JD de l'entraîner au sol. Il le retourna sur le dos, puis s'assit sur sa poitrine. Le hippie avait l'air terrifié.

« Je vous en prie, ne me tuez pas, dit-il en anglais avec un fort accent australien, ce qui excluait la possibilité qu'il soit un homme des cavernes.

– Qui êtes-vous ? demanda JD en sortant à nouveau son couteau et en le pressant contre la gorge de l'autre.

– Personne, je vis ici depuis des années, tout seul. J'ai fait naufrage. »

JD fit tourner la tête de l'homme d'un côté et écarta ses cheveux.

« Vous avez des branchies, dit-il en regardant son cou.

– L'évolution. Elles ont commencé à se développer quand je suis arrivé ici.

– Conneries. » JD se retourna pour examiner les pieds de l'homme. « Vous avez aussi les pieds palmés.

– Comme je l'ai dit, j'ai changé depuis que je suis sur cette île.

– C'est faux.

– Je vous assure, je suis un homme normal, comme vous, geignit l'autre. Vous n'avez pas besoin de me faire de mal, je suis inoffensif.

– Ne me mens pas. Qui es-tu ? »

Un son étranglé sortit de la gorge de l'homme, comme si quelqu'un essayait de l'étouffer. Sa poitrine se souleva et ses yeux s'agrandirent, puis il expira et cessa de respirer. Sa tête tomba sur le côté et son corps se relâcha. Il regardait dans le vide, la bouche ouverte, le corps complètement immobile.

JD leva les yeux au ciel et poussa un profond soupir. Il rangea son couteau dans son étui, puis changea de position de manière que ses genoux appuient sur les branchies des deux côtés du cou de l'homme des cavernes. Puis il serra son nez, lui bouchant les narines. Environ trente secondes passèrent avant que le chevelu aspire soudain une énorme bouffée d'air par la bouche et cesse de faire semblant d'être mort.

« Dernière chance, dit JD. Dis-moi qui tu es, ou je te coupe les branchies.

– Je m'appelle Orto, gémit l'homme.

– Depuis combien de temps es-tu sur cette île ?

– Dix ans.

– Comment es-tu arrivé là ?

– J'ai fait naufrage, je vous l'ai dit.

– Et je t'ai dit que les bobards, ça ne marche pas avec moi. Choisis bien tes mots, car le prochain mensonge que tu prononceras sera le dernier. »

Orto parut estomaqué.

« Qui êtes-vous ?

– T'as entendu parler du Bourbon Kid ?

– Oui. Mais ce n'est pas vous, *n'est-ce pas* ?

– Si. Alors dis-moi comment tu es arrivé ici. Et si tu es seul.

– Il n'y a que moi, je le jure.

– Et qu'est-ce que tu fais là ?

– Ils vont me tuer.

– Qui ça ?

– Les élites, qui d'autre ?

– Pourquoi est-ce qu'ils te tueraient ?

– Pour m'empêcher de révéler au monde leurs secrets. »

JD pressa un peu plus son couteau sur la gorge d'Orto. Assez fort pour faire couler le sang et lui arracher un cri de fillette.

« J'ai dit : plus de mensonges.

– J'ai fait une connerie. J'ai couché avec la mauvaise personne. Une broutille.

– Alors pourquoi es-tu venu ici ?

– J'ai été exilé, renvoyé à la mer, mais j'ai trouvé cet endroit et il m'a plu parce qu'il était inhabité. Donc je suis resté.

– T'es venu ici à la nage ?

– Ouais.

– D'où ?

– Du Portugal.

– Qui t'a exilé ? »

Orto s'apprêtait à répondre lorsque le ciel s'assombrit brusquement. Une ombre immense, qui s'agrandissait de seconde en seconde, passa au-dessus d'eux. Bientôt, elle recouvrit toute l'île, la plongeant dans l'obscurité.

L'expression sur le visage de l'homme passa de la terreur à l'arrogance.

« Maintenant, vous êtes foutu, dit-il. Je vais survivre à ça, mais pas vous. »

26

« Oh, merde, dit Jacko. Ça craint. »

Rex était en train d'examiner Elvis et Jasmine, qui étaient toujours sur le canapé au fond du Purgatoire. Elvis était à moitié réveillé, mais Jasmine dormait encore, les jambes en travers de lui.

« Qu'est-ce qui craint ? » demanda Rex en tournant la tête.

Jacko était derrière le comptoir. Il désigna la grande télévision au mur.

« Les Russes ont commencé à lancer des attaques nucléaires à tout va. Regarde ! »

Une journaliste invitait tous ceux qui étaient en mesure de le faire à se mettre le plus vite possible à l'abri, avec à l'appui une vidéo amateur d'un tsunami détruisant un stade en plein match de football.

Rex s'approcha du téléviseur pour mieux voir de quoi parlait Jacko. Les images à l'écran montraient le chaos dans lequel le monde tout entier était en train de sombrer.

« C'est l'Espagne ? » demanda-t-il en observant le carnage.

Jacko ne faisait pas attention à lui. Il tapait frénétiquement sur son ordinateur portable.

Rex éleva la voix.

« On est en sécurité, au Purgatoire, n'est-ce pas ?

– Bien sûr », dit le bluesman sans lever les yeux.

Un bruit de pas précipités filtra à travers le portail. Quelques instants plus tard, Flake apparut, haletante, de retour de Medicine Island. Elle semblait avoir quelque chose à dire, mais devait d'abord reprendre son souffle.

« Ça va, Flake ? » lui demanda Rex.

Avant qu'elle puisse répondre, Jacko décolla finalement les yeux de son ordinateur pour lui poser une autre question.

« Où est JD ? »

Flake s'appuya au cadre du portail.

« Il y avait quelqu'un sur l'île qui nous observait. Donc je suis revenue pendant que JD s'occupe de lui. »

Jacko se prit la tête à deux mains.

« Merde ! fit-il en grimaçant. Y a un méga tsunami qui se dirige vers l'île en ce moment même. »

Flake cessa de respirer bruyamment.

« Quoi ?

– Les Russes ont lancé des missiles nucléaires sur l'Occident. Certains ont touché le fond de l'océan. Des vagues de plusieurs kilomètres de haut sont en train de déferler sur le Pacifique. »

Sans prendre la peine de répondre, Flake pivota sur ses talons et s'élança à travers le portail pour retourner sur l'île.

Rex fusilla Jacko du regard.

« Bien joué. Regarde un peu ce que t'as fait. »

Le bluesman l'ignora. Il avait plus important à faire que se disputer avec Rex. Il vérifia les images satellites du Pacifique sur son ordinateur.

« Elle est tarée, marmonna-t-il. L'île est sur le point d'être détruite. »

Il leva les yeux vers le portail. Puis il échangea un regard avec Rex. Ils pensaient la même chose.

« Est-ce qu'un tsunami peut passer par le portail ? demanda Rex.

– Ouais.

– Mais on ne peut pas le fermer, pas tant que Flake et JD ne sont pas revenus !

– On n'aura peut-être pas le choix. »

La voix d'Elvis leur parvint du fond de la salle.

« Vous ne pouvez pas le fermer avant que Flake soit revenue. »

BOUM !

PFCHHH !

Les sons inquiétants en provenance du portail réveillèrent Jasmine.

« C'était quoi ? demanda-t-elle, faisant écho à ce que tout le monde pensait.

– Un tsunami, dit Jacko. On doit fermer.

– Une seconde ! »

Rex se précipita vers le portail et passa la tête au travers. Tout ce qu'il voyait, c'était la salle de douche du centre de recherche. Aucun signe de Flake, ni de JD.

« ILS SONT OÙ, PUTAIN ? »

Elvis poussa les pieds de Jasmine de ses genoux et boitilla jusqu'au portail. Il passa devant Rex et pénétra dans la salle de douche.

« REVIENS ICI ! lui cria Jacko.

– Juste une minute, merde, répondit Elvis. Je te préviens si je vois de l'eau arriver.

– Tu sais à quelle vitesse elle va déferler ? dit Jacko, au comble de l'exaspération.

– Non, à quelle vitesse ?

– J'en sais rien. Mais ce sera super rapide, c'est certain. Sans doute trop rapide pour que t'aies le temps de retraverser le portail. Si tu vois l'eau, t'es foutu.

– T'en sais rien. »

Rex franchit le portail à son tour et attrapa Elvis par le biceps, se tenant prêt à le ramener au Purgatoire au premier signe de l'arrivée de la vague. Le centre médical, déjà lugubre au départ, se retrouva plongé dans une lumière grisâtre, puis dans une obscurité presque totale lorsque la vague géante occulta toute la lumière du soleil.

« REVENEZ ICI ! hurla Jacko.

– JUSTE UNE MINUTE ! » cria Rex en retour.

Jacko tira sur ses courts cheveux noirs.

« On va devoir fermer le portail, gémit-il. Dieu va péter un câble s'il apprend qu'on a laissé un putain de tsunami entrer au Purgatoire. Y aura des requins et des baleines dans cette vague, vous savez. Ça va être un cauchemar.

– Je comprends, dit Elvis, mais si JD survit, puis revient et demande qui a fermé le portail, je lui dirai que c'est toi.

– On n'a pas le choix. Revenez.

– On a le temps, insista Rex. Le portail se referme instantanément. C'est pas comme si on devait pousser les portes pour bloquer le raz-de-marée. On peut au moins attendre que l'eau arrive. On doit bien ça à Flake et à JD. »

27

« Je survivrai à ça, mais pas toi. »

JD ne savait pas quoi penser des paroles condescendantes d'Orto. L'île tout entière s'était retrouvée plongée dans le noir, comme si, en l'espace de quelques secondes, le jour avait laissé place à la nuit. Les feuilles commencèrent à bruisser. L'air devint froid et humide. Un grondement lointain se fit entendre. Puis une voix criant son nom.

« JD, T'ES OÙ ? REVIENS VITE ! »

C'était Flake qui l'appelait. Et elle n'était pas très loin.

JD baissa les yeux sur Orto. L'homme aux branchies et aux pieds palmés regarda le couteau dans sa main. Il comprit immédiatement ce qui allait se passer.

« NON ! » couina-t-il.

Trop tard. JD fit glisser la lame acérée sur la gorge d'Orto. Le sang se déversa sur la poitrine de l'homme des cavernes, interrompant son cri de détresse avant que sa voix ait eu le temps de s'envoler dans les aigus.

Flake l'interpella encore, de beaucoup plus près cette fois.

« Par ici », lança-t-il.

Elle émergea des épais feuillages et contempla la scène de crime sans émettre le moindre commentaire. JD se leva et essuya sa lame sur une grande feuille verte.

« IL FAUT QU'ON PARTE ! » cria-t-elle finalement, le visage déformé par la panique.

Les ténèbres qui avaient englouti l'île n'étaient pas dues à des nuages. Maintenant que JD était debout, il le voyait à l'horizon.

Un mur d'eau d'un kilomètre de haut se dirigeait droit sur eux. Il laissa tomber son couteau. Il n'y avait pas de temps à perdre.

Flake commença à dévaler la colline en direction du centre de recherche, JD sur ses talons. Le problème était qu'après avoir gravi la pente à toute vitesse pour prévenir JD, elle grillait ses dernières réserves. Entre la fatigue et la visibilité quasi nulle, son pied buta contre une racine et elle perdit l'équilibre, puis se brûla les mains sur le sol rugueux en essayant d'amortir sa chute. JD n'eut pas le temps de l'esquiver. Il trébucha sur elle et s'écrasa contre un tronc d'arbre. L'impact le fit tourner sur lui-même alors qu'il tombait au sol. Il se releva aussitôt, s'accroupit et regarda Flake par-dessus son épaule.

« MONTE SUR MON DOS ! » lui cria-t-il.

Il n'y avait pas le temps d'argumenter, de raisonner ou de débattre des mérites de son idée. Flake se redressa et grimpa sur son dos, enroulant ses bras autour de son cou et ses jambes autour de sa taille. Il se releva immédiatement et partit en courant.

Des trombes d'eau se mirent à tomber du ciel, qui ne venaient pas des nuages, mais de la crête de l'énorme vague noire qui s'élevait au-dessus de l'île. Ce n'était pas un raz-de-marée qui allait frapper le rivage et ensuite balayer tout ce qui se trouvait sur son chemin. Cette saloperie était si gigantesque qu'elle allait survoler l'île et l'engloutir au passage.

En atteignant le bas de la colline, JD changea brusquement de direction pour rejoindre le centre médical. Le plus gros de la pluie s'abattait sur Flake, qui servait malgré elle de parapluie à JD. Il franchit en trombe l'entrée principale en se baissant pour qu'elle ne se cogne pas au cadre de la porte. Une fois à l'intérieur du bâtiment, le gargouillement du raz-de-marée se transforma en un rugissement caverneux de lion très énervé. JD fonça à travers les couloirs en direction du vestiaire. L'océan s'engouffra derrière eux, se précipitant à leur poursuite, défonçant les portes, brisant les fenêtres. Flake sentait le froid de l'eau dans son dos. Alors qu'ils s'approchaient du vestiaire, ils virent Rex et Elvis qui se tenaient à côté du portail et leur faisaient signe de se dépêcher en leur criant des paroles indéchiffrables. Impossible d'entendre quoi que ce soit par-dessus le bruit du vent qui hurlait, des fenêtres qui volaient en éclats et de l'eau qui déferlait furieusement à travers le bâtiment.

Alors que JD atteignait les douches, Rex et Elvis franchirent le portail. Le mur d'eau traversa le couloir derrière eux. Il frappa Flake dans le dos et fit perdre l'équilibre à JD, les séparant. Tous deux furent projetés vers le Purgatoire et engloutis par la vague en même temps qu'une flopée de poissons désorientés.

Derrière le bar, Jacko appuya sur un bouton pour fermer le portail, mais le mur d'eau eut le temps de s'engouffrer dans le bar, balayant toutes les tables et les chaises sur son passage. Rex, Elvis, JD, Goober et Flake glissèrent et s'écrasèrent sur divers objets. Le canapé sur lequel Jasmine était allongée rebondit si violemment qu'elle se retrouva éjectée et rejoignit les autres par terre. Une vague de boue marron sale déferla par-dessus le comptoir et frappa Jacko en plein visage, le renversant à son tour. Lorsqu'il eut fini de dévaster le bar, le raz-de-marée poursuivit sa course à travers les portes battantes et s'en fut inonder le désert.

Rex se leva et s'épousseta les épaules. Il était trempé d'eau et de boue.

« T'étais obligé d'attendre le dernier moment ? » grogna-t-il en se postant devant JD, qui était étalé par terre, couvert d'eau et de mousse.

Le Kid s'assit, puis se leva sur des jambes instables. Il cracha un peu d'eau, écarta les mèches qui tombaient devant ses yeux et regarda autour de lui en essayant de reprendre son souffle. Flake était étendue contre le mur à l'entrée du bar. Il tituba jusqu'à elle et attrapa son bras. Elle était dans un sale état. Ses vêtements étaient trempés et ses cheveux tout aplatis collaient à son crâne et à son visage. Elle leva les yeux vers lui, l'air à la fois épuisée et soulagée.

« Quelle putain de journée, dit-elle.

– REQUIN ! »

Le cri de Rex provoqua un petit mouvement de panique dans le bar, tout le monde se bousculant pour s'écarter du passage.

« C'est bon, dit Jacko en s'accrochant au comptoir pour se relever. C'est que l'avant d'un requin. Le portail s'est refermé sur lui alors qu'il traversait. »

La moitié avant du requin glissa devant Flake et JD puis franchit les portes battantes avec le reste de l'océan, l'air passablement énervé.

Tout un tas de créatures marines se tortillaient sur le sol du Purgatoire, parmi lesquelles un assez gros hareng, dont la queue gifla Jasmine à plusieurs reprises. Flake se traîna jusqu'à elle pour l'aider. La jeune femme était étendue sur le côté contre un mur, et elle semblait mal en point. Flake chassa le hareng d'un coup de pied et l'aida à se relever.

« Comment tu te sens ? lui demanda-t-elle.

– J'ai connu mieux », répondit Jasmine, de l'eau dégoulinant de sa bouche.

Jacko essuya la boue sur son visage et les épaules de son costume, puis sortit de derrière le comptoir pour évaluer les dégâts. Le Purgatoire était dans un triste état. Les rares tables et chaises qui n'avaient pas été emportées dans le désert par le raz-de-marée étaient foutues.

« Bon, dit-il en essorant ses manches trempées. Qui va nettoyer tout ce bordel ? »

À ce moment-là, les portes battantes s'ouvrirent et Elvis revint du désert, accompagné de Goober, qui avait un gros poisson dans la gueule.

« Tu peux pas faire monter Zilas pour s'en occuper ? demanda le King en essayant d'arranger ses cheveux. On a tous besoin de souffler un peu, je crois.

– Y a plus de téléphone, dit Jacko en désignant le plan de travail où se trouvait jadis l'appareil. Je peux appeler personne pour le moment. Mais t'as pas tort. Reposons-nous un peu. »

Elvis rejoignit Jasmine et la prit dans ses bras. Il la porta jusqu'au canapé renversé, le redressa d'un coup de pied et y déposa la jeune femme. Puis, réalisant à quel point il était fatigué, il s'assit à côté d'elle et plaça ses pieds sur ses genoux.

Flake ramassa une bouteille d'eau qui roulait par terre, l'essuya et se dirigea vers Jasmine et Elvis. Elle tendit la bouteille à ce dernier.

« Au fait, vous nous avez toujours pas dit comment vous vous étiez fait tirer dessus, leur rappela-t-elle.

– Elvis, dis-leur, gémit Jasmine. Je suis trop fatiguée. »

Le King retira le bouchon de la bouteille d'eau et en versa un peu entre les lèvres de Jasmine. Puis il en but une gorgée et la rendit à Flake.

« Rex a des morpions, marmonna Jasmine.

– Pardon ? fit Rex, qui devait être doté d'une ouïe surhumaine pour l'entendre de l'autre bout de la pièce.

– C'est pas des morpions, dit Elvis. C'est des crabes. Dans tes cheveux. T'as plein de bébés crabes.

– On s'en fout, dit Flake en tapant sur le bras d'Elvis. Je veux savoir ce qui vous est arrivé. »

Pendant que Rex secouait la tête pour essayer de se débarrasser des crabes dans ses cheveux, Elvis entreprit de raconter ce que Jasmine et lui avaient fait pendant les vingt-quatre dernières heures.

« Tout a commencé quand Jas et moi on a accepté une mission de Calhoon. Ça avait l'air marrant, mais c'est très vite parti en sucette. »

QUATRIÈME PARTIE

EL GUAPO

28

C'était le début de l'après-midi quand Elvis et Jasmine arrivèrent au ranch de Calhoon. Ils avaient baissé le toit de la Cadillac violette d'Elvis pour profiter du soleil et de l'air frais de la campagne, et Jasmine avait incliné son siège au maximum. Elle portait un mini short en jean et un crop top rose pour laisser les rayons du soleil dorer sa peau, tandis qu'Elvis avait opté pour un pantalon noir et une chemise blanche presque entièrement déboutonnée.

« Prête à bosser un peu ? demanda-t-il en garant la Cadillac devant la maison de Calhoon.

– Quand ce sera fini, on devrait prendre de vraies vacances. C'était sympa, ce road-trip rien que tous les deux, mais on devrait faire quelque chose d'encore mieux. Une vraie aventure.

– Excellente idée. Où est-ce que tu voudrais aller ? »

Jasmine se pencha vers lui et planta un baiser sur sa joue.

« J'aimerais un endroit où il fait chaud.

– Pourquoi pas la Jamaïque ?

– Ohhh, oui, l'Europe. Super idée ! » s'exclama Jasmine, les yeux brillants d'excitation.

Avant qu'Elvis puisse répondre, Alexis Calhoon sortit sur le porche en bois de sa maison. Elle les accueillit avec un sourire chaleureux. Elle portait un pantalon rouge, une chemise noire et un foulard rouge autour du cou, un de ses looks très *seventies* qu'elle arborait quand elle n'était pas en uniforme de travail. Elle aurait pu jouer la doublure de Pam Grier dans *Foxy Brown* ou *Coffy*.

« Excellent timing, dit-elle. Je viens de faire du café. »

Elvis et Jasmine sortirent de la voiture et s'approchèrent pour la saluer. Elvis lui serra la main.

« Vous avez l'air en forme, Alexis.

– Vous aussi. »

Jasmine planta un gros baiser assez inattendu sur les lèvres de Calhoon.

« Contente de vous revoir, dit-elle.

– De même », répondit Calhoon en clignant plusieurs fois des yeux. Comme les autres, elle s'était habituée aux excentricités de Jasmine. « Entrez. »

Pendant que leur hôtesse versait du café dans trois grandes tasses jaunes, Elvis et Jasmine s'installèrent à la table de la cuisine.

« Vous avez fait bon voyage ?

– Grave, c'était de la balle ! s'exclama Jasmine.

– De la balle ?

– Elle a entendu ça dans un film, l'autre jour, expliqua Elvis. Maintenant, tout est de la balle.

– Bon à savoir », dit Calhoon.

Elle posa leurs cafés sur la table, puis alla chercher sur le buffet un épais livre avec une couverture marron vierge. Elle s'assit sur une chaise face à ses deux invités et leur sourit.

« Vous savez ce que c'est ?

– Un livre ? hasarda Jasmine.

– Oui, dit Calhoon. Mais il contient des médailles. »

Elvis gémit intérieurement, craignant qu'elle ne les bassine avec des anecdotes sur la manière dont elle avait gagné des médailles d'argent au lancer de poids ou une autre connerie barbante du même genre.

« Des médailles pour nous ? demanda Jasmine.

– Tout à fait. » Calhoon ouvrit le livre. Il ne contenait pas de pages, juste un épais feutre blanc dans lequel étaient incrustés six anneaux en or. « Ils viennent du président, en reconnaissance de vos efforts pour sauver sa fille Arizona des frères Bâtard. Il ne peut pas vous les remettre en personne, donc le procureur général, Navan Douglas, m'a chargée de le faire à sa place. »

Jasmine regarda dans la boîte.

« Ça ressemble pas à des médailles. On dirait des bagues.

– Ce sont des bagues. C'est un nouveau truc que le président fait depuis quelque temps. Les médailles, les gens les rangent dans un tiroir, mais les bagues, ils les portent. Vous avez donc des bagues-médailles. Il y en a une pour chaque membre des Dead Hunters. Je dois me rendre à Chicago ce soir pour remettre les leurs à Flake et à Sanchez, demain matin.

– Mais on est les premiers, n'est-ce pas ? demanda Jasmine.

– Absolument. » Calhoon prit une des bagues et vérifia l'inscription à l'intérieur. « Celle-ci est pour vous, Jasmine. Elle porte votre nom et le drapeau américain. »

La jeune femme tendit la main pour que Calhoon glisse la bague à l'un de ses doigts. Le général se prêta au jeu, passant l'anneau à son majeur.

« Waouh, fit Jasmine en contemplant le bijou, bouche bée. C'est la plus belle bague que j'aie jamais eue. »

Calhoon sortit celle d'Elvis et la déposa dans la paume de sa main tendue. Il l'examina d'un coup d'œil et arriva à la conclusion qu'effectivement, elle en jetait assez. Un anneau en or avec un drapeau américain d'un côté et son nom de l'autre. Plutôt classe.

« Merci, Alexis, dit-il poliment en glissant la bague à son index. C'était la bonne nouvelle, c'est ça ? Avant de nous confier une mission de merde ?

– Cette mission n'est pas de moi, dit Calhoon en refermant le livre. Elle vient directement de Navan Douglas, le procureur général, donc vous n'êtes pas obligés de l'accepter, mais je vous ai négocié un bon salaire.

– Oohh, combien ? demanda Jasmine.

– Dix mille chacun, d'avance, en liquide. Et si vous réussissez la mission, cent mille de plus chacun.

– Pas mal ! fit Jasmine, toujours en admiration devant sa bague.

– Oui. Cela dit, c'est un travail potentiellement délicat, dit Calhoon d'un ton grave. Votre mission est de traquer et d'éliminer un homme nommé Zero. C'est un théoricien du complot, un de ces types qui propagent de la désinformation sur Internet. »

Elvis fronça les sourcils.

« C'est tout ? Pourquoi vous avez besoin de nous pour ça ?

– Apparemment, Zero est un peu différent des autres complotistes.

– Il a une petite amie ? demanda Jasmine.

– Pas que je sache. Ce type est à l'origine de nombreuses théories du complot qui circulent en ligne, mais il a récemment cessé d'utiliser Internet. Le gouvernement était à deux doigts de l'attraper. Il a pris peur et a disparu de la circulation. Il ne laisse aucune empreinte électronique, et on ne le voit presque plus en public. Navan Douglas m'a informée que les services secrets ont chargé plusieurs agents d'éliminer Zero. Mais, et c'est là que ça devient dangereux, il les a tous ensorcelés.

– Ensorcelés ? fit Elvis, se souvenant d'un incident désagréable avec une méchante sorcière.

– Oui, enfin, pas comme dans *Harry Potter*. Cet homme est une menace pour la sécurité nationale car il est capable d'hypnotiser les gens et de contrôler leur esprit. Tous les assassins chargés de l'éliminer sont devenus ses disciples. Si vous le rencontrez et croisez son regard, c'est fini, vous croirez à toutes ses paroles avant même qu'il les prononce. Vous devrez donc le tuer avant qu'il parle. N'hésitez pas. Abattez-le à vue, ou il prendra le contrôle de votre esprit.

– Super, dit Jasmine en soulevant sa tasse et en reniflant le café. Ça a l'air marrant.

– J'ai une question, dit Elvis. Si le gouvernement tient tant à éliminer ce type, ça doit être parce que l'une de ses théories est vraie. C'est laquelle ? »

Calhoon s'autorisa un bref sourire tandis qu'elle se demandait si elle devait répondre ou non à cette question. Elle décida finalement de les mettre dans la confidence.

« Il y a une théorie qui est censée venir de lui, et je suis presque sûre qu'elle est vraie.

– Ohhh, c'est excitant, couina Jasmine. Qu'est-ce que c'est ?

– Il y a quelques mois, Douglas est venu me voir avec un objet top secret caché dans un coffre sécurisé. Nous l'avons emmené dans un bunker également top secret du gouvernement, où il restera enfermé pour toujours. Personne ne pourra jamais l'ouvrir. Je crois qu'il contient le manteau de Benjamin.

– Benjamin qui ? » demanda Jasmine. Soudain, son visage s'éclaira. « Benji le chien ?

– Non, pas le chien. »

À la surprise d'Elvis, qui n'avait pas encore touché à son café brûlant, Calhoon en but une longue gorgée sans ciller. C'était impressionnant. Cette femme était une vraie dure à cuire.

« Vous avez entendu parler de Joseph et de la tunique multicolore ? demanda-t-elle après avoir avalé le liquide bouillant.

– J'ai toujours voulu aller le voir, dit Jasmine. J'adore les comédies musicales.

– Je ne parle pas d'un spectacle. Je parle de l'histoire de la Bible. Jacob a donné à son fils favori, Joseph, une tunique de plusieurs couleurs, mais les frères de Joseph étaient jaloux et ils l'ont trahi. Ils ont tenté de le faire disparaître et ont fait croire à leur père qu'il était mort. Désemparé, Jacob a prié Dieu. Et Dieu lui a donné une autre tunique, une tunique sans couleurs. Un manteau d'invisibilité, en d'autres termes. Jacob l'a offert à son nouveau fils préféré, Benjamin, qui était le cadet. Jacob pensait que si Benjamin avait un jour des ennuis, il lui suffirait d'enfiler le capuchon du manteau pour se rendre invisible.

– Moi aussi, j'ai eu un manteau comme ça, dit Jasmine. Je l'ai eu chez Domino's, le magasin de déguisements, y a quelque temps. Mais il était pas vraiment invisible, juste transparent. »

Calhoon but une grande gorgée de café, sans doute pour masquer sa consternation. Après avoir reposé la tasse sur la table, elle ignora l'intervention de Jasmine et poursuivit son histoire.

« Lors d'une réunion privée que j'ai eue récemment avec le président, il m'a confié qu'il avait été victime d'une tentative d'assassinat. Il a affirmé qu'un homme invisible s'était introduit dans sa chambre d'hôtel. L'attaquant a été repoussé par les gardes du corps, qui ont récupéré le manteau d'invisibilité. Le président m'a montré une photo de l'homme prise par une caméra de vidéosurveillance. Il s'agit de Zero, l'homme que Navan Douglas veut que vous assassiniez. Zero est un pseudonyme, nous ignorons son vrai nom. Il semble n'avoir eu aucune existence officielle depuis le jour de sa naissance. Cet homme est très dangereux, donc si vous acceptez la mission, je vous conseille d'être prudents. Si vous le voyez, tuez-le immédiatement. Encore une chose. Nous craignons qu'il ait appris à fabriquer d'autres manteaux d'invisibilité. Le fait qu'il en existe un est déjà très inquiétant, mais s'il y en avait plusieurs, ce serait absolument désastreux. Alors, qu'en dites-vous ?

– De la balle ! s'exclama Jasmine. Comptez sur moi.

– Sur moi aussi », dit Elvis.

Calhoon fouilla dans sa poche de poitrine et en sortit une photo au format A6.

« C'est la seule image que nous ayons de Zero. Elle a été prise par une caméra à l'extérieur de l'hôtel du président après la tentative d'assassinat. Quelques secondes plus tard, il a sauté dans un véhicule qui l'attendait et pris la fuite. Et après ça, il a disparu de la circulation, mais il y a de nombreuses rumeurs qui se propagent sur Internet au sujet de Zero et du manteau d'invisibilité. L'équipe du président fait supprimer les articles dès leur publication, mais ils craignent que l'un d'eux ne devienne viral. Je sais que je l'ai déjà dit, mais cet homme doit disparaître. Le plus vite possible.

– Cool, dit Elvis. Où est-ce qu'on doit le chercher ? »

Calhoon arqua les sourcils et se força à sourire.

« C'est pour ça qu'on a besoin de vous. À part la photo, nous n'avons pas la moindre piste. Mais vous êtes capables de retrouver n'importe qui dans le monde, n'est-ce pas ? »

29

« C'est trop cool, non ? fit Jasmine, ses cheveux flottant derrière elle tandis qu'ils roulaient sur l'autoroute avec le toit de la Cadillac baissé. Une mission juste pour nous deux.

– Au moins, j'aurai pas à écouter la bande se chamailler, dit Elvis.

– Je ne me chamaille pas, moi.

– Je ne parlais pas de toi.

– Tu l'as sous-entendu.

– Non.

– Si.

– Je te dis que non. En fait, je ne t'ai jamais entendue te chamailler avec personne.

– Je plaisantais, répliqua Jasmine avec un sourire.

– Non.

– Si. Sérieusement, je plaisantais.

– C'est faux.

– C'est vrai ! »

Ce fut au tour d'Elvis de sourire.

« Je plaisantais. »

Jasmine leva les yeux au ciel et émit un claquement de langue désapprobateur.

« Tête de nœud.

– Traînée.

– Hé, je suis fière d'être une traînée.

– Et moi je suis fier d'être une tête de nœud.

– Tant mieux, parce que t'en es vraiment une. »

Elvis glissa un regard vers elle.

« C'est bon, t'as fini ?

– Je crois, oui. Tu vas me dire comment on va réussir à retrouver ce type rien qu'avec sa photo ?

– Oui.

– Cool. » Jasmine se pencha vers Elvis et l'embrassa sur la joue. « On va le faire, alors ?

– Prends la photo dans la poche de ma chemise.

– OK.

– Et, Jasmine…

– Oui.

– Fais gaffe qu'elle s'envole pas.

– Tu me prends pour qui ? »

Jasmine glissa la main dans la poche de poitrine de la chemise d'Elvis et en sortit le cliché.

« D'accord, et maintenant ? fit-elle en l'étudiant.

– Prends une photo avec ton tél. »

Jasmine attrapa son portable et s'exécuta.

« Voilà. Et maintenant ?

– Remets-la dans ma poche. »

Jasmine fit ce qu'il lui demandait.

« Et ?

– Envoie la photo à Jacko, et dis-lui de lancer son logiciel de reconnaissance faciale. Il pourra vérifier si le visage de Zero est apparu sur des images satellites ou de vidéosurveillance, récemment.

– Waouh, Jacko est super intelligent, non ?

– Pas vraiment. Le génie, c'est Eric Einstein, le rouquin chelou qui travaillait pour Scratch. Tu te souviens de lui ?

– Ouais. Il en pince pour moi.

– Je sais. Il peut connecter les ordinateurs du Purgatoire aux réseaux de vidéosurveillance du monde entier. Si Einstein peut trouver quelques images récentes de Zero, il sera capable de trianguler sa position.

– Trianguler ?

– C'est-à-dire réduire la zone où on devra chercher Zero. »

Jasmine regarda Elvis avec des yeux pleins d'amour.

« Tu es tellement intelligent.

– Envoie le message, d'accord ? Qu'on en finisse avec ça. »

Jasmine tapa à toute vitesse sur son téléphone et envoya la photo à Jacko. Celui-ci répondit promptement qu'il s'y attelait dès maintenant.

« Super, fit Jasmine. Il s'en occupe. On fait quoi en attendant ?

– Je me disais qu'on pourrait s'arrêter dans le premier motel qu'on trouve.

– T'as encore faim ?

– Non. Mais une fois qu'on aura commencé la mission, on n'aura plus beaucoup de temps libre.

– Donc tu veux baiser ?

– Voilà.

– Cool, parce que ça fait presque cinq heures que je porte des vêtements. »

Elvis klaxonna une vieille dame qui se traînait sur une mobylette devant eux, puis lui cria quelques insultes pour faire bonne mesure.

« Eh ben, fit Jasmine. T'as l'air tendu, tu veux que je te masse la bite ?

– Non, ça peut attendre. Regarde juste si tu trouves un motel sur ton téléphone.

– Ça marche, bébé. »

Quand le morceau « Going to California » de Led Zeppelin se fit entendre à travers les haut-parleurs de l'autoradio, Elvis monta le volume et hurla quelques injures de plus à la vieille en mob en la dépassant. Jasmine l'ignora et sortit son téléphone pour chercher un motel. Le choix était limité, mais elle en trouva un qui lui semblait pas mal.

« Trouvé, annonça-t-elle. À dix kilomètres sur cette route.

– Comment ça s'appelle ?

– Le motel du Guépard.

– Sérieux ?

– Ouais. Et il est bien noté.

– Alors c'est parti. »

Dix minutes plus tard, Elvis quitta l'autoroute pour s'engager sur le parking du motel et s'arrêta sur une zone « STATIONNEMENT INTERDIT ». L'établissement était moderne, et il avait l'air assez sympa. Extérieur blanc, portes noires, fenêtres propres, et beaucoup de véhicules sur le parking, ce qui était toujours bon signe. Le panneau au-dessus de l'entrée annonçait soixante chambres.

« Mon portefeuille est dans la boîte à gants, dit Elvis. Prends-le et va nous réserver une chambre, d'accord ? »

Jasmine parut surprise.

« Tu viens pas avec moi ?

– Nan, on a plus de chances d'avoir une ristourne si t'y vas toute seule. »

Jasmine ouvrit la boîte à gants et en sortit un portefeuille violet brillant.

« Tu veux que je leur montre mes nichons ? demanda-t-elle en tendant la main vers la poignée.

– Non, sois juste toi-même. Les gens t'apprécient.

– C'est vrai. » Jasmine planta un baiser sur la joue d'Elvis, puis sauta par-dessus la portière. « J'en ai pour une minute, dit-elle en lui soufflant un autre baiser. Attends-moi. »

Dès que Jasmine fut à l'intérieur du motel, Elvis se pencha vers la boîte à gants et en sortit son Desert Eagle doré. Il le glissa à l'arrière de son pantalon, ouvrit la portière, sortit, puis traversa d'un pas nonchalant le parking en direction d'une Ford Bronco bleue dans laquelle étaient assis deux types blancs d'âge moyen en costume. Le conducteur était un moustachu avec d'épais cheveux blonds et des yeux bleus perçants. Son compagnon était un homme en surpoids, aux cheveux gris et clairsemés sur le dessus. Elvis se dirigea vers le blond aux yeux bleus et tapa à la vitre, qui descendit diligemment.

« Je peux vous aider ? demanda le blond.

– Ouais. Foutez le camp. Si vous êtes toujours là quand ma copine sortira du motel, je vous colle une balle dans le crâne à tous les deux. Compris ? »

Le blond hocha la tête. Son ami ferma les yeux et murmura le mot « merde » dans sa barbe, mais Elvis l'entendit quand même. Ils avaient bien reçu le message, cela dit, puisque Blondie démarra le moteur de la Bronco, desserra le frein à main et quitta le parking pour regagner l'autoroute. Quand ils furent hors de vue, Elvis revint sur ses pas et pénétra dans le motel. Il trouva Jasmine en train de négocier le prix de la chambre avec la vieille dame qui tenait la réception.

« Yo, Jas. J'ai changé d'avis. Cet endroit est un trou à rats. » Il adressa un sourire forcé à la réceptionniste. « Sans vouloir vous vexer, ma jolie.

– Je croyais que tu voulais baiser ? s'étonna Jasmine.

– Oui. Mais pas ici. On va trouver autre chose.

– Je peux récupérer mes cent dollars, s'il vous plaît ? »

Elvis sortit son arme et commença à l'astiquer. La manœuvre eut l'effet escompté puisque la réceptionniste s'empressa de rendre son argent à Jasmine.

« Merci. Contente d'avoir discuté avec vous. J'espère que votre mari va pouvoir se faire soigner les couilles. »

Alors qu'ils retournaient vers le parking, Jasmine décocha un coup de coude dans les côtes d'Elvis.

« C'était quoi, ça ?

– Y avait deux types qui nous suivaient dans une Ford Bronco. »

Jasmine balaya le parking du regard.

« Ils sont où ?

– Je leur ai dit de foutre le camp. Mais je parie qu'ils sont pas allés bien loin. On va rouler pendant encore une heure avant de s'arrêter. Si on les revoit, on va devoir les buter. »

Elle haussa les épaules.

« Je me fais tout le temps suivre par des mecs. C'est quoi, le problème ?

– Ces types nous ont suivis depuis le ranch de Calhoon. À mon avis, ils bossent pour le gouvernement. »

30

Après avoir repris la route, Elvis et Jasmine roulèrent pendant près d'une heure avant de trouver un autre motel qui leur inspirait confiance. L'El Guapo s'élevait sur deux étages et possédait son propre restaurant. Jasmine leur réserva une chambre au premier, et ils s'installèrent avec quelques bouteilles de vin devant un film à petit budget intitulé *The Naked Cage* (qui, Dieu merci, n'était pas un porno avec Nicolas Cage). Après le film, ils firent quelques galipettes puis s'endormirent dans les bras l'un de l'autre.

Après peut-être deux heures de sommeil, Elvis fut réveillé par un bourdonnement. Il regarda Jasmine, qui dormait toujours à poings fermés. C'était le genre de personne qui aurait pu dormir pendant un tremblement de terre. Elvis aurait aimé être comme elle, mais au fil des ans le métier d'assassin l'avait rendu paranoïaque, crispé, et, d'une manière générale, un peu taré. Il tendit la main vers la table de nuit et attrapa son téléphone. Il avait reçu un SMS de Jacko.

Appelle-moi quand tu seras réveillé.

Il avait beau être 3 h 20, jamais il ne parviendrait à se rendormir en sachant que Jacko avait des infos pour lui. Il se laissa tomber du lit. Avec le temps, il avait appris qu'il n'avait pas besoin de parler tout bas. Jasmine ne se réveillerait pas avant d'avoir eu ses sept heures de sommeil ou senti l'odeur du café.

Trois bouteilles de vin. Ce n'était pas tant que ça, surtout par rapport à ce qu'ils descendaient d'habitude, mais Elvis ne se sentait pas très frais. Il alla dans la salle de bains pour pisser un coup. Après s'être lavé les mains, il mit de l'eau à bouillir, retrouva son caleçon derrière la télévision, puis s'assit dans le salon avec une tasse de café instantané si insipide que l'odeur ne risquait pas de réveiller Jasmine. Après quelques gorgées qui commencèrent à le sortir de sa torpeur, il appela Jacko. Le maître du Purgatoire répondit immédiatement.

« Salut, Elvis.

– Salut, Jacko. Qu'est-ce qui se passe ?

– Je t'ai réveillé ?

– À ton avis ?

– Je dirais non. Enfin bon, voilà le topo : le type que tu cherches, Zero, il apparaît sur les images de vidéosurveillance d'un bled qui s'appelle, je te le donne en mille...

– Je te le donne en mille ? » Elvis se frotta le front. « Il y a un endroit qui s'appelle *Je te le donne en mille* ?

– Non. Santa Mondega. Ton pote Zero traîne là-bas. »

Elvis gémit.

« Y a aucun moyen d'échapper à cet endroit, hein ?

– Si ce type est vraiment recherché par le gouvernement, Santa Mondega est le meilleur coin pour se cacher, après le Purgatoire.

– C'est pas faux.

– Je peux faire autre chose pour toi ?

– Il a été vu où exactement, à Santa Mondega ?

– Surtout à la laverie, au Nightjar, à l'hôtel de ville et au restaurant Wok & Roll.

– OK, c'est un point de départ. Merci, Jacko.

– Je t'en prie. Dis-moi si t'as besoin d'autre chose. »

Elvis mit fin à l'appel. Il s'approcha de la fenêtre et écarta les lames du store. L'extérieur lui parut différent de ce dont il se souvenait. Il afficha la dernière photo qu'il avait prise sur son téléphone. C'était le parking, juste avant minuit. Il examina le cliché, puis regarda de nouveau par la fenêtre. Il y avait un véhicule qui n'était pas là avant, une camionnette argentée garée tout au bout, près de l'entrée du parking.

Elvis alla fouiller dans sa valise. L'objet qu'il cherchait était caché dans un rabat à l'intérieur. Un cran d'arrêt à manche noir, un outil qu'il n'utilisait pas très souvent mais qui était idéal pour ce qu'il comptait faire. Il s'enveloppa dans un des peignoirs bleus du motel, glissa ses pieds dans les pantoufles ouvertes à fourrure rose de Jasmine, puis sortit pour crever les pneus de la camionnette. Le froid de l'air nocturne le saisit dès qu'il ouvrit la porte, lui collant à la peau comme le beurre de cacahuète qu'il avait étalé un peu plus tôt sur les tétons de Jasmine. Il resserra le peignoir autour de lui, puis descendit l'escalier métallique. Grâce aux pantoufles, on entendait à peine ses pas. Quand il arriva en bas, il traversa le parking à grandes enjambées jusqu'à la camionnette argentée, vérifiant d'un regard que personne d'autre n'était debout à cette heure indue. Tout semblait calme et désert.

À première vue, le van paraissait vide. Elvis examina rapidement l'habitacle par la fenêtre du conducteur. Il n'y avait pas grand-chose à voir, aucun indice sur l'identité du propriétaire du véhicule, pas d'emballage de nourriture, rien. Il balaya d'un dernier coup d'œil le parking pour s'assurer que personne ne le regardait. Il n'y avait pas âme qui vive. Parfait. Il sortit le couteau. L'enfonça dans le pneu avant. *Pffuit.* Et un de moins. *Ça t'apprendra à nous suivre avec ta camionnette de merde.* Il recula un peu. Un coup de lame dans le pneu arrière. *Pffuit.* Deux de moins.

Ça devrait suffire, songea-t-il.

Oh, et puis merde. Pourquoi pas trois ?

Il se dirigea vers l'autre côté de la camionnette. Un coup dans le troisième pneu. *Pffuit.* Et tant qu'il y était, autant faire le quatrième.

Alors qu'il retirait la lame du pneu, une lumière s'alluma dans le motel, à cinq portes de la chambre d'Elvis et de Jasmine.

Le King se cacha derrière le van sans quitter des yeux la fenêtre de la chambre en question. Au bout d'un moment, une main s'introduisit entre les lames du store. Le visage d'un homme apparut. Il semblait regarder dans la direction d'Elvis. Pouvait-il voir les pneus crevés à cette distance ? Possible.

Puis la porte de la chambre s'ouvrit. Un type vêtu d'un costume en sortit et longea le palier jusqu'à celle où dormait Jasmine. Elvis n'avait pas fermé à clé. L'homme en costume poussa la porte et entra. Avant qu'Elvis puisse faire quoi que ce soit, deux autres types en sortirent, également en costume. Ils descendirent les marches tout en discutant entre eux à voix basse.

Crotte et recrotte. Ce n'étaient pas leurs noms, mais les mots qui tournaient en boucle dans sa tête. Les deux hommes atteignirent le bas de l'escalier et traversèrent le parking en direction d'Elvis.

31

Andrew Vadge détestait les planques. C'était ennuyeux à mourir. Il regardait la télé dans la chambre de son motel depuis trois heures. Trois heures de programmes de merde. Il ne risquait pas de se passer grand-chose à une heure pareille. Les cibles que lui et ses potes avaient pris en filature depuis que leurs deux collègues s'étaient fait griller plus tôt dans la journée en suivant la Cadillac d'un peu trop près devaient être en train de dormir, comme tout le monde.

Le fait qu'ils séjournaient dans un motel bon marché n'arrangeait rien. Le mobilier de leur chambre laissait franchement à désirer. Vadge était assis dans un fauteuil inconfortable au possible, le genre qu'on trouve généralement dans une maison de retraite. Affalé dedans, il piquait du nez devant une énième rediffusion de la série *Clair de lune*, qui était loin d'être aussi bonne que dans ses souvenirs. Sa tête dodelinait sur le côté et ses yeux étaient à moitié fermés. Son costume n'était pas conçu pour faire la sieste, et encore moins pour être porté par cette chaleur, mais Simon Fodder, l'agent le plus expérimenté des trois, avait insisté pour qu'il le porte. Quel crétin. Vadge avait soutenu qu'ils seraient plus discrets avec des maillots de basket ou quelque chose de plus décontracté, mais nooooon, Fodder pensait que les agents du gouvernement devaient porter des costumes à tout moment, même quand ils bossaient sous couverture.

Fodder et l'autre agent, Carl Rosewood, étaient en train de jouer aux cartes sur la table basse au milieu de la pièce. C'était un jeu assez inconfortable, non seulement à cause de ces putains de costumes, mais aussi parce que la table était beaucoup plus basse que les chaises sur lesquelles ils étaient assis et qu'ils jouaient dans le noir, avec la télévision comme seule source de lumière. Vadge avait abandonné au bout d'une partie, quand il s'était rendu compte qu'il allait finir avec le dos en compote et sans un rond. C'était une mauvaise idée de jouer avec Rosewood, car cet enfoiré avait une chance de cocu. C'était un grand dadais de trente-huit ans aux cheveux roux hirsutes, une apparence qui lui avait valu le surnom de Beaker, d'après le personnage du Muppet Show. Il était en train de gagner, comme toujours. Que ce soit aux cartes, aux paris sur les courses de chevaux, aux machines à sous, au bingo, il l'emportait à tous les coups, ce sale veinard. Fodder, en revanche, qui avait cinquante-deux ans, un double menton, des cheveux bruns clairsemés et un air grincheux permanent, ne gagnait jamais à rien. Pourtant, il n'abandonnait pas, du moins pas avant d'avoir perdu tout son argent. Sa persistance, qui ne lui était pas d'une grande aide aux jeux de cartes, était ce qui faisait de lui un bon agent. Vadge avait beaucoup appris de ses deux collègues pendant ses deux années dans l'équipe. C'était le cadet des trois, un bébé malgré ses trente ans. Le plus jeune agent de toute l'unité. Il était destiné à atteindre le sommet. À ce moment-là, les planques et l'haleine de café fétide ne seraient plus qu'un mauvais souvenir.

Vadge était sur le point de s'assoupir quand un *bip* de son téléphone lui rappela où il se trouvait. Il se redressa, s'ébroua pour sortir de sa torpeur, puis se dirigea vers la fenêtre. Il observa le parking à travers les lames du store. Quelques lampadaires éclairaient la zone, suffisamment pour qu'il repère Elvis qui marchait entre deux voitures, en peignoir de bain et pantoufles roses. Vadge cligna plusieurs fois des yeux pour vérifier qu'ils ne lui jouaient pas des tours. Des pantoufles roses, vraiment ? Oui, vraiment.

Il se détourna de la fenêtre.

« Elvis est en mouvement ! » annonça-t-il à ses deux collègues.

Simon Fodder se leva dans un craquement de genoux.

« Qu'est-ce qu'il fait ? demanda-t-il en rejoignant Vadge à la fenêtre.

– Il se dirige vers la camionnette.

– Quoi ? »

Fodder glissa ses mains entre les lames du store pour vérifier par lui-même. Effectivement, Elvis était en train de rôder d'un air suspect autour du véhicule.

Carl Rosewood jeta ses cartes sur la table basse, puis se leva et vint se poster à son tour devant la fenêtre, juste à temps pour voir Elvis manier son couteau.

« Putain ! grogna Rosewood. Ce connard est en train de crever mes pneus.

– Je t'avais dit de ne pas prendre la camionnette, dit Vadge. Comment veux-tu qu'on passe inaperçus avec un truc pareil ? Je parie qu'il nous a démasqués à la minute où on est arrivés.

– Il va nous voir si on ne fait pas attention », dit Fodder.

Les trois hommes s'éloignèrent de la fenêtre et Rosewood activa la lumière.

« N'allume pas, crétin ! » siffla Fodder.

Vadge regarda de nouveau à travers les stores. Aussitôt, Elvis le repéra et se cacha derrière la camionnette.

« Merde ! fit Vadge en reculant. Je crois qu'il m'a vu.

– Bon, ça suffit, dit Rosewood. J'en ai assez de ces Dead Hunters de mes deux. Ce type a un couteau sur lui. Ça nous donne une bonne raison de le tuer. On dira à Navan Douglas que c'était de la légitime défense.

– T'es con ou quoi ? grommela Fodder. On peut pas le tuer tant qu'on a pas trouvé Zero.

– On pourrait le tabasser, suggéra Rosewood. Voir s'il sait déjà où se trouve Zero ?

– Pfff. Non, on ne peut pas, lui rappela Fodder. On nous a chargés de le suivre et de l'observer, sauf si on voit Zero.

– Et Jasmine ? dit Vadge.

– Quoi, Jasmine ?

– Elle est seule dans la chambre. On pourrait la prendre en otage, non ?

– J'aime bien cette idée », dit Rosewood.

Fodder grogna.

« Voilà ce qu'on va faire. Rosewood, toi et moi on descend au parking et on s'occupe d'Elvis. Vadge, vois si tu peux entrer dans leur chambre et attraper Jasmine. Si Elvis voit que tu l'as, il nous dira ce qu'on veut savoir. Ensuite, si, *et seulement si*, on obtient ce qu'on veut, on pourra les buter tous les deux et en finir avec cette mission à la con. »

Vadge était atterré.

« On ne peut pas tuer Jasmine. Elle vaut une fortune. Elle a refroidi le pape, je te rappelle.

– D'accord. On se contentera de la malmener un peu, alors. Mais ne la sous-estime pas.

– Ça risque pas. J'ai vu sa vidéo. Je sais de quoi elle est capable. »

Rosewood prit son arme sur la table basse.

« Allez, dit-il en marchant vers la porte. Qu'est-ce qu'on attend ? »

Fodder glissa la main sous sa veste, sortit son pistolet, vérifia qu'il était chargé comme il le faisait toujours, et le replaça dans son étui.

« OK, allons-y. »

Vadge atteignit la porte le premier et se dirigea aussitôt vers la chambre de Jasmine. Rosewood et Fodder passèrent quelques secondes à se disputer, puis ils sortirent à leur tour et descendirent l'escalier en métal pour aller régler son compte à Elvis.

Pour une fois, c'était Vadge qui s'en tirait le mieux. Il tourna la poignée de la porte de la chambre de Jasmine. Elvis n'avait pas fermé à clé, *l'imbécile*. Il ouvrit et se glissa à l'intérieur, puis il poussa la porte pour que l'air froid de l'extérieur n'alerte pas Jasmine de sa présence.

Il y avait une table au milieu du salon, sur laquelle trônaient trois bouteilles de vin vides. Des baskets de femme sur le sol près de la table. Vadge traversa la pièce jusqu'à la porte de la chambre, qui était entrouverte. Il la poussa et, dans l'obscurité, distingua la silhouette endormie de Jasmine. Elle était allongée sur le ventre d'un côté du lit king-size. Vadge plongea la main sous sa veste pour en sortir son arme, puis s'approcha du côté du lit. Il regarda Jasmine. Même endormie, avec ses cheveux qui cachaient son visage, elle était canon.

Il pointa son pistolet sur la tête de la jeune femme, au cas où elle ferait semblant de dormir. Il avait lu assez de dossiers sur elle pour savoir qu'il ne devait pas baisser sa garde. De sa main libre, il alluma la lampe de chevet sur la table près de sa tête. Elle ne broncha pas. Vadge ne voulait pas la gifler pour la réveiller, c'était un gentleman. La meilleure chose à faire était de baisser les draps afin qu'elle sente l'air froid de la nuit sur sa peau. Ce qu'il fit, révélant son corps nu. Il descendit le drap assez bas pour voir son cul, non parce que c'était un pervers, mais pour s'assurer qu'elle n'avait pas d'arme cachée sur elle. C'est en tout cas ce qu'il se dit à lui-même.

Putain de merde. Quel cul. Quel corps.

Jasmine ne bougeait toujours pas. Il n'avait plus le choix. Il allait devoir lui mettre une fessée pour la réveiller. Il leva sa main libre, mais avant qu'il puisse l'abattre sur les jolies fesses charnues, une violente douleur lui transperça les testicules. Il grimaça, réprimant un cri. La souffrance ne s'arrêta pas là. Elle traversa tout son corps, de ses couilles à son cerveau. Le cul de Jasmine disparut. Tout devint noir. Les jambes de Vadge cédèrent et il s'affaissa en avant, son visage atterrissant entre les deux fesses douces.

Cette fois, Jasmine se réveilla.

« C'est déjà le matin ? » gémit-elle en se frottant les yeux.

Pas de réponse.

Elle roula sur le dos. La place d'Elvis était vide, mais quelqu'un la touchait. Il y avait une main sur son ventre, et quelque chose de lourd un peu plus bas. Et sa lampe de chevet était allumée. Elle leva la tête de quelques centimètres et regarda autour d'elle.

Il y avait un type en costume agenouillé à côté du lit. Il dormait profondément, la tête entre les jambes de Jasmine et sa main gauche sur son ventre.

« Vous êtes qui ? » demanda-t-elle.

Elle retira la main du type et s'assit. Il ne bougea pas. Elle empoigna ses cheveux et souleva sa tête. Bon sang, que c'était lourd. Il avait l'air complètement torché.

« Elvis ! cria Jasmine. Y a encore un mec bourré dans notre lit ! »

Pas de réponse.

Elle poussa la tête de l'homme, qui s'effondra sur le plancher avec un bruit sourd. Elle jeta un coup d'œil par-dessus le bord du lit et le vit allongé sur le dos dans une pose à la Superman. Son entrejambe était taché de sang, qui se répandait sur le sol.

Jasmine descendit du lit et enjamba son nouvel ami.

« Elvis ? » lança-t-elle.

Toujours rien. Elle se rendit dans le salon. La porte d'entrée était entrouverte. Elle ramassa une bouteille de vin vide sur la table basse et se dirigea vers la porte. Elle entendait des voix d'hommes en provenance du parking, dont une qu'elle reconnut. C'était celle d'Elvis. Elle sortit sur le palier. Elvis était en bas, de l'autre côté du parking, en train de parler à deux types en costume. Il portait un peignoir bleu et ses pantoufles roses. La conversation semblait animée, et les deux hommes avaient leur arme braquée sur lui.

32

Fodder et Rosewood traversèrent le parking en direction d'Elvis. Celui-ci était parfaitement visible malgré sa tentative pathétique de se cacher derrière la camionnette. Soit c'était un crétin qui pensait réellement qu'ils ne pouvaient pas le voir, soit il avait honte de ses pantoufles roses.

« Laisse-moi parler, dit Fodder.

– C'est mon van, lui rappela Rosewood.

– Et c'est pour ça que tu dois me laisser parler. C'est un sujet trop sensible pour toi. Fais juste en sorte qu'il voie que t'es armé. Comme ça, il tentera rien de stupide. »

Quand ils atteignirent la camionnette, Elvis sortit de sa cachette merdique. Il tenait toujours le couteau avec lequel il avait crevé les pneus.

« Bonjour, messieurs, dit-il. C'est votre van ?

– Qu'est-ce que vous foutez ? tonna Rosewood, ignorant les recommandations de Fodder.

– Quelqu'un a crevé vos pneus, dit Elvis en montrant son couteau. Avec ça. »

Fodder plaça son imposante carrure devant Rosewood puis sortit son pistolet de sous sa veste et le pointa sur Elvis. Son collègue dégaina son arme, mais au lieu de la braquer sur Elvis, il s'accroupit devant la camionnette pour examiner le pneu endommagé.

« Qu'est-ce que vous foutez ici à une heure pareille ? demanda Fodder à Elvis.

– Comme je l'ai dit, quelqu'un a crevé vos pneus.

– Ça n'explique pas ce que vous faites là. Sauf si c'est vous qui avez fait ça. »

Elvis haussa les épaules.

« Quelle raison aurais-je de me lever au milieu de la nuit pour aller crever vos pneus ? Je ne vous connais même pas. Je veux dire, ce n'est pas comme si vous m'aviez pris en filature, ou autre.

– T'es un petit comique, hein ? » dit Rosewood en se levant.

Son visage blafard brillait comme un phare dans la nuit.

« Si vous ne me suivez pas, dit Elvis, je suppose que vous êtes juste deux messieurs très élégants qui se trouvent partager une chambre d'hôtel.

– C'est vous qui portez les chaussons roses, lui signala Rosewood.

– Écoutez, dit Fodder. Allons droit au but, d'accord ? Vous cherchez un type qui se fait appeler Zero. On aimerait juste savoir si vous avez des pistes.

– Donc j'ai raison, vous me suivez.

– Exact.

– Oublie pas qu'il a crevé mes pneus ! se plaignit Rosewood. Tu vas m'en payer des nouveaux, connard.

– Sur la tête, dit Elvis. Bien fort. »

Les deux hommes froncèrent les sourcils.

« Quoi ? » firent-ils à l'unisson.

CRAC !

PAF !

La tête de Rosewood heurta la camionnette. Du coin de l'œil, Fodder le vit basculer, laisser tomber son arme et s'effondrer sur le sol.

Oubliant Elvis, Fodder fit volte-face, pointant son flingue sur le vide devant lui. Il se retrouva nez à nez avec Jasmine, qui était descendue dans le parking, nue comme un ver et armée d'une bouteille de vin.

« C'est quoi ce… »

Elvis se faufila derrière Fodder, ramena le bras avec lequel l'agent grassouillet tenait son arme à son côté, puis, de l'autre main, il pressa son cran d'arrêt contre le double menton de l'homme, qui lâcha aussitôt son pistolet.

« Elle est mignonne, hein ? murmura Elvis à l'oreille de Fodder. Maintenant, dis-moi pour qui tu travailles. »

La lame était si proche de sa gorge que Fodder n'osait pas déglutir de crainte de se blesser.

« Douglas Navan nous a chargés de vous suivre, bafouilla-t-il. C'est le procureur général.

– Continue, dit Elvis.

– Désolé. C'est difficile de réfléchir avec une femme nue en face de moi.

– Essaie. Sinon, demain matin, on va te retrouver avec une bouteille de vin dans le cul, et ta bite dans la main de ton pote. »

Pendant un bref instant, Fodder visualisa le tableau que peignait Elvis. Il réprima un frisson.

« Sacrée imagination.

– On aime essayer de nouvelles choses, dit Jasmine. Maintenant, réponds à la question parce qu'on se les pèle ici, et mes tétons commencent à durcir. »

Fodder inspira aussi profondément qu'il le pouvait dans ces circonstances et tâcha de ne pas fixer les seins de Jasmine.

« D'accord, voilà le truc. Douglas a une dent contre vous, les Dead Hunters. Il pense que vous avez tué son pote, Michael Raffone.

– C'est le cas, dit Elvis. Ça veut dire que Navan Douglas vous a chargé de nous tuer ?

– Il voulait juste qu'on vous suive. Vous cherchez ce complotiste qui se fait appeler Zero, n'est-ce pas ?

– Ouais.

– Notre boulot, c'était juste de vérifier que vous l'aviez bien tué. Et sinon, on devait le faire à votre place. »

Elvis soupira.

« Et si vous réussissiez à assassiner Zero, je suppose que vous deviez essayer de nous tuer pour faire le ménage ?

– C'était une option. Mais on n'allait pas vraiment le faire. J'étais contre.

– Il dit de la merde, fit Jasmine. Ces types ont reçu l'ordre de nous tuer une fois le travail terminé.

– T'as entendu ça ? murmura Elvis à l'oreille de Fodder. Elle pense qu'on devrait vous tuer.

– Je le jure devant Dieu, mec, on est dans la même équipe. On pourrait venir avec vous, vous aider.

– Et les deux autres types qui nous suivaient hier ? Ils bossaient aussi avec vous ? demanda Elvis.

– Foster et McCabe. Ouais, ils font partie de notre équipe.

– Y en a d'autres ?

– Non, c'est tout. » Il leva les yeux vers l'étage du motel. « Qu'est-ce qui est arrivé à Vadge ?

– C'est le type dans notre chambre ? demanda Jasmine.

– Ouais. Il va bien ?

– Non, pas vraiment.

– Qu'est-ce que vous lui avez fait ?

– T'occupe pas de lui, dit Elvis, et il pressa un peu plus fort le couteau contre le bas du menton de Fodder, faisant perler une goutte de sang sur sa peau. « Où sont Foster et McCabe en ce moment ?

– Au prochain motel, à une dizaine de kilomètres.

– T'as un téléphone sur toi ?

– Ouais.

– Sors-le. Je veux que tu leur envoies un message.

– OK. »

Fodder glissa la main dans la poche de sa veste et en sortit son portable. Il le tint devant son visage et ouvrit une application de messagerie instantanée.

« Qu'est-ce que vous voulez que je dise ?

– Rien. Donne-le à Jasmine, elle va taper le message. »

L'intéressée tendit sa main libre et Fodder y plaça le téléphone, en prenant un instant pour admirer son corps nu. Malheureusement, ce doux moment prit fin quand Elvis fit glisser la lame de son couteau sur son cou, lui tranchant la gorge. Sa mâchoire se relâcha et sa langue sortit de sa bouche. Un affreux gargouillement se fit entendre tandis que le sang remplissait ses poumons. Elvis le lâcha et recula d'un pas. Fodder tomba à genoux, puis sur le côté. Il était toujours en vie quand son visage toucha le sol froid, mais plus pour longtemps. Il ne tint que quelques secondes de plus avant de passer l'arme à gauche.

Elvis se pencha et poignarda son collègue à la gorge pour l'achever. Un son étranglé s'échappa de sa bouche, et il mourut sans faire d'histoires. Elvis essuya son couteau sur la veste de Fodder.

« Qu'est-ce que j'envoie aux autres ? demanda Jasmine.

– Rien. Je voulais juste détourner son attention. Qu'est-ce qui est arrivé à leur pote qui est entré dans notre chambre ? »

Jasmine haussa les épaules.

« J'aimerais bien le savoir.

– Comment ça ? Tu l'as pas tué ?

– Ben, non. Je crois qu'il est entré dans la chambre pendant que je dormais, a descendu les draps, maté mon cul, et puis ses couilles ont explosé.

– Il a joui dans son fute ?

– Non. Ses couilles ont vraiment explosé. Y a du sang plein son pantalon. Et il est mort. Ça m'a réveillée parce que sa tête était dans mon cul. »

Elvis se gratta la tête.

« Jas, qu'est-ce que tu racontes ?

– Je sais pas. Tu devrais aller voir.

– OK. Mais d'abord, aide-moi à mettre ces deux connards à l'arrière du van. »

33

« J'y crois pas, dit Elvis. Ses couilles ont explosé.

– Je te l'ai dit. »

Ils se tenaient tous les deux dans leur chambre, au-dessus du cadavre de l'homme que Jasmine avait trouvé la tête entre ses fesses dix minutes plus tôt. Ils avaient baissé son pantalon et son boxer pour examiner la blessure. Jasmine avait raison, ses couilles avaient bel et bien explosé. Il n'y avait pas d'autre façon de décrire la chose, ses testicules n'étaient plus qu'une immonde bouillie sanglante.

« D'accord, explique-moi encore une fois ce qui s'est passé, dit Elvis. Et n'oublie rien. »

Jasmine s'assit sur le lit.

« OK. Donc j'étais allongée ici, en train de dormir.

– Et ensuite ?

– Puis j'ai senti quelque chose sur mes fesses. Je me suis réveillée, et j'ai vu la tête de ce type mort dans mon cul.

– Il était déjà mort quand tu t'es réveillée ?

– Ouais. Je me suis retournée et sa tête a tourné en même temps. Après, je l'ai poussé et il est tombé par terre, dans la même position que maintenant, et c'est là que j'ai vu le sang au niveau de son entrejambe. »

Elvis s'accroupit à côté du corps en réprimant une grimace de dégoût. Il évita soigneusement la bouillie de testicules et inspecta le fond du pantalon qu'ils avaient descendu jusqu'à ses genoux. Au milieu de tout le sang, juste sous la fermeture Éclair, il repéra un petit trou de la taille d'une pièce de vingt-cinq cents.

Ça ne l'avançait pas à grand-chose. Elvis abandonna son examen du pantalon et commença à fouiller les poches de la veste. Il trouva un téléphone et un portefeuille qui contenait un badge.

« Andrew Vadge, dit Elvis. CEMP.

– CEMP ? Qu'est-ce que ça veut dire ? Couilles Explosives, Micro-Pénis ?

– Pas mal, fit Elvis en lisant les petits caractères sur la carte. Club d'Échecs de Maryland Park.

– J'y étais presque. Il a de l'argent ?

– Pas beaucoup. » Il empocha les quelques billets qu'il avait trouvés. « Je me demande si Calhoon est au courant de tout ça ?

– On a qu'à fouiller leur chambre. Pour voir quelles infos ils ont sur nous.

– Attends une seconde. Réfléchissons un peu. Je n'ai vu personne qui nous suivait. Alors comment ils nous ont trouvés ? »

Jasmine tendit la main pour prendre celle d'Elvis. Elle passa son index et son pouce sur l'anneau en or à son doigt.

« C'est peut-être un dispositif de suivi ? » suggéra-t-elle.

Elvis se leva et regarda Jasmine dans les yeux. En plus d'être ultra sexy, sa nana était intelligente. Une combinaison mortelle. Tout le monde ne savait pas apprécier le brillant esprit analytique de Jasmine. La plupart des gens restaient bloqués sur le fait qu'elle confondait sa gauche et sa droite et ne savait pas faire la différence entre un pape et un zombie.

« T'es tellement sexy, dit Elvis. Si on n'était pas pressés de partir et s'il n'y avait pas un type aux couilles explosées par terre, je te prendrais sur ce lit, là tout de suite.

– Je sais, mon cœur. »

Elvis retira sa nouvelle bague en or.

« C'est Calhoon qui nous les a remises, dit-il en regardant le bijou. Mais elle a dit que c'était Navan Douglas qui les lui avait données, et ces trous-du-cul travaillaient pour lui. On dirait bien qu'on va devoir le tuer.

– J'aime quand tu t'emportes comme ça, dit Jasmine. Mais qu'est-ce qu'on va faire de M. Couilles explosées ? On peut pas le laisser là, si ? On le met dans la camionnette avec ses amis ?

– Je suis pas très chaud pour trimballer un cadavre à travers le parking. On va plutôt le ramener dans sa chambre.

– OK. Tu prends le haut ou le bas ?

– Le haut. »

Elvis rangea son anneau en or dans la poche de son peignoir, puis glissa ses mains sous les aisselles d'Andrew Vadge pendant que Jasmine attrapait ses pieds. Ils le sortirent sur le palier et s'empressèrent de ramener le cadavre dans sa chambre. Une fois à l'intérieur, Jasmine le lâcha et laissa Elvis le traîner jusqu'au lit une place. Il balança le corps dessus puis remonta les draps pour cacher ses couilles ensanglantées. Après quoi il rejoignit Jasmine dans le salon pour fouiller un peu.

La pièce était en bordel, mais il n'y avait pas grand-chose à voir. Une table basse avec un jeu de cartes en cours. Quelques tasses à café vides et des emballages de nourriture. La télé était allumée, volume baissé.

« Tu sais, je me demandais, fit Elvis en fouillant dans une commode. Navan Douglas nous a fait suivre par ses agents juste parce qu'on a tué son pote Mike Raffone, ou pour une autre raison ?

– Comme quoi ?

– Je sais pas, mais si on trouve ce Zero, on devrait peut-être écouter ce qu'il a à dire.

– Même s'il pourrait nous hypnotiser ? dit Jasmine en vérifiant les côtés du canapé.

– Peut-être que cette histoire d'hypnose, c'est des conneries ? dit Elvis, réfléchissant tout haut. Peut-être qu'il sait quelque chose, quelque chose d'important. Au sujet du gouvernement, un truc qu'ils tiennent absolument à garder secret. Tous ces agents qui nous suivent pour s'assurer qu'on le tue, je trouve ça un peu bizarre, si tu veux mon avis.

– Je pensais que c'était parce qu'il était au courant pour le manteau d'invisibilité, et parce qu'il a essayé de tuer le président.

– Ouais, c'est possible. »

Jasmine se rendit dans une des chambres pour y jeter un coup d'œil. Quand elle revint, elle avait retiré son anneau.

« Qu'est-ce qu'on fait de ces bagues ?

– On a qu'à les laisser ici, pour les prochains agents qui viendront nous chercher. »

Jasmine posa son anneau sur la table basse.

« J'aimais bien avoir une bague », dit-elle.

Elvis sortit la sienne de sa poche et la posa à côté.

« J'aimais bien qu'on ait des bagues assorties. »

Ils partagèrent un baiser qui faillit partir en vrille, mais Jasmine mit fin à leur étreinte en s'éloignant d'Elvis avant que l'envie de glisser sa main dans son caleçon prenne le dessus.

« Et maintenant ? demanda-t-elle. On va dans un autre motel ? On peut pas rester ici. Je veux pas que tes couilles aussi explosent.

– Si tu n'enfiles pas des vêtements, ça risque d'arriver. »

Ils retournèrent dans leur chambre pour remballer leurs affaires. Elvis nettoya le salon pendant que Jasmine s'occupait de la chambre. Elle vidait un tiroir à côté du lit quand elle vit quelque chose sur le sol, près de la grande flaque de sang.

« Hé, Elvis, viens voir », murmura-t-elle.

Elvis passa la tête par la porte.

« Qu'est-ce qui se passe ?

– Regarde là. » Jasmine désigna le sang. « Y a un trou dans le sol. »

Elvis s'approcha avec précaution.

« Qu'est-ce que c'est ? Un trou de voyeur ?

– Non, je pense que c'est un trou de balle. »

Elvis se frappa le front.

« Merde. Évidemment.

– Qu'est-ce qu'on fait ?

– On s'en éloigne, pour commencer, dit-il en lui faisant signe de s'approcher. Et on se tire d'ici. Cet endroit me file la chair de poule. »

34

Retour au Purgatoire

« Les anneaux présidentiels sont des mouchards ? dit Flake, incrédule. Ça explique comment les flics nous ont retrouvés, JD et moi, au club des Gunslingers ! »

Elvis haussa les épaules.

« Navan Douglas en a après nous. »

Pendant qu'Elvis et Jasmine racontaient leurs folles aventures au motel, Zilas le bossu et les nettoyeurs de l'enfer (qui n'étaient pas un groupe de rock, mais un véritable service de nettoyage) avaient épongé la majeure partie de l'eau sale et pulvérisé suffisamment de désinfectant pour débarrasser les lieux de l'odeur de poisson.

Les nettoyeurs de l'enfer avaient également eu la gentillesse d'apporter deux canapés propres et une table en bois rectangulaire, qu'ils installèrent entre les sofas. Elvis et Jasmine étaient blottis sur l'un, Rex, Flake et JD sur l'autre. Goober avait dû se contenter du sol aux pieds de Flake. La table disparaissait sous les bouteilles d'alcool et les verres offerts par Jacko. Et avec la porte des toilettes pour handicapés ouverte, la chaleur de l'enfer leur apportait un réconfort bienvenu après l'incident du tsunami.

Elvis se pencha par-dessus la table et prit l'annulaire de Flake dans sa main.

« Ouais, tu devrais sans doute t'en débarrasser, dit-il en regardant l'anneau gravé.

– Super », soupira Flake. Elle retira la bague. « Comment je suis censée procéder ?

– Peu importe, lança Jacko de derrière le comptoir. Personne ne peut te suivre jusqu'au Purgatoire. Ils penseront que tu l'as détruite.

– De toute façon, je n'en veux pas, dit Flake. Tu peux pas la jeter dans les flammes de l'enfer ou autre ?

– Si tu veux », dit Jacko.

Flake se pencha en arrière et lança l'anneau au bluesman. Soudain, des bribes de souvenirs récents affluèrent dans sa tête. Sanchez acceptant la bague que lui remettait Calhoon, Sanchez commandant des cheeseburgers dans la suite du président. Elle tressaillit et chassa ces images de son esprit. Pour se changer les idées, elle porta son attention sur Elvis.

« Je veux savoir qui a tiré dans les couilles de cet agent du gouvernement. Vous êtes pas passés dans la chambre d'en dessous pour savoir qui c'était ?

– Non, dit Elvis. On était pressés de partir. En plus, cette personne était armée. Ç'aurait pu être d'autres agents secrets. »

Rex intervint.

« Si c'était le cas, pourquoi ils auraient tiré dans les couilles d'un des leurs ?

– Qui sait ? fit Elvis en prenant une bouteille de bière avant d'en boire une gorgée. Enfin bon, on a laissé ce motel derrière nous et roulé jusqu'à Santa Mondega. Ça nous a pris des plombes.

– On a dû conduire à tour de rôle, expliqua Jasmine.

– Et vous avez trouvé Zero ? demanda Flake.

– Putain de merde ! » s'exclama Rex, interrompant la conversation. Il se leva du canapé et se dirigea vers la télévision, une bouteille de Shitting Monkey à moitié vide à la main. « Ils disent qu'un missile nucléaire a frappé San Antonio ce matin !

– Ils ont frappé un peu partout, lui signala Jacko. Y a qu'ici qu'on est à l'abri.

– Ouais, mais j'étais à San Antonio quand on m'a appelé pour me dire que Jasmine s'était fait tirer dessus, dit Rex, incapable de dissimuler sa panique. Il faut que j'y retourne.

– Tu ne peux pas y aller maintenant. C'est dangereux.

– Rien à foutre. Renvoie-moi là-bas. »

L'agitation de Rex enflait à chaque seconde.

« Pourquoi tu veux aller à San Antonio ? demanda Flake. À cause de cette nana, la femme du patron, comment elle s'appelle déjà ? Selene ? Son mari a découvert que tu couchais avec elle ? Et qu'est-il arrivé à Paige ? Vous l'avez retrouvée ? »

Jasmine se pencha prudemment en avant pour prendre un verre de soda au citron sur la table. Elle avait l'air plutôt en forme, pour quelqu'un qui s'était fait tirer dessus plusieurs fois (et éjecter d'un canapé par un tsunami).

« C'est vrai, dit-elle. J'aimerais savoir ce qui est arrivé à Paige.

– Je dois y retourner ! gronda Rex en faisant les cent pas et en s'arrachant les cheveux.

– Regarde les infos, lui signala Jacko. Tu ne peux aller nulle part. C'est trop dangereux. Tout San Antonio a été soufflé par cette bombe. Même si des gens ont survécu à l'explosion initiale, ils n'ont aucune chance face aux retombées radioactives. »

Rex posa les yeux sur la porte des toilettes pour hommes, puis balança sa bouteille de Shitting Monkey dessus. Le projectile frappa la porte et se brisa en des centaines d'éclats, répandant de la bière et de la mousse dans toutes les directions.

« Bon sang, c'est pas vrai, cria Jacko avec colère. On vient de faire le ménage ! Qu'est-ce qui te prend ?

– Allez, Rex, dit Elvis. Crache le morceau. Qu'est-ce qui se passe ? Qu'est-ce qui vous est arrivé après l'enlèvement de Paige ? »

CINQUIÈME PARTIE

GOLF MORTEL

35

JD et Rex étaient tous les deux appuyés contre le flanc de la Mercedes, l'un se frottant l'arrière de la tête tandis que l'autre enroulait son bandana autour de la blessure à sa jambe et le nouait fermement. Une minute s'était écoulée depuis l'enlèvement de Paige.

« On devrait appeler la police, dit Rex en grimaçant. Ils peuvent mettre en place des barrages routiers et traquer le van avec leurs hélicoptères.

– On n'appelle pas les flics, dit JD, qui essayait toujours de retrouver une vision normale.

– La vie de Paige est en jeu, lui signala Rex. Et au cas où tu n'aurais pas remarqué, on n'est pas vraiment au meilleur de notre forme. »

JD marcha jusqu'à la batte de base-ball sur le trottoir et la ramassa. Elle était en métal et pesait son poids. Pas étonnant qu'il ait vu des étoiles.

« Est-ce que t'as vu ce truc me frapper ?

– Non. J'ai rien vu jusqu'à ce que Paige soit soulevée dans les airs. La batte a surgi de nulle part juste avant de toucher le sol.

– Ça veut dire que notre ami invisible peut aussi rendre ses armes invisibles. »

Rex désigna sa jambe bandée.

« Comment tu crois que je me suis fait tirer dessus ? J'ai vu aucun pistolet. Si je l'avais vu, j'aurais intercepté la balle. Heureusement qu'il a pas visé ma tête.

– Heureusement pour toi, oui.

– Tu te sens en état de conduire ? »

JD était toujours un peu vaseux après sa rencontre avec la batte de base-ball en métal. Une personne normale aurait été hospitalisée avec des lésions cérébrales, mais il était simplement nauséeux, et très agacé.

« Laisse-moi juste une minute », dit-il.

Pendant que Rex boitillait sur le trottoir pour voir s'il était capable de marcher, JD se stabilisa en pressant sa main contre la Mercedes. Puis il baissa la tête et vomit sur l'aile arrière de la voiture.

« T'es sûr que t'es en état de conduire ? demanda Rex.

– Ouais. Monte dans la voiture. Il faut qu'on y aille. »

Rex regarda autour de lui. Il y avait des gens de l'autre côté de la rue qui les observaient. Il était vraiment temps de quitter les lieux.

« La camionnette est partie depuis longtemps, rappela-t-il à JD.

– Ouais, mais Antonio Rodriguez nous doit une explication. C'est pour ça qu'il nous a engagés. Des kidnappeurs invisibles. Il le savait, et il aurait dû nous le dire. Je veux savoir pour quelle raison il l'a pas fait.

– Moi aussi. Pourquoi cacher l'information qui aurait pu nous aider à protéger sa fille ?

– Je sais pas, mais je pense que le moment est venu.

– Quel moment ?

– Celui de buter tous ses hommes de main. »

Rex gonfla les joues et expira.

« Je le savais. »

JD ramassa les affaires de Paige sur le trottoir et les jeta dans le coffre de la voiture. Puis il tituba jusqu'à la portière conducteur et s'installa derrière le volant. Rex se glissa sur le siège passager en s'efforçant de maintenir sa jambe blessée immobile. Il se retourna pour attraper son sandwich de petit déj sur la banquette arrière et mordit dedans à pleines dents.

« Tu veux le tien ? demanda-t-il à JD.

– Non. J'ai perdu l'appétit. »

JD démarra. La radio s'alluma et « Comfortably Numb » de Pink Floyd retentit par les haut-parleurs.

Alors que JD reprenait la route, des sirènes de police se firent entendre.

« Dépêche-toi, dit Rex. Si on pouvait éviter d'avoir à buter un escadron de flics en plus, ce serait pas mal. »

JD conduisit prudemment afin de ne pas attirer l'attention des forces de l'ordre, mais avant qu'ils atteignent le premier croisement, deux voitures de police apparurent derrière eux.

« Merde, fit Rex en regardant dans son rétroviseur. C'est après nous qu'ils en ont ? »

JD se rangea sur le bas-côté, s'attendant à ce que les flics se garent derrière lui, mais ils poursuivirent leur route, passant devant eux à toute vitesse, gyrophares allumés, sirènes hurlantes.

« On a de la chance, dit Rex. C'est peut-être pour Paige ? »

JD s'inséra dans la circulation et prit la direction de la propriété des Rodriguez. Deux kilomètres plus loin, ils commençaient à y voir plus clair. Tout un tas de voitures de police aux gyrophares allumés bloquaient la route devant Big Buns & Footlongs. La zone tout entière grouillait d'officiers, et un agent de la circulation redirigeait les automobilistes vers une route secondaire.

JD roula jusqu'au barrage de police et s'arrêta.

« C'est quoi, ce bordel ? » dit Rex en regardant à travers le pare-brise le chaos devant eux.

Les flics bouclaient la zone autour de la boutique. Des civils pleuraient dans la rue. De toute évidence, au cours des dix minutes qui s'étaient écoulées depuis que Rex avait récupéré les sandwichs, quelque chose de terrible s'était produit à Big Buns.

Un agent de la circulation avec une barbe grise et un plâtre sur le nez s'approcha de la voiture. JD baissa sa vitre et passa la tête au-dehors. Le flic le reconnut et eut un moment d'hésitation.

« C'est bon, dit JD. Approchez. »

Le flic toucha le plâtre sur son nez cassé, réfléchit un instant, puis décida d'obéir. Il marcha jusqu'à la fenêtre de JD, mais s'arrêta à cinq mètres, juste au cas où.

« Que s'est-il passé ? » lui demanda JD.

Le flic, qui selon son badge était l'officier Nick Buckman, répondit avec des informations utiles.

« La famille qui tient la sandwicherie a été assassinée. Il est trop tôt pour être sûr, mais il semble que ce soit l'œuvre d'un tueur à gages.

– Un tueur à gages ? Contre une famille qui tient une sandwicherie ?

– Je sais, ça n'a aucun sens.

– Que savez-vous pour l'instant ? »

Buckman regarda autour de lui pour vérifier qu'aucun de ses collègues n'était à portée de voix. Puis il s'avança en se penchant un peu plus et parla tout bas.

« Deux membres de la famille n'ont pas été tués. La mère, qui n'était pas à la maison, et – et c'est là que ça devient vraiment étrange – des témoins oculaires affirment avoir vu le fils cadet flotter hors de la boutique. Ça paraît dingue, hein ?

– Pas plus que ça. Est-ce qu'il a flotté jusqu'à une camionnette noire ? »

Buckman fronça les sourcils.

« Ouais. Comment vous le savez ?

– Peu importe. Vous dites que le fils cadet a été enlevé. Vous parlez de Kai ? »

Buckman hocha la tête.

« Ouais, Kai, le garçon autiste. »

Rex se pencha devant JD pour s'adresser à l'officier.

« Autiste, vous dites ?

– C'est ça. Ils ont kidnappé Kai, l'attardé. »

JD tendit la main pour attraper la chemise de Buckman et tira violemment dessus, lui écrasant le visage contre le cadre de la vitre. Son plâtre éclata et son nez se brisa une nouvelle fois. Alors que le flic voyait des étoiles, JD lâcha la chemise, le laissant s'effondrer sur la route.

« Des gens invisibles qui kidnappent des gamins autistes, dit Rex. On aura tout vu. »

JD remonta sa vitre, passa la marche arrière et recula.

« Antonio Rodriguez nous doit des explications. »

Il fit demi-tour, s'engagea sur la route secondaire et fonça en direction de la propriété des Rodriguez.

36

Antonio Rodriguez aimait avoir son propre terrain de golf. C'était idéal pour travailler son jeu, en particulier avec le tournoi sur invitation qui approchait à grands pas. Il était déterminé à gagner. Non pour le ridicule prix de cinquante mille dollars, mais pour la gloire qu'il en tirerait. Il n'avait toujours pas digéré l'humiliation qu'il avait subie l'année précédente, quand il avait terminé deuxième.

Après avoir fait le par au premier trou, Antonio se prépara à jouer le deuxième. Il avait le meilleur équipement de golf que l'argent puisse offrir, et ses tenues faisaient pâlir d'envie tous les joueurs du pays. Aujourd'hui, il avait opté pour un pantalon jaune vif rentré dans des chaussettes écossaises, qui se mariait parfaitement avec son pull rose et bleu. L'élégante tenue était complétée par une casquette plate.

À bonne distance du tee se trouvait le chef de ses hommes de main, Lucas le cow-boy, qui lui servait de caddie.

« Attention au vent, boss, l'avertit Lucas. Il souffle de droite à gauche. »

Antonio lécha son index et le leva pour vérifier par lui-même la direction du vent. Lucas avait raison. Cette pensée à l'esprit, il esquissa quelques swings, convaincu qu'un fade serait nécessaire. Puis, sûr de lui, il s'approcha du tee et se mit en position. Un grand fairway vert se déployait devant lui, avec deux bunkers profonds au milieu. Le seul autre danger était la forêt dense de part et d'autre du terrain. C'était du moins ce qu'il croyait. Il s'apprêtait à lever son club quand Lucas brisa de nouveau sa concentration.

« Qu'est-ce qu'il fout là, lui ? » dit l'homme de main.

Antonio baissa son club, visiblement agacé.

« Qui ?

– Lui. »

Le gangster balaya du regard le fairway puis les bois. Il n'y avait personne en vue, mais Lucas ne regardait pas dans cette direction. Il fixait quelque chose derrière eux. Antonio se retourna pour voir de quoi il s'agissait. Le Bourbon Kid marchait vers eux.

« Bonjour, mon ami ! lança Antonio gaiement. Vous jouez ?

– Non. » JD se dirigea droit sur lui, ignorant le garde du corps. « Il faut qu'on parle. »

Lucas se précipita vers lui, l'empoigna par l'épaule et le fit pivoter pour qu'ils soient face à face.

« Il est occupé, au cas où vous n'auriez pas remarqué », dit-il.

Pour toute réponse, JD plongea la main dans le sac de golf que portait Lucas. Il en sortit un club à tête épaisse et s'en servit pour faire tomber son Stetson de sa tête. Un deuxième coup de club atteignit Lucas sous le menton, le faisant reculer de quelques pas. Ayant maintenant assez de place pour faire ce qu'il avait à faire, JD balança de nouveau le club, qui s'écrasa sur la pommette du caddie. L'homme tituba en arrière comme un ivrogne sur un bateau ballotté par les flots. JD frappa encore, cette fois dans son estomac. Lucas se plia en deux et tomba à genoux en se tenant le ventre. Un coup de pied au visage l'envoya sur le dos.

« HÉ ! cria Antonio. Qu'est-ce que vous faites ? Vous savez combien coûte ce club ? »

JD retourna la crosse afin de tenir dans sa main la grosse tête en bois, puis enfonça le manche dans la gorge du caddie en lui cassant quelques dents au passage. Il appliqua un peu plus de pression pour voir jusqu'où pouvait aller le club. Les yeux exorbités, Lucas leva les deux mains et attrapa le manche pour tenter de le retirer de sa bouche. Ses efforts furent vains. D'étranges gargouillis se firent entendre, puis il commença à cracher du sang. Ses joues virèrent au rouge avant de se lézarder de veines bleues gonflées. Ses jambes se tortillaient désespérément dans l'herbe. Finalement, alors que le club s'enfonçait dans son œsophage, il cessa de respirer. Ses mains retombèrent et il s'immobilisa, les bras en croix, à côté du sac. L'attaque n'avait duré que trente secondes.

JD lâcha le club et se tourna vers Antonio, qui regardait bouche bée son homme de main et le manche qui lui sortait de la gorge.

« C'était mon bois préféré, connard ! éructa le gangster.

– Pourquoi m'avez-vous engagé ?

– Ce truc coûte une fortune. » Antonio s'apprêtait à protester davantage quand il remarqua l'expression sérieuse de JD. « Désolé, qu'est-ce que vous disiez ?

– Pourquoi m'avez-vous engagé ?

– Pour conduire Paige à l'école. Je vous l'ai déjà dit.

– Non. Vous avez dit que l'un de vos hommes avait envoyé une menace de mort. Mais c'était un mensonge. Alors dites-moi pourquoi vous m'avez réellement engagé. Et ne mentez pas, cette fois. Vous avez trois secondes pour cracher le morceau, ou je prends un autre club. »

Antonio, qui semblait enfin comprendre à qui il avait affaire, répondit d'un ton grave.

« Vous avez raison, je n'ai pas reçu de menace de mort, mais j'avais peur que quelqu'un kidnappe Paige.

– Mouais. »

JD sortit un fer 5 du sac et enroula ses deux mains autour du manche.

« J'ai des ennemis.

– Vous m'en direz tant. »

JD souleva le fer et l'écrasa sur le bras d'Antonio, juste au-dessus du coude. Le gangster lâcha son propre club et attrapa son bras de sa main libre en poussant un cri de douleur.

« Ouille ! Putain de merde, pourquoi vous avez fait ça ?

– Paige a été kidnappée.

– Quoi ? »

BAM !

« AÏE ! Arrêtez ! » Antonio s'assit sur l'herbe. Il s'était fait frapper aux deux bras avec son propre fer 5. Il essaya de frotter les deux en même temps avec la main opposée, sans grand succès. « Qu'est-ce que vous voulez de moi ? pleurnicha-t-il. Et où est Paige ?

– Paige a disparu. Quelqu'un kidnappe des enfants autistes. Et je pense que vous savez qui. Dites-moi qui l'a enlevée ou je vous brise le crâne en deux.

– D'accord, *d'accord.* J'ai entendu dire que des vampires étaient en ville, et qu'ils comptaient enlever des enfants autistes. Je pensais que vous pourriez la protéger. Elle a vraiment été kidnappée ?

– Oui. Pourquoi des vampires voudraient enlever des enfants autistes ?

– Je sais pas, peut-être parce que les autistes sont plus une source d'emmerdes qu'autre chose. Vous savez, comme Hitler avec les juifs. »

JD frappa de nouveau, atteignant cette fois Antonio à l'épaule. Le gangster hurla de douleur. L'impact le fit basculer sur le côté tandis qu'il grimaçait et pleurnichait. Il leva une main pour se défendre.

« La prochaine fois, c'est le manche dans votre gorge, le mit en garde JD.

– Je vous en prie, écoutez. J'étais inquiet pour ma fille. J'ai entendu dire que ces vampires avaient une liste de tous les enfants autistes de la ville.

– Je commence à en avoir marre de me répéter. Pourquoi veulent-ils des enfants autistes ?

– Je sais pas, je le jure ! cria Antonio. Je vous en prie, arrêtez de me frapper. Je ne suis pas assez courageux pour vous mentir. Vous devez récupérer Paige. Je vous paierai cent mille de plus, c'est promis.

– Vous savez où elle est ?

– Je sais où sont les vampires. Au cirque ambulant. Tous les membres du cirque sont des vampires, du moins c'est ce qu'on m'a dit. C'est pour ça que j'interdis à Paige d'y aller. Ces vampires voyagent à travers le pays pour enlever des enfants autistes. C'est tout ce que je sais. »

JD abattit le club sur une des rotules d'Antonio. Le gangster roula sur le dos et attrapa son genou à deux mains en sanglotant de plus belle.

« Pourquoi vous avez fait ça ? gémit-il. J'ai répondu à la question.

– Comment vous savez tout ça ? Qui vous a mis au courant ? Et pourquoi nous l'avoir caché ? Vous êtes idiot ou quoi ?

– C'est le maire qui me l'a dit. Mais c'était confidentiel, j'ai dû jurer que je ne le répéterais à personne. C'est un bon gars, le maire. Il me faisait une faveur. J'ai cru que je pourrais protéger Paige et qu'ils prendraient les autres enfants autistes de la ville à la place. Mais maintenant, vous me dites qu'ils ont Paige ? Vous devez aller la chercher. Je vous en prie, c'est mon unique enfant !

– Pourquoi est-ce que le maire vous aurait confié ça ?

– J'ai donné beaucoup d'argent pour sa campagne. Et j'ai des photos de lui en train de sniffer de la coke avec des putes. Je vous en prie, allez chercher Paige. Rendez-moi mon bébé. Prenez quelques-uns de mes hommes. Moi aussi, je viendrai.

– Il y a autre chose, dit JD en baissant le club de golf.

– Quoi ?

– Rex a baisé votre femme. »

Antonio poussa un soupir de soulagement.

« Ah, oui, je suis au courant. Aucun problème. On est un couple libre. Vous pouvez la baiser aussi, si vous voulez. Je m'en fous. »

JD écrasa le club sur le crâne d'Antonio, qui attrapa sa tête à deux mains et roula sur le côté.

« Aïïïe ! Merde ! Putain ! Ça fait mal. Pourquoi vous continuez ?

– Je ne peux pas vous laisser vivre. »

Antonio cessa aussitôt de sangloter et de frotter les parties meurtries de son corps. Il s'assit et regarda JD, les yeux écarquillés d'horreur.

« Quoi ? »

JD retourna le club de manière que le manche pointe vers la bouche d'Antonio. Celui-ci glissa un regard inquiet vers son caddie mort, puis leva les mains pour tenter de se défendre.

« Je vous en prie, non. Je vous paierai tout ce que vous voulez », implora-t-il.

JD lui envoya un coup de pied dans le cou, le faisant retomber sur le dos, puis il se plaça devant lui et pressa sa botte sur sa poitrine pour le plaquer au sol. Antonio essaya d'attraper le club pour empêcher le bout d'entrer dans sa bouche, qu'il garda sagement fermée.

Soudain, à une cinquantaine de mètres de là, une voix cria :

« NOOOOOON ! »

C'était Rex, qui traversait le terrain de golf en boitillant aussi vite que possible pour tenter d'empêcher JD d'assassiner leur employeur.

Il se fatiguait pour rien. JD planta le manche du club dans la bouche d'Antonio, lui cassa quelques dents, et lui enfonça la langue dans la gorge. Le meurtre fut encore plus brutal que celui de Lucas. Le sang jaillit de la bouche d'Antonio, éclaboussant toute la longueur du manche, accompagné de délicieux gargouillis. Les yeux du gangster s'injectèrent de sang et faillirent lui sortir de la tête. Il attrapa le club à deux mains, sans parvenir à quoi que ce soit. Lorsque Rex finit par rejoindre JD, Antonio était mort, une grosse tache de pisse maculant l'avant de son pantalon de golf jaune.

« Génial, dit Rex d'un ton sarcastique. Maintenant on va avoir cent tueurs sur le dos.

– Mais non, le rassura JD. Y en a jamais plus de quarante de service en même temps.

– Quarante ? Putain. Je plaisantais quand je disais cent. Il faut qu'on se tire.

– Tu veux pas savoir ce que j'ai découvert ?

– Tu me le diras en chemin. Si on sort d'ici vivants. »

PING !

Le tintement venait du sac de golf. Ou, plus précisément, d'une balle qui venait de ricocher dessus.

« Et merde, dit Rex en se tournant vers la maison. Ils arrivent. »

De fait, dix hommes lourdement armés se dirigeaient vers eux. La plupart étant en surpoids, ils ne se déplaçaient pas bien vite, mais ils n'en étaient pas moins armés de fusils.

« Y en a un qui a un M16 ! » dit Rex en reculant vers le fairway.

Les hommes de main étaient visiblement en colère et prêts à en découdre. Tous les trois ou quatre pas, l'un d'entre eux s'arrêtait pour faire feu. Ce n'étaient pas franchement des tireurs d'élite, mais ils étaient dix, et ils ne plaisantaient pas. Ils semblaient en outre ignorer la règle d'or selon laquelle tous les hommes de main sont censés mourir dans une fusillade.

Comme si la situation n'était pas déjà assez désespérée, quelqu'un commença à tirer sur Rex et JD depuis le fairway devant eux. Rex pivota sur ses talons. Deux types à cheval leur bloquaient le passage, armés de fusils de chasse.

« On est encerclés, putain ! » dit Rex en dégainant un pistolet et en tirant sur les cavaliers.

PING !

Une autre balle atteignit le sac de golf.

« Je m'inquiéterais pas trop, dit JD. Je crois qu'ils en ont après le fer 7.

– Sérieusement, ils vont nous avoir », siffla Rex.

Il tira quelques coups sur les gros bras qui arrivaient à pied de la maison. Ils se jetèrent tous à terre et commencèrent à riposter.

« Reste pas planté là ! cria Rex à JD. Aide-moi !

– Dirige-toi vers les bois, répondit le Kid en relevant sa manche et en vérifiant le nombre de fléchettes encochées dans l'arbalète miniature qu'il portait au bras. Au fait, y a un sniper sur le toit. »

Rex leva les yeux vers le manoir. Effectivement, il y avait quelqu'un là-haut, qui pointait le fusil de précision dans leur direction.

« Putain, c'est pas vrai ! »

Rex et JD se baissèrent et commencèrent à courir vers la forêt en tirant dans les deux directions sous une grêle de balles. JD réussit à atteindre le bois à temps, mais Rex se traînait derrière sur sa jambe blessée.

Un des hommes à cheval avait son fusil pointé sur lui. Il prenait son temps, l'alignant dans sa ligne de mire. Rex tira quelques coups de semonce dans sa direction, mais courir et viser en même temps n'était pas aussi facile que dans les jeux vidéo. Chaque fois, il ratait sa cible. Le cavalier attendait toujours le moment parfait pour tirer.

SPLATCH !

Rex ne comprit pas tout de suite ce qui se passait, mais l'homme qui le visait eut droit à un lifting gratuit. Plus précisément, un lifting de la tête entière. Elle se souleva de ses épaules, se transforma en ketchup et disparut complètement, emportée par le vent. Puis son fusil lui glissa des mains et il tomba de son cheval.

SPLATCH !

Deux secondes plus tard, l'autre cavalier mourut de la même façon, tombant de sa monture tachetée de cervelle et de sang. Les deux chevaux, bien plus malins que les crétins qui les montaient, firent demi-tour et partirent au galop. Preuve, s'il en fallait, que les animaux sont souvent plus intelligents que leurs maîtres.

Rex réussit à atteindre la forêt sans se faire tirer dessus. Il se cacha derrière un épais tronc d'arbre et rechargea son arme. Un peu plus loin dans le bois, JD s'était abrité derrière un grand chêne et observait le toit du manoir.

« C'était toi ? lui cria Rex, convaincu que JD s'était servi de son headblaster pour descendre les deux types à cheval.

– Non. T'as dû faire une sacrée impression à Mme Rodriguez, répondit JD en désignant la maison.

– Quoi ? »

Rex sortit la tête de derrière l'arbre et observa le sniper sur le toit. Il plissa son œil pour mieux voir.

« Putain, c'est Selene ? dit-il, abasourdi.

– Oui. Je suppose qu'elle est de notre côté. Soit ça, soit elle vise très mal. »

37

Selene était d'excellente humeur après sa nuit de passion avec Rex. Elle entama sa journée avec un plongeon matinal dans sa piscine privée avant d'aller prendre un petit déjeuner composé de fruits et de yaourt dans la cuisine. Le tout sans croiser Antonio, qui s'était sans doute fait apporter un plateau pour manger au lit avec une de ses traînées.

C'était presque l'heure du déjeuner, et elle était en train de lire le journal du matin quand elle entendit un vacarme effroyable dans le couloir. On aurait dit une cour d'école au moment de la récréation. Elle sortit enquêter. Elle n'était pas très loin de la réalité. Le branle-bas de combat était dû à un troupeau d'hommes de main qui, armés de fusils et de pistolets, couraient dans le couloir en criant des paroles indéchiffrables. Selene se plaqua contre le mur pour éviter de se faire piétiner. Ces connards semblaient avoir oublié qu'elle était la maîtresse de maison.

Elle saisit le bras d'un des hommes, une sorte de bûcheron affublé d'une grosse barbe qui s'appelait Larry, et l'écarta du groupe.

« Larry, qu'est-ce qui se passe ?

– Vous ne savez pas ?

– Non, c'est pour ça que je pose la question.

– C'est ces deux nouveaux gardes du corps, l'un d'eux a tué Antonio sur le terrain de golf. On va les choper.

– Mon mari est mort ? »

Larry hésita, la bouche ouverte et le regard fuyant, comme s'il prenait seulement maintenant conscience de l'importance de la nouvelle qu'il venait d'annoncer.

« Je dois y aller, bafouilla-t-il. Toutes mes condoléances. »

Et ce fut tout. Au lieu de réconforter Selene, Larry choisit de s'épargner cet embarras et rejoignit les autres en courant (vers ce qui serait probablement une mort certaine).

Eh bien, qu'il aille se faire foutre. Lui et ses collègues, tous autant qu'ils étaient.

Selene courut jusqu'à une volée de marches et les grimpa quatre à quatre. Son connard de mari était enfin mort. Ça faisait des années qu'elle attendait ce moment. Elle regrettait juste de ne pas avoir assisté à la scène. Comment était-ce arrivé, d'ailleurs ? Qui l'avait tué ? Rex ou JD ?

Elle monta l'escalier jusqu'à une porte qui donnait sur la partie plate du toit. De là, elle courut vers le grand fusil de sniper caché sous une bâche. Elle repoussa la bâche et s'allongea sur le sol en béton, plaçant son œil devant le viseur du fusil. D'ici, elle avait une vue excellente sur le terrain de golf. Elle déplaça le fusil jusqu'à ce qu'elle repère Antonio, étendu sur le dos près du deuxième départ, un club de golf sortant de sa bouche. Son bon à rien de caddie, Lucas, était mort lui aussi, son cadavre gisant à quelques mètres de là.

Rex et JD se tenaient au-dessus des corps, apparemment en pleine dispute. Ils furent brusquement interrompus par des coups de feu. Les hommes de main étaient en train de se déployer sur le premier fairway, et deux autres arrivaient à cheval du troisième départ.

Rex et JD finirent par arrêter de se chamailler et partirent en courant vers les bois qui jouxtaient le terrain. Rex boitait, comme s'il était blessé à la jambe. Il avait besoin d'aide. Et Selene était la personne idéale pour ce travail. Elle attrapa un casque antibruit, l'enfila, chargea le fusil et ajusta un des types à cheval dans son viseur. Elle le reconnaissait. C'était Angelo, un crétin condescendant qui pensait en savoir plus qu'elle sur l'équitation. Il s'apprêtait à tirer sur Rex. Pas de chance, connard. Selene tira une première balle.

Qui arracha la tête d'Angelo.

Le recul du fusil la frappa pile au moment où elle prenait conscience qu'elle venait d'assassiner un homme. C'était la première fois qu'elle tuait quelqu'un. C'était donc ça, ce qu'on ressentait en prenant une vie ?

Oui. *Et putain, ça faisait du bien.* Elle aligna le deuxième cavalier dans sa ligne de mire. Neil. Encore un connard qui la prenait de haut. Selene le détestait encore plus qu'Angelo. C'était un de ces types qui se permettaient de dire des trucs comme : « *Détends-toi, ma jolie, y a pas mort d'homme.* »

Eh bien, Neil, ce choix de mots était peu judicieux.

Deux sur deux. La tête de Neil quitta ses épaules et atterrit sur le fairway, ajoutant une délicieuse touche de rouge à tout ce vert.

C'était amusant. Selene commençait à se demander pourquoi elle n'avait encore jamais essayé de descendre ces types. Après tout, ils n'existaient que pour être tués à des fins de divertissement.

Qui était le prochain ?

Elle leva la tête et observa le terrain de golf. JD et Rex étaient dans les bois. Les sbires de son mari se dirigeaient vers eux en nombre. Elle en sélectionna un autre dans le viseur de son fusil.

Ozzy. Quelle raison avait-elle d'exécuter Ozzy ? Facile. « *Tu nous fais un café, ma jolie ?* »

Selene ne lui avait jamais fait de café, mais ça ne l'empêchait pas de lui poser la question au moins une fois par semaine. *Ton heure est venue, Ozzy. Fais-toi ton propre café en enfer.*

Elle lui tira dans le dos. Il tomba comme s'il venait de se prendre un plaquage par Lawrence Taylor des New York Giants. Son sang éclaboussa le connard qui paniquait derrière lui, ne sachant pas de quel côté se tourner. Avant que Selene puisse lui régler son compte, il s'écroula à son tour. Quelqu'un dans les bois lui avait tiré dessus. Rex ou JD.

Selene chercha du regard sa prochaine cible, sa soif de sang augmentant à chaque victime. Soudain, ce fut une course contre le temps, ou plus précisément une course contre Rex et JD. Il n'y avait pas assez d'hommes de main pour satisfaire les pulsions meurtrières de tout le monde.

Paul le pervers. Facile. Une balle dans l'entrejambe.

Carl. Misogyne et condescendant. Une balle en pleine face.

Mike. « *Quoi de prévu aujourd'hui, Selene ?* » Il lui avait posé cette question bien trop souvent. Connard. Elle lui colla une balle dans la poitrine. Il tourna en rond d'un pas bancal pendant quelques secondes, puis tomba dans un bunker où s'étaient réfugiés trois autres crétins. Selene leur tira une balle dans la tête, l'un après l'autre.

Larry était le suivant. L'idiot qui venait de l'informer de la mort de son mari. Facile. Il méritait de mourir simplement parce que c'était un crétin. Selene décida de se montrer un peu plus créative, cette fois. Elle lui tira dans la jambe gauche, juste sous le genou. Puis, quand il toucha le sol, elle lui fit exploser le ventre. *Toutes mes condoléances, Larry.*

À ce moment-là, même les plus stupides des hommes de main avaient eu le bon sens de se réfugier dans les bois, tout en sachant que la mort les attendait aussi là-bas. Selene regarda entre les arbres pour en trouver un autre à abattre.

Là. Candy Andy. Le gros lard en salopette bleue se cachait derrière un grand arbre. Et comme toujours, il était en train de mâchonner une barre chocolatée. Ce crétin était en danger de mort, mais il était incapable de contrôler ses envies de sucre. C'était en fait le plus gentil de tous les hommes de son mari. Selene chercha une raison de le tuer. Il lui fallut un moment, mais elle finit par trouver.

C'était l'enfoiré qui avait volé un chocolat du calendrier de l'Avent de Paige à Noël. *Ton heure a sonné, Candyman.*

Selene visa sa barre chocolatée.

Une pression sur la détente et le snack explosa sur la salopette d'Andy, lequel explosa sur l'arbre derrière lui.

Game over.

Selene retira son casque et prit quelques inspirations profondes en balayant du regard tous les hommes qu'elle venait d'abattre.

Quel pied, putain.

38

« Je crois qu'on les a tous eus », dit JD.

Le sol de la forêt était jonché de cadavres, tout comme le fairway du terrain de golf. Plusieurs types s'étaient réfugiés dans les bunkers, mais chaque fois que l'un d'entre eux sortait la tête pour regarder autour de lui, Selene l'abattait avec son fusil de sniper. Si Rex avait bien compté, elle avait onze victimes à son actif. C'était impressionnant, et assez excitant.

« Il faut qu'on bouge, dit-il à JD. On peut pas rester là. »

JD marcha jusqu'au fairway et donna un coup de pied à l'un des cadavres qui avaient encore une tête, pour vérifier qu'il était bien mort. C'était le cas.

« La prochaine étape, c'est le cirque, dit-il.

– Le cirque ?

– Ouais. Rodriguez dit qu'on a été engagés pour protéger Paige du cirque. Ils enlèvent des gamins autistes.

– Pourquoi ? Qu'est-ce qu'ils leur font ?

– Il savait pas, mais il a dit que c'était un cirque de vampires, donc soyons réalistes, ça doit pas être bien joli. » JD consulta sa montre. « Ça fait presque deux heures qu'elle a été enlevée. On n'a pas le choix, on va devoir y aller et buter tout le monde. »

Rex était d'un autre avis.

« Pas besoin d'y aller comme des bourrins. On doit d'abord trouver Paige, sinon on risque de tout faire foirer. On devrait plutôt opérer discrètement.

– Ça marche bien pour moi, en général, de tirer dans le tas. Je déteste le cirque.

– On a qu'à discuter du plan en chemin », suggéra Rex.

Alors qu'ils commençaient à marcher vers le manoir, Rex leva les yeux vers le toit. La snipeuse avait disparu.

« On peut pas attendre Selene ? dit-il. Elle a peut-être des infos sur le cirque.

– Elle ne vient pas avec nous.

– Elle pourrait être utile. »

JD secoua la tête.

« Ils scient les femmes en deux, au cirque.

– Très drôle. Tiens, elle arrive. »

Selene traversait le terrain de golf à cheval dans leur direction. Sa monture sauta par-dessus les corps de son défunt mari et du caddie, puis rejoignit Rex et JD sur le fairway.

« Beau travail ! » lança Rex alors qu'elle s'approchait.

Le cheval s'arrêta et Selene mit pied à terre. Même après avoir abattu onze hommes et sauté par-dessus le cadavre de son mari, elle était toujours resplendissante. Elle portait un jean bleu moulant et une chemise noire dont les manches étaient retroussées jusqu'aux coudes. Et son maquillage était impeccable.

« Vous allez bien ? demanda-t-elle, sur un ton très décontracté compte tenu de ce qui venait de se passer.

– Ouais, dit Rex. Et toi ? »

Selene haussa les épaules.

« Ça va. Mais je me demandais pourquoi on tuait tout le monde ?

– Tu ne sais pas ? répondit Rex, surpris.

– Non, mais je suis sûre qu'on a une bonne raison.

– Je l'aime bien, dit JD. Elle est plus fun que toi. »

Rex ne releva pas, préférant répondre à la question de Selene.

« JD a découvert pourquoi on a été engagés, dit-il en la regardant dans les yeux. Le cirque dont tu m'as parlé l'autre jour, il semble qu'il soit en ville pour kidnapper des enfants autistes. Ils ont enlevé Paige ce matin.

– Ils ont enlevé Paige ? répéta Selene, soudain beaucoup moins nonchalante. Comment ? Vous n'étiez pas avec elle ?

– Un homme invisible a frappé JD avec une batte de base-ball invisible », expliqua Rex. Il pointa du doigt sa jambe blessée. « Puis ce connard m'a tiré dans la cuisse avec un pistolet invisible.

– Qu'est-ce que tu racontes ? demanda Selene en les regardant tous les deux comme si elle pensait qu'ils se moquaient d'elle.

– Votre mari a été mis au courant, ajouta JD. Il m'a tout avoué avant que je lui enfonce un club de golf dans la gorge. Ces types invisibles enlèvent des gamins autistes, mais Antonio n'a pas su me dire ce qu'ils comptent faire de ces enfants. Dans tous les cas, c'est une raison suffisante pour aller buter tout le monde. Ils ont aussi pris Kai, le gamin qui travaille à la sandwicherie.

– Oh, non ! s'exclama Selene, les yeux remplis d'horreur. Kai est un gamin adorable. Sa mère est une amie. Toute la famille est charmante, en fait.

– Ils sont tous morts, dit JD.

– Quoi ?

– Je crois que la mère est en vie, ajouta Rex. Mais les autres sont morts, oui.

– Vous êtes sûrs ?

– C'est arrivé à peu près en même temps que l'enlèvement de Paige, dit Rex. C'était sans doute une opération coordonnée. »

L'expression horrifiée de Selene laissa place à une colère froide.

« On va récupérer ces enfants, n'est-ce pas ?

– Nous, oui, dit JD. Mais vous devriez rester ici. Vous pourrez dire aux flics que c'est Rex et moi qui avons tué tout le monde.

– Mais je peux vous aider.

– Le cirque est tenu par des vampires, dit JD. C'est notre domaine d'expertise.

– Il a pas tort », renchérit Rex.

Selene plaça ses mains sur ses hanches et pencha la tête sur le côté en lui faisant les gros yeux.

« Tu veux pas que je vienne, c'est ça ? »

JD soupira.

« On perd du temps. Écoutez, on a affaire à des vampires invisibles. Des vampires invisibles armés jusqu'aux dents. Ça rend la situation très délicate.

– Il a raison, opina Rex. C'est dangereux. Et je suis pas sûr qu'on aura le temps de te laisser installer ton fusil de sniper. »

Selene se détourna et remonta sur son cheval.

« Je viens avec vous, déclara-t-elle.

– Non, répondit JD. On ne vous connaît pas assez bien. Vous avez fait du bon boulot avec le fusil, mais une seule erreur au cirque et vous pourriez tout faire foirer. »

Selene sourit.

« Vous savez que j'ai une armurerie, ici ? Laissez-moi venir avec vous, et je vous laisserai prendre toutes les armes que vous voulez.

– On a beaucoup de munitions, dit Rex.

– Mais est-ce que vous avez un lance-roquettes ? Ou un lance-flammes ? Un lance-grenades XM25 ? Un fusil d'assaut HK416 ? Une tronçonneuse ? Un sabre de samouraï ?

– Vous avez tout ça ? demanda JD, surpris.

– Ça, et bien plus. »

Il regarda Rex.

« On dirait qu'elle vient avec nous.

– Elle pourrait être blessée, lui rappela Rex. Des vampires invisibles armés jusqu'aux dents, tu te souviens ? »

JD l'ignora.

« Allons nous équiper. »

39

Retour au Purgatoire

« Des vampires invisibles armés jusqu'aux dents ? répéta Flake. Ils étaient combien ?

– C'était difficile de les compter, dit Rex. Vu que ces connards étaient invisibles. Comment tu crois que je me suis retrouvé avec une balle dans la jambe ? »

Jasmine posa son verre sur la table.

« Vous avez découvert pourquoi ils enlevaient des enfants autistes ?

– Non, dit Rex.

– Moi je sais, répondit Jasmine. Et Elvis aussi.

– C'est vrai ? demanda JD, se joignant à la conversation.

– Ouais, dit Elvis. On a trouvé Zero, le mec qu'on cherchait. Il nous a tout expliqué. »

Rex était perplexe.

« Comment vous pouvez savoir pour les gamins autistes ?

– C'était notre mission, dit Elvis. On a trouvé Zero et il nous a raconté plein de trucs. En gros, le gouvernement veut le tuer parce qu'il est tombé sur quelque chose d'énorme, qu'ils dissimulent depuis des années.

– *Des années ?* dit Jasmine. Tu veux dire *des siècles* !

– Quoi ? demanda Flake. Allez, crachez le morceau. Ça a un rapport avec les assassinats de chefs d'État ? »

Pendant ce temps, après un vol péniblement long en hélicoptère, le président par intérim Navan Douglas et son nouveau meilleur ami, le garde du corps Cedric O'Malley, atterrissaient enfin sur la pelouse de la Maison-Blanche. Ils furent accueillis par une équipe de gardes militaires et Julie Giannini, la nouvelle chef de cabinet du président. Giannini était une jeune femme intelligente, diplômée d'Harvard, que Douglas était heureux d'avoir à son côté. Du haut de son mètre cinquante, elle avait l'air minuscule à côté de ces énormes soldats en uniforme kaki, et sa coupe de cheveux était pour le moment indéterminée puisque les pales de l'hélicoptère faisaient voler ses mèches blondes dans tous les sens. Sa veste de costume bleue était gonflée derrière elle comme un parachute miniature. Elle salua Douglas d'un signe de tête en retenant ses cheveux, puis marcha avec lui en direction de l'aile ouest.

« Julie, quelles sont les dernières nouvelles ? » lui demanda-t-il, heureux que le bruit de l'hélicoptère étouffe sa voix, empêchant les soldats de l'entendre. Il avait l'impression que la moitié des forces armées du pays l'escortaient vers le bâtiment, alors qu'il aurait très bien pu se contenter de Cedric, qui marchait deux pas derrière lui.

« J'ai de bonnes nouvelles, monsieur, dit Giannini. Les missiles qui se dirigeaient vers Washington et Chicago ont tous été abattus.

– Vraiment ? C'est merveilleux.

– Oui, monsieur. Nos défenses ont également intercepté des missiles qui se dirigeaient vers la Californie, New York et l'Iowa. Mais le Texas, San Antonio et la Virginie ont été frappés. Je pense que vous devriez faire une déclaration à la télévision. Pour faire savoir aux Russes que nous ne tolérons pas ce genre de choses.

– Nous ne tolérons pas ce genre de choses ?

– Si ?

– Non, bien sûr. Bien sûr que nous ne tolérons pas ce genre de choses. Saletés de Russes. On les emmerde. Quelle est notre stratégie ?

– C'est à vous de décider, monsieur. Jusqu'à présent, nous n'avons fait que suivre les protocoles de défense, mais toute riposte nécessitera votre aval. J'ai organisé une réunion pour vous dans la cellule de crise dans cinq minutes. Tous les chefs de la sécurité nationale seront là, soit en personne, soit en visio, monsieur.

– C'est du bon travail, Julie. Je vous félicite.

– Avez-vous une stratégie, monsieur ?

– Bien sûr que j'ai une stratégie », dit-il en baissant la voix alors qu'ils approchaient du bâtiment. Le bruit de l'hélicoptère ne noyait plus leur conversation, et il n'avait pas besoin que ses laquais l'entendent fanfaronner. « Mais par curiosité, que suggérez-vous ?

– Si j'étais à votre place, monsieur, je ferais éliminer le président russe. »

Douglas sentit son cœur s'emballer.

« On peut faire ça ?

– C'est possible, monsieur. Je vous conseille d'appeler Alexis Calhoon. Elle peut arranger ça. Elle a des assassins partout.

– Ah, oui. Cette bonne vieille Alexis. Sera-t-elle présente à la réunion ?

– En visio, oui.

– Parfait. Je lui parlerai en privé, dans ce cas. Après la réunion.

– Oui, monsieur. Bonne idée. Et, heu, il y a autre chose. Depuis que le président a été assassiné, nous suivons Flake Munroe grâce au système que vous avez fait intégrer à sa bague.

– Excellent. Donc vous savez où elle est ?

– C'est étrange, monsieur. Après son évasion de l'hôtel avec le Bourbon Kid, nous les avons localisés dans un club de motards, mais quand nos agents sont arrivés, ils avaient disparu. Et le traceur a cessé de fonctionner.

– C'est fort dommage. »

Julie Giannini s'arrêta au bord de la pelouse et tira sur la manche de Douglas pour qu'il fasse de même.

« Ce qui est vraiment curieux, monsieur, c'est que nous avons supposé qu'elle l'avait détruit, mais peu de temps après, le traceur est apparu dans l'océan Pacifique, sur une île déserte, Medicine Island. C'est étrange parce qu'il est impossible qu'elle s'y soit rendue aussi vite. Mais au bout de quelques minutes, nous avons de nouveau perdu le traceur, et il n'est pas réapparu.

– Qu'est-ce qu'il y a sur Medicine Island, de nos jours ?

– Pas grand-chose. Nos satellites montrent que l'île a été frappée par un tsunami causé par les missiles russes. »

Avant que Douglas puisse répondre, Cedric O'Malley lui tapota l'épaule.

« Monsieur, nous ne pouvons pas rester ici.

– Bien sûr. »

Douglas et Giannini se dirigèrent vers le vestibule de l'aile ouest en discutant à voix basse.

« C'est curieux, en effet, dit Douglas. Et les autres, Elvis et Jasmine ? Nos traceurs ont fonctionné ? Est-ce qu'ils ont trouvé Zero ?

– J'attends toujours des nouvelles, monsieur, dit Giannini en se penchant vers lui pour qu'on ne l'entende pas. Mais on m'a informée qu'ils avaient abandonné leurs bagues dans un motel. Ils ont aussi laissé trois agents morts derrière eux.

– On sait où ils sont allés ?

– Oui, monsieur. À Santa Mondega.

– Elvis et Jasmine sont allés à Santa Mondega ?

– Oui, monsieur.

– D'accord. Et ensuite ?

– C'est difficile à dire, monsieur. Cette zone est actuellement inaccessible à cause des attaques nucléaires russes.

– Très bien. Merci, Julie. Vous avez été d'une grande aide. Mais essayez d'en savoir plus sur Elvis et Jasmine.

– Mon équipe s'en occupe, monsieur. Au fait, dois-je vous appeler monsieur le président ? »

Douglas se demandait comment répondre à cette question quand son téléphone sonna. Il l'extirpa de sa poche. C'était un appel de Diago. L'infâme vampire était en vie, et il daignait enfin le rappeler. Douglas fit signe à Giannini de partir et franchit la porte donnant sur le vestibule de l'aile ouest. Il se cacha dans un coin et prit l'appel, parlant à voix basse.

« Diago, où étais-tu passé, bon sang ? »

SIXIÈME PARTIE

LES PETITS TRAINS DE BOBBY

40

Au terme d'un voyage épique à travers le pays, Jasmine vit enfin un panneau défoncé annonçant « BIENVENUE À SANTA MONDEGA ». C'était elle qui avait conduit pendant les trois dernières heures pour laisser Elvis se reposer à l'arrière. Elle passa le bras par-dessus les sièges et lui secoua la jambe pour le réveiller.

« Mon cœur, on est arrivés », dit-elle joyeusement.

Elvis s'assit en se frottant les yeux.

« Pfiou, je dors depuis combien de temps ?

– Depuis que tu t'es endormi.

– D'accord. Tu te rappelles comment on va à l'hôtel de ville ?

– Bien sûr. »

Elvis arrangea ses cheveux et lissa son costume bleu froissé, puis il se glissa entre les deux sièges avant pour s'asseoir sur le siège passager. Il baissa le pare-soleil et regarda la route devant lui. La lumière étant toujours bien trop agressive à son goût, il enfila ses lunettes de soleil à monture dorée, puis se tourna vers Jasmine. Elle portait une combinaison violette qui ressemblait à un costume de Batgirl, à ceci près que le logo chauve-souris était remplacé par les mots « PORN STAR » en lettres noires sur un ovale jaune au niveau de sa poitrine. La tenue était complétée par une ceinture utilitaire jaune à laquelle étaient accrochés un pistolet d'un côté et une paire de menottes de l'autre.

Dix minutes plus tard, Jasmine garait la Cadillac devant l'hôtel de ville et coupait le moteur. Les rues n'étaient pas très fréquentées, sans doute parce que la population avait fortement décru ces derniers temps à la suite des invasions de zombies, squelettes et autres créatures du mal.

Elvis désigna la caméra de surveillance installée au-dessus des portes de l'hôtel de ville.

« Ça pourrait être une des caméras qui ont filmé Zero.

– Qu'est-ce qu'on fait, alors ? On reste ici et on attend qu'il repasse ?

– Ça risque d'être assez barbant. Tu sais, c'est dommage que Sanchez ne soit plus maire. Il aurait pu être utile pour une fois.

– Tu devrais quand même l'appeler. Personne ne comprend cette ville mieux que lui. Et il doit connaître les meilleurs endroits pour se cacher. »

Elvis consulta sa montre.

« À quelle heure ils sont censés rencontrer le président ?

– 10 h 30, je crois. Ils doivent avoir fini.

– OK, parfait. »

Elvis afficha le numéro de Sanchez sur son téléphone et passa l'appel. L'ancien maire ventripotent répondit au bout de deux sonneries.

« Hé, Elvis, quoi de neuf ?

– Salut, Sanchez. Comment s'est passée votre rencontre avec le président ?

– On est toujours dans le lobby. Cette grosse feignasse nous fait attendre.

– Ah, mince. Hé, écoute, Jas et moi, on est à Santa Mondega. On cherche un barjo qui se planque ici.

– Un barjo ?

– Ouais, un complotiste, en fait. Tu sais où est susceptible de se cacher quelqu'un qui est recherché par le gouvernement ?

– Sous terre, je pense.

– Ouais, mais où ?

– Le meilleur endroit, c'est les ruines chinoises. Tu te souviens ?

– Non. » Elvis était déconcerté. « Depuis quand y a des ruines chinoises à Santa Mondega ?

– À la base, c'étaient les ruines aztèques.

– Les ruines aztèques ? Pourquoi t'as pas dit ça directement ?

– Parce qu'elles n'existent plus. Elles sont sous Chinatown, maintenant.

– Chinatown ?

– Ouais. Des Chinois se sont installés en ville y a quoi, un an et demi. Ils ont construit leur propre quartier par-dessus les ruines aztèques. Donc maintenant, on appelle ça les ruines chinoises parce que les Chinois ont détruit les ruines. »

Elvis soupira.

« C'est stupide.

– C'est pas moi qui fais les règles. Je ne fais que transmettre des informations. Enfin bon, je dois te laisser, Flake me fait le coup des yeux laser.

– D'accord, juste une dernière chose, Sanchez. Tu sais comment on descend dans les ruines ? Il y a une entrée quelque part ? »

Sanchez prit quelques secondes pour réfléchir avant de répondre.

« C'est sous un des magasins de la rue Big Wang.

– La rue Big Wang ?

– Ouais, c'est une petite ruelle avec des magasins de merde. Je crois qu'il y a une boutique vaudoue et le café Wok & Roll. Y a aussi une charmeuse de serpents, même si, pour être honnête, ce n'est pas vraiment une charmeuse. Elle est assez grossière, si tu veux mon avis. Tu sais, un jour, elle...

– Passe le bonjour au président de ma part, dit Elvis, mettant fin à l'appel avant que Sanchez puisse se lancer dans une de ses anecdotes à rallonge.

– On va où, alors ? demanda Jasmine.

– On va commencer par le café Wok & Roll à Chinatown. Jacko dit que Zero a été filmé au Wok, et aussi dans une laverie. Si on les trouve, on sera pas très loin.

– C'est par où ?

– C'est là où se trouvaient les ruines, donc va tout droit et tu prendras la deuxième à droite. »

Jasmine démarra la voiture, s'engagea sur la route et suivit les explications d'Elvis. Quand ils arrivèrent à Chinatown, où aucun panneau n'indiquait qu'il s'agissait bien du nom du quartier, ils longèrent quelques ruelles jusqu'à ce qu'Elvis repère la laverie Fook Hin. Jasmine se gara sur le trottoir d'en face pour qu'ils y jettent un œil. C'était merdique. Toute la rue était merdique. Genre, merdique de chez merdique.

« Ça doit être la laverie qu'on cherche, dit Elvis. Tu vois le Wok & Roll quelque part ?

– Oui, dit Jasmine en pointant du doigt quelque chose qu'Elvis ne voyait pas. Regarde, y a un panneau dans la ruelle à côté de la laverie. Ça dit café Wok & Roll. »

Il finit par repérer le panneau. Sans surprise, il était merdique. Un panneau merdique dans une ruelle merdique dans un quartier merdique.

« Allons faire un tour, comme si on était des touristes », dit Elvis.

Il sauta par-dessus la portière, marcha jusqu'au trottoir et ouvrit celle de Jasmine.

« On va où, exactement ? demanda-t-elle en regardant autour d'eux.

– Je suis pas sûr. C'est très différent de mes souvenirs.

– D'accord. Laquelle de ces boutiques a l'air d'avoir une entrée souterraine secrète ? »

Elvis gonfla les joues.

« Je dirais la laverie. Ce genre d'endroit est souvent une façade pour autre chose. »

Jasmine sourit et lui donna une tape sur le bras.

« T'es tellement prévisible. Allons plutôt voir Les Petits Trains de Bobby.

– Les quoi ?

– Les Petits Trains de Bobby.

– C'est où ? demanda Elvis en regardant alentour.

– Là, à côté de la laverie.

– Cet endroit est un trou à rats. Je l'avais même pas remarqué.

– Exactement. C'est parfait pour un groupe de complotistes clandestin. »

Elvis était perplexe.

« Ah oui ?

– Oui. Arrête de penser comme toi, et essaie de penser comme un *nerd*. Tous les complotistes sont des *nerds*.

– D'accord, mais pourquoi la boutique de petits trains ?

– Parce que c'est le seul endroit à ne pas avoir de clients. Regarde autour de toi. Tous ces magasins sont blindés, et ils ont des noms chinois. Le drugstore Shi Te, Yung Ho acupuncture, le salon de massage d'Easy Lei. Mais les trains de Bobby ? Pour commencer, c'est un nom américain pourri, et deuxièmement, y a que les *nerds* qui aiment les trains miniatures.

– Rod Stewart aime les trains miniatures.

– J'emmerde Rod Stewart. »

Elvis soupira.

« OK, on va tenter le magasin de trains. »

Jasmine passa ses bras autour d'Elvis, lui serra les fesses et l'embrassa sur les lèvres.

« Laisse-moi parler, dit-elle. Les *nerds*, c'est ma spécialité.

– D'accord, après toi. »

Jasmine marcha jusqu'à la boutique et poussa la porte d'entrée. Une clochette tinta pour annoncer leur arrivée. C'était assez grand, plus grand qu'il n'y paraissait de l'extérieur. Des villages miniatures étaient exposés des deux côtés du magasin, traversés par des petits trains. À première vue, rien ne semblait être à vendre hormis quelques articles près du comptoir, qui était tenu par un jeune homme portant un jean déchiré et un pull noir. Il aurait pu passer pour un non-*nerd* sans sa casquette bleue de conducteur de train assez ringarde enfoncée sur une longue crinière de cheveux bruns gras, signe irréfutable qu'il s'agissait bel et bien d'un *nerd*.

« Bonjour, comment puis-je vous aider, aujourd'hui ? demanda-t-il.

– On cherche l'entrée secrète du souterrain », dit Jasmine en s'approchant de lui avec un sourire.

Le jeune homme fronça les sourcils.

« Pardon ?

– L'entrée secrète du souterrain. Vous savez de quoi je parle.

– Je crains que non. »

Elvis prit la relève.

« Écoute, mon pote, on cherche un type qui s'appelle Zero. Il vit caché sous terre. On a des informations juteuses pour lui. »

L'homme dévisagea Elvis, puis Jasmine.

« Oh, mon Dieu ! s'exclama-t-il, la bouche grande ouverte. Vous êtes Elvis et Jasmine des Dead Hunters ?

– Exact, dit Jasmine. Alors si tu nous disais ce qu'on veut savoir ?

– Au sujet du souterrain ?

– Ouaip. Où est l'entrée ? »

Le *nerd* haussa les épaules.

« Désolé, je sais toujours pas de quoi vous parlez. »

Elvis donna une petite tape à Jasmine sur les fesses. C'était sa façon de lui dire de mettre ses talents à exécution, ce qu'elle fit. Elle se pencha sur le comptoir pour que le vendeur puisse bien voir son décolleté.

« Comment tu t'appelles ?

– Neville.

– Neville. J'adore ta casquette. On pourrait faire un échange ? Je te donne mes sous-vêtements, et toi tu me donnes ta casquette et tu me dis où se trouve l'entrée du souterrain. »

Neville déglutit bruyamment et mata Jasmine des pieds à la tête.

« Heu, désolé, finit-il par dire. Je peux vraiment pas. J'ai juré de garder le secret.

– Le secret ? À quel sujet ?

– Rien. Je le jure. »

Jasmine s'écarta pour laisser Elvis prendre le relais. Il s'avança, attrapa Neville par le col de son pull et le tira sur le comptoir.

« Tu te moques de ma nana, dit Elvis, soufflant son haleine au visage de Neville. Et ça commence à m'agacer.

– Désolé. Je... je... je voulais pas être impoli, balbutia le vendeur.

– T'as vu le porno de Jasmine ?

– Quoi ?

– Tu sais de quoi je parle. La vidéo où elle défonce la bite et les couilles d'un mec avec une matraque. »

Neville regarda Jasmine, qui était en train d'admirer son village miniature. Elle se pencha pour examiner un des trains à l'arrêt. Les joues de Neville s'enflammèrent tandis qu'il matait son cul.

« Ouais, quelqu'un me l'a montrée, admit-il.

– Eh bien, réfléchis un peu, Train Boy. Tu pourrais être dans sa prochaine vidéo. Le monde entier verra Jasmine détruire ton trou de balle avec un petit train. Alors je te le demande une dernière fois : où est l'entrée ? »

Neville hésita juste assez longtemps pour agacer Elvis. Le tueur à gages attrapa le nez du vendeur et le serra entre son pouce et son index, le tordant dans un sens puis dans l'autre.

« D'accord, d'accord, couina Neville. C'est derrière. Je vais vous montrer. »

Elvis sourit.

« Tu vois, ce n'était pas si compliqué », dit-il en relâchant le *nerd*.

Celui-ci se redressa et jeta un coup d'œil à Jasmine en se frottant le nez.

« Vous voulez bien reposer ce train, s'il vous plaît ? C'est une pièce de collection qui vaut beaucoup d'argent. » Remarquant le regard noir d'Elvis, il cessa de se frotter le nez et se força à sourire. « Avant que je vous emmène voir Zero, vous allez devoir couper vos téléphones, dit-il. Le gouvernement s'en sert peut-être pour vous espionner. »

Pendant qu'Elvis éteignait son portable, Jasmine s'approcha avec le petit train et le posa sur le comptoir devant Neville.

« Si je t'avais enfoncé ce train dans le cul, il aurait eu beaucoup plus de valeur », dit-elle.

Neville déglutit.

« Enfin bon, poursuivit Jasmine. Vu qu'on est là, maintenant, pourquoi ne pas fermer la boutique et nous montrer ton entrée secrète ? »

41

Après avoir verrouillé la porte du magasin et placé l'écriteau « FERMÉ » dans la vitrine, Neville emmena Jasmine et Elvis dans une arrière-salle qui avait été convertie en une réplique miniature de Santa Mondega, mais parcourue de rails. C'était un peu bizarre dans la mesure où il n'y avait pas de trains à Santa Mondega.

« Waouh, fit Jasmine. C'est un projet du conseil municipal ?

– Non, dit Neville. C'est juste ce à quoi nous pensons que Santa Mondega ressemblerait s'il y avait un réseau ferroviaire. Vous voyez ça, là ? » Il désigna une ruelle étroite à l'est. « C'est là qu'on se trouve.

– Mais on est ici », répliqua Jasmine.

Ne sachant quoi répondre à une telle remarque, Neville décida de changer de sujet.

« Qu'est-ce que vous lui voulez, à Zero ?

– On veut juste entendre ses théories, dit Jasmine.

– La plupart sont sur Internet.

– Peut-être, mais Internet est plein de connards, lui rappela Elvis. Je préfère obtenir les informations directement à la source. »

Neville s'avança dans la ville miniature d'un pas prudent, en prenant soin d'éviter les voies ferrées.

« Suivez-moi, dit-il. Ne cassez rien ou vous allez déclencher l'alarme.

– Est-ce qu'on sera électrocutés si on marche sur les rails ? demanda Jasmine en cherchant un endroit sûr où poser le pied.

– Non, dit Neville en passant devant la mairie. Vous n'avez rien à craindre. »

Elvis et Jasmine se frayèrent un passage à travers la ville en suivant Neville de près. Celui-ci s'arrêta à côté du Nightjar, se pencha et enfonça un doigt dans une des fenêtres de l'étage.

« Qu'est-ce que tu fais ? demanda Jasmine.

– J'ouvre le passage secret. »

Neville désigna la bibliothèque sur le mur du fond, qui était remplie de livres de merde sur les trains. Alors que Jasmine et Elvis l'observaient d'un air perplexe, le meuble glissa sur le côté, révélant une volée de marches descendant dans l'obscurité.

« Cet escalier va nous conduire à ce que nous appelons Ground Zero, expliqua Neville. Parce que c'est là que vit Zero. »

Elvis marmonna le mot « bouffon » dans sa barbe.

« C'est vrai que Zero peut hypnotiser les gens ? » demanda Jasmine pour tenter de détendre l'atmosphère.

Neville leva les yeux au ciel.

« Zero n'hypnotise pas les gens. Il les éclaire. Il va vous montrer la vérité sur le monde dans lequel vous vivez. »

Elvis ricana.

« Pourquoi vous l'appelez pas Morpheus tant que vous y êtes ?

– Parce qu'il s'appelle Zero, dit Neville avec un manque d'humour assez affligeant. Maintenant, suivez-moi. »

Il traversa le reste de la ville miniature sur la pointe des pieds pour rejoindre l'escalier secret. Jasmine le suivit prudemment tandis qu'Elvis se prenait pour Godzilla en piétinant un bureau de poste.

Neville s'arrêta à l'entrée de l'escalier et se tourna vers eux.

« Celui qui passe en dernier doit tirer la bibliothèque pour refermer le passage. On ne peut pas le laisser ouvert, pour des raisons de sécurité.

– Je m'en occupe », dit Elvis.

Neville et Jasmine commencèrent à descendre les marches pendant qu'Elvis refermait diligemment le passage derrière eux.

Arrivés en bas, ils trouvèrent un couloir sombre et étroit, qui était éclairé par des lumières bleues tamisées incrustées dans les panneaux aux murs. Elles donnaient à l'endroit un aspect futuriste assez cool (ou ringard, selon la façon dont on voyait les choses), comme dans une base souterraine rebelle d'un film *Terminator*.

« Pourquoi le gouvernement pense que Zero hypnotise les gens ? » demanda Jasmine à Neville alors qu'ils s'enfonçaient dans le couloir.

Celui-ci s'arrêta et se tourna pour leur faire face.

« Si le gouvernement vous a dit ça, vous devez être là pour l'assassiner. Ils vous ont dit de le tuer avant qu'il parle, n'est-ce pas ? Et que si vous le laissiez parler, il vous laverait le cerveau.

– Non, mentit Elvis. Le gouvernement nous déteste, crétin. On est au sommet de la liste des personnes recherchées par le FBI.

– Vous l'étiez. Maintenant, c'est Zero. Il nous a montré la voie.

– Mais est-ce que c'est un hypnotiseur ? demanda Jasmine. J'ai jamais été hypnotisée. J'aimerais bien essayer. »

Neville se retourna et continua de marcher le long du couloir.

« Ce n'est pas un hypnotiseur. C'est un diseur de vérité. Ces derniers mois, le gouvernement a envoyé plusieurs assassins pour le tuer. Ils ont raconté aux derniers que c'était un hypnotiseur et qu'ils devaient le tuer avant qu'il parle. Le gouvernement ne veut pas que vous sachiez la vérité.

– Quelle vérité ? demanda Elvis. Que Zero a un manteau d'invisibilité et qu'il s'en est servi pour tenter d'assassiner le président ? »

Neville grogna.

« Vous avez raison pour le manteau, concéda-t-il. Mais si Zero voulait assassiner le président, il l'aurait fait. Ce n'est pas un tueur. Je vais le laisser vous expliquer. Il est meilleur que moi avec les mots. Mais ne faites rien de stupide, comme lui tirer dessus avant qu'il vous montre pourquoi le gouvernement a si peur de lui. »

Au bout du couloir se trouvait une porte ouverte qui donnait sur une pièce aux murs noirs. D'étranges lumières bleu et jaune clignotaient comme dans une discothèque, mais on entendait aussi des coups de feu.

« C'est quoi, ce bordel ? marmonna Elvis en vérifiant sous sa veste que son arme était toujours là.

– C'est le QG, dit Neville.

– C'est une salle de jeux ! s'exclama Jasmine. C'est *Call of Duty* ? »

Neville s'arrêta de nouveau.

« Vous jouez aux jeux vidéo ? demanda-t-il, impressionné.

– Non, mais j'ai couché avec beaucoup de mecs qui adorent ça. J'aime bien les gameurs, ils sont sexy. »

Il n'en fallut pas plus pour que Neville tombe sous le charme de Jasmine et devienne de la glaise entre ses mains.

« Ah oui ? » dit-il, les yeux brillants.

Elvis le poussa dans le dos.

« Avance, trou-d'balle. »

Neville franchit la porte de la salle de jeux, puis s'effaça pour les laisser passer.

Jasmine se faufila devant Elvis et regarda autour d'elle.

« Waouh, cet endroit est trop cool », dit-elle, visiblement fascinée.

Des canapés étaient installés le long des murs, ainsi que quelques bureaux équipés d'ordinateurs, comme dans un cybercafé. Au fond de la pièce, un rideau à lanières menait à une autre pièce ou un couloir. Et une statue d'Alicia Vikander habillée en Lara Croft se dressait à gauche de l'entrée. Un jeune homme aux cheveux gras assis sur un canapé miteux au centre de la pièce jouait à un jeu de tir. Un grand écran sur le mur en face de lui le montrait en train d'abattre des vampires et des zombies.

« Sympa, ce jeu, dit Jasmine. On peut jouer ?

– Vous êtes déjà en train de jouer », dit le gameur sans quitter des yeux l'écran.

Son personnage était une jeune femme sexy à la peau mate, vêtue d'une combinaison rouge. Elle se trouvait dans un repaire souterrain et tirait sur des morts-vivants. Après avoir fait exploser les têtes de la plupart des créatures, elle anéantit le dernier zombie en effectuant un saut périlleux et en lui arrachant la tête. À ce moment-là, le joueur mit le jeu en pause et se tourna vers eux.

« Ravi de faire votre connaissance », dit-il. Il examina Jasmine des pieds à la tête. « Waouh, vous êtes encore plus sexy en vrai.

– On cherche Zero, intervint Elvis.

– C'est moi », dit le jeune homme. Il posa sa manette et se leva du canapé. Il portait un bas de jogging bleu et un sweat à capuche noir. « Je suis tellement heureux de vous rencontrer. Content que vous m'ayez trouvé. J'ai beaucoup de choses à vous dire. »

Elvis plongea la main sous sa veste et sortit son arme de son étui. Il la pointa sur le jeune homme.

« Tu veux nous faire croire que c'est toi, Zero ? Et si tu nous montrais plutôt où il est ?

– C'est bien moi, répondit l'homme. Personne ne croit que je suis Zero. C'est comme ça que j'ai échappé à tant de tentatives d'assassinat. Je n'ai pas l'air menaçant. Ils vous ont dit que je suis un hypnotiseur ? C'est faux. Mais je suis bien Zero. C'est un honneur de vous rencontrer. Vous aimez le jeu vidéo ? C'est moi qui l'ai créé. La fille sexy à l'écran, c'est Jasmine. »

Ce sale petit *geek* de merde était extrêmement agaçant. Il parlait très vite, bien trop vite pour qu'Elvis parvienne à suivre. Jasmine, de son côté, était très intriguée par le jeu vidéo. Elle fixait la nana en combinaison rouge à l'écran, qui avait un cul énorme et des seins totalement disproportionnés.

« Je ressemble pas à ça, dit-elle en fronçant les sourcils.

– Oh, attendez, regardez ça », dit Zero. Il retourna en courant vers le canapé, s'assit et reprit la manette, puis il appuya sur une combinaison de boutons pour faire se dévêtir le personnage de Jasmine et lui faire faire des sauts périlleux. « Cool, hein ? dit-il en souriant.

– C'est beaucoup mieux, approuva Jasmine.

– J'ai tous les Dead Hunters. J'appelle ce jeu *Santa Mondega*, expliqua Zero en regardant ses invités tour à tour. C'est les gens du coin qui m'ont parlé de vous quand on s'est installés ici. Donc j'ai décidé de faire un jeu sur vous. Cool, hein ? »

Elvis baissa son arme.

« Je ressemble à quoi, là-dedans ?

– Montre-lui, Nev. »

L'intéressé passa devant Elvis et Jasmine et prit une deuxième manette sur la table basse près du canapé. Il s'assit à côté de Zero et rejoignit le jeu en choisissant le personnage d'Elvis. Il portait une combinaison blanche qui le grossissait pas mal, mais il connaissait quelques prises de karaté sympas et il était armé d'un Desert Eagle doré, le même que celui dans la main d'Elvis. Le personnage s'approcha de celui de Jasmine, et ils entamèrent un combat qui se termina par l'étranglement d'Elvis par Jasmine, qui enroula ses cuisses autour de son cou.

« Ah ! Mon personnage est plus fort que le tien, dit Jasmine en lui décochant un coup de coude dans les côtes.

– On devrait essayer plus tard, dit Elvis, momentanément hypnotisé par ce qui se passait à l'écran.

– Et Rex, il est comment ? demanda Jasmine. Est-ce qu'il se branle avec sa main en métal ? »

Zero fronça les sourcils.

« Pourquoi est-ce qu'il ferait ça ? C'est son truc ? Si c'est le cas, je peux l'incorporer au jeu.

– Excellente idée, dit Jasmine.

– Bon, ça suffit, intervint Elvis. On nous a chargés de vous assassiner, monsieur Zero. Et même si on nous a conseillé de ne pas vous laisser parler, je vais vous donner cinq minutes pour me convaincre de ne pas vous faire exploser la cervelle. »

Zero ne semblait pas le moins du monde déstabilisé par les menaces d'Elvis.

« Attendez d'entendre ce que j'ai à vous dire. Vous allez halluciner. Je peux vous offrir une bière ?

– T'as l'âge de boire ? » demanda Elvis.

Zero quitta le jeu vidéo, se leva du canapé et s'approcha de Jasmine.

« Vous êtes vraiment la plus belle femme que j'aie jamais vue, s'extasia-t-il en fixant sa poitrine.

– Du calme, gameboy », dit Elvis.

Zero tendit la main au King.

« Vous avez toujours été mon membre préféré des Dead Hunters, déclara-t-il.

– C'est ça. »

Elvis rangea son arme et serra la main de Zero, certain qu'il n'essayait pas de l'hypnotiser.

« Vous n'êtes que tous les deux ? demanda leur hôte.

– Ouais. Et s'il nous arrive quoi que ce soit, les autres membres du gang vous trouveront, et vous allez morfler.

– Ah oui ? fit Zero avec un sourire en coin. Sanchez va venir nous taper dessus ? »

Neville et lui passèrent quelques secondes à rire de leur blague de merde avant que Jasmine se joigne à eux, ce qui les fit rire encore plus.

« Ça suffit, dit Elvis. Au moins, Sanchez n'a pas une putain de statue de Lara Croft dans son salon.

– C'est pas juste une statue, répliqua Zero. Quand on enfonce les doigts dans ses yeux, une porte secrète s'ouvre derrière elle.

– Y a quoi derrière la porte secrète ? » s'enquit Jasmine.

Zero contempla le sol, comme s'il était gêné.

« C'est juste les toilettes. Mais c'est plutôt cool, nan ?

– Non. C'est stupide, dit Elvis. Allez, parle. Qu'est-ce que tu peux bien savoir de si compromettant, pour que le gouvernement veuille te tuer ? »

Le sourire crétin de Zero s'effaça aussitôt pour se muer en une expression sérieuse.

« Je sais ce que fait le président de son temps libre, dit-il, son regard se déplaçant à travers la pièce comme s'il craignait que quelqu'un l'écoute.

– Continue.

– Je peux vous offrir un verre ou autre chose ?

– Tu nous l'as déjà demandé. Parle.

– D'accord, d'accord. Venez, asseyez-vous. »

Zero désigna un des canapés contre le mur. Pendant qu'ils s'installaient, il attrapa une chaise de bureau à roulettes et la traîna jusqu'au canapé pour leur faire face.

« Laissez-moi commencer par le début, dit-il en s'asseyant. Je vais essayer de faire court. Il y a environ un an, mes potes et moi on a déchiffré un code dans l'évangile de Susan. Il nous a conduits à une tombe souterraine à La Havane. L'endroit était truffé de pièges à la Indiana Jones, mais on a réussi à les éviter et c'est là qu'on a trouvé le manteau sans couleurs que Jacob a donné à son fils Benjamin.

– Merci d'avoir fait court, dit Elvis.

– Aucun problème, dit Zero en se rongeant un ongle. On a utilisé le manteau à tour de rôle pour espionner des gens, comme nos célébrités préférées, vous savez, pour voir ce qu'ils font en cachette. Il s'avère que les célébrités ont une vie très ennuyeuse.

– J'y crois pas, dit Elvis. Je parie un million de dollars que t'espionnes des meufs sous la douche.

– Vous voulez bien m'écouter ? fit Zero en levant les mains en signe de défense. Après avoir fait ça pendant quelques mois, je suis devenu de plus en plus sûr de moi. J'ai commencé à suivre le président. Un jour, j'ai réussi à m'introduire dans sa chambre d'hôtel. Je suis passé devant la sécurité, vu qu'ils pouvaient pas me voir, et je me suis faufilé à l'intérieur. Et ce que j'ai vu, putain de merde, c'était carrément flippant. J'avais le cœur qui battait comme pas permis. Le truc, c'est que je voulais juste voir si le président avait des goûts ou des pratiques sexuelles un peu spéciaux, mais j'étais loin de m'attendre à ça. Ce que j'ai vu, ça m'a marqué à vie, putain. L'image est gravée dans mon cerveau. » Zero réprima un frisson, comme s'il avait senti une araignée courir sur son épaule. Sous le regard impatient d'Elvis, il s'empressa de poursuivre. « Sérieusement, j'arrivais pas à en croire mes yeux, putain. Donc j'ai sorti mon téléphone et j'ai commencé à le filmer. Mais j'ai merdé, et j'ai fait tomber le téléphone. Le président l'a vu avant que j'aie le temps de le ramasser. Du coup, il a appelé la sécurité, et ces types, *putain de merde* ! Je veux dire, waouh ! Ils ont tout de suite compris qu'il y avait une présence invisible dans la pièce. Je suppose qu'ils sont entraînés à toutes sortes de trucs. Bref, j'ai foutu le camp, mais un des types m'a pourchassé. J'ai descendu l'escalier en courant, et il était juste derrière moi. Par la grâce de Dieu, j'ai réussi à m'enfuir, mais mon manteau d'invisibilité s'est pris dans la putain de porte coupe-feu quand je l'ai franchie. J'ai dû l'abandonner. Heureusement pour moi, Neville m'attendait dehors dans une camionnette. On a réussi à s'enfuir, mais c'était limite, putain. J'ai dû être filmé par une caméra de sécurité parce qu'ils me traquent, depuis. Ils savaient déjà qui j'étais, mais maintenant, maintenant que je sais ce que le président fait de son temps libre, *putain*, je vis avec une cible dans le dos. »

Jasmine était intriguée, même si elle voyait qu'Elvis était assez sceptique.

« Qu'est-ce que vous avez vu ? demanda-t-elle. Qu'est-ce que le président faisait de si horrible ?

– Vous allez jamais y croire. C'est énorme. »

42

« Le président fait partie d'un réseau pédophile international. »

Elvis et Jasmine demeurèrent silencieux pendant quelques secondes après la révélation de Zero. Lorsqu'ils finirent par assimiler ce qu'il venait de dire, ils répondirent tous les deux en même temps, mais avec des mots très différents.

« N'importe quoi ! souffla Elvis en secouant la tête.

– Bien sûr ! s'exclama Jasmine. C'est tellement évident. Ça se voit à son visage.

– Je comprends maintenant pourquoi on nous a donné l'ordre de te tuer avant que tu parles, dit Elvis. C'est une sacrée accusation.

– On devrait le dire à Arizona, ajouta Jasmine. Elle va être choquée. Imagine, t'apprends que ton père est un tripoteur d'enfants.

– Vous connaissez Arizona Petersen ? demanda Zero, estomaqué. La plupart des gens croient qu'elle n'existe pas.

– C'est une amie à nous, dit Jasmine. On l'a sauvée y a quelque temps quand elle a été kidnappée par ces trois types qui se relayaient pour se branler sur ses pieds.

– Les frères Bâtard ! s'exclama Zero, les yeux écarquillés. Ça fait des années que je mets les gens en garde contre eux. Mais le gouvernement a jamais rien fait parce que ces pervers travaillaient pour eux.

– Attends un peu, dit Elvis en agitant la main devant le visage de Zero. Si le président était pédophile, jamais il n'aurait pu garder ça secret. Quelqu'un l'aurait dénoncé depuis longtemps. »

Zero soupira.

« Comment pouvez-vous être si naïf ? fit-il d'un ton plein de mépris. On ne peut pas devenir président *sans* être pédophile. Réfléchissez un peu. Vous vous êtes jamais demandé comment les réseaux pédophiles pouvaient exister ? On entend tout le temps parler de ces groupes de pervers qui échangent des photos et des vidéos en ligne, ou qui organisent des réunions où ils font tourner des enfants. Vous vous êtes jamais demandé comment ils pouvaient s'en tirer ? Ou comment ils se rencontrent ? Je veux dire, ils vont pas se pointer dans un bar et dire : "Hé, j'ai des enfants kidnappés à la maison. Ça vous dirait de venir les baiser ?" Ils se feraient démolir.

– J'espère bien, putain, ils méritent que ça », acquiesça Elvis. Il prit une seconde pour mettre de l'ordre dans ses pensées. « Attends un instant. Reviens en arrière une minute. Le président, qu'est-ce que tu l'as vu faire exactement ?

– Je l'ai vu regarder une vidéo en direct d'un groupe de gens en train de faire des trucs ignobles à des gamins.

– Comme quoi ? demanda Jasmine, même si elle n'était pas certaine de vouloir connaître la réponse.

– J'y viendrai plus tard. Mais ce que je veux dire, c'est que les pédophiles les plus dangereux opèrent dans des milieux où ils sont protégés. Y a des pédophiles partout. Les plus idiots se font facilement attraper, c'est ceux qui marchent seuls dans les rues et offrent des bonbons aux gamins. Des amateurs. Le niveau supérieur, c'est les chefs scouts, les enseignants, les gens qui bossent dans l'industrie du spectacle, ce genre de trucs. C'est toujours des idiots, mais ils ont quand même eu le bon sens de se trouver un boulot au contact des enfants. Ensuite, y a ceux qui se cachent dans des organisations comme l'Église. Ils sont protégés puisque l'Église se soucie de sa réputation et ne veut pas que le monde sache qu'il y a des pervers dans ses rangs, même si c'est loin d'être des cas isolés. Et enfin, il y a les privilégiés : les millionnaires et les politiciens. Ceux qui possèdent des îles privées où ils peuvent faire leurs trucs infâmes à l'insu de tous. Le président est l'un d'entre eux. »

Elvis n'était toujours pas convaincu.

« Mais le président prendrait le risque qu'on le fasse chanter. C'est impossible.

– Si, c'est possible. Vous avez déjà entendu la théorie selon laquelle le monde serait dirigé par des hommes-lézards ?

– Oh, bon sang, pas ça, gémit Elvis.

– Des hommes-lézards ? fit Jasmine, les yeux écarquillés.

– C'est pas vraiment des hommes-lézards, dit Zero. Mais c'est une autre race d'humains, une race supérieure qu'on croyait éteinte, qui vient de la cité perdue de l'Atlantide.

– L'Atlantide ? fit Elvis. Cet endroit a pas coulé au fond de la mer ?

– L'océan, en fait, dit Neville, qui était toujours assis sur le canapé de jeu mais qui zappait maintenant sur les chaînes musicales.

– Le président a des branchies et les pieds palmés, poursuivit Zero. Je les ai vus. Tous les membres de son réseau pédophile en ont. Les Atlantes ne se reproduisent qu'entre eux. Ils considèrent les humains ordinaires comme des êtres inférieurs. Presque tous les chefs d'État et les milliardaires sont des descendants des Atlantes. Et écoutez ça : toute cette histoire de gauche et de droite en politique, c'est organisé par ces connards. Ils font ça pour nous monter les uns contre les autres pour pouvoir continuer à faire ce qu'ils font. Les gens sont tellement occupés à se reprocher les problèmes du monde qu'ils ne voient pas ce que commettent vraiment les élites.

– Des pieds palmés ? s'étonna Jasmine. Comme Bobby Ewing dans *Dallas* ?

– C'est dans *L'Homme de l'Atlantide* qu'il avait les pieds palmés, dit Zero.

– J'ai dû rater cet épisode, dit Jasmine en grimaçant. Je me souviens pas que Bobby ait couché avec un homme de l'Atlantide. »

Zero parut déconcerté.

« C'était Patrick Duffy, l'homme de l'Atlantide.

– Et il a couché avec Bobby Ewing ?

– Non ! Bobby Ewing et Patrick Duffy sont la même personne. *L'Homme de l'Atlantide*, c'est une autre série, dont Patrick Duffy était la star. »

Elvis était sur le point d'exploser.

« On peut laisser tomber ce putain d'homme de l'Atlantide ?

– D'accord, dit Zero. Mais écoutez, je peux pas démanteler ce réseau pédophile tout seul. Je n'ai pas les ressources nécessaires. Mais vous et vos potes Rex et le Bourbon Kid, vous pourriez. Vous pourriez détruire cette opération et révéler au monde la véritable nature de ces gens. »

Elvis n'était toujours pas convaincu.

« Y a qui d'autre, dans ce réseau pédophile ? D'autres politiciens ?

– Tous ! Enfin, presque tous. C'est pour ça qu'ils veulent me tuer.

– D'accord, dit Elvis. Vous avez vu le président se branler devant un porno pédophile, mais vous n'avez vu personne d'autre, n'est-ce pas ?

– Non, pas vraiment, mais je sais où sont tournés les films pédophiles, et par qui. Si vous arrivez à les retrouver, vous pourriez détruire le cercle du président.

– Détruire le cercle du président ? dit Jasmine. C'est un truc sexuel ?

– Non, je veux dire, son réseau pédophile. Nous sommes presque certains qu'il est composé de politiciens, de membres de la famille royale, et des gens qui dirigent les principaux journaux et chaînes d'information. Les membres de l'AAEE qui ont été tués au manoir de Riverdale y a quelque temps, ils en faisaient partie. Les Atlantes sont partout. Ils essaient même de se faire passer pour de grands philanthropes. Ils financent des films et s'en servent pour faire avancer leur agenda, pour diviser le public, nous monter les uns contre les autres. Merde, même les plus gros fournisseurs d'accès à Internet, dont certains ont été créés par des humains ordinaires, ont été soit rachetés par des Atlantes, soit infiltrés. Ils sont partout. Ils peuvent atteindre n'importe qui. Ce n'est qu'une question de temps avant qu'ils me trouvent. Je n'arrête pas de me déplacer, mais ils finissent toujours par me retrouver. » Il marqua une pause pour reprendre son souffle. « D'ailleurs, comment vous m'avez trouvé ?

– T'es un *geek* et tu te caches sous un magasin de petits trains, espèce de clown, dit Elvis.

– Hé, les trains, c'est cool. Mais je comprends ce que vous voulez dire. Le truc, c'est que je suis autiste. Je suis passionné par les trains et les jeux vidéo depuis que je suis gamin.

– T'as pas l'air autiste, remarqua Elvis.

– Si, dit Jasmine. Il ne m'a pas encore regardée dans les yeux, et il vit dans un donjon où il passe son temps à concevoir des jeux vidéo.

– Le gouvernement sait que je suis autiste, expliqua Zero. C'est l'une des rares informations à mon sujet disponibles en ligne. Et, malheureusement, ça a compliqué la vie de toutes les personnes autistes.

– Comment ça ? dit Elvis.

– Après avoir surpris le président en train de se branler devant des *snuff movies* pédophiles, j'ai commencé à faire des recherches pour savoir comment et où ça se passait. Et j'ai compris. Vous voyez, ils font ça depuis des années, mais avant que je le découvre, ils kidnappaient des enfants sans abri, des orphelins, des gamins dont personne ne se souciait. Mais depuis qu'ils ont piraté mon réseau, ils sont passés aux enfants autistes. C'est moins discret, mais ces gens peuvent faire tout ce qu'ils veulent en toute impunité.

– Attends une seconde, dit Elvis. Ralentis un peu. Tu penses qu'ils enlèvent des enfants autistes pour se venger de toi ? »

Zero secoua la tête.

« Non. Mais c'est un fait bien connu que les meilleurs théoriciens du complot sur Internet sont autistes. Les complotistes neurotypiques se contentent généralement d'inventer des conneries.

Pas les autistes. On fait des recherches, on analyse et on rassemble des preuves. Quand les élites l'ont compris, ils ont changé leur façon de faire. Pour leurs *snuff movies*, ils ont commencé à s'en prendre aux enfants autistes plutôt qu'aux sans-abri parce qu'ils considèrent maintenant les autistes comme une véritable menace. Nos cerveaux ne sont pas branchés sur la même fréquence que ceux des neurotypiques, nous sommes donc moins susceptibles de croire aux conneries débitées par ces imposteurs. Donc maintenant, les élites, les Atlantes, ils ont décidé de réduire le nombre d'autistes en les kidnappant pour les utiliser dans leurs *snuff movies*. Partout dans le monde, les gouvernements ont commencé à établir des listes des personnes autistes. C'est devenu une priorité. Ils nous surveillent tous, enferment les adultes dans des hôpitaux psychiatriques et tuent les enfants dans ces films. Ce n'est qu'une question de temps avant qu'ils nous anéantissent tous.

– Sacrée théorie, dit Elvis. Est-ce que vous pouvez le prouver ? Je veux dire, prouver qu'ils kidnappent des enfants autistes ?

– Je sais qui les enlève. C'est un cirque ambulant. On suit leurs déplacements et on les a recoupés avec les signalements d'enfants disparus. J'ai toute une base de données pour étayer mes propos.

– Vous pouvez nous la montrer ? demanda Elvis. Il s'appelle comment, ce cirque ?

– Le cirque ambulant de Diago, dit Zero en se levant. Je peux vous le montrer. J'ai des images de ce cirque sur la vidéo que j'ai filmée du président. »

43

Jasmine et Elvis rejoignirent Zero derrière le canapé de *gaming* pendant que Neville, qui était toujours assis dessus, affichait un écran noir.

« Laissez-moi une seconde, dit Neville. J'espère que vous avez l'estomac bien accroché parce que vous allez voir le président des États-Unis se branler devant un *snuff movie*. »

Si c'était vrai, c'était vraiment énorme. Elvis frissonna à cette idée.

« Je suis pas sûr de vouloir voir ça.

– C'est difficile à regarder, admit Zero. Mais ça dure qu'une quinzaine de secondes, vu que j'ai trahi ma présence en faisant tomber mon téléphone.

– Attends une minute, dit Elvis. Si t'as ces images, pourquoi tu les as pas mises en ligne ?

– On l'a fait. Elles ont été supprimées en quelques secondes.

– C'est vrai, confirma Zero. Internet leur appartient. Ils attendaient qu'on diffuse la vidéo. Ils l'ont trouvée en un rien de temps, et une fois qu'ils ont su à quoi elle ressemblait, ils ont créé un algorithme qui empêche de la poster à nouveau.

– Ouais. En plus, ils peuvent nous localiser si on essaie, dit Neville. Après l'avoir postée pour la première fois, on a tout de suite déménagé. Sur les images de vidéosurveillance, on voit un groupe d'agents se présenter à notre ancien QG quelques minutes à peine après notre départ. La deuxième fois qu'on a essayé de la poster, ça n'a pas marché, et quelqu'un a pris le contrôle de notre réseau. Après ça, on a été traqués par des assassins, qui demandaient aux habitants du coin s'ils savaient où on était. C'est à ce moment-là qu'on a décidé de s'installer à Santa Mondega. Apparemment, cette ville est la plus sûre au monde pour les criminels.

– Donc aucun des assassins vous a trouvés ?

– Non. On serait morts, sinon. Et on n'aurait pas été capables de les hypnotiser, contrairement à ce que vous avez entendu.

– OK. Montrez-nous cette vidéo, qu'on en finisse », dit Elvis.

Neville les regarda par-dessus son épaule.

« Alors c'est parti. Prêts ? »

Comme personne ne répondait, Neville se tourna face à l'écran et lança la vidéo. Elle était mal cadrée, mais la qualité était plutôt bonne, et ce qu'elle montrait était, de fait, extrêmement dérangeant. Le président des États-Unis était assis dans un fauteuil, son short aux chevilles et sa bite à la main, et se pignolait doucement en regardant la télévision. Au bout de quelques secondes, l'angle changea pour montrer ce qu'il regardait. C'était tout à fait ignoble. Elvis détourna les yeux, écœuré.

« Comment il peut se branler sur un truc pareil ? demanda-t-il.

– C'est ce qui excite les Atlantes, dit Zero. C'est pour ça que Dieu a envoyé l'Atlantide au fond de l'océan. Ces enfoirés n'ont pas d'âme. Ils méprisent les gens comme nous. Ils nous voient comme des êtres inférieurs, un peuple à dominer. Ils ont mis l'Atlantide à genoux avec leur cupidité et leur narcissisme. Et maintenant, ils font la même chose à la planète entière. Ces connards égoïstes ont profité de toutes les choses qui détruisent notre monde. »

Le discours de Zero fut interrompu par un puissant bourdonnement. Il se couvrit les oreilles avec ses mains et ferma les yeux. Le bruit s'accompagnait d'une lumière rouge qui clignotait à côté de la télévision. Neville se leva d'un bond et courut vers un des ordinateurs contre le mur. Un paquet de biscuits traînait sur le bureau. Il en prit un et commença à grignoter tout en tapant sur le clavier.

« Encore des assassins ? » lui demanda Zero.

Neville afficha des images de vidéosurveillance sur l'écran de son ordinateur.

« Ils nous ont trouvés ! » cria-t-il, paniqué.

Zero leva les yeux vers Elvis.

« Vous les avez conduits jusqu'à nous !

– Qui ça ?

– À votre avis ? Le putain de FBI, les services secrets, les Atlantes. Ils sont là. Ils vont tous nous tuer. »

Elvis garda son calme.

« Ils sont combien ? »

Zero cria à Neville :

« Affiche les images sur la télé ! »

Neville s'exécuta et, quelques secondes plus tard, le grand écran montrait le flux en direct des caméras de sécurité du magasin au-dessus d'eux. Un groupe d'hommes et de femmes habillés en civil marchaient à travers la réplique de Santa Mondega.

« Merde ! fit Zero. Ils sont nombreux, et ils ont un putain de chien renifleur.

– Un chien renifleur ? dit Elvis. Vous dealez de la drogue ?

– Non. Mais regardez-moi ce chien, il est énorme ! »

Elvis regarda l'écran. Un gros berger allemand était en train de flairer le sol du magasin.

« Ce clebs va les mener droit à nous, dit Elvis. Je parie qu'il peut sentir tout ce qu'on a touché en haut.

– Fais tout péter ! cria Zero à Neville. On se barre d'ici ! »

À l'écran, une femme enfonça ses doigts dans les fenêtres de la miniature du Nightjar. Elle avait trouvé le bouton qui ouvrait l'entrée secrète. L'heure était grave.

« C'est quoi votre plan de fuite ? demanda Elvis à Zero.

– On fait sauter le magasin ! »

Suivant l'ordre que lui avait donné Zero de « tout faire péter », Neville se détourna de l'ordinateur et se précipita vers un coin de la pièce. Il attrapa une chaîne en métal qui pendait du plafond et tira dessus à trois reprises.

BOUM !

Le plafond trembla. Le sol sous leurs pieds trembla. Même les putains de murs tremblèrent. Les chaises se mirent à rouler toutes seules, les écrans d'ordinateur s'éteignirent et les bureaux rebondirent tandis que des morceaux de plafond se détachaient et tombaient sur le sol.

« PAR ICI ! cria Zero. Suivez-moi ! »

Elvis regarda l'écran de télévision pour voir ce qui était arrivé aux intrus. Une série de petites explosions avait détruit la maquette de Santa Mondega et fait perdre l'équilibre à plusieurs agents. C'étaient des bombes assez merdiques, cependant. Personne n'avait été gravement blessé, et encore moins tué. Elvis avait le désagréable sentiment que Zero et Neville étaient en réalité des pacifistes. Putains de *geeks* et leurs bombes de merde. Il avait presque envie de leur foutre une raclée. Malheureusement, il n'avait pas le temps pour ça.

Neville disparut derrière le rideau à lanières dans l'angle, Zero sur ses talons. Elvis attrapa la main de Jasmine et ils coururent derrière les deux *nerds* en panique. Avant qu'ils atteignent le rideau, des coups de feu retentirent de l'autre côté. Les agents du gouvernement avaient trouvé leur chemin d'évasion. Elvis retint Jasmine et passa la tête à travers le rideau. Il donnait sur un autre couloir faiblement éclairé de lumières bleues. À mi-chemin, Zero était étendu sur le dos avec un trou dans la tête. Neville était un peu plus loin, dans un état similaire. Pour ne rien arranger, un putain de chien énorme était en train de foncer dans leur direction, et plusieurs points lumineux rouges balayaient la zone en quête d'autres *nerds* à tuer. L'un d'eux se posa sur le menton d'Elvis.

« Putain ! »

Le gros berger allemand bondit sur lui et le fit reculer à travers le rideau au moment où la première balle fusait. Elvis et le chien s'écrasèrent sur le sol. Il sortit son pistolet et envisagea un instant d'abattre le molosse. Par chance, ce ne fut pas nécessaire, car Jasmine avait trouvé une meilleure façon de gérer la situation. Elle lança au chien un biscuit du paquet qui traînait sur le bureau de Neville. Le chien se jeta sur la friandise, laissant à Elvis le temps de se retourner et de tirer un coup de semonce à travers le rideau.

« Une idée, Jas ? cria-t-il sans la regarder.

– JACKO ! hurla-t-elle par-dessus le vacarme des coups de feu. SORS-NOUS DE LÀ ! »

Elvis jeta un coup d'œil dans sa direction. Elle avait rallumé son téléphone et s'en était servie pour appeler le Purgatoire. Le portable collé à l'oreille, elle cria des instructions à Jacko tout en courant vers la statue de Lara Croft de l'autre côté de la pièce. Elle enfonça deux doigts dans les yeux de Lara. Une porte secrète s'ouvrit derrière la statue, révélant une petite pièce équipée d'un WC, d'un lavabo et d'un porte-serviettes. Jasmine s'engouffra à l'intérieur et se tourna vers Elvis.

« Dépêche-toi ! »

Le berger allemand avait dû croire qu'elle s'adressait à lui, car il fonça dans sa direction et bondit dans les toilettes avec elle. Elvis mit un peu plus de temps. Il gardait son arme pointée sur le rideau, au cas où quelqu'un le franchirait.

« VITE ! » lui cria Jasmine, et son nouvel ami canin aboya comme pour renchérir.

Elvis continua de reculer vers les toilettes. Avant qu'il les atteigne, un assassin en tenue antiémeute armé d'un fusil d'assaut traversa le rideau et chercha du regard quelqu'un sur qui tirer. Elvis l'attendait.

BANG !

En plein dans le mille. La balle toucha le casque de l'homme, le faisant reculer d'un pas. Il tomba à la renverse à travers le rideau, bloquant le passage à son collègue qui arrivait derrière lui.

Elvis se réfugia dans les toilettes avec Jasmine et le chien, puis s'empressa de remettre la porte secrète en place avant que quelqu'un les voie.

« T'en es où avec Jacko ?

– Il m'a mise en attente.

– En attente ?

– Il est occupé, apparemment. »

Jasmine caressa la tête du berger allemand et lui donna un autre biscuit pour le faire taire.

« Tu parles d'un chien renifleur, dit Elvis.

– Sois pas méchant, il a juste décidé de changer de camp parce qu'on a des biscuits, pas vrai, Goober ?

– Goober ? C'est quoi ce… Oh, putain ! On n'a pas de copie de la vidéo !

– On s'en fout ! Pourquoi tu voudrais revoir cette merde ?

– Je veux pas la revoir, mais c'est la seule preuve qu'on a. »

Le bruit des agents s'entassant dans la salle de jeux de Zero les fit taire tous les deux. Ils entendaient leurs bottes qui martelaient le sol devant la salle de bains.

« Ça craint, murmura Elvis. S'ils ont un équipement infrarouge, ils nous verront à travers cette porte. »

Jasmine plaça un doigt devant ses lèvres pour faire taire Elvis car Jacko était de nouveau en ligne, et il demandait leur localisation.

Elvis pointa son arme sur la porte pendant que Jasmine donnait les instructions à Jacko.

« Des toilettes souterraines à Chinatown, murmura-t-elle. Sous Les Petits Trains de Bobby. »

C'était une description assez vague, mais elle ne pouvait pas faire mieux. Si Jacko n'avait pas détecté la gravité de la situation à sa voix, le bruit des coups de feu s'en chargerait. Les agents les avaient repérés et ils canardaient à tout va la porte des toilettes, qui se déformait sous les impacts des balles. Elvis regarda Jasmine par-dessus son épaule. Elle se tenait face au mur du fond, attendant qu'il disparaisse et leur offre un chemin vers le Purgatoire, si Jacko voulait bien se bouger le cul.

« QU'EST-CE QU'IL ATTEND ? » hurla Elvis par-dessus le son des balles s'enfonçant dans la porte.

Jasmine glissa son téléphone dans la ceinture de sa combinaison et dégaina le pistolet à sa hanche. Puis elle se plaça à côté d'Elvis et braqua à son tour son arme sur la porte. Les tirs s'arrêtèrent brusquement.

« Oh, oh, fit Elvis. Ils cherchent un autre moyen d'ouvrir. Il fout quoi, Jacko ? Il trouve pas l'endroit ?

– Il m'a dit de lui laisser une minute.

– Une minute ? Ce sera fini en quelques secondes. »

44

Retour au Purgatoire

« Et c'est comme ça que vous vous êtes fait tirer dessus ? » demanda Flake.

Toute la bande s'était installée autour de la nouvelle table du Purgatoire pour écouter Elvis et Jasmine raconter leur histoire en buvant des coups. Grâce au pouvoir de guérison du sang de JD et de l'Œil de la Lune, Jasmine était presque complètement rétablie.

« Ouais, dit Elvis. Ils ont fait sauter la porte, et *boum*, on était à leur merci. Jas a reçu plusieurs balles, comme vous le savez. J'ai été touché dans le ventre. On a riposté, on a réussi à en descendre quelques-uns, mais Jas a fini par perdre connaissance, et moi je ne voyais même plus sur quoi je tirais. Ces enfoirés nous canardaient alors que leur putain de clebs était avec nous dans les toilettes.

– Ne parle pas comme ça de Goober », dit Flake.

Le gros chien était assis sur le sol à ses pieds, léchant sa patte blessée.

« J'ai bien cru qu'on allait y rester, poursuivit Elvis, mais Dieu merci, Rex a traversé le portail et nous a tirés de là. Cinq secondes de plus et c'était fini.

– Ils ont mis un mouchard sur ta voiture, pas vrai ? dit JD.

– Hmm ? » Elvis n'avait pas eu le temps de se demander comment les assassins les avaient trouvés. « Ma voiture ? » Soudain, tout prenait sens. « Les enfoirés. Ils ont dû faire ça sur le parking du motel. Putain ! Pourquoi on n'y a pas pensé ? »

Jasmine était du même avis.

« Ça m'énerve. On s'est débarrassés des bagues en or pour rien. Merde ! Je veux récupérer la mienne. »

Jacko était derrière le comptoir, les yeux fixés sur la télévision toujours branchée sur une chaîne d'information.

« On dirait qu'il y a un cessez-le-feu », dit-il, changeant de sujet.

Le texte qui défilait en bas de l'écran affirmait que les Russes avaient accepté une trêve temporaire.

« J'y crois pas, dit Rex. Ces enfoirés de Russes sont sournois.

– J'arrive pas à croire que le président était un pédophile, dit Flake. On voyait quoi, dans la vidéo que Zero vous a montrée ? »

Elvis et Jasmine échangèrent un regard. Ils grimacèrent tous les deux. Ni l'un ni l'autre n'avaient très envie de parler de ce qu'ils avaient vu, mais Elvis finit par se dévouer.

« On a vu le président se branler, dit-il. Puis l'angle a changé et on a vu ce qu'il matait. Un jeune garçon, qui devait pas avoir plus de dix ans, se faisait déchiqueter par des lions sous le regard et les applaudissements de plusieurs personnes. »

Flake eut un mouvement de recul.

« C'est sur ça que le président se masturbait ? dit-elle d'un air horrifié en se couvrant la bouche.

– Du porno avec des lions, dit Jasmine. Je veux jamais revoir ça de ma vie.

– Le garçon était encore en vie, ajouta Elvis. C'était atroce. J'en ai vu qu'une seconde, mais j'arriverai jamais à m'ôter cette image de la tête. C'est ce qui se déroule au cirque quand le spectacle se termine.

– Le cirque itinérant de Diago, dit Rex. C'est là que ça se passe. »

Elvis se pencha sur la table et lui tapa sur le bras.

« Je t'en prie, dis-moi que vous avez buté ces connards et sauvé les gosses. »

Rex ne répondit pas.

Elvis se tourna vers JD.

« Vous avez bien sauvé Paige et le garçon de la sandwicherie, n'est-ce pas ? »

SEPTIÈME PARTIE

LE CIRQUE

45

« La dernière représentation se termine à 20 heures, annonça Rex, lisant l'information sur son téléphone. Il est quelle heure ?

– 19 h 25 », répondit Selene sans quitter la route des yeux.

La jeune veuve d'Antonio Rodriguez étant la seule à savoir où se trouvait ce putain de cirque, c'était elle qui conduisait la camionnette de Rex. Celui-ci était assis à l'avant avec elle tandis que JD buvait du bourbon à l'arrière en admirant l'artillerie lourde qu'ils venaient d'acquérir chez les Rodriguez.

« Ils vont pas tuer Paige ou Kai pendant le spectacle, dit Rex. Ils le feront après, quand les spectateurs seront rentrés chez eux.

– Évidemment, fit Selene en levant les yeux au ciel.

– Hé, je réfléchissais juste à voix haute. »

Quand ils arrivèrent au parc Dinosaur Valley, il était 19 h 30 et le crépuscule était déjà là. Des projecteurs éclairaient un chapiteau presque aussi grand qu'une arène, et dont s'échappait le bruit des spectateurs acclamant le numéro en cours. Dans le champ derrière s'alignaient les caravanes des gens du cirque.

Selene gara la camionnette sur une place libre entre deux autocars. Le parking était blindé de voitures et de sept ou huit cars supplémentaires. Apparemment, il y avait un paquet d'idiots qui voulaient voir ce cirque de merde.

Rex observa le champ où étaient installées les caravanes.

« On a à peu près vingt-cinq minutes pour chercher Paige dans ces caravanes.

– Qu'est-ce qu'on fait si quelqu'un donne l'alarme quand on entre ? demanda Selene.

– On le tue *avant* qu'il donne l'alarme.

– Et si on trouve Paige et Kai, on fait quoi ? »

JD revint du fond de la camionnette et passa la tête entre leurs sièges.

« Si on arrive à faire sortir Paige et Kai avant la fin du spectacle, vous pourrez partir. Moi, je resterai pour buter tous ces connards.

– On pourrait pas plutôt les dénoncer à la police ? suggéra Selene. Si on a les enfants avec nous, ils pourront dire aux flics ce qu'ils ont vu. »

La suggestion de Selene fut accueillie par un silence de mort. Au bout de dix secondes, elle tenta un compromis.

« Sinon, on oublie la police et on tue tout le monde.

– C'est une bonne idée, dit Rex. OK, JD, tu t'occupes de la première caravane. Selene et moi, on prend la deuxième. Puis on passe de l'une à l'autre jusqu'à ce qu'on trouve les gamins.

– J'ai une question, dit Selene. C'est peut-être un détail, mais si on trouve les enfants, où est-ce qu'on les emmène ? On peut pas ramener Paige chez elle, vu que vous avez enfoncé un club de golf dans la gorge de son père et tué tous ses hommes. Et la famille de Kai est morte aussi.

– Je crois que la mère de Kai est toujours en vie, dit Rex. Mais la priorité c'est de les trouver. On s'occupera du reste plus tard.

– Ce sera fini dans dix minutes, dit JD. Et n'oubliez pas d'être discrets. Pas d'armes à feu. »

Pendant que JD retournait dans l'armurerie au fond du van, Selene regarda Rex pour savoir s'il était sérieux au sujet des armes à feu.

Il hocha la tête.

« T'es sûre que t'es toujours partante ?

– Oui. Mais embrasse-moi et dis-moi que tout ira bien. »

Rex se pencha et pressa ses lèvres contre les siennes. Elle embrassait très bien. Leurs bouches se mêlèrent comme si elles étaient faites pour ça et rien d'autre. Ce fut un long baiser, qui ne se termina que lorsque quelqu'un frappa à la fenêtre de Selene. Elle tourna la tête et vit JD qui la regardait, sa capuche relevée sur la tête. Elle baissa sa vitre.

« C'est bon, dit-elle. On arrive. »

D'une voix plus rocailleuse qu'avant, JD lui donna un dernier conseil.

« Si vous devez utiliser une arme, faites-le, mais sachez que ça va être le chaos et qu'on devra buter tout le monde ici, y compris les familles qui sont venues assister au spectacle. »

Selene parut horrifiée.

« Les familles ? Pourquoi ?

– Parce que c'est ce qu'on fait. »

Elle se tourna vers Rex.

« Vraiment ?

– Pas tout à fait. C'est ce qu'il fait, lui. Ne lui donne pas de raison de le faire ce soir. Reste avec moi et suis le plan à la lettre, OK ?

– Compris. » Selene plongea la main sous sa veste et en sortit un pistolet équipé d'un silencieux. « Si je dois tirer sur quelqu'un, avec ça, ça devrait aller, non ? »

Rex regarda l'arme, bouche bée.

« T'as un flingue avec un silencieux ? Je regrette de ne pas y avoir pensé. Y en a d'autres ?

– Y en avait plein dans l'armurerie. Vous les avez pas vus ? »

Rex grimaça.

« Je crains que non. Tant pis. On y va. »

À la faveur de l'obscurité, ils se dirigèrent tous les trois vers les caravanes. JD portait une tronçonneuse, une arme pour le moins encombrante et bien plus bruyante que le pistolet de Selene, mais qui avait le mérite de semer la terreur chez ceux qui y étaient confrontés. Il avait plusieurs armes plus discrètes cachées sous son manteau. Rex avait pour sa part une machette, et une batte de base-ball accrochée dans son dos. Selene était armée du petit pistolet et d'un couteau à sa ceinture.

JD se dirigea directement vers la première caravane. C'était une épave toute rouillée avec deux marches qui menaient à une porte branlante. Il contourna les marches, attrapa la poignée de la porte, la tourna et l'ouvrit. Il pénétra à l'intérieur et referma derrière lui.

« On peut plus faire demi-tour », murmura Rex à Selene.

Il se baissa et courut vers la caravane suivante. Selene le suivit, le cœur battant à tout rompre. Ç'avait été amusant de descendre un à un les hommes de main de son mari avec un fusil de sniper. D'autant qu'elle les détestait, pour la plupart. Mais s'attaquer à une bande de vampires ? C'était une autre paire de manches.

Cette caravane était en meilleur état que la première. Elle avait une porte orange équipée d'une petite fenêtre.

« Ouvre la porte, murmura Rex à Selene. Puis écarte-toi pour me laisser entrer. »

Elle s'approcha doucement de la porte de la caravane. Sa main resta un instant en suspens devant la poignée. Elle voulait prendre son temps, réfléchir à ce qu'elle faisait, mais Rex la regardait, et le Bourbon Kid pouvait sortir de l'autre caravane à tout moment, elle n'avait donc pas le temps de tergiverser. Elle tourna la poignée. Un cliquetis se fit entendre. Elle ouvrit le battant d'un coup sec et se cacha derrière. Rex se faufila à l'intérieur.

« T'es qui, connard ? » dit une voix d'homme.

BAM !

Selene jeta un coup d'œil derrière la porte. Un homme était étendu au sol, vêtu uniquement d'un short. Il était étourdi, mais pas tout à fait inconscient. Et merde. Selene grimpa dans la caravane et referma derrière elle.

Un rideau orange séparait la pièce en deux. Une lumière était allumée de l'autre côté, révélant une silhouette. Rex tira le rideau d'un coup sec. La personne qui se tenait derrière était une femme d'une trentaine d'années aux cheveux blonds rêches comme de la paille. Dès qu'elle vit Rex elle ouvrit la bouche pour crier, mais il lui donna un coup de tête pour la faire taire. Elle tomba à la renverse sur un lit gigogne et y resta étendue, clignant des yeux et gémissant.

Selene se plaça devant l'homme allongé par terre et pointa son arme sur lui.

« Ne m'obligez pas à tirer », murmura-t-elle.

L'autre semblait terrifié, et il eut le bon sens de ne pas essayer de se lever.

« OK, dit Rex, s'adressant aux deux occupants de la caravane. Où sont les enfants que vous avez kidnappés ?

– Quels enfants ? »

Selene planta sa botte sur la poitrine de l'homme et braqua son arme sur son nez.

« La fille qui a été enlevée devant son école ce matin et le garçon de la sandwicherie. Dites-nous où ils sont et on vous laissera vivre.

– Je ne sais pas de quoi vous parlez.

– Vous entendez ça ? » dit Rex.

Selene n'avait rien remarqué, et le type à ses pieds non plus. Un bourdonnement se faisait entendre, accompagné de cris étouffés.

« C'est quoi, ce bruit ? demanda l'homme.

– C'est notre pote, le Bourbon Kid. Je crois qu'il se sert de sa tronçonneuse pour découper le visage de la personne qui ne lui a pas dit où se trouvaient les enfants disparus. Donc si vous voulez garder votre visage, vous feriez bien de cracher le morceau. »

Sa réponse ne fut pas celle que Rex espérait. La peau de ses joues se tendit et se marbra de veines bleues. Ses yeux devinrent jaunes et d'énormes crocs de vampire jaillirent de ses mâchoires. Il semblait prêt à se battre. Selene pressa sa botte un peu plus fort sur sa poitrine pour l'empêcher de bouger.

« Va te faire foutre, salope ! siffla le vampire.

– Dernière chance, connard, dit Rex en attrapant sa batte de base-ball. Dis-nous où sont les enfants ou je repeins ta belle caravane avec la cervelle de ta copine.

– T'oserais pas ! »

Rex abattit sa batte sur la tête de la femme. Le choc la transforma instantanément en poids mort. Ses bras tombèrent le long de son corps et du sang commença à couler de son oreille.

« C'est qu'un début, dit Rex. Maintenant dis-moi où sont les gamins, ou le cerveau de ta copine va partir faire une promenade.

– C'est pas ma copine, répondit l'homme. Je l'ai rencontrée sur le parking y a une demi-heure. »

Selene jeta un regard à Rex. Il la regarda en retour. Ils n'avaient aucun moyen de savoir si le vampire racontait des conneries ou non.

Rex prit une seconde pour se calmer avant de parler.

« Selene, bute-moi cet enfoiré, on va tenter la prochaine caravane. »

Pris de panique, le vampire attrapa la jambe de Selene à deux mains et repoussa la botte de sa poitrine. Elle perdit l'équilibre et tomba à la renverse contre la porte. Le suceur de sang se releva aussitôt d'un bond comme s'il était sur un trampoline. Il ouvrit grand la bouche, révélant ses crocs affûtés comme des lames de rasoir, et se jeta sur Selene.

Pas de problème.

Selene tendit le bras et enfonça son pistolet dans la bouche ouverte du vampire. Le silencieux s'écrasa contre le fond de sa gorge. Elle pressa la détente. La détonation fut peut-être étouffée, mais les dégâts n'en furent pas moins impressionnants. Le sang gicla sur la manche de la veste en cuir de Selene tandis que la tête du mort-vivant explosait dans une fontaine écarlate. Ses globes oculaires, ses dents, sa langue, ses oreilles et ses cheveux volèrent dans toutes les directions, repeignant les murs de la caravane.

Elle essuya la bouillie de vampire sur son visage.

« Comment je m'en sors ? demanda-t-elle à Rex.

– Je crois que t'as ça dans le sang. Prête pour la prochaine caravane ?

– Ouaip. Et elle ? demanda-t-elle en désignant d'un signe de tête la femme inconsciente sur le lit.

– Elle est dans les vapes.

– C'est un vampire ?

– Sans doute. Mais on va pas attendre de le découvrir. Il faut qu'on se bouge ou JD va rien nous laisser. »

46

Découper des gens à la tronçonneuse était un travail fatigant. Sur les cinq caravanes qu'il avait visitées, trois étaient vides. Les deux autres contenaient maintenant des vampires morts. Le Kid les avait massacrés soit parce qu'ils étaient trop bêtes pour lui dire ce qu'ils savaient, soit parce qu'ils ne savaient rien du tout. Le premier avait perdu ses deux bras, et l'expérience l'avait tellement traumatisé qu'il en oubliait instantanément les questions que le Kid lui posait. Ce dernier avait dû lui couper la tête pour le faire taire. L'autre caravane était occupée par deux femmes vampires nues. Elles étaient en train de s'envoyer en l'air quand JD avait fait irruption. S'en était suivie une bataille entre une tronçonneuse et deux godes, avec une brève apparition d'un chapelet anal. C'était sans surprise la tronçonneuse qui l'avait emporté, mais elle ne s'en était pas tirée indemne. En s'enfonçant dans le trou du cul d'une des vampires, elle s'était accrochée à quelque chose de dur et son moteur s'était arrêté. N'ayant pas le temps de la redémarrer, JD avait dû étrangler l'autre vampire avec son propre chapelet anal. Ç'avait été un combat bruyant et très salissant. Les acclamations provenant du cirque avaient noyé la majeure partie du vacarme, mais il était fort probable que certains occupants des caravanes voisines les avaient entendus se battre. Sans parler de l'odeur infecte qui ne tarderait pas à s'échapper du véhicule.

JD laissa la tronçonneuse et le chapelet anal derrière lui et se dirigea vers sa sixième caravane. Elle ne contenait qu'un seul vampire, un gros loser complètement défoncé vêtu d'un short vert et d'un marcel rouge. Il était assis en tailleur sur le sol quand JD avait pénétré dans son domaine. Un narguilé était posé à côté de lui, dont s'échappait de la fumée.

JD se mit immédiatement au travail. Il sortit une machette de sous son manteau, trancha le bras droit du vampire au niveau du coude, puis ramassa le bras coupé et commença à frapper son propriétaire au visage avec.

« Je veux savoir où est Paige, dit JD en lui tapant dans le dos avec sa propre main.

– Je ne sais pas où elle est, gémit le vampire, le visage baigné de larmes. Mais je peux vous montrer où sont les enfants kidnappés.

– Je veux pas que tu me montres, je veux que tu me dises.

– C'est difficile à décrire.

– Ils sont dans une des caravanes ?

– Ouais.

– Laquelle ?

– Celle qui est rouge et noir.

– Où ? » JD lui tendit son bras tranché. « Pointe ça dans la bonne direction. »

La lèvre inférieure du vampire se mit à trembler.

« C'était mon bras préféré ! » pleurnicha-t-il.

Et l'interrogatoire s'arrêta là. Le vampire, manchot et défoncé, fut incapable de pointer sa propre main sur quoi que ce soit. Agacé par ses sanglots et ses gémissements, JD lui trancha la tête avec sa machette.

La caravane rouge et noir. Il avait obtenu l'information qu'il cherchait. JD essuya son couteau et ses mains sur les rideaux du vampire mort puis sortit. Rex et Selene étaient sur le point d'entrer dans la prochaine caravane, qui n'était pas rouge et noir.

« C'est pas celle-là ! chuchota JD.

– Hmm ? » fit Rex en s'arrêtant.

Le Kid s'approcha d'eux en silence.

« Cherchez une caravane rouge et noir, dit-il en regardant alentour. C'est là qu'est Paige.

– Rouge et noir ? dit Rex en balayant le parking du regard.

– Là-bas. »

Selene désignait quelque chose hors du champ de vision de JD. Il la rejoignit. On distinguait une caravane rouge et noir à travers un espace entre deux autres plus petites.

« On ferait bien de se bouger, dit Rex. Je crois que le spectacle vient de se terminer. »

Ils foncèrent tous les trois vers la caravane. JD tenta de l'ouvrir. Elle était fermée à clé.

Il se tourna vers Rex.

« Tu peux la déverrouiller en silence ? murmura-t-il.

– Je peux faire mieux que ça », répondit Rex en s'approchant de la porte.

Il pressa sa main magnétique contre la serrure et agita les doigts dans un sens puis dans l'autre. Quand un léger cliquetis se fit entendre, Rex baissa la poignée et ouvrit la porte pour laisser entrer JD.

Il faisait sombre à l'intérieur, mais il ne semblait pas y avoir de vampires. JD se tourna vers Rex.

« Vous deux, vous attendez ici, murmura-t-il. Montez la garde.

– Bien sûr, maugréa Rex. Tu te réserves toujours la meilleure partie du boulot pendant qu'on reste là à… »

Selene lui donna une tape sur le bras.

« Arrête un peu de te plaindre.

– Je me plains pas, mais il fait toujours ça. »

Selene sourit.

« Je m'attendais pas à ce qu'on s'amuse autant. C'est exaltant. Vous faites vraiment ce genre de trucs tout le temps ? »

Une lumière s'alluma dans une des petites caravanes à proximité.

« Chut, murmura Rex. On va se faire repérer. »

À l'intérieur de la caravane rouge et noir, JD commençait à se demander si le vampire défoncé ne lui avait pas raconté de salades. Il n'y avait aucun suceur de sang en vue, aucun acrobate, aucun ours dansant, aucune lanceuse de godes, que dalle. La caravane était composée d'un espace de vie, d'une petite cuisine et d'une salle de bains. Après quelques secondes à regarder autour de lui, il arriva à la conclusion que ce qu'il cherchait se trouvait tout au fond de l'espace de vie. Il y avait un grand objet cubique dans l'angle, couvert d'un drap rouge. JD s'en approcha prudemment, vérifiant qu'il n'y avait pas d'ennemis ou de pièges. Mais rien ne le fit trébucher, ne lui sauta dessus, ni lui lança de chapelet anal au visage. Ayant atteint le fond de la pièce sans rencontrer d'obstacles, il attrapa un morceau du drap rouge et tira dessus d'un coup sec. L'objet caché en dessous était une cage d'un mètre de haut. Kai était assis à l'intérieur, vêtu d'un pantalon bleu et d'un tee-shirt marron. Il avait les bras attachés dans le dos et se balançait d'avant en arrière. Il ne leva même pas les yeux vers JD. Son visage était pâle, ses traits tirés, et sa bouche était recouverte d'une bande de ruban adhésif. JD passa la main à travers les barreaux et arracha le Scotch. Le garçon ne réagit pas, ne leva même pas les yeux.

« Kai ? dit JD. Ça va ? »

Pas de réponse.

« Tu as vu Paige ? »

Le garçon hocha la tête, mais continua de se balancer d'avant en arrière.

« Tu veux rentrer à la maison ? »

Nouveau hochement de tête.

« D'accord, je vais te sortir d'ici. Ne panique pas. Je vais juste faire sauter cette serrure. »

Un gros cadenas était enchaîné à la porte de la cage. JD sortit sa machette et l'abattit dessus avec un fracas métallique qui résonna à travers la caravane et fit grimacer Kai. Dès que le cadenas sauta, JD ouvrit la porte. Kai se balançait toujours.

Le Kid se pencha à l'intérieur et se servit de sa machette pour couper le plastique qui liait les mains du garçon. Celui-ci enroula immédiatement ses bras autour de ses jambes et continua de se balancer d'avant en arrière. JD lui tendit la main.

« Viens. Tu n'as plus rien à craindre. Je vais te ramener chez toi. »

Pas de réaction. Le garçon ne semblait pas avoir l'intention d'accepter la main qu'il lui tendait. Après dix secondes à tenter de l'amadouer, le Kid perdit patience. C'était un travail pour Selene. Ou même Rex.

« D'accord, dit-il à Kai. Attends ici une seconde. »

Il sortit de la caravane et trouva Rex non loin de là, qui se tenait sur la tête d'un nain pendant que Selene envoyait des coups de pied au visage du pauvre diable. JD marcha jusqu'à Selene et lui tapota l'épaule.

« Kai, le gamin de la sandwicherie, il est là-dedans, dit-il. J'arrive pas à le faire sortir. Tu peux essayer ? »

Selene cessa de frapper le nain.

« Pourquoi moi ?

– T'as l'air douée avec les personnes de petite taille, dit JD en contemplant le visage ensanglanté du nain.

– Très bien. Je pense en avoir fini avec lui, de toute façon. »

Elle lui flanqua un dernier coup de pied, cette fois dans les couilles, puis s'éloigna et disparut dans la caravane.

« Aucun signe de Paige ? demanda Rex.

– Non, elle est pas là.

– Tu penses qu'on arrive trop tard ?

– HÉ ! cria une voix haut perchée. Qu'est-ce que vous faites à Roger ? »

JD se retourna pour voir qui les interpellait. Une naine habillée comme l'un des sept nains de Blanche-Neige se tenait devant une petite caravane. Elle regardait Rex et JD d'un air hargneux, les mains sur les hanches.

Génial. Ils allaient devoir lui régler son compte. JD en avait fait, des trucs craignos, dans sa vie, mais il n'était jamais tombé aussi bas. Ce fut Rex qui réagit le premier. D'un seul mouvement fluide, il tendit la main dans son dos, attrapa sa batte de baseball et la lança sur Simplette. Le projectile vola en direction de la naine, tournant sur lui-même jusqu'à ce qu'il rencontre son visage. L'impact la projeta en arrière. Elle atterrit avec un bruit sourd sur le sol devant sa caravane, bras et jambes écartés.

« Ne parlons de ça à personne, dit Rex.

– De quoi ? Du fait que tu agresses des nains ? »

Il ne mordit pas à l'hameçon.

« Où est Paige, d'après toi ?

– Je sais pas, répondit JD en regardant autour de lui. Mais pas là-dedans, en tout cas. J'ai trouvé Kai enfermé dans une cage, mais il ne dit rien. Le pauvre est traumatisé. »

À ce moment-là, Selene franchit la porte de la caravane accompagnée de Kai, qui lui tenait la main. Ils marchèrent jusqu'à JD.

« Kai dit que Paige est dans le grand chapiteau, lança Selene. Je vais l'emmener au poste de police. Avec un peu de chance, ils pourront le rendre à sa mère. Rex, ça t'embête si je prends ta camionnette ? J'ai toujours la clé.

– Emmène-le d'abord au drive-in, dit Rex. Achète-lui un burger. Comme ça, le temps que t'arrives au commissariat, on aura terminé ici. Je t'appellerai pour que tu viennes nous chercher.

– Compris. À tout à l'heure. »

Selene accompagna Kai jusqu'à la camionnette, tapant dans le poing de Rex quand elle passa devant lui. Il les regarda tous les deux s'éloigner, puis se tourna vers JD.

« Et maintenant ? On y va en douceur ou on tire dans le tas ?

– On a laissé l'artillerie lourde dans la camionnette, répondit JD. Donc on va devoir faire ça discrètement. On trouve une issue de secours et on bute ces connards un par un. Mais avant qu'on fasse quoi que ce soit, cache ces putains de nains. »

47

Les joues de Paige ruisselaient de larmes. Elle portait toujours son uniforme scolaire, mais au lieu d'être assise dans une salle de classe, elle était enfermée dans une cage crasseuse dans les coulisses du grand chapiteau. Ses mains étaient liées dans son dos et sa bouche bâillonnée par une bande de ruban adhésif.

Il y avait deux autres cages dans les coulisses. L'une, qui était bien trop proche de Paige à son goût, contenait un couple de lions. Le mâle la fixait comme si elle était un Happy Meal. Ce n'était pas un fauve sympathique, comme Aslan, Simba ou Clarence, le lion qui louchait. C'était un vrai VIP de la jungle – énorme et terrifiant. L'autre cage abritait un gros grizzly qui portait un chapeau rose. Le pauvre avait l'air triste et embarrassé.

Le dernier numéro était terminé et les spectateurs étaient tous partis. C'était l'heure de l'*after*.

Les trois cages montées sur roulettes furent poussées le long d'un court tunnel débouchant sur une grande piste de cirque éclairée de lumières vives. Tous les sièges étaient vides, mais il y avait pourtant bel et bien un public. Un écran de cinéma avait été installé devant une des tribunes, et il montrait une grille de visages qui regardaient Paige avec convoitise, attendant le rituel nocturne. La plupart appartenaient à des hommes âgés, mais elle repéra aussi quelques femmes. En tout, il y avait près de cent visages, et presque tous fixaient Paige.

En vérité, ces gens à l'écran étaient le cadet de ses soucis. Ce qui l'inquiétait vraiment, c'étaient les artistes du cirque, qui patientaient, alignés tout autour de la piste. L'une d'entre eux, une jeune femme brune séduisante vêtue d'une robe verte, se tenait à côté de la roue verticale géante installée en face du grand écran, qui était divisée en segments, comme une roulette de casino. La flèche à côté déciderait du sort de Paige.

Diago, le maître de cérémonie, était déjà au centre de la piste, en costume violet et chapeau haut de forme. Il tenait une canne, dont il se servait comme d'une baguette de chef d'orchestre. Il l'agita en direction des autres artistes pour demander le silence. Quand tous les regards furent braqués sur lui, il se lança dans son monologue d'ouverture.

« Mesdames et messieurs, l'offrande de ce soir est une jeune femme prénommée Paige. » Il la désigna. « *Paige in a cage!* » rugit-il avant de s'esclaffer comme s'il venait de raconter la blague du siècle. Face au manque de réaction de son public, il se racla la gorge et poursuivit. « Kratos, amène-la. »

Le dénommé Kratos, un géant aux cheveux gras vêtu d'un maillot de lutteur bleu, déverrouilla le cadenas de la porte de la cage et tendit le bras à l'intérieur pour attraper Paige. Elle pressa son dos contre les barreaux du fond et donna des coups de pied pour le repousser, en vain. Kratos avait fait ça des milliers de fois. Il saisit Paige par la cheville et la traîna sur la piste recouverte de sable et de sciure. Il arracha le fil de fer qui lui liait les mains, puis, tout en maintenant fermement son bras, il tira le ruban adhésif de sa bouche. Paige hurla, mais personne ne sembla s'en émouvoir.

Diago s'adressa de nouveau aux spectateurs derrière l'écran, puis pointa sa canne sur la femme en robe verbe.

« Athena, fais tourner la roue ! » s'exclama-t-il avec enthousiasme.

La roue comprenait huit segments. « OURS », « LANCEURS DE COUTEAUX », « CRACHEURS DE FEU », « COMBAT À MAINS NUES », « GANG BANG », « LIONS », « AVALEURS DE SABRE » et « FEMME COUPÉE EN DEUX ». Athena saisit la poignée sur le côté et la baissa avec force. La roue tourna et tourna, la flèche sur le côté émettant un cliquetis chaque fois qu'elle passait sur une section. La roue commença à ralentir. Paige avait la bouche si sèche qu'elle arrivait à peine à déglutir. Toutes les options étaient horribles. Il n'y en avait pas une qu'elle préférait aux autres. Elle n'était pas certaine de ce qu'elles impliquaient précisément, mais une chose était sûre, elles étaient toutes nazes. L'ours ? Peut-être que l'ours était la meilleure option ? Il portait un chapeau et il paraissait davantage déprimé que dangereux. Malgré tout, ça restait un putain de grizzly énorme qui ne ferait qu'une bouchée d'elle.

À mesure que la roue ralentissait, les options devenaient plus faciles à lire. La flèche dépassa la section « OURS » et sembla s'arrêter sur « LANCEURS DE COUTEAUX ». Puis elle tourna encore un peu et s'immobilisa pour de bon sur « CRACHEURS DE FEU ».

Les lèvres de Diago esquissèrent un rictus narquois.

« Ce soir, nous allons jouer avec le feu ! beugla-t-il. Êtes-vous prêts à voir Paige combattre les flammes rien qu'avec ses petites mains ? À l'entendre hurler quand le feu commencera à la dévorer ? »

Les réactions des personnes à l'écran allèrent d'applaudissements polis à de grands sourires et acclamations. Paige vit même un homme se lécher les lèvres.

Son cœur battait à un million de kilomètres à l'heure. Elle tenta en vain de se libérer de l'emprise de Kratos. Elle lui donna des coups de pied, lui cracha dessus, lui mordit le bras. Rien de tout cela ne semblait déranger le géant, qui se contenta de resserrer sa prise sur son bras.

Deux artistes en tenue blanche moulante qui patientaient autour de la piste s'avancèrent. Le premier était un homme qui, avec son énorme permanente, ressemblait à un rocker des années 1980. Sa compagne était une blonde aux cheveux courts qui avait des airs de ballerine. Chacun tenait une longue tige en métal. L'homme s'approcha de Diago et lui tendit la sienne. D'un coup de pouce, le maître de cérémonie décalotta son Zippo et fit tourner la molette. L'extrémité de la tige s'enflamma. Son élégante compagne tendit la sienne à son tour et il l'alluma également. Les deux cracheurs de feu allèrent se poster de chaque côté de la piste et attendirent pendant que Diago s'adressait de nouveau aux spectateurs derrière l'écran.

« Mesdames et messieurs, annonça-t-il. Que le Ludus Mortis commence ! »

Il salua le public d'une révérence, puis passa devant Paige et Kratos pour aller se placer en sécurité sur le côté de la piste. Il adressa un signe de tête à Kratos, indiquant au géant qu'il pouvait lâcher le bras de Paige. Celui-ci battit aussitôt en retraite, se plaçant à côté d'une bande de clowns qui bloquaient le chemin vers les coulisses. Le cœur de Paige se serra. Elle avait mis tous ses espoirs dans cette sortie. Elle devait maintenant se rendre à l'évidence : jamais elle ne sortirait d'ici vivante.

Les deux cracheurs de feu qui se tenaient de part et d'autre de la piste s'inclinèrent tels des membres de *Cobra Kai* avant un combat. Quand ils se redressèrent, Paige comprit que la partie avait commencé. Ils se mirent à marcher vers elle. Elle était censée courir. C'était ce que voulait le public. C'était aussi ce que voulaient les cracheurs de feu, et ce qu'elle n'avait d'autre choix que de faire. C'était là que résidait le divertissement. Si elle restait immobile et laissait docilement les cracheurs de feu s'approcher d'elle et l'enflammer, le spectacle serait gâché. Le problème était que Paige ne voulait pas mourir, certainement pas sans avoir essayé de s'échapper. Courir et prier pour une issue heureuse était sa seule option. Mais elle ne voyait aucun moyen de s'enfuir. Les artistes qui formaient un cercle autour de la piste ne la laisseraient jamais passer. Et même si par miracle elle réussissait à franchir leur barrière, ils la rattraperaient facilement. Sauf les nains. Bien sûr ! C'était ça, la solution. Les nains. Paige n'aurait aucun mal à les distancer. C'était son seul espoir.

Elle commença à courir, d'abord pour s'éloigner des cracheurs de feu, puis en direction d'un nain en combinaison grise, qui se tenait à côté d'une femme mince aux cheveux argentés vêtue d'une tenue bleue qui brillait de mille feux. Mais alors qu'elle s'approchait d'eux, le nain, la femme et toutes les personnes réunies autour de la piste subirent une inquiétante transformation physique. Leur peau pâle devint plus fine, laissant apparaître des veines bleues sur leurs bras, leur visage, et toutes les autres parties visibles de leur corps. Paige hurla, et changea brusquement de direction. Ce faisant, elle faillit foncer droit dans un énorme jet de flammes, qui l'obligea à piler et à modifier une nouvelle fois sa trajectoire. C'est alors qu'elle manqua de se faire assommer par une noix de coco. Elle se baissa et courut vers le centre de la piste. Les vampires avaient commencé à la bombarder de projectiles – des noix de coco, des balles de tennis, des fruits, des ordures qui arrivaient de tous les côtés, réduisant encore un peu plus ses chances de s'échapper.

Des rires et des gloussements horribles emplissaient l'air. Paige avait un aperçu de ce que ressentait un animal sauvage traqué par une meute de prédateurs bien plus imposants et plus forts que lui.

Elle courait en rond, changeant de direction dès que quelqu'un ou quelque chose surgissaient devant elle, de plus en plus essoufflée. Elle finit par s'écrouler. Pas à cause du feu ou de la fatigue, mais d'une putain de noix de coco qui roulait en travers de son chemin. Elle trébucha dessus, se tordit la cheville et s'écrasa sur le sol poussiéreux. Une puissante acclamation s'éleva de la foule. La tête de Paige atterrit sur un autre objet, petit mais solide. Le choc l'étourdit, et sa vision se troubla.

Les deux cracheurs de feu approchaient de deux directions opposées. Le moment qu'elle redoutait depuis son enlèvement était arrivé. Ses yeux s'embuèrent. Comment pouvait-on être aussi cruel ? Comment tous ces gens pouvaient-ils prendre du plaisir à regarder un enfant brûler vif ?

La cracheuse de feu posa son pied sur le bras de Paige pour la forcer à rester au sol. Elle essaya de se dégager, sans succès. La femme se pencha en arrière et brandit son bâton enflammé, puis elle dirigea l'extrémité en feu vers sa bouche, avalant les flammes et se préparant à les recracher. Son compagnon prit position derrière la fillette. Il la regarda, un sourire mauvais aux lèvres. Puis il inclina la tête en arrière et avala les flammes de son propre bâton.

Paige ferma les yeux et sanglota. Elle n'avait encore jamais subi de brûlures, même bénignes. Et, à sa surprise, quand les flammes touchèrent son corps, la sensation fut très différente de ce qu'elle avait imaginé. C'était chaud, bien sûr, mais aussi collant et humide. Très, très humide.

La foule en liesse se tut brusquement. Puis de nouveaux sons envahirent le chapiteau. Des cris. Des rugissements. Des coups de feu. Deux bruits sourds lorsque les deux cracheurs de feu s'effondrèrent sur le sol à côté d'elle.

Paige ouvrit un tout petit peu les yeux en grimaçant, toujours convaincue qu'elle était sur le point d'être brûlée vive. Mais les cracheurs de feu étaient au sol, et Paige n'était pas la proie des flammes. Elle était couverte d'une substance visqueuse. De la bouillie de vampire. De la cervelle, des entrailles, du sang, des morceaux d'os. Elle regarda sur le côté et vit la cracheuse de feu étendue à côté d'elle. Sans sa tête.

Une pensée tournait en boucle dans l'esprit de Paige.

Que se passe-t-il, bon sang ?

Quelqu'un sur le grand écran prononça ces mêmes mots à voix haute.

« Que se passe-t-il, bon sang ? »

La voix qu'elle entendit ensuite lui était familière. Elle cria :

« Paige, reste à terre ! »

Elle fit ce qu'on lui disait. Elle resta sur le dos, les yeux rivés au toit de l'énorme chapiteau. Après qu'un bras tranché vola au-dessus d'elle, elle tourna la tête pour voir ce qui se passait alentour. Après tout, on lui avait seulement dit de rester couchée. Personne ne lui avait interdit de regarder. Alors elle regarda, et vit qui était venu à son secours. Ce n'était autre que son chauffeur et son étrange acolyte toujours assis sur la banquette arrière. Tous deux armés jusqu'aux dents, ils étaient en train de faire un carnage.

48

Paige avait toujours su en son for intérieur qu'elle était unique. Il lui arrivait des choses qui n'arrivaient pas aux autres enfants. Comme se faire kidnapper par un homme invisible qui s'était avéré être un vampire. Ou encore se retrouver aux premières loges d'un massacre sanglant dans un chapiteau de cirque. Son chauffeur et l'ami de celui-ci étaient venus à son secours. Le chauffeur se trouvait être un tueur de masse avec un sérieux problème d'alcool. Quant à son collègue, c'était un Hells Angel avec une main en métal et un seul œil. Et maintenant, ces deux charmants personnages étaient en train d'anéantir une troupe de vampires de cirque.

Paige resta étendue sur le dos au milieu du carnage. Elle plaqua les mains sur ses oreilles pour étouffer les hurlements suraigus des vampires qui la rendaient folle. Elle n'avait qu'une envie : se lever et partir en courant, mais JD lui avait dit de rester à terre, et c'était exactement ce qu'elle allait faire jusqu'à ce qu'on l'autorise à se lever. Elle compta jusqu'à cent dans sa tête et se concentra sur sa respiration. *Ce sera bientôt fini. Faites que ce soit bientôt fini. Et pour l'amour de Dieu, faites que des membres tranchés cessent de voler dans toutes les directions parce que je n'aime pas me faire éclabousser de sang.*

C'était une sensation étrange, d'être allongée au milieu du carnage et de n'entendre que des cris étouffés entrecoupés de détonations. Les coups de feu la faisaient tressaillir chaque fois, mais ils n'étaient pas aussi effrayants que les têtes coupées qui volaient au-dessus d'elle, dont les yeux morts semblaient rivés sur elle. À un moment, un bras lui rebondit dessus. Et Rex l'enjamba d'un bond en pourchassant un vampire. Il agitait quelque chose en l'air.

Après avoir compté jusqu'à cent, Paige tourna la tête sur le côté pour mieux voir le cadavre de la cracheuse de feu. Le bâton enflammé avec lequel elle avait poursuivi la petite fille avait été enfoncé dans son anus, l'extrémité brûlante en premier. De la fumée s'échappait du trou où s'était trouvée sa tête. Et elle sentait mauvais, comme si ses entrailles étaient en train de cuire. Du foie de vampire au barbecue. Pas franchement une odeur agréable.

Ce fut ensuite la silhouette énorme de Kratos qui traversa son champ de vision. Il s'écrasa à plat ventre sur le sol à côté d'elle. Son visage semblait s'être replié sur lui-même, un peu comme ce ballon de foot perforé dans lequel Paige avait tapé un jour, et qui s'était retrouvé tout aplati. Ce n'était pas joli à voir. Mais elle n'aimait pas Kratos, elle ne put donc s'empêcher de se délecter du spectacle.

Elle leva les yeux vers le toit du chapiteau juste à temps pour voir un des trapézistes faire un vol plané au-dessus de sa tête. Un couteau dépassait de sa poitrine, et même si elle n'eut pas le temps de tout distinguer, elle était presque certaine qu'il n'avait plus de nez ni d'yeux.

Elle souleva la tête à quelques centimètres du sol et regarda autour d'elle. La première chose qui attira son attention fut un costume violet. Diago, l'homme qui l'avait kidnappée, fuyait le carnage par le tunnel conduisant aux coulisses. Ni JD ni Rex ne le virent partir. Rex était trop occupé à trancher les jambes d'Athena au niveau des genoux avec une machette. Bien fait pour elle. C'était la grognasse qui avait fait tourner la roue de l'infortune. JD était en train d'arracher la selle d'un monocycle. Paige ne comprenait pas ce qu'il faisait, jusqu'à ce qu'elle le voie attraper un clown dont le pantalon était baissé. Il souleva sa victime et l'assit directement sur la tige du monocycle, qui s'enfonça entre ses fesses.

Le supplice du clown se termina lorsqu'un couteau vola vers la tête de JD. Il l'intercepta de sa main libre puis le renvoya dans la direction d'où il venait. Un homme le reçut en plein visage et tomba. Sans doute le lanceur. Paige sourit. Ce n'était pas tous les jours qu'on assistait à un numéro de lancer de couteau où le projectile atteignait sa cible en pleine face.

Toute la piste était à présent jonchée de cadavres qui se consumaient, fumaient, se désintégraient. Une énorme paire de chaussures retournées était tout ce qu'il restait d'un des clowns. Quelques nains furent empalés sur une épée, comme des morceaux de viande sur une brochette de kebab. Paige reconnaissait l'épée. Elle avait vu Yoga, l'avaleur de sabre, répéter un numéro avec un peu plus tôt, quand il était encore une personne entière. À un moment donné au cours des deux dernières minutes, Yoga avait été coupé en deux. Sa partie inférieure gisait sur le sol de la cage de l'ours. Sa partie supérieure était dans la gueule de l'animal. Paige ne put s'empêcher de sourire en regardant l'ours, qui semblait avoir repris goût à la vie, mâchonner la cage thoracique de l'avaleur de sabre. Il y avait un autre cadavre à proximité. Il appartenait à Dexter, un des acrobates. Paige le reconnut, car c'était le frère de Diago. Enfin, il l'avait été. Maintenant, il n'était plus qu'une masse informe fondant comme un sac plastique sur un barbecue.

Lorsqu'il n'y eut plus de gens du cirque à poursuivre, Rex vint voir Paige. Un sourire réconfortant se dessinait sur son visage taché de sang. Ses lèvres bougeaient mais elle n'entendait pas ce qu'il disait car ses mains étaient toujours plaquées sur ses oreilles. Elle les retira, s'autorisant à écouter tous les sons étranges et merveilleux du cirque.

« Je disais que tu pouvais enlever tes mains de tes oreilles, maintenant ! cria Rex.

– C'est fini ? demanda-t-elle.

– Ouais, c'est fini.

– Je crois que Diago s'est enfui.

– Qui ça ?

– Le maître de cérémonie. Celui avec le costume violet. »

Rex regarda autour de lui.

« Il est sorti par le tunnel ?

– Oui.

– Alors ne t'inquiète pas pour ça. JD est parti à sa recherche. »

Rex lui tendit la main, celle qui n'était pas en métal. La petite main de Paige disparut dans celle du Hells Angel, qui l'aida à se relever.

« Allons manger un burger, dit-il. Qu'est-ce que t'en dis ?

– Je préférerais de la crème anglaise à la fraise.

– Alors tu auras de la crème anglaise à la fraise. Autre chose ? »

Elle réfléchit à sa proposition tandis que l'odeur de vampires calcinés et du repas de l'ours se répandait dans l'air. Le repas des lions, aussi. Elle n'avait pas encore remarqué, mais ils étaient en train de se disputer une jambe dans leur cage. La femelle tenait la cuisse dans sa gueule et le mâle tirait sur le pied, un peu comme dans cette scène de *La Belle et le Clochard* où les deux chiens mangent des spaghettis, mais avec encore plus de sang.

« Je tiens à vous remercier, dit Paige à Rex. Je serais en feu si vous n'étiez pas arrivés à temps pour me sauver.

– Tu veux un câlin ? demanda Rex en s'approchant pour la prendre dans ses bras.

– Non. Mais vous pouvez me tenir la main en sortant.

– D'accord. Marché conclu. »

Rex et Paige marchèrent main dans la main au milieu des cadavres en décomposition des artistes du cirque et sortirent dans l'air frais. Quand ils atteignirent l'extrémité du parking, le chapiteau était en feu. Toute preuve de la présence des vampires aurait bientôt disparu.

« Selene devrait arriver avec la camionnette d'une minute à l'autre, dit Rex. Je vais l'appeler pour voir où elle est.

– Et mon père ?

– Ton père ? fit Rex en affichant le numéro de Selene sur son portable. Heu, je sais pas où il est, en fait. Tu demanderas à Selene quand elle sera là.

– Il va bien ?

– Attends, ça sonne. »

Par chance, Selene décrocha avant qu'il ait eu à réfléchir à une réponse à ses questions embarrassantes.

« Selene, où en es-tu ?

– Vous avez trouvé Paige ?

– Oui, elle est là avec moi. Tout s'est bien passé. Tu peux passer nous chercher ? Le cirque est en feu, donc le temps ne joue pas en notre faveur, si tu vois ce que je veux dire.

– Je serai là dans une minute. J'ai dû déposer Kai devant le commissariat. J'ai pas pu entrer parce qu'on parle de nous aux infos.

– Ah oui ?

– Ouais. Apparemment, tous les flics de la ville sont à la maison en ce moment, ils regardent les images de vidéosurveillance pour voir ce qui s'est passé sur le terrain de golf. Je pense pas pouvoir rentrer à la maison.

– Alors viens avec moi à Santa Mondega.

– C'est où, exactement ?

– À douze heures de route d'ici. Il faudra peut-être qu'on s'arrête dans un motel quelque part le temps de trouver comment passer la frontière.

– Ça pourrait être sympa, dit Selene. J'en suis. À tout de suite. »

Rex mit fin à l'appel et chercha JD du regard. Alors qu'il scrutait les alentours, Paige planta son doigt dans sa cuisse, juste à côté de l'endroit où il s'était pris une balle. Il résista à l'envie de lui crier dessus et inspira profondément, s'efforçant d'ignorer la douleur.

« Rex, dit Paige.

– Oui, ma puce ?

– Je peux te poser une question ? »

Il inspira profondément.

« Vas-y.

– Tu pourrais retourner dans le chapiteau et libérer l'ours et les lions ? »

Il poussa un soupir de soulagement.

« Ne t'inquiète pas. Ils vont s'en sortir. On a ouvert leur cage pour y balancer des gens du cirque. Ils sont probablement en train de rôder dans les parages.

– C'est pas dangereux ?

– Si. Mais ça empêchera les flics de nous suivre pendant un moment.

– Et JD ? »

Elle avait raison.

« Je vais l'appeler. »

Rex afficha le numéro du Kid et passa l'appel. Alors qu'il pensait tomber sur la messagerie, JD finit par décrocher.

« Quoi ? dit-il sèchement.

– Où es-tu ? On va bientôt partir.

– Je vérifie qu'il n'y a pas d'autres vampires dans les caravanes.

– OK, mais dépêche-toi. Les flics seront là d'une minute à l'autre.

– Vous pouvez partir sans moi.

– Quoi ? Comment tu vas faire ?

– Je prendrai une des voitures du cirque.

– D'accord. Mais fais attention aux lions et à l'ours, OK ?

– Ferme ta gueule. »

Ce n'était pas la réponse que Rex attendait.

« Pardon ? dit-il, déconcerté.

– Pas toi, Rex. Je dois te laisser. »

La communication fut coupée. Rex fixa son téléphone. L'écran confirma que l'appel était terminé. JD avait vraiment des réactions étranges, parfois.

« Il vient ? demanda Paige.

– Non. Je crois qu'il est occupé. »

49

Paige dormait blottie contre Rex sur le double siège passager de la camionnette pendant que Selene les conduisait vers Santa Mondega. Quelques minutes à peine après le début du trajet, Selene lui avait délicatement expliqué qu'Antonio était mort en s'étouffant avec son sandwich. La gamine avait pris la chose étonnamment bien. Pas de larmes, juste un long silence, après quoi elle avait demandé à Rex et à Selene de promettre qu'ils ne l'emmèneraient pas dans un orphelinat. Puis elle avait posé la tête sur l'épaule de Rex et fermé les yeux. Celui-ci coupa la radio et le trajet se poursuivit en silence pour permettre à Paige de dormir un peu. Et à Rex de réfléchir.

Au cours des deux derniers jours, il était passé du statut de motard solitaire à celui de passager d'un road-trip avec une femme dont il était tombé amoureux, et sa belle-fille, qui s'était avérée être une gamine assez géniale. Pendant tout le trajet, Selene n'avait cessé de se tourner vers Paige et de lui sourire. Chaque fois qu'elle le faisait, son regard se posait ensuite sur Rex et son sourire s'élargissait encore. Rex n'avait jamais éprouvé une telle sensation de calme, il n'avait même pas réalisé combien il en avait besoin. Ce silence était merveilleux. Quatre heures s'écoulèrent ainsi avant que Paige se réveille.

« Quelle heure est-il ? demanda-t-elle en se frottant les yeux.

– 2 h 30, dit Rex. T'as bien dormi.

– Je suis encore fatiguée.

– Et si je mettais un peu de musique ? proposa Rex. Ça te gardera éveillée. »

Voyant que Paige ne protestait pas, il alluma la radio et tomba sur le morceau « When the Morning Comes », de Hall and Oates.

Quelques kilomètres plus tard, Selene repéra un motel. Après un court débat, ils convinrent que c'était l'endroit dont ils avaient besoin. Selene prit la sortie et dirigea la camionnette sur le parking.

« Essaie de voir si on peut stationner derrière, dit Rex. Ce sera plus discret. »

Selene roula jusqu'à l'arrière du motel et gara la camionnette en marche arrière à côté d'une grande benne à ordures. Rex passa rapidement à la réception pour leur réserver un appartement de deux pièces. Vingt minutes plus tard, Selene et lui dormaient dans le grand lit de la pièce principale, et Paige était bordée dans celui de la petite chambre.

Le problème, c'était qu'elle n'était pas fatiguée. Son esprit tournait et tournait comme la roue de l'infortune. Tout ce qui lui était arrivé au cours des vingt-quatre dernières heures repassait en boucle dans son cerveau. Elle avait été kidnappée, enfermée dans une cage avec Kai de la sandwicherie, failli être brûlée vive par des vampires cracheurs de feu, et quand on l'avait enfin secourue, on l'avait informée que son père était mort. Elle aimait son père. Elle regrettait de s'être mise en colère contre lui la dernière fois qu'elle l'avait vu.

Et elle n'était pas idiote, elle savait qu'il ne s'était pas étouffé avec un sandwich. Elle savait que ce n'était pas quelqu'un de bien. Mais c'était son père. Et elle avait beau se sentir en sécurité avec Rex et Selene, qui étaient tous les deux adorables, ce n'était pas sa famille.

Elle ne pouvait pas rentrer chez elle, ce qui signifiait que son avenir était à Santa Mondega avec eux. Ce qui signifiait aussi une nouvelle école, de nouveaux amis, et de nouvelles pestes pour lui voler son déjeuner. Sans oublier que toutes ses possessions étaient restées chez elle. Elle ne voulait pas recommencer à zéro. Elle ne voulait même pas être là où elle se trouvait. Et même si elle *ne voulait pas* se souvenir des vingt-quatre dernières heures, ce que les vampires avaient fait la torturerait jusqu'à la fin de ses jours. Comment pouvait-elle espérer se sortir ces images de la tête ? Elles y étaient ancrées pour l'éternité. Dans le calme du petit matin, la roue de l'infortune tournait, et tournait et tournait.

C'était trop.

Soudain, elle eut une idée. Et le calme s'installa en elle. Elle se leva et se faufila dans le salon. Sur le sol près du canapé se trouvait un sac de sport contenant des armes. Rex avait préféré l'emporter, jugeant imprudent de laisser autant de puissance de feu sans surveillance dans la camionnette. Paige s'agenouilla à côté du sac et l'ouvrit doucement, en prenant soin de ne pas réveiller les autres. L'objet qu'elle cherchait était au-dessus de tout le reste. Le pistolet équipé d'un silencieux. Elle le contempla un moment, puis tendit la main vers lui. Ses doigts s'enroulèrent timidement autour de la crosse. Il avait un bon poids. Ni trop lourd ni trop léger. Elle le sortit du sac et referma la fermeture Éclair. Aucun son ne provenait de la chambre de Rex et de Selene. Ils devaient dormir. Paige retourna à pas de loup dans sa chambre et s'assit au bout du lit. Elle contempla le pistolet dans sa main. Avec ça, elle pouvait arrêter la roue de l'infortune. Elle pouvait faire cesser la douleur. Ce n'était pas comme si elle allait manquer à quelqu'un. Si on ne peut pas chasser les mauvais souvenirs de sa tête, on peut en revanche les faire exploser.

Paige caressa le silencieux. Elle voulait faire ça bien. L'angle, la position, l'intention – tout devait être parfait.

Elle fit plusieurs essais avant de finalement décider de coller l'arme sous son menton. Mais il fallait que la trajectoire soit correcte, que la balle parte bien vers son cerveau. Elle avait lu des histoires horribles sur des gens qui s'étaient tiré une balle dans le visage mais avaient raté le cerveau, si bien qu'ils s'étaient retrouvés handicapés et encore plus malheureux qu'avant.

Alors que la pointe du silencieux lui chatouillait le menton, elle posa délicatement son doigt sur la détente. Une pression et toute sa souffrance disparaîtrait. La vie serait terminée. Son futur n'avait pas d'importance, car au mieux, c'était un futur imaginé. Ce qu'elle savait pour l'instant, c'était que tout faisait bien trop mal et que c'était le seul moyen de faire cesser la douleur.

Les images défilèrent encore une fois dans sa tête. Les vampires hilares, montrant leurs crocs. Un autre tour de roue. La cage sombre. Kratos le géant. L'ours mangeant un des vampires. Même les bons souvenirs étaient dérangeants. Et puis elle vit son père. Son visage souriant. Disparu à jamais. Il l'attendrait dans l'au-delà, c'était certain.

Et puis merde. *Qu'est-ce que t'attends ? Fais-le.*

Elle caressa la détente avec son doigt. Il suffisait d'une petite pression. Elle ferma les yeux et inspira profondément.

BANG !

Paige sursauta en entendant le son, tout e- prenant conscience qu'il ne venait pas d'elle et qu'elle était toujours bien en vie. Une porte avait claqué au-dessus d'elle, suivie de bottes martelant l'escalier en métal à l'extérieur. Des gens arrivaient.

MERDE !

Dans sa panique, elle éloigna brusquement sa tête de l'arme. Au même moment, son doigt pressa la détente. Une balle fusa du canon, frôla son visage et poursuivit sa trajectoire vers le plafond. Par chance, le silencieux avait fait son travail et étouffé la détonation. Paige lâcha un soupir de soulagement, mais elle n'était pas au bout de ses peines. Une épaisse poudre lui tomba sur la tête. Elle retint sa respiration. Puis elle se pencha en arrière et regarda le plafond.

La balle l'avait traversé.

Merde.

BAM !

Oh, oh. Quelqu'un venait de tomber par terre dans la pièce au-dessus. Sa balle perdue l'avait-elle tué ? Non. Les balles ne tuent pas. Ce sont les gens qui tuent. Bon Dieu de merde. Elle venait de tirer sur quelqu'un.

Une goutte de sang tomba du trou dans le plafond et atterrit sur son nez. Merde, merde, MERDE !

Elle sauta du lit.

Cette journée était de pire en pire. Venait-elle de tuer quelqu'un ? Devait-elle s'attendre à ce qu'on frappe à la porte ? Comment allait-elle bien pouvoir expliquer qu'elle n'avait pas l'intention de faire un trou dans le plafond avec une arme qu'elle n'était pas censée avoir ?

Elle entendit des pas sur le plancher de l'étage au-dessus, suivis d'autres pas sur l'escalier métallique à l'extérieur. Des pas plus légers. On essayait de descendre sans faire de bruit.

Putain de merde. Paige était tétanisée. Si elle avait tiré sur quelqu'un dans la chambre du dessus et que quelqu'un d'autre descendait pour s'en plaindre, Rex et Selene allaient découvrir ce qu'elle avait fait. Elle allait se prendre le savon du siècle.

Elle se précipita dans le salon, ouvrit le sac de sport et remit le pistolet là où elle l'avait trouvé. Puis elle retourna dans sa chambre sur la pointe des pieds. Elle attendit. Elle écouta. Personne ne frappa à la porte. Était-elle tirée d'affaire ?

Elle tendit la main vers les stores de la fenêtre et écarta deux lames pour jeter un coup d'œil à l'extérieur. À l'instar de tout ce qui s'était passé au cours des vingt-quatre dernières heures, la scène qui se jouait sous ses yeux ne pouvait être décrite que comme bizarre. Une femme nue traversait le parking, une bouteille de vin à la main. Elle se dirigeait vers une camionnette argentée devant laquelle se tenaient trois hommes. Deux étaient en costume. Ils discutaient avec un sosie d'Elvis en robe de chambre et pantoufles roses.

CLANK !

La fille à poil fracassa la bouteille à l'arrière de la tête d'un des hommes en costume. Il s'écroula comme un sac de pommes de terre. Son copain se retourna, pour se retrouver avec un couteau sous la gorge, tenu par le sosie d'Elvis. Paige ferma les stores et remonta sur son lit. C'était un motel vraiment étrange.

Heureusement, personne n'était venu se plaindre du trou dans le plafond. Pas encore, en tout cas. Elle se glissa sous les draps et feignit de dormir. Au bout d'un moment, elle perçut d'autres bruits de pas sur l'escalier en métal. Elle entendit un homme et une femme discuter au-dessus d'elle. Leurs paroles étaient étouffées. Et pendant tout ce temps, toutes les deux ou trois secondes, une goutte de sang tombait du trou dans le plafond. Une tache était en train de se former au bout de son lit.

Pendant les minutes qui suivirent, Paige écouta les voix assourdies et les pas qui allaient et venaient sur le palier, en priant pour que personne ne vienne frapper, et personne ne le fit. Même lorsque des gens descendirent l'escalier en métal, ils ne frappèrent pas à la porte. Finalement, quelqu'un démarra une voiture dans le parking et s'éloigna. Après ça, il n'y eut plus que le silence.

Paige laissa échapper le souffle qu'elle retenait depuis de longues secondes. Cette expérience, violente et extrêmement bizarre, avait été comme un défibrillateur métaphysique. Elle avait touché le fond de ce que la vie pouvait lui faire subir. Ce qui suivrait ne pouvait être que meilleur.

50

La matinée était déjà bien entamée quand Rex se réveilla. Selene n'était pas dans le lit, et son téléphone sonnait. Il tendit la main vers la table de chevet pour l'attraper. C'était un appel de Flake. Il se frotta la tête. Qu'est-ce qu'elle pouvait bien lui vouloir ? Il étira ses bras et bâilla avant d'accepter l'appel et de presser le portable contre son oreille. Une sorte de sifflement se fit entendre, comme si son amie était dans une voiture en mouvement.

« Salut, Flake.

– Rex, Dieu merci. JD et moi, on a des ennuis. Où es-tu ? »

Rex n'était pas certain d'avoir bien entendu.

« JD ? dit-il en se frottant la tête. Mais qu'est-ce que tu fous avec JD ?

– Sanchez est mort. »

Soudain, Rex se sentit aussi alerte que s'il venait d'avaler cinq expressos.

« Mets-moi sur haut-parleur. Je veux parler à JD.

– Voilà.

– Vous êtes où ? Et qu'est-ce qui se passe, putain ? »

La voix de JD se fit entendre.

« Rex, écoute-moi ! On a le monde entier à nos trousses. Ils pensent que Flake a tué le président.

– Pardon ?

– Pas le temps d'expliquer. Vous avez une planque de bikers, dans le coin ?

– Vous êtes où ?

– Centre-ville de Chicago, près de l'hôtel Poséidon.

– Poséidon ? »

Rex connaissait cet hôtel. Et aussi un repaire de motards tout près.

« Ouais, je connais un endroit pas loin. Les Gunslingers, ça s'appelle. Vous pouvez y être en dix minutes. Mais assure-toi que les flics ne vous suivent pas. Si tu les ramènes là-bas, ces types… disons qu'ils ne vont pas apprécier.

– C'est où ?

– Sous la pizzeria Another One Bites the Crust. Passez par le parking souterrain. Y a une entrée secrète. Je vais dire au patron de vous attendre. Ils vous laisseront entrer. OK ?

– T'es le meilleur, Rex, dit Flake.

– Bonne chance. Et je suis désolé pour Sanchez. Si vous avez d'autres problèmes, rappelez-moi… » Il s'apprêtait à mettre fin à l'appel quand il se souvint de ce qu'ils avaient dit d'autre. « Le président est vraiment mort ?

– Ouais, répondit JD. On parle que de ça aux infos.

– Merde. Bon, on se rappelle plus tard. Bonne chance. »

Rex passa un coup de fil à Axl, le patron des Gunslingers, pour lui demander de bien vouloir accueillir Flake et JD, puis il roula hors du lit et enfila ses vêtements de la veille en écoutant la radio. D'après les infos, tout un tas de personnalités importantes avaient été assassinées pendant la nuit, dont le président des États-Unis. Ce que Rex n'arrivait pas à comprendre, c'était pourquoi Flake était soupçonnée de l'avoir tué. C'était de la folie. Après s'être habillé, il s'aspergea de déodorant et quitta la chambre. Selene n'était pas non plus dans le salon. Où était-elle passée ?

La réponse était sur la table basse au milieu de la pièce. Un morceau de papier avec un message écrit à la main l'attendait.

On est parties prendre le petit déjeuner. Tu dormais trop bien, pas voulu te réveiller.

À bientôt, mon grand. Je t'embrasse, Selene.

L'idée d'un petit déj avec les deux nouvelles femmes de sa vie était assez attrayante. Il s'apprêtait à les rejoindre au restaurant du motel quand son téléphone se remit à sonner. Cette fois, c'était Jacko.

« Putain, c'est pas vrai, grogna-t-il. Qu'est-ce qu'ils me veulent tous, aujourd'hui ? »

Il décrocha, et avant même qu'il ait pu dire bonjour, son interlocuteur se mit à parler à cent à l'heure.

« Rex ! Jacko à l'appareil. C'est une urgence. Jasmine et Elvis ont des problèmes. Ils sont en train de se faire tirer dessus. Ils sont enfermés dans des toilettes quelque part sous Santa Mondega, mais je trouve pas l'endroit. Tu peux venir au Purgatoire pour m'aider ? »

Décidément, la matinée commençait fort.

« Ouais. Merde ! » Il se força à sortir de sa torpeur. « Je suis dans la chambre 42 du motel El Guapo à San Antonio. Ouvre le portail et j'arrive. Ils sont blessés ?

– Je sais pas. FAIS VITE ! »

La salle de bains du motel était tout ce qu'il y avait de plus basique. Elle contenait des toilettes, une douche et un lavabo. Rex entra et commença à compter les secondes dans sa tête. Le temps était précieux. Il en était à quatre quand les WC disparurent avec le mur derrière eux. Il franchit le portail et trouva Jacko en train de taper sur un clavier d'ordinateur derrière le bar.

« ILS SONT OÙ ? cria Rex.

– Sous le magasin de trains de Bobby à Chinatown. Mais Einstein le trouve pas sur la carte ! »

Il n'avait même pas remarqué Einstein. Le scientifique fou était assis à une table ronde près du comptoir, fixant l'écran d'un ordinateur portable. Rex resta près du portail et l'interpella.

« Yo, Einstein, cherche plutôt Les Ongles de Barbie. C'est le nom de l'ancienne boutique. Le magasin de trains a ouvert y a quelques mois. »

Einstein tapa sur son clavier à une vitesse impressionnante.

« Trouvé ! » s'exclama-t-il.

Un instant plus tard, des coups de feu se firent entendre à travers le portail. Rex se retourna juste à temps pour voir un grand berger allemand passer en boitant. La salle de bains du motel avait disparu, remplacée par une pièce minuscule. Jasmine gisait sur le sol en face de lui, sa combinaison couverte de sang et criblée de balles. Elvis se tenait entre elle et une porte qui avait été littéralement mise en pièces. De gros morceaux avaient été arrachés, et Elvis ne faisait qu'aggraver les choses en tirant sur ceux qui se trouvaient de l'autre côté.

Rex passa aussitôt à l'action. Il s'accroupit et glissa ses mains sous les aisselles de Jasmine pour la tirer vers le Purgatoire, loin du danger. Le gros berger allemand se mit à aboyer, peut-être à l'intention d'Elvis pour qu'il se dépêche, ou de Jasmine pour qu'elle se réveille, ou de Rex, pour Dieu sait quelle raison. Ce dernier ignora le chien et vérifia les signes vitaux de Jasmine. Le sang qui coulait de ses blessures avait laissé d'épaisses traînées sur le sol. Elle ne parlait pas. Elle respirait à peine. La seule chose qui pouvait la sauver était l'Œil de la Lune. Par chance, il savait où il se trouvait. C'était Flake qui l'avait, et elle était en route vers le club des Gunslingers. Il passa la tête à travers le portail et cria aussi fort que possible pour se faire entendre par-dessus les coups de feu.

« ELVIS ! MAGNE-TOI ! »

51

Selene se leva sans réveiller Rex, qui dormait profondément. Après s'être douchée et habillée, elle se rendit dans le salon, où elle trouva Paige en train de regarder un dessin animé à la télévision sans le son. La pauvre ne semblait pas avoir beaucoup dormi, et elle portait toujours son uniforme de la veille qui était couvert de sang de vampire séché. Paige avait non seulement besoin de nouveaux vêtements, mais aussi d'un bon repas, aussi Selene décida-t-elle de l'emmener prendre un petit déjeuner.

Le restaurant du motel, bondé de gens qui fumaient, ne lui inspirait pas confiance, mais un établissement attira son attention de l'autre côté de la rue, le *diner* Un Café et une Crêpe. Il n'y avait que quelques clients, installés dans les box le long des fenêtres, ou au comptoir.

Selene et Paige se dirigèrent vers un des box et s'assirent face à face sur les banquettes rouges moelleuses.

« Commande ce qui te fait plaisir », dit Selene en soulevant un menu.

Paige fit de même, mais ne dit rien. Elle avait l'air anxieuse et très fatiguée, et sa jambe droite se balançait de haut en bas sous la table. Selene ne savait pas quoi dire pour la réconforter. Ses propres problèmes n'étaient rien en comparaison de ce que Paige avait vécu. La jeune fille semblait bouleversée, prête à fondre en larmes si elle essayait de parler de ce qui lui était arrivé.

« J'ai pas très faim, dit-elle finalement en reposant le menu.

– Prends quand même quelque chose. C'est pas grave si tu ne le manges pas. Je le ferai emballer et je le rapporterai au motel pour Rex. Il aura faim, c'est sûr. »

Une petite serveuse blonde d'âge moyen s'approcha de leur table. Sa robe à carreaux bleus et blancs était tachée de toutes les sauces possibles. Elle leur adressa un sourire sincère et leva son bloc-notes et son stylo.

« Qu'est-ce que je vous sers, mesdames ?

– Je prendrai un grand café au lait avec deux sucres, s'il vous plaît, dit Selene. Et une salade de thon. Paige, qu'est-ce que tu veux ?

– Juste un café, s'il vous plaît, dit Paige sans même regarder la serveuse.

– Et comment le prenez-vous, mademoiselle ?

– Noir, trois sucres, s'il vous plaît.

– Et si on partageait une assiette de frites ? » proposa Selene.

Paige hocha la tête.

« D'accord.

– Une assiette de frites, s'il vous plaît, dit Selene à la serveuse avec un sourire poli.

– Je vous apporte ça tout de suite. » Quelques minutes plus tard, la serveuse revint avec les cafés. Elle les posa sur la table, avec des couverts enveloppés dans une serviette. « Les plats seront là dans quelques minutes, promit-elle, et elle s'en alla prendre la commande de quelqu'un d'autre.

– Tu crois que je pourrai un jour oublier ce qui s'est passé ? » demanda Paige sans lever les yeux.

C'était une question complexe. Selene savait qu'elle n'oublierait sans doute jamais ce qui lui était arrivé, mais elle voulait malgré tout la réconforter.

« J'espère, dit-elle. Ce qui est sûr, c'est que la douleur diminuera avec le temps.

– Est-ce qu'on pourra un jour rentrer à la maison ?

– Je ne sais pas. C'est possible, mais ça dépend de beaucoup de choses.

– Si on ne peut pas rentrer, est-ce qu'on va vivre avec Rex ou JD ?

– Peut-être avec Rex. Ça te plairait ? »

Paige se mordit la lèvre inférieure.

« Oui, ce serait bien. Tu penses que tu vas épouser Rex ? »

Selene rit.

« Ne nous emballons pas. Mais je l'apprécie beaucoup.

– Je sais. Ça se voit. »

Elle se tourna vers la fenêtre. Comprenant qu'elle avait fini de parler, Selene jeta un œil à la télévision derrière le comptoir. Le présentateur du journal s'adressait aux téléspectateurs d'un air grave. Les clients faisaient trop de bruit pour entendre ce qu'il disait, mais la barre jaune en bas de l'écran annonçait une nouvelle particulièrement choquante : le président avait été assassiné dans sa chambre d'hôtel.

« Mon Dieu, murmura Selene. Paige, t'as vu ça ? Le président a été assassiné. Et plusieurs sénateurs. »

Paige regarda la télévision, mais ne dit rien.

« Waouh, fit Selene en lisant la suite. Le Premier ministre britannique est mort aussi. C'est quoi, ce bordel ? »

Pendant qu'elles attendaient leur repas, Selene sortit son téléphone pour chercher des informations sur les assassinats. Apparemment, les chefs d'État d'un grand nombre de pays avaient été tués, à l'exception notable du président russe. Le seul point positif, c'était que les flics et le FBI ne devraient pas trop se soucier du meurtre d'Antonio, de ses hommes de main ou des gens du cirque.

La serveuse finit par arriver avec leur commande. Elle plaça une salade de thon assez peu ragoûtante devant Selene et un bol de frites molles devant Paige.

« Ce sera tout ? demanda-t-elle.

– Oui, merci », dit Selene.

La serveuse les laissa manger en paix leur nourriture insipide. Selene était heureuse de voir Paige attraper une bouteille de ketchup et la presser généreusement sur les frites. Quelques secondes après avoir commencé à les recouvrir de sauce, celle-ci s'interrompit.

« Ça te dérange si je mets du ketchup ? demanda-t-elle.

– Pas du tout. »

Avant que l'une ou l'autre puisse entamer son petit déjeuner, une lumière blanche éblouissante jaillit à l'extérieur, qui les aveugla presque. Le phénomène ne dura qu'une seconde, mais il laissa derrière lui un drôle d'écho visuel. Selene cligna plusieurs fois des yeux pour recouvrer sa vision, mais le restaurant semblait toujours baigner dans une étrange lueur blanche.

« C'était quoi, ce truc ? » marmonna-t-elle de concert avec les autres clients.

Ils regardaient tous autour d'eux, en quête d'une explication.

Paige se tourna de nouveau vers la fenêtre et murmura à voix haute quelque chose comme :

« Qu'est-ce que c'est que ça ? »

Au même moment, les autres clients se mirent à paniquer. Des voix s'élevèrent, des chaises raclèrent contre le plancher. Tout le monde regardait par la fenêtre ce que Paige avait vu. Selene tourna la tête à son tour pour comprendre ce qui les mettait dans cet état.

Un mur de feu d'au moins cinquante mètres de haut, qui s'étendait à perte de vue en longueur, fonçait droit sur eux, engloutissant tout sur son passage. Les bâtiments, les voitures, les piétons, les lampadaires, rien ne lui échappait. Un instant après que Selene l'eut repéré, il balayait le restaurant, détruisant tout et tous ceux qui s'y trouvaient. Il réduisit les meubles en cendres. Il fit fondre la peau des employés et des clients, transforma leurs os en poussière, et effaça le *diner* de la surface de la terre. Le tout en moins d'une seconde.

52

Une semaine plus tard

Une semaine au Purgatoire, c'était long. Assez long pour que Jasmine, Elvis et Rex se remettent de leurs blessures avec l'aide de l'Œil de la Lune. Les blessures psychologiques, en revanche, étaient loin d'être refermées. La perte de Sanchez avait été un coup dur pour tout le monde, en particulier pour Flake.

Les médias n'avaient toujours aucune idée de l'identité de la personne responsable de l'élimination des chefs d'État, même si tous s'accordaient sur un point : c'était Flake qui avait assassiné le président des États-Unis avec la complicité du Bourbon Kid. Les spéculations allaient bon train sur l'implication des Russes, leur président étant le seul dirigeant d'une grande puissance mondiale toujours en vie. Le fait qu'il avait tiré des missiles nucléaires sur plusieurs pays dont les chefs avaient été éliminés ne faisait que renforcer les soupçons qui pesaient sur lui. Un média affirmait même que Flake était une espionne russe, ou qu'elle entretenait une liaison secrète avec le maître du Kremlin, en raison de son penchant bien connu pour les petits hommes joufflus.

Chaque pays soupçonnait ses ennemis. Et les nouveaux chefs d'État craignaient d'être assassinés à leur tour. Ce sentiment de malaise et de méfiance se répandit dans les rues. Partout dans le monde, dans les villes qui n'avaient pas été détruites par les bombes russes, on se battait pour survivre. Du jour au lendemain, la nourriture vint à manquer. Les gens durent apprendre à vivre sans gaz ni électricité, sans eau potable, sans carburant et même sans chocolat. Les magasins étaient pillés. Les forts tuaient les faibles. Le monde entier, à l'exception de la Russie et de quelques petits pays, était devenu une jungle sans loi. Le bavardage, le flirt et les poignées de main appartenaient au passé, remplacés par le viol, le meurtre et les premiers signes de cannibalisme.

Une fois les dernières vagues du tsunami passées, les Dead Hunters entreprirent de nettoyer et rénover le centre de recherche sur Medicine Island. L'océan avait laissé derrière lui pas mal de déchets et un paquet de poissons morts. Quelques pensionnaires de l'enfer furent mobilisés pour leur prêter main-forte. Des plombiers, des électriciens, des nettoyeurs, des jardiniers, tous ceux dont les compétences pouvaient être mises à profit furent autorisés à quitter temporairement l'enfer pour aller travailler au centre de recherche. La plupart avaient été damnés pour avoir surfacturé leurs prestations, ce qui ne risquait pas d'arriver cette fois puisqu'ils n'étaient pas payés. Les compétences d'Eric Einstein, le scientifique aux cheveux fous qui avait construit le portail de téléportation du Purgatoire, se révélèrent particulièrement utiles puisqu'il supervisa l'installation de l'électricité, d'Internet et des paraboles satellites.

Pendant les moments plus calmes où personne ne lui prêtait attention, Rex déambulait dans le désert à l'extérieur du Purgatoire. Il avait beau savoir qu'elle ne décrocherait pas, il continuait à essayer d'appeler Selene. Son téléphone était mort. Au fond de lui, Rex savait que ce n'était pas seulement le téléphone. Selene était partie et ne reviendrait jamais, tout comme Paige, et comme Sanchez. Partout sur terre, les gens avaient perdu des êtres chers. C'était une période sombre pour tout le monde.

À 14 heures, Rex était en train de boire un café assis sur un tabouret du Purgatoire quand son téléphone sonna pour la première fois en une semaine. Son cœur manqua un battement.

Il espérait naïvement que ce serait Selene. Ce n'était pas elle, bien sûr. C'était Alexis Calhoon. Il prit l'appel malgré tout, heureux d'avoir enfin quelqu'un d'autre à qui parler.

« Salut, Alexis.

– Salut, Rex. Désolée pour le silence radio. Comme vous le savez, il s'est passé beaucoup de choses. Comment vous allez, tous ? Tout le monde va bien ? »

Rex but une gorgée de café avant de répondre.

« Ben, je suppose que vous êtes au courant pour Sanchez ?

– Oui. Je suis désolée, ça n'aurait jamais dû arriver. Comment va Flake ?

– Elle est pas mal secouée. On l'est tous, en fait. Mais elle tient le coup. Elle n'a pas tué le président, vous savez.

– Je n'en ai jamais douté. En revanche, elle a bien tué la première dame.

– Ouais, mais c'était un accident. Vous savez que Jasmine et Elvis aussi se sont fait tirer dessus ?

– Par Flake ?

– Non, par des agents du gouvernement qui les ont traqués grâce aux bagues que vous leur avez données.

– Pardon ?

– Les anneaux que vous avez distribués de la part du président. C'étaient des mouchards. Des agents du gouvernement ont suivi Elvis et Jas jusqu'à la planque de ce type que vous les aviez envoyés tuer, Zero. Les barbouzes ont éliminé Zero et ses hommes, et essayé de se débarrasser d'Elvis et de Jasmine. Jasmine a reçu plusieurs balles dans le ventre, mais elle est sur pied, maintenant.

– Je suis vraiment navrée, Rex. Je n'en avais aucune idée.

– Je sais. Qui vous a donné les anneaux ? Navan Douglas ?

– Oui.

– Et il est président, maintenant. Il s'en tire plutôt bien, dans l'histoire, hein ?

– C'est vrai, dit Calhoon d'un ton égal. Mais je ne suis pas certaine que ce soit ce qu'il avait prévu. Il est complètement dépassé par les événements.

– Il a de la chance qu'on l'ait pas encore tué.

– Je m'en rends compte, oui, mais Rex, j'ai une autre mission à vous proposer. C'est encore un boulot pour Navan Douglas, mais j'espère vraiment que vous accepterez. C'est important, et c'est un travail que vous êtes les seuls à pouvoir faire. Vous seriez intéressés ?

– Je vous écoute.

– Les Russes ont gagné en puissance grâce à ce qui s'est passé. Le reste du monde est à leur merci. Ils pourraient anéantir l'Occident en un après-midi s'ils le voulaient. D'après nos services de renseignement, il y a une possibilité bien réelle pour qu'ils lancent une autre attaque nucléaire d'un jour à l'autre. »

Rex savait ce qui allait suivre.

« Vous voulez qu'on tue le président russe ?

– Oui. Ce n'est pas idéal, mais il semble que ce soit notre seule option. Nous devons l'éliminer et faire passer un message pour que son successeur sache que s'il nous attaque, il connaîtra le même sort. Vous seriez partants ?

– Ça m'a l'air risqué. *Très* risqué.

– Mais ça vous paraît faisable ? »

Rex regarda autour de lui. Il était toujours seul. Le Purgatoire était plongé dans le silence. Le monde entier était plongé dans le silence. Après avoir laissé passer la chance d'une vie avec Selene, il n'avait plus rien à perdre.

« Et puis merde, dit-il. On a tué le diable et les quatre cavaliers de l'apocalypse. Ça devrait être du gâteau. »

Calhoon poussa un soupir de soulagement.

« Super. Je vais en informer le nouveau président. Quand pensez-vous pouvoir vous y mettre ?

– Je vois avec les autres et je vous rappelle. Mais, Alexis, il y a une chose dont j'aimerais discuter avec vous avant de raccrocher.

– Je vous écoute.

– Ce type que vous avez chargé Elvis et Jasmine d'assassiner, Zero. Il leur a raconté des choses assez intéressantes juste avant que vos hommes le tuent.

– Ils l'ont entendu parler ?

– Ouais, il s'avère que ce type n'est pas du tout un hypnotiseur. Ce qu'il leur a dit, c'est que la plupart des dirigeants mondiaux descendent des Atlantes. Ça vous paraît crédible ?

– Des Atlantes ? Il a des preuves ?

– Non, mais il affirme que c'est les Atlantes qui dirigent le monde. Et Jacko a confirmé que les chefs de l'Atlantide étaient des narcissiques assoiffés de pouvoir, et que leur race n'est pas éteinte.

– Si Jacko le dit, je suppose que c'est possible. Il est bien informé, non ?

– Il a une ligne directe avec Dieu, donc oui. Mais il y a autre chose que je dois vous dire. Zero affirme qu'il y a six mois, quand il s'est introduit dans la chambre d'hôtel du président avec le manteau d'invisibilité, il a vu le président en question se branler devant un *snuff movie* pédophile dans un cirque.

– Un quoi ? Un *snuff movie* pédophile ? » Calhoon avait l'air abasourdie. « On a des preuves ? Vous y croyez ?

– J'y crois, oui, parce qu'il se trouve que je me suis récemment retrouvé sur le tournage d'un de ces films. C'était dans un cirque, et ils tuaient des enfants pour divertir des pervers qui assistaient au truc derrière un écran. »

Calhoon poussa un long soupir.

« Et vous pensez que le président était l'un d'entre eux ?

– Je sais pas, mais c'est possible. J'ai vu les visages sur un grand écran, mais je les ai pas reconnus. Et ils ont tous disparu quand JD et moi on est arrivés.

– Un cirque de vampires ? Bon Dieu, Rex, c'est de pire en pire. »

Il but une autre gorgée de café.

« Jacko dit que les Atlantes ont passé un accord avec les vampires il y a des centaines d'années. Ils se servaient d'eux pour traquer et tuer tous ceux qui menaçaient la domination atlante. En échange, ils leur ont donné leur propre ville, une ville qui ne devait jamais figurer sur aucune carte.

– Santa Mondega ?

– Exactement. Il semble que les élites, les puissants de ce monde étaient tous des Atlantes, jusqu'à récemment en tout cas. »

Calhoon demeura silencieuse un moment. Comme toujours, elle ne mit pas longtemps à comprendre ce qui se passait.

« Est-il possible que ce soient les vampires qui aient tué les chefs d'État ?

– À vous de me le dire. Je n'ai pas vraiment eu le temps de réfléchir à la question. Ç'a été une semaine difficile. Mais par curiosité, vous savez si Navan Douglas a des branchies et les pieds palmés ?

– Des branchies et les pieds palmés ?

– Ouais, c'est à ça qu'on reconnaît les Atlantes. Vous pourriez peut-être vérifier en consultant les rapports d'autopsie des personnalités assassinées ? Un de ces sénateurs ou même le président ? Vous pourriez même examiner directement les corps, non ? »

Calhoon marqua une nouvelle pause, prenant le temps de digérer ces nouvelles révélations.

« Laissez-moi un peu de temps, finit-elle par dire. Je vais me renseigner. En attendant, vous pourriez discuter avec les autres de l'assassinat du président russe ? »

Rex entendit du mouvement dans son dos. Il se retourna et vit Elvis franchir le portail depuis Medicine Island.

« Une seconde, Alexis. Je vous mets sur haut-parleur. »

Rex se tourna vers Elvis.

« Yo, Elvis. J'ai Alexis au téléphone. Elle veut qu'on assassine le président russe. Qu'est-ce que t'en penses ? »

Le King s'approcha du comptoir et tendit la main par-dessus pour attraper une bouteille de Shitting Monkey. Il la décapsula avec les dents, but une gorgée, puis répondit à sa question.

« Pourquoi pas. Mais ça devra attendre demain. On se fait une soirée bières et burgers sur la plage, ce soir. C'est Flake qui cuisine.

– Bande de veinards. Vous savez quoi ? Je vous rappelle demain matin pour vous donner tous les détails, d'accord ?

– Ça marche, dit Rex. On sera prêts. »

HUITIÈME PARTIE

LE RUSSE

53

Le centre de recherche de Medicine Island commençait enfin à ressembler à une maison, non seulement pour Flake, mais aussi pour Elvis, Jasmine, Rex, JD et Goober, qui y passaient le plus clair de leur temps. Ils avaient finalement un endroit à eux, et il était bien plus agréable que le Tapioca.

La première nuit dans leur nouvelle maison devait être une fête, c'était la règle. Jacko rejoignit la bande sur la plage pour profiter du festin préparé par Flake : burgers, saucisses, poulets, frites et salade, et une quantité astronomique d'alcool grâce à la réserve inépuisable du Purgatoire.

Un barbecue sur la plage avec de la musique et des amis, c'était exactement ce dont ils avaient besoin pour décompresser après les événements des derniers jours. Finalement, quand la nuit tomba et qu'ils n'eurent plus rien à manger, Jacko retourna au Purgatoire avec quelques caisses de bouteilles vides.

Flake n'avait pas bu autant que les autres, mais elle se sentait tout de même un peu pompette. Peu après le départ de Jacko, elle retourna au centre médical pour nettoyer la nouvelle cuisine. La fête sur la plage et l'alcool lui avaient permis d'oublier durant quelques heures la mort de Sanchez. Quand la douleur finit par se réveiller, elle fut heureuse d'avoir Goober à ses côtés. Flake aimait à penser qu'il la suivait partout parce qu'elle était sa personne préférée, et non la plus susceptible de lui donner à manger. Grâce à lui, elle recommençait à se sentir elle-même.

Nettoyer la cuisine avec l'aide de Goober, qui léchait la moindre trace de nourriture qu'il trouvait sur le sol, avait quelque chose de thérapeutique. En plus, elle n'eut aucun mal à la faire briller comme un sou neuf, puisqu'elle *était* neuve. Il fallut moins d'une demi-heure à Goober et elle pour la rendre presque impeccable. Alors qu'il ne restait plus que deux ou trois assiettes à laver, quelqu'un la rejoignit enfin, mais pas pour l'aider. Jasmine, passablement éméchée et vêtue uniquement d'un soutien-gorge et d'une culotte noirs, passa la tête par la porte.

« Hé, Flake, qu'est-ce que tu fais ?

– Juste un peu de nettoyage. »

Jasmine entra dans la cuisine étincelante de propreté. Elle n'était pas tout à fait stable sur ses jambes, et se déplaçait en se guidant avec ses mains comme une aveugle.

« Besoin d'un coup de main ?

– Non, ça va. J'ai presque fini.

– Tant mieux. Parce qu'on va prendre un bain de minuit. Tu viens ?

– Vous y allez tous ? dit Flake, les sourcils levés.

– Ouaip. Alors, cap ou pas cap ? »

Flake soupira.

« T'as quel âge, douze ans ?

– Au moins », répondit Jasmine avec un sourire d'ivrogne.

Puis elle tourna plusieurs fois sur elle-même, à la recherche de la sortie. Finalement, après avoir réussi à s'agripper au cadre de la porte, elle s'engagea en titubant dans le couloir et repartit vers la plage en chantant « Red Red Wine » de Neil Diamond.

Flake prit un moment pour imaginer ce qui était en train de se passer sur la plage. Connaissant Jasmine et Elvis, ils allaient sans doute vraiment se baigner à poil. Ce n'était pas quelque chose que Flake avait l'habitude de faire en public. Ni même avec ses amis proches. Elle avait vu Jasmine nue un paquet de fois. Comme tout le monde. Et elle voyait régulièrement la bite d'Elvis, soit parce qu'elle était dans la main de Jasmine, soit parce qu'il la sortait pour pisser contre quelque chose. En revanche, elle n'avait jamais vu Rex ou JD nus. Et aucun des garçons ne l'avait jamais vue dévêtue, sauf cette fois, quelques mois plus tôt, où elle s'était retrouvée en sous-vêtements devant JD et Elvis.

Elle y réfléchit une minute. Un bain de minuit, ça pourrait être marrant.

Non. Pas question. Absolument pas. Mauvaise idée. L'eau serait froide. En plus, elle avait bu et elle le regretterait probablement au réveil.

Elle remplit l'évier d'eau chaude et commença à laver une assiette couverte de graisse et de sauce barbecue. Un bain de minuit. Elle n'aurait jamais le courage. Pourtant, ça pourrait être libérateur. Une nouvelle expérience.

« Yo, Flake. »

Rex pénétra dans la cuisine. Il portait un jean noir, mais s'était depuis longtemps débarrassé de sa chemise. Son torse n'était que muscles saillants. Le regard de Flake s'y attarda un instant malgré elle, puis se posa de nouveau sur les assiettes sales.

« Je fais la vaisselle, dit-elle.

– On va prendre un bain de minuit, tu nous rejoins ?

– Je t'ai dit, je fais la vaisselle.

– Allez, fais pas ta prude.

– Vous allez vous baigner complètement nus ?

– Ouaip. » La voix empâtée de Rex prit un ton plus sérieux. « Flake, t'as un corps magnifique. Aucune raison d'être gênée. On est entre potes. Et vu l'état du monde en ce moment, je pense qu'on mérite tous de se détendre un peu.

– Je vais y réfléchir.

– OK, mais pas trop longtemps. Si la semaine dernière m'a appris une chose, c'est que la vie est très courte. Si tu ne fais pas attention, tu pourrais passer à côté des meilleurs moments. »

Elle leva les yeux et lui sourit.

« Oui, je sais. »

Rex répondit par un sourire niais d'ivrogne.

« D'accord, je te laisse. »

Là-dessus, il quitta la cuisine pour rejoindre les autres sur la plage.

Flake se tourna vers l'évier pour reprendre sa vaisselle, mais avant qu'elle ait essuyé la première tache de graisse sur l'assiette qu'elle tenait, elle entendit quelque chose tomber derrière elle. Elle jeta un coup d'œil par-dessus son épaule. C'était le jean de Rex. Une seconde plus tard, un boxer noir atterrit dans le couloir.

Flake posa l'assiette sale et se dirigea vers la porte. Elle passa la tête au travers. Rex était en train de courir vers la sortie, nu comme un ver. Et il avait un super cul. Quand il ouvrit la porte menant à l'extérieur, le son de leurs voix qui chantaient et riaient sur la plage s'insinua jusqu'à elle. Goober lui frôla la jambe et sortit de la cuisine. Il ne suivit pas Rex, mais se dirigea vers la chambre de Flake pour aller se pelotonner dans le panier au bout de son lit, fatigué de sa journée.

Flake retourna devant l'évier et souleva une autre assiette sale. *La vie est courte, c'est vrai,* songea-t-elle. *Pourquoi je fais la vaisselle alors que tout le monde est en train de s'amuser ?*

Elle finit de laver l'assiette et la posa sur l'égouttoir.

Et puis merde, pourquoi pas ?

Elle se débarrassa de son tablier, passa son tee-shirt par-dessus sa tête, enleva ses baskets, laissa tomber son short et courut après Rex en sous-vêtements. Alors qu'elle avait parcouru la moitié du chemin conduisant à l'océan, elle vit Rex filer sur le sable en direction des vagues. Il faisait nuit, mais elle entendait les autres, déjà dans l'eau, qui l'encourageaient.

Quand les pieds de Flake touchèrent le sable, ses dernières inhibitions s'envolèrent. Elle n'eut aucun mal à retirer son soutien-gorge. Elle dut en revanche ralentir un peu pour baisser sa culotte sans trébucher. Bon sang, ça faisait du bien. Libérée de tous ses vêtements, elle courut dans l'océan.

L'eau était plus chaude qu'elle l'imaginait.

« Coucou, Flake ! Je te vois ! » cria Jasmine.

Jasmine et Elvis étaient assez loin pour que l'eau arrive à la taille de ce dernier. Rex pataugea jusqu'à la même zone. C'était bien moins embarrassant que ce que Flake craignait. Enfin, jusqu'à ce qu'elle voie Eric Einstein marcher vers elle. Le scientifique fou n'avait de l'eau que jusqu'aux genoux.

« Salut, Flake, dit-il en lui faisant signe.

– Oh, salut, répondit-elle avant de fusiller Jasmine du regard et de demander : Qu'est-ce qu'il fait là ?

– C'était son idée. Il est arrivé juste après ton départ. Et il a parié que lui et moi, on pourrait battre Rex et Elvis à un jeu à boire. Les perdants devaient se déshabiller. Eric et moi on a perdu, donc on a tous décidé de se baigner nus.

– C'est sympa, non ? » dit Einstein à Flake avec un grand sourire.

Il se tenait les mains sur les hanches, son corps chétif et pâle luisant d'un éclat presque fantomatique dans le clair de lune.

« Où est JD ? demanda Flake en regardant autour d'elle.

– Aucune idée, dit Jasmine. Mon cœur, tu sais où est JD ? »

Elvis haussa les épaules.

« Je l'ai pas vu. »

Rex plongea sous l'eau et s'éloigna à la nage. Voyant Einstein qui la regardait avec les yeux exorbités et les narines dilatées, Flake décida de faire de même. Et elle prit conscience que nager nue dans la mer était exactement ce dont elle avait besoin. Elle se sentait de plus en plus à l'aise à mesure que les minutes passaient, et l'air frais sembla la dégriser un peu. La seule ombre au tableau était la présence d'Eric Einstein, qui disparaissait mystérieusement sous la surface dès qu'il était à proximité d'elle.

Au bout d'un moment, tout le monde se rassembla pour pousser la chansonnette. Ils chantaient tous terriblement faux, et après une interprétation désolante de « Show Me the Way to Go Home », Rex eut une meilleure idée.

« On devrait peut-être jouer à Marco Polo, ou autre, suggéra-t-il. On a quelque chose qui peut nous servir de balle ?

– Il faudra le mettre sur la liste de courses de Jacko, dit Elvis.

– On a qu'à jouer à chat, proposa Einstein. Celui qui se prend une fessée devient le chat. »

Ce disant, il se dirigea vers Flake avec une expression lubrique. Puis il glissa sa main sous l'eau et s'apprêtait à lui mettre une fessée quand Rex attrapa son bras, l'éloignant de Flake.

« Je suis pas sûr que ce soit une bonne idée, dit Rex. En plus, je doute que Flake ait très envie que tu lui touches le cul.

– Je vais aller chercher une noix de coco, dit celle-ci en repérant un cocotier encore debout à l'orée de la jungle. Elle pourra nous servir de balle. »

Elle nagea jusqu'au rivage puis courut sur la plage en direction de l'arbre. Alors qu'elle trottinait sur le sable, une voix dans l'obscurité l'interpella.

« Flake, c'est toi ? »

Elle s'immobilisa et regarda autour d'elle. Il ne lui fallut pas longtemps pour repérer la silhouette d'un homme qui s'approchait d'elle depuis la forêt, vêtu d'un jean et d'un tee-shirt.

« Oh. JD. »

Elle retint involontairement son souffle avant d'ajouter un « Salut » nonchalant.

« Je te dérange ? »

Il n'y avait que deux façons d'affronter cette situation. Se couvrir d'un air gêné et mourir de honte, ou la jouer cool. La deuxième solution était la seule qui lui permettrait de garder un semblant de dignité.

« On prend un bain de minuit, répondit-elle en écartant ses cheveux mouillés de son visage au lieu d'utiliser ce bras pour couvrir sa nudité. Je cherchais juste une noix de coco pour qu'on se la lance.

– Je vois.

– Tu ne te joins pas à nous ?

– Je te cherchais, en fait.

– Moi ? Pourquoi ?

– Je reviens de la cascade. C'est magnifique, la nuit. Je me disais qu'on pourrait passer un moment là-bas.

– Ah ? La cascade ? » dit Flake. Ce qu'elle pensait vraiment, c'était : *Il veut passer du temps avec moi ? Sérieusement ?*

JD, le Bourbon Kid, qui n'appréciait la compagnie de personne, lui demandait à elle si elle voulait se joindre à lui.

« C'est qu'à une minute d'ici, dit-il en désignant la forêt. J'y vais parfois pour m'éloigner de toute cette folie. »

Discuter avec un homme alors que vous êtes nue et pas lui, et qu'il ne vous a jamais vue nue auparavant, était pour le moins gênant. Flake voulait en finir rapidement, mais elle aimait aussi beaucoup l'idée de passer du temps avec JD. Il avait été un roc pour elle depuis qu'elle avait perdu Sanchez.

« OK, cool, dit-elle aussi nonchalamment que possible. Je te suis. »

JD baissa les yeux sur le corps nu de Flake.

« Je suis trop habillé ? demanda-t-il.

– Si on va à la cascade, oui. »

JD lui prit la main.

« Viens, dit-il en la guidant vers la forêt. Ça va te plaire. »

54

« Pfiou, sacrée nuit », dit Jasmine en contemplant son reflet dans le miroir. Elle se trouvait dans une des chambres fraîchement rénovées de leur nouvelle maison sur Medicine Island. Elvis était toujours au lit, les cheveux en bataille. Il ouvrit un œil et la regarda. Vêtue d'un mini short doré et d'un débardeur rose moulant, elle était en train de se faire une queue-de-cheval.

« Merde, je me souviens de rien après le bain de minuit », répondit Elvis. Il tendit la main vers sa table de nuit et prit le verre d'eau qu'il y avait posé la veille au soir. Il but une gorgée et sentit la texture de sa langue passer de *pieds rassis* à *tapis humide*. « Qu'est-ce que tu fais debout si tôt ?

– Il est pas si tôt. 9 heures.

– C'est tôt. On s'est pas couchés avant 5 heures.

– Oui, mais je dois aider Flake à préparer le petit déj.

– Hmm ? » Elvis se frotta la tête. « Depuis quand tu aides Flake avec le petit déj ?

– Depuis qu'elle a couché avec JD.

– Quoi ?

– Bah oui. T'as pas remarqué que Flake est allée chercher une noix de coco et n'est jamais revenue ?

– Une noix de coco ?

– Pour jouer à la balle. Elle est venue se baigner avec nous, et puis elle est retournée sur la plage et a disparu. Et on n'a pas vu JD de la soirée. Fais-moi confiance, ils l'ont fait. Et je veux que Flake me raconte tout, donc je l'aide à préparer le petit déj. Comment est mon cul ? »

Elvis regarda le postérieur de Jasmine. Puis il secoua la tête. Son cul était toujours phénoménal, il n'avait pas besoin de le regarder pour le savoir.

« T'es très bien. Ton cul est super. Mais attends une seconde. Flake et JD ? Sérieusement ? »

Jasmine se retourna.

« On en a parlé la nuit dernière quand tu dormais. Tu te souviens de rien ?

– Je me souviens avoir vu Flake nue.

– On s'est mis d'accord pour que tu n'en parles pas.

– Ah ?

– Oui, quand tu dormais. Tu te souviens qu'on a joué à action ou vérité ?

– Oh, Seigneur. Non.

– Si. Tu te rappelles, quand c'était le tour de Rex et qu'il a choisi action ? »

Elvis ferma les yeux et se les couvrit des deux mains.

« Je viens d'avoir un flash-back.

– J'arrive pas à croire qu'il l'ait fait.

– Arrête de parler, s'il te plaît.

– C'était la première fois que je voyais un mec se branler avec une main en métal.

– Pour l'amour de Dieu, tais-toi, je t'en prie.

– J'ai filmé, en plus. J'ai la preuve. »

Elvis retira les mains de ses yeux.

« Qu'est-ce que tu disais au sujet de Flake et JD ? »

Jasmine s'assit sur le bord du lit et commença à enfiler ses baskets.

« Ils ont couché ensemble. J'ai passé la tête par la porte de sa chambre y a une demi-heure. Elle y a pas dormi la nuit dernière.

– Ça veut pas dire qu'ils ont couché ensemble.

– Après, j'ai regardé dans la chambre de JD. »

Elvis se redressa soudain.

« Ah oui ?

– Ils étaient en train de baiser.

– Arrête. J'y crois pas. Tu me fais marcher. »

Jasmine secoua la tête.

« *Nope.* Pourquoi je l'aiderais à préparer le petit déj, sinon ? Je veux qu'elle me raconte tout.

– Tu peux la laisser cuisiner ? »

Jasmine finit de nouer ses lacets et se pencha en arrière pour mieux voir le visage d'Elvis.

« T'es bien grognon, ce matin.

– Non, juste fatigué.

– J'ai quelques minutes devant moi. Tu veux une petite pipe pour te réveiller ? »

Elvis reposa la tête sur son oreiller et ferma les yeux.

« Je peux faire semblant de dormir ?

– Bien sûr. Détends-toi et pense à Rex en train de se branler avec sa main en métal.

– Oublie. Va faire le petit déj.

– Je t'appelle quand c'est prêt. »

Jasmine se pencha et posa un baiser sur les lèvres d'Elvis, puis elle se dirigea vers la cuisine pour essayer de comprendre comment fonctionnait le grille-pain.

En arrivant dans la pièce, elle fut surprise de la trouver vide. Flake était en retard. C'était du jamais-vu. Elle se levait toujours avant tout le monde pour préparer le petit déjeuner. La solution la plus simple était de la réveiller en mettant de la musique à fond. Jasmine connecta son téléphone à l'enceinte posée sur le buffet de la cuisine et lança « People Get Up » de James Brown. Dix secondes plus tard, au moins trois voix avaient crié avec quelques variantes : « Éteins la musique, putain ! »

Jasmine persévéra, et, enfin, Flake pointa le bout de son nez, vêtue d'un peignoir moelleux bleu foncé. Elle avait les cheveux en bataille et des yeux de zombie.

« Salut, Flake. Je me suis dit que j'allais préparer le petit déj, ce matin. Tu veux quelque chose ? »

Flake l'ignora et se dirigea vers l'enceinte sur le buffet. Elle baissa le volume jusqu'à ce que la voix de James Brown ne soit plus qu'un murmure.

« Sacrée soirée, hein ? » fit Jasmine.

Son amie grogna quelque chose qui n'avait aucun sens et repartit par où elle était venue.

« J'ai regardé Rex se branler avec sa main en métal, lui lança Jasmine. Et toi, qu'est-ce que t'as fait ? »

Flake s'arrêta juste devant la porte, se retourna et regarda Jasmine.

« Quoi ? marmonna-t-elle en plissant les yeux.

– J'ai vu Rex se branler avec sa main en métal. Tu peux faire mieux ? T'as dit que tu allais chercher une noix de coco, mais t'es jamais revenue. Je me demandais ce que t'avais fait. »

Flake soupira.

« J'ai couché avec JD. On l'a fait quatre fois. Tu veux savoir autre chose ?

– Carrément. C'était comment ? C'était bien ? »

Flake hocha la tête.

« Ouaip. Tu vas devoir préparer le petit déj pour tout le monde parce que je retourne me coucher. »

Là-dessus, elle tourna les talons et, telle une somnambule, repartit d'où elle était venue.

« Dors bien ! »

Flake ne répondit pas. Jasmine envisagea un instant de préparer le petit déjeuner, mais décida que ce n'était plus nécessaire puisqu'elle avait l'information dont elle avait besoin. Elle pouvait retourner se coucher. Elle passa devant la chambre de JD sur la pointe des pieds et se faufila dans celle qu'elle partageait avec Elvis. Elle ôta ses vêtements avant de se glisser dans le lit avec lui. Voyant qu'il dormait comme un bébé, elle se blottit contre son dos et le serra dans ses bras pour le réveiller.

« Ils l'ont fait, murmura-t-elle à son oreille. Flake et JD, ils l'ont fait. Quatre fois.

– Tant mieux pour eux. Je peux dormir, maintenant ?

– Ouais. Au fait, je t'ai pas fait de toasts, désolée.

– D'accord. »

55

À 11 heures, Rex se réveilla au son de la voix de Julie Andrews qui chantait « The Sound of Music ». C'était la deuxième fois qu'il était tiré de son sommeil par de la musique en provenance de la cuisine. Quelques heures plus tôt, ç'avait été James Brown. Fort heureusement, ça n'avait pas duré longtemps. Julie Andrews, en revanche, ne semblait pas décidée à se taire. Il s'assit. Ouille. Mal de crâne. Flash-back de la soirée.

« Merde. »

Il ferma les yeux. Une multitude d'images de la nuit défilèrent dans son esprit. Ç'avait été une sacrée soirée, et il n'avait aucun souvenir de la façon dont il était arrivé dans cette chambre. Il mit les pieds hors du lit, se leva, ouvrit une commode et choisit un caleçon et un débardeur noirs, puis un jean dans le placard. Ses vêtements de la veille étaient ailleurs, possiblement sur le sol de la cuisine où (si sa mémoire était bonne) il s'était déshabillé avant d'aller prendre un bain de minuit. Alors qu'il nouait ses lacets, une odeur de café et de bacon se répandit dans sa chambre, accompagnée d'une nouvelle chanson, « Maid of Orleans » d'Orchestral Manoeuvres in the Dark. Le bacon était le signe que Flake était debout.

Rex sortit de sa chambre d'un pas chancelant, se cognant au cadre de la porte au passage. Il avait le plus grand mal à marcher droit. Il pressa sa main contre le mur pour plus de stabilité et atteignit tant bien que mal la cuisine, d'où venaient la musique et les effluves de bacon. Mais Flake n'était pas là. C'était Elvis, Jasmine et JD qui préparaient le petit déj. Elvis était en train de faire cuire le bacon et les œufs. Jasmine mettait la table et JD se tenait le dos appuyé contre le buffet à côté du grille-pain.

« Bonjour, tout le monde, dit Rex. Y a du café ?

– Je t'en apporte un dans une seconde, dit Jasmine. Assieds-toi. Comment va ta bite, ce matin ? »

Elvis et JD ne purent réprimer un ricanement.

« Elle va bien, merci. Comment va ta bouche ? »

Jasmine était en train de poser un couteau sur la table. Elle interrompit son geste et regarda Rex d'un air perplexe.

« Elle va bien. Pourquoi ?

– Tu ne te souviens pas ?

– Me souvenir de quoi ? »

Elvis cessa de surveiller les tranches de bacon et se retourna. JD aussi semblait intrigué.

« Où est Flake, au fait ? demanda Rex.

– Toujours au lit, répondit Elvis.

– Sérieux ? Elle est partie tôt hier soir, pourtant. Elle est restée à peine cinq minutes avec nous. »

Jasmine expliqua la situation à Rex en lui versant une tasse de café.

« Flake s'est envoyée en l'air.

– Pardon ?

– Toute la nuit. Je suis surprise que tu ne l'aies pas entendue.

– Elle a fait quoi ? »

Il avait à peine fini de poser sa question que la réponse lui vint. Il regarda JD.

« J'y crois pas !

– Quatre fois, dit Jasmine en tendant à Rex son café. Flake est complètement HS, elle dort toujours.

– Ugh, grogna Rex. Trop d'informations. »

Jasmine rit.

« Tu te souviens qu'on a joué à action ou vérité, hier soir ? Tu t'es branlé devant moi avec ta main en métal. »

Rex fronça les sourcils.

« Tu ne te souviens pas de ce que *toi* tu as fait, n'est-ce pas ? »

La jeune femme s'approcha du gril pour aider Elvis.

« Je me rappelle de rien après t'avoir regardé te donner du plaisir, dit-elle en retournant une saucisse avec une pince en métal.

– Vraiment ? dit Rex en reniflant son café.

– Bonjour tout le monde ! » lança une voix dans le dos de Rex.

La permanente rousse d'Eric Einstein apparut dans l'embrasure de la porte. Le scientifique fou entra dans la cuisine avec un sourire radieux aux lèvres.

« Qu'est-ce qu'il y a pour le petit déjeuner ?

– Ce que tu veux, dit Rex en lui tapant l'épaule. Tu t'es bien amusé, hier soir ?

– Meilleure nuit de ma vie, répondit Einstein. On devrait jouer plus souvent à action ou vérité. »

Le débriefing de leur soirée de folie fut interrompu par la sonnerie du portable de Rex. Il consulta l'écran, vit que c'était Calhoon et répondit immédiatement.

« Salut, Alexis.

– Salut, Rex. Vous êtes prêts ?

– Carrément. Quel est le plan ?

– On a des informations fiables sur la localisation de notre cible.

– Le petit gros avec une coupe de cheveux pourrie ?

– Oui, le président russe. Mais écoutez-moi. Ce n'est pas moi qui vous ai confié cette mission, ni le gouvernement, compris ? Si quelque chose tourne mal, vous êtes seuls.

– Sympa.

– Je sais que ce n'est pas idéal, mais, pour le bien du monde libre, il ne faut pas que les Russes pensent que nous avons quoi que ce soit à voir avec ça.

– Pas de souci, Alexis, je comprends.

– Vous pouvez utiliser le portail pour vous introduire dans son palais à Moscou ?

– Oui.

– Tout ce que vous avez à faire, c'est pénétrer dans le palais au milieu de la nuit. Nous pensons qu'il sera plus facile de l'atteindre pendant qu'il dort. Tranchez-lui la gorge, plantez-lui un couteau dans le cœur, peu importe, mais faites ce qu'il faut. Et laissez un message disant : "Mettez fin à la guerre ou nous reviendrons." Mais ne le signez pas. Je veux que son successeur soit parano, qu'il ne sache pas qui a fait ça. » Après une courte pause pour reprendre son souffle, Calhoon ajouta : « Je veillerai à ce que vous soyez grassement payés.

– Tant que ce n'est pas avec d'autres anneaux spéciaux du président.

– Pas d'anneaux, c'est promis.

– Laissez-moi juste vérifier avec les autres. » Rex baissa le téléphone et le couvrit de sa main en métal. « Calhoon veut qu'on assassine le président russe ce soir. Qu'est-ce que vous en dites ? »

Elvis parla le premier.

« J'en suis. »

Jasmine leva le pouce.

JD ne répondit pas. Rex se tourna vers lui.

« Et toi ? »

Le Kid secoua la tête.

« J'ai déjà des plans pour ce soir.

– Comme quoi ? demanda Rex, abasourdi.

– Je me plais bien ici. Je vais traîner sur la plage. »

Jasmine retint son souffle en faisant les gros yeux.

« Oh, mon Dieu. Avec Flake ! JD et Flake sont amoureuuux ! »

JD l'interrompit.

« Einstein et toi, vous pouvez vous joindre à nous si vous voulez. »

Jasmine fronça les sourcils.

« Einstein ? Pourquoi est-ce que je… »

Elle s'interrompit au milieu de sa phrase, comme si un souvenir de la nuit lui était soudain revenu. Le scientifique fou lui adressa un grand sourire.

« Tu veux emprunter du bain de bouche ? » demanda Rex à Jasmine. Sans attendre de réponse, il retourna à sa conversation avec Calhoon. « Je pense qu'Elvis, Jasmine et moi on peut s'en charger. Ça vous va ?

– Et le Bourbon Kid ?

– Je crois qu'il est occupé.

– Vraiment ?

– Ouais. »

Calhoon ravala sa déconvenue.

« D'accord, dit-elle. Appelez-moi si vous avez besoin de quoi que ce soit. Merci beaucoup.

– Pas de problème.

– Oh, Rex. Une dernière chose. Vous pouvez dire à Jasmine de ne pas m'envoyer de vidéos obscènes à 4 heures du matin ?

– Jasmine vous envoie des vidéos obscènes ?

– Vous n'étiez pas au courant ?

– Non. Je devrais ?

– Eh bien, vous étiez dedans. Ce n'est pas quelque chose que j'avais particulièrement envie de voir, pour être honnête. Enfin bon, on se rappelle. Et bonne chance pour ce soir. »

56

À la tombée de la nuit, alors que la lune brillait sur les eaux calmes de l'océan, JD et Flake se trouvèrent un petit coin de falaise isolé sur la partie supérieure de l'île. Ils s'assirent sur l'herbe et burent de la bière en regardant les vagues lécher la plage en contrebas. Medicine Island était un endroit magnifique et très reposant la nuit, en particulier quand il n'y avait personne alentour.

« Ça ne m'aurait pas dérangée que tu ailles avec les autres, dit Flake après plusieurs minutes de silence. J'ai l'impression que le président russe mérite ce qui va lui arriver.

– J'en suis certain. Mais pour être honnête, j'ai assez tué. J'ai besoin d'une pause. »

Flake but une gorgée de bière.

« Notre vie a été assez dingue ces derniers temps.

– La vie est toujours dingue. Il faut juste profiter des moments de calme quand ils se présentent. »

Après un autre long silence, Flake posa une question qui lui trottait dans la tête depuis quelque temps.

« Je sais que tu ne te remettras jamais de la mort de Beth, dit-elle prudemment. Mais après l'avoir perdue, est-ce qu'il y a un moment où ça a commencé à devenir plus facile ?

– Je m'en suis remis.

– Vraiment ? »

Flake était surprise par la fermeté de sa réponse. Il avait dit ça sans la moindre hésitation.

« J'ai tourné la page après qu'on a tué Scratch. »

Elle sourit.

« On lui a bien réglé son compte, hein ? »

– Tu penses toujours beaucoup à Sanchez ? »

Elle contempla l'herbe à ses pieds.

« Je me sens coupable.

– Ça passera. Ça fait partie du processus de deuil.

– Je sais, mais ça ne fait pas longtemps qu'il est parti et j'ai déjà... enfin... tu sais.

– Oui.

– Ce qui s'est passé la nuit dernière, c'était juste un coup d'un soir entre deux amis qui avaient trop bu ou autre chose ? Je veux dire, qu'est-ce que t'en penses ? Qu'est-ce qu'on est en train de faire ? »

JD lui retourna la question.

« Et toi, qu'est-ce que t'en penses ? »

Bon sang, il avait le chic pour esquiver les questions. Flake avait l'impression de mieux le comprendre que les autres, mais malgré tout elle n'avait aucune idée de ce qu'il ressentait.

« Tu sais, dit-elle, on a combattu tous ces morts-vivants, le diable, Caïn, les quatre cavaliers et compagnie, mais ce qu'on a fait cette nuit... je ne me suis jamais sentie aussi vivante. Depuis le moment où je me suis déshabillée pour aller me baigner jusqu'à celui où on s'est réveillés ensemble ce matin, ç'a été la nuit la plus folle, la plus géniale, la plus inattendue que j'aie jamais vécue. »

JD se tourna vers elle, un sourire au coin des lèvres.

« Pour moi, c'était juste un soir de semaine ordinaire. »

Flake lui donna un coup de coude.

« Connard ! »

Il leva les yeux vers la lune et but une longue gorgée de bière, mais ne dit rien de plus, alors elle décida d'aborder le sujet sous un angle différent.

« Si Jasmine n'était pas avec Elvis, tu aurais couché avec elle ? »

JD posa sa bière sur l'herbe.

« Tu n'as rien à envier à Jasmine. »

Flake haussa les épaules.

« Ça ne répond pas à ma question.

– Non. J'apprécie Jasmine, mais je l'ai vue sortir un téléphone de son entrejambe. Et elle est tout le temps à poil. Alors que toi, tu es sexy quand tu cuisines, quand tu bottes le cul d'un mec, quand tu ne te laisses pas faire, quand tu remets les gens à leur place. Te voir nue hier soir n'a fait que confirmer ce que je savais déjà. »

C'était exactement le genre de réponse qu'elle espérait.

« Je t'ai toujours trouvé cool, dit-elle. Je ne comprenais pas pourquoi, parce que tu sais, tu peux être un vrai connard parfois. Mais depuis qu'on se connaît, quand tu me regardes, je fonds de l'intérieur, putain. » Elle marqua une pause, songeant à Sanchez et tout ce qu'ils avaient vécu ensemble. « J'ai jamais ressenti ça avec Sanchez, dit-elle, choisissant ses mots avec soin. Et ce n'est qu'après cette nuit que je m'en rends compte. Enfin, je l'aimais, bien sûr, mais... je me demande si je ne l'aimais pas simplement parce que lui il m'aimait, et parce qu'il avait besoin de moi, et qu'il en pinçait vraiment pour moi. Et il me faisait rire. » Elle sourit en se remémorant une vieille blague. « Et il était là... quand j'avais vraiment besoin de lui. » Elle leva les yeux vers les étoiles. « Mais lui et moi, on n'a jamais eu ce que Beth et toi vous aviez. »

JD contempla l'océan en réfléchissant à sa réponse.

« Beth et moi, on s'est rencontrés à un moment crucial de nos vies, dit-il après une longue pause. Tous les deux, on n'avait personne d'autre. On a traversé beaucoup d'épreuves quand on était séparés, et aussi quand on était ensemble. Notre relation n'a jamais été facile. Mais toi et moi, on est assis sur une île déserte, à boire des bières et à regarder les étoiles comme si on était seuls au monde. On l'a mérité. Ce qu'on a vécu au fil des ans, toi et moi, c'est énorme. Sanchez avait besoin de toi, et Beth avait besoin de moi, et on était là pour eux, quoi qu'il arrive. Je n'ai pas besoin de toi, mais j'aime être avec toi plus qu'avec quiconque.

– Moi aussi, j'aime être avec toi. »

JD se pencha vers elle et ils s'embrassèrent longuement sous la lune. C'était agréable, comme si leurs bouches étaient faites l'une pour l'autre. Quand ils finirent par s'écarter, Flake lui posa une autre question.

« Tu sais que j'ai perdu ma mère à seize ans ?

– Non, je l'ignorais.

– Je n'ai pas connu mon père. Quand ma mère est morte, il m'a fallu un certain temps pour décider de ce que j'allais faire de ma vie. À dix-sept ans, j'ai voyagé dans l'espoir de trouver mon vrai moi, découvrir qui je voulais être. C'est comme ça que je me suis retrouvée serveuse à Santa Mondega, et que j'ai rencontré Sanchez et vous tous. Vous êtes la première vraie famille que j'aie eue après la mort de ma mère.

– Sacrée famille. »

Flake voulut boire une gorgée de bière, mais la bouteille était vide. Au lieu d'en ouvrir une autre, elle prit un moment pour examiner l'étiquette. C'était une image d'un singe en train de déféquer.

« Tu sais, quand Sanchez se comportait comme un trou-du-cul, j'ai souvent pensé à le quitter, dit-elle, comme si l'étiquette lui avait rappelé les pires défauts du barman.

– Vraiment ? Je pensais que tu ne le ferais jamais.

– Mais tous les couples traversent des moments difficiles, non ?

– Je suppose, oui.

– Tu sais pourquoi je ne l'ai jamais quitté ? » Elle commença à gratter l'étiquette de la bouteille. « C'est parce que si je l'avais fait, j'aurais dû quitter le Tapioca, et j'aurais perdu tous mes amis. Et peut-être que je ne t'aurais jamais revu. Je pensais toujours à ça quand je me disputais avec lui. »

JD hocha la tête pour montrer qu'il comprenait.

« Tu te souviens du jour où on s'est rencontrés ? »

Flake rit.

« Ouais, t'as braqué une arme sur moi et tu m'as aspergée de peinture noire.

– J'allais te tuer. Mais j'ai vu que t'avais ce bouquin, le livre sans nom qui tue les vampires, et que tu l'avais peint en noir. Ton plan était de l'utiliser pour sauver Sanchez de Jessica, la reine des vampires.

– C'est vrai.

– J'ai tout de suite su que t'étais cool. Toi et moi, on a sauvé Santa Mondega cette nuit-là. Et peut-être même empêché les vampires de conquérir le monde.

– Ouais, mais ensuite tu as disparu, et Sanchez m'a offert un boulot au Tapioca. En plus, tu étais amoureux de Beth.

– C'était il y a longtemps. »

JD glissa sa main autour de sa nuque, l'attira vers lui et l'embrassa à nouveau. Flake fondit dans ses bras, comme elle l'avait fait la nuit précédente. La vie était belle sur cette île.

57

Trouver le président russe n'allait pas être une mince affaire. Par chance, ils pouvaient compter sur l'expertise d'Eric Einstein, qui excellait dans l'art de pirater les systèmes de sécurité. Pendant qu'Elvis, Rex et Jasmine étaient assis au bar du Purgatoire, buvant des bières et discutant avec Jacko, Einstein s'affairait sur son ordinateur portable à sa table habituelle, cherchant des cartes et des images du palais du président russe.

Pour mettre toutes les chances de leur côté, les Dead Hunters avaient revêtu leurs meilleures tenues d'assassins. Elvis portait un costume noir cintré, Rex un jean et un gilet en cuir brun, et Jasmine une combinaison noire qui ressemblait à une tenue sadomaso, mais sans le masque.

Il était environ 2 heures du matin, heure russe, quand Einstein leur annonça la bonne nouvelle.

« C'est bon, j'ai trouvé comment entrer, dit-il en se laissant aller contre le dossier de sa chaise d'un air satisfait. Vous êtes prêts ?

– Et comment, dit Rex en se levant. Ce connard est seul ?

– Je peux pas en être sûr à cent pour cent, mais d'après les images dont je dispose, il y a de grandes chances qu'il le soit. Au pire, il y aura une ou deux personnes avec lui. D'après ce que j'ai lu, ce type est complètement parano. Il n'aime pas avoir des gens autour de lui, surtout s'ils sont armés. Il sait que beaucoup de Russes le détestent, donc il est terrifié à l'idée d'être assassiné. Ça devrait vous permettre de l'approcher sans croiser de gardes armés.

– Waouh ! s'exclama Jasmine. T'es assez impressionnant quand tu veux, Eric.

– Je sais, répondit l'intéressé en lui adressant un clin d'œil. Je vais vous faire entrer par une salle de bains pas très loin de la chambre du président.

– Pas très loin, c'est-à-dire ? demanda Rex. Elle est dans sa chambre ?

– Non, je ne crois pas qu'il en ait une. Elle est au bout d'un couloir, et je *pense* que ce couloir mène à sa chambre.

– Tu *penses* ?

– Regarde par toi-même, dit Einstein en désignant son écran. J'ai fait de mon mieux. Vous allez juste devoir le chercher quand vous serez sur place. Ça devrait pas être trop compliqué. D'après le réseau national d'espionnage, il sent les flageolets à la sauce tomate. »

Elvis marcha jusqu'à la table d'Einstein et regarda l'écran par-dessus son épaule. Il montrait un couloir. L'image était nette et en couleurs, mais il n'y avait pas grand-chose à voir.

« C'est tout ? grogna-t-il.

– Je surveillerai tout d'ici. Laissez-moi m'occuper des caméras. Vous faites votre boulot, je fais le mien. Et Elvis, n'oublie pas d'allumer ton oreillette. »

Celui-ci tapota son oreille.

« C'est bon.

– Ça va être marrant, dit Jasmine. Je suis encore jamais allée dans un vrai palais. Enfin, j'ai vécu au palais du Minou Joyeux pendant des années, mais je pense pas que ça compte comme un vrai palais.

– Le palais du Kremlin est sûrement très similaire, dit Elvis. Avec un peu moins de foutre sur les tapis, peut-être. » Il retourna au bar, prit sa bière et descendit d'un trait ce qu'il restait. « Vous êtes prêts ? demanda-t-il aux autres.

– Ouaip, c'est parti », dit Rex.

Il prit son semi-automatique sur le comptoir et le glissa dans le holster sous son aisselle. Il avait aussi un couteau de chasse à la ceinture. Jasmine avait un pistolet sur chaque hanche. Elvis avait deux Glock sous sa veste, un couteau à sa ceinture ainsi qu'une corde enroulée autour de l'épaule.

« Bonne chance, dit Jacko en débarrassant le comptoir de leurs bouteilles vides. Et n'oubliez pas, si y a quoi que ce soit qui vous paraît louche, revenez tout de suite. Ne prenez pas de risques.

– Ouais, ouais, on sait, dit Rex. Elvis, vérifie une dernière fois que ton oreillette fonctionne.

– Einstein, lança Elvis. Chuchote-moi des mots doux à l'oreille. »

Le scientifique enfila un casque sur ses cheveux roux bouclés, rendant sa coupe encore plus hideuse qu'elle l'était déjà.

« *Ground control to Major Elvis.*

– C'est bon, ça fonctionne. »

Rex aboya un dernier ordre à Einstein.

« Surveille ces caméras, et si tu vois qu'on se dirige vers un danger, dis-le immédiatement à Elvis, OK ?

– Oui, monsieur, répondit Einstein avec un salut militaire.

– Je plaisante pas. Une fois qu'on aura franchi ce portail, tu ne quittes pas ce bureau, même pas pour aller pisser. Tes yeux restent collés à l'écran. Pigé ? »

Einstein lui adressa un nouveau salut, qui laissa Rex de marbre.

Jasmine prit la défense du scientifique fou.

« Il sait ce qu'il fait, dit-elle. Laisse-le tranquille. Allons-y. »

Ils marchèrent tous les trois vers le portail, l'air particulièrement badass dans leurs tenues noires de tueurs.

« Bonne chance ! » leur lança Jacko.

Jasmine pivota sur ses talons et souffla un baiser au bluesman.

« Ne t'inquiète pas, dit-elle. Ça va être un jeu d'enfant. »

Elvis se plaça devant le portail, l'arme au poing, prêt à tirer sur quiconque serait en train de pisser de l'autre côté. Jacko leur ouvrit du bar. La porte glissa latéralement, et ils furent accueillis par une immense salle de bains dont tous les équipements étaient en or. Le sol et les murs étaient en marbre noir.

« La voie est libre, annonça Elvis avec un soupir de soulagement.

– Je referme derrière vous, lança Jacko. Mais je m'assurerai qu'il soit ouvert quand vous reviendrez. »

Elvis entra dans la salle de bains en premier, son arme braquée sur la porte face à eux. Dès que Jasmine et Rex lui eurent emboîté le pas, Jacko referma le portail.

« Waouh, fit Jasmine en regardant autour d'elle. Sanchez aurait adoré cet endroit.

– Heureusement qu'il est pas là, dit Elvis. Il en aurait profité pour couler un bronze et nous asphyxier.

– Chhhh, fit Rex. On est censés être discrets, je vous rappelle. »

Il marcha droit vers la porte et tourna la poignée. Elvis et Jasmine pointèrent leurs armes sur le battant, attendant que Rex l'ouvre et s'écarte. C'était du sérieux.

Rex ouvrit de quelques centimètres et regarda à l'extérieur.

« Merde, chuchota-t-il.

– Quoi ? fit Elvis.

– Y a deux longs couloirs.

– On se sépare ? demanda Jasmine.

– T'es tarée ? murmura Rex. On reste ensemble, quoi qu'il arrive !

– Après toi, dans ce cas », dit Elvis.

Rex ouvrit la porte en grand et ils sortirent tous les trois dans l'angle où se rejoignaient les deux couloirs. Tout semblait ridiculement cher. Même les sols étaient dorés. Les murs rouges étaient décorés de peintures enchâssées dans des cadres en or, qui représentaient des vieillards aux yeux flippants.

« Par où on va ? » demanda Jasmine.

Deux options s'offraient à eux. Aller tout droit vers une série de portes dorées, ou à droite vers une série de portes rouges à moulures dorées.

« Par là, je dirais, déclara Rex en désignant ces dernières.

– Qu'en pense Einstein ? murmura Jasmine à Elvis.

– Que dalle, il a rien dit, répondit Elvis. Vous voyez une caméra quelque part ?

– Non, dit Jasmine. Mais on s'en fout, non ? Einstein les a pas désactivées ?

– Je suis pas sûr. Il a juste dit de ne pas nous inquiéter pour elles.

– Faut qu'on se bouge, dit Rex. Si les caméras fonctionnent toujours, cette mission risque d'être très courte.

– Elvis sait ce qu'il fait, répondit Jasmine. Arrête de râler et avance ! »

Rex s'exécuta sans discuter. Il se dirigea d'un pas vif vers les portes rouges qui étaient à une cinquantaine de mètres. Jasmine le suivit, et en profita pour admirer les tableaux au passage et chercher un objet qu'elle pourrait garder en souvenir. Elvis couvrait leurs arrières, pointant son arme vers le fond du couloir au cas où quelqu'un arriverait derrière eux. Ils atteignirent les grandes portes rouges sans rencontrer d'obstacles.

Rex, son arme dans une main, tendit l'autre vers la poignée. Au même moment, Elvis finit par entendre la voix d'Einstein dans son oreille. Le scientifique prononça un seul mot.

« *Merde !* »

58

« Merde ? fit Elvis, répétant ce qu'Einstein venait de marmonner dans son oreille. Ça veut dire quoi ? Je t'en prie, dis-moi que tu viens juste de renverser ton café. »

Rex, qui s'apprêtait à ouvrir la porte, interrompit son geste.

« Qu'est-ce qui se passe ?

– Chut ! fit Elvis.

– Chut toi-même. »

Elvis l'ignora et se concentra sur la voix d'Einstein.

« *Y a un garde qui se dirige vers vous !*

– Merde, murmura Elvis. Einstein dit qu'on a de la compagnie. »

Rex s'écarta de la porte rouge. Jasmine pointait déjà ses deux pistolets sur le couloir. Elvis et Rex se placèrent de part et d'autre de la jeune femme, leur arme à la main, prêts à faire feu. Un bruit de pas flotta jusqu'à eux. Quelqu'un se dirigeait vers la salle de bains dont ils venaient de sortir.

« Qu'est-ce qu'on fait ? » demanda Elvis.

Jasmine lui donna un coup de pied dans le tibia.

« Chut. » Elle regarda ses deux camarades d'un air désapprobateur. « Vous n'avez pas pris de silencieux ? »

Ni l'un ni l'autre ne l'avaient remarqué, mais les deux pistolets de Jasmine étaient équipés d'un silencieux.

« Merde, murmura Rex. Tu peux t'en occuper, Jas ?

– Évidemment. »

Le propriétaire des bruits de pas se révéla alors qu'il franchissait l'angle. C'était un type d'environ un mètre quatre-vingts qui ressemblait à un soldat. Il portait un uniforme bleu foncé élégant, une casquette militaire ridiculement grande, et d'impressionnantes bottes qui lui arrivaient presque aux genoux. Ni Rex ni Elvis ne purent voir son visage, car Jasmine, fidèle à elle-même, tira plus vite que son ombre, lui collant une balle en pleine face avant même qu'il remarque leur présence. Sa tête s'écrasa sur le plancher avec un claquement sourd.

« Joli, dit Elvis en pressant les fesses de Jasmine pour montrer son approbation.

– On laisse le corps là ? demanda-t-elle. Ou on le cache dans la salle de bains ?

– On s'en fout. On trouve le président et on se barre », dit Rex.

Il saisit à nouveau la poignée de la porte et la tourna. Elle n'était pas verrouillée. Il la poussa et pénétra dans la pièce en agitant son arme à la recherche de quelqu'un sur qui tirer. Elvis et Jasmine se faufilèrent derrière lui, pistolets au poing.

C'était une grande pièce, dont le centre était occupé par une longue table en marbre (une putain de très longue table, en fait) avec une chaise à chaque extrémité. Les murs étaient blancs et nus, à l'exception d'une peinture géante du président. Ses yeux de fouine semblaient fixer directement les trois intrus.

Jasmine referma la porte derrière eux.

« Et maintenant ? »

Alors qu'elle prononçait ces mots, un petit homme trapu vêtu d'un pyjama en soie noir et de pantoufles rouges entra dans la pièce par une ouverture en voûte sur la gauche. Ses cheveux étaient clairsemés sur le dessus, mais il les avait laissés pousser sur les côtés pour pouvoir les rabattre et ainsi cacher sa calvitie. Son visage semblait un peu écrasé, comme s'il avait enfilé un bas sur sa tête pour dissimuler ses traits avant d'aller dévaliser une banque. Il fixa les trois intrus pendant une demi-seconde avant qu'une lueur de peur dans son regard révèle qu'il avait vu leurs armes et compris qu'il était dans la merde. S'il avait vraiment porté un bas, il aurait éclaté. Il cria quelque chose en russe qui ressemblait à « *moio litso ogromno* », puis tourna les talons et retourna à petits pas chaloupés vers le salon. La pièce était meublée de deux fauteuils rouges et d'une table basse sur laquelle trônaient une bouteille de vodka et un grand verre à moitié rempli.

Jasmine s'apprêtait à tirer sur le petit tyran, mais Rex se plaça involontairement dans sa ligne de mire en lui courant après. Elle baissa son arme. Elvis fit de même et suivit Rex.

« C'est lui ? demanda Jasmine en courant derrière eux.

– OUI ! cria Rex. C'est lui. »

Le Russe rondouillard n'alla pas bien loin avant que Rex l'attrape par le bras et le ramène de force dans la première pièce. Il le poussa vers la longue table, et le front du président heurta violemment le rebord.

Elvis bondit sur la table et alla se placer devant le dictateur pour lui flanquer un coup de pied au visage. Terrifié, le petit avorton gémit et implora la pitié, ou peut-être de la vodka. Difficile de savoir avec certitude ce qu'il disait. Rex attrapa son peignoir et le redressa.

« Quelqu'un sait ce qu'il raconte ? demanda Elvis.

– J'ai un peu pratiqué le russe, dit Jasmine.

– Vraiment ? s'étonna Rex.

– Ouais, il s'appelait Ivan, c'était un client du Minou Joyeux. Le seul mot que j'ai appris de lui, c'est *minyet*.

– *Minyet* ? répéta Rex. Qu'est-ce que ça veut dire ?

– Fellation, je crois.

– Génial, ça va beaucoup nous servir. »

Rex écrasa la tête du président russe contre la table en marbre. Le petit enfoiré s'affaissa, tout estourbi, son corps devenant mou et étonnamment lourd pour quelqu'un de sa taille. Rex le lâcha et il glissa sur le sol comme un break-dancer ivre.

« Il est mort ? demanda Jasmine.

– Inconscient », répondit Rex.

Elvis décrocha la corde qu'il avait autour de l'épaule.

« On va le pendre quelque part. »

Ils cherchèrent tous les trois du regard quelque chose à quoi suspendre leur prisonnier. Rien ne leur sauta aux yeux.

« Où est-ce que vous pendez les gens, d'habitude ? demanda Jasmine.

– Je sais pas, dit Elvis. J'ai encore jamais fait ça.

– Alors pourquoi t'as apporté cette putain de corde ? dit Rex, exaspéré.

– Oh, et puis merde, souffla Elvis. On lui tire une balle dans la tête et on se casse d'ici.

– Einstein a dit quelque chose ? On a été repérés ? » demanda Rex.

Elvis secoua la tête.

« Pas un mot. Pas depuis qu'il nous a prévenus pour le garde dans le couloir.

– OK. Donc on a le temps, dit Rex. Emmenons-le dans sa chambre.

– Pour quoi faire ? demanda Elvis.

– Parce que c'est toujours là que les gens se pendent. Personne ne fait ça dans la salle à manger.

– T'es sûr ?

– Non, mais tu veux pas faire ce que je dis, pour une fois ?

– Attends une seconde, dit Elvis. Pourquoi est-ce qu'on essaie de faire passer ça pour un suicide ? »

Jasmine les laissa se chamailler et se dirigea vers une grande porte noire au fond du salon. Elle l'ouvrit et appuya sur un interrupteur.

« Trouvé ! lança-t-elle. Y a un grand lit à baldaquin, ici.

– Aide-moi à le porter, dit Rex à Elvis.

– Tu peux pas le faire tout seul ?

– Si, mais il a beau être petit, il est gros et lourd, alors attrape ses jambes et on le porte ensemble. »

Les deux hommes soulevèrent le tyran et le portèrent jusqu'à la chambre. Jasmine était étendue sur le lit, fixant le miroir au plafond.

« J'ai une idée, dit-elle en s'asseyant et en roulant hors du lit pour qu'ils puissent balancer le petit gros dessus. Pourquoi on va pas chercher le garde de tout à l'heure ? Pour faire croire qu'il a tué son boss, puis s'est suicidé ? »

Rex et Elvis déposèrent le despote inconscient sur le lit.

« C'est une bonne idée, dit Rex. On fait porter le chapeau au garde. Ça me plaît bien.

– D'accord, dit Elvis. Ça me va. Allons le chercher. Jas, tu peux surveiller ce trou-du-cul au cas où il se réveille ?

– Bien sûr, mon cœur.

– Super. On revient vite. »

Rex et Elvis sortirent dans le couloir et coururent jusqu'à l'endroit où le garde mort était étendu au sol dans une mare de sang. Rex ramassa sa grande casquette et la cala sous son bras, puis ils attrapèrent une jambe chacun et tirèrent son cadavre jusqu'à l'appartement du président. La plaie dans le crâne du garde laissa une malheureuse traînée de sang dans leur sillage.

« Ce sang fout notre plan en l'air, non ? dit Rex.

– On s'en fiche, dit Elvis. Ça va juste embrouiller celui qui trouvera les corps. C'est pas plus mal, non ?

– Si tu le dis. »

Ils traînèrent le corps à travers la salle à manger et la salle de biture jusqu'à la chambre à coucher. Jasmine avait déjà retiré le pyjama du président et l'avait placé dans une pose assez compromettante sur le lit, avec une main derrière la tête et l'autre près de son entrejambe. Sans ses pantoufles, ses pieds palmés s'exposaient dans toute leur monstruosité. Mais ce n'était pas le détail le plus glauque. Jasmine avait aussi déniché une poupée gonflable masculine, qu'elle avait allongée sur le lit avec lui. Elle était équipée d'un pauvre pénis gonflé d'air et d'une ouverture au niveau de la bouche et de l'anus.

« Beurk, fit Elvis en grimaçant. C'est pas joli à voir.

– Tu l'as trouvée où, la poupée gonflable ? demanda Rex.

– Sous le lit, avec tous ses autres accessoires coquins. Il a même un robot sexuel dans le placard. Mais je crois pas qu'il soit chargé, il ne voulait pas me parler. »

Elvis se pencha et renifla la poupée gonflable. Il recula avec dégoût.

« Waouh, le cul de ce truc sent les flageolets.

– Oh, bon sang, fit Rex. Pourquoi tu lui renifles le cul ? Oublie, je veux pas savoir. Est-ce qu'on peut en finir ?

– Qu'est-ce qu'on fait, exactement ? demanda Elvis en se frottant le nez.

– En fait, dit Jasmine, je me disais qu'on pourrait aussi déshabiller le garde et l'allonger derrière le président, comme s'il était en train de le prendre par-derrière. Ensuite, on peut tirer une balle à l'arrière du crâne du président, comme ça, ils penseront que son garde l'a tué pendant qu'il le baisait. »

Rex et Elvis en restèrent comme deux ronds de flanc.

« T'as pensé à ça pendant qu'on allait le chercher ? demanda Rex.

– Ouaip. J'ai déjà fait ce genre de trucs, vous savez, pour des jeux de rôle quand j'étais une pute. Jamais avec des morts, par contre.

– Et la poupée gonflable, c'est quoi son rôle ? demanda Elvis.

– Je me disais qu'on pourrait faire comme si le président baisait la poupée, pour donner un mobile au garde. Genre, il était jaloux de l'attention que recevait la poupée.

– Ou peut-être qu'ils penseront que c'est la poupée gonflable, le tueur », railla Rex.

Jasmine lui lança un regard noir.

« Ne sois pas idiot. C'est sérieux. »

Elvis pinça les lèvres.

« Tu sais, je suis vraiment fier de toi, Jas. C'est un excellent travail. » Il regarda de plus près le président nu. « Beurk, ces pieds palmés sont pas jolis à voir. Est-ce qu'il a aussi des branchies ?

– Oui, dit Jasmine. Tu veux voir ?

– Ça ira, merci.

– Mais tu aimes mon plan ?

– Ouaip. Je vote pour.

– Oh, et puis merde, dit Rex en jetant la casquette du garde sur le sol. OK, on déshabille ce type. »

Pendant les cinq minutes qui suivirent, ils enlevèrent les vêtements du garde et le placèrent dans différentes positions avec le président et la poupée gonflable. Ils prirent des photos de chaque scénario pour les montrer aux gens en soirée, puis, quand ils trouvèrent une position qui leur plaisait à tous les trois, Jasmine pressa son silencieux à l'arrière du crâne du président et lui fit sauter la cervelle. Le sang éclaboussa l'oreiller et la poupée. Jasmine essuya le pistolet sur les draps pour le débarrasser de ses empreintes et le plaça dans la main du garde.

« Beau travail, dit Elvis en admirant l'œuvre d'art qu'ils avaient créée avec les deux Russes morts et la poupée gonflable. Maintenant, fichons le camp d'ici.

– Attends une seconde, dit Rex. Calhoon voulait qu'on laisse un message disant qu'on reviendrait s'ils s'amusaient encore à nous bombarder.

– Tu sais écrire en russe ? » demanda Elvis.

Rex ferma les yeux.

« Non.

– Alors pourquoi tu nous fais chier ? On se tire d'ici. »

Alors qu'ils sortaient de la chambre, un grésillement retentit dans l'oreille d'Elvis, suivi de la voix d'Einstein.

« Les amis, je sais pas où vous êtes, mais revenez au plus vite. J'ai été éjecté du système de sécurité, ce qui signifie que les Russes sont de retour. S'ils suivent le protocole, ils vont regarder les images qu'ils ont ratées. S'ils ne savent pas déjà que vous êtes là, ils le sauront bientôt. Jacko dit de foncer vers le portail, et de ne pas traîner ! »

59

Rex, Elvis et Jasmine quittèrent les quartiers privés du président russe et entendirent aussitôt des pas cadencés en provenance du couloir adjacent. On aurait dit qu'un peloton entier fonçait sur eux.

Jasmine fut la plus rapide à réagir, s'élançant dans le couloir bien avant Elvis et Rex. Elle était aussi bien plus légère sur ses pieds, elle pouvait par conséquent courir plus vite sans faire trop de bruit. En arrivant devant la salle de bains, elle regarda alentour et vit une troupe de soldats qui se dirigeaient vers elle. Ils étaient tous en uniforme militaire – chemises et pantalons noirs à bandes rouges, et toujours ces stupides bottes montantes. Et tous avaient un pistolet dans l'étui à leur hanche.

Un des soldats, un type à la mâchoire carrée affublé d'une moustache argentée, marchait devant les autres comme s'il était le chef. Il s'arrêta et regarda Jasmine, bouche bée. Les autres l'imitèrent. Le chef la désigna et cria quelque chose en russe d'une voix tonitruante. Ça ressemblait à : « *Posmotrite na sisski etoï jenchtchini, oni oudivitelnie.* » Jasmine n'avait aucune idée de ce que signifiaient ces paroles, mais ça semblait agressif. Elle ouvrit la porte de la salle de bains et y pressa ses fesses pour l'empêcher de se refermer.

Rex et Elvis la rejoignirent, l'arme au poing. Elvis tira trois coups de feu rapides sur les soldats abasourdis, puis poussa Jasmine dans la salle de bains et s'y engouffra derrière elle avant que les Russes aient eu le temps de riposter. Rex le suivit à reculons, sa main en métal levée pour intercepter les balles qui risquaient de fuser dans leur direction. Trois des soldats de la première rangée tombèrent au sol après avoir été touchés par les tirs d'Elvis, ce qui sortit immédiatement leurs camarades de leur transe contemplative. Ils cessèrent de fixer le cul de Jasmine et dégainèrent leurs armes. Rex ferma d'un coup de pied la porte de la salle de bains juste avant qu'elle soit criblée de balles.

Le portail était déjà ouvert au fond de la pièce. Jasmine le traversa en courant, talonnée par Elvis et Rex. Le passage se referma dès qu'ils l'eurent franchi.

« Pfiou, c'était juste, souffla Elvis.

– Ouais, plus jamais ça, dit Rex en se dirigeant vers le bar et en acceptant la bouteille de bière que lui tendait Jacko.

– Tout s'est passé comme prévu ? demanda celui-ci.

– On l'a tué », dit Elvis en sautant sur un tabouret à côté de Rex.

Jasmine se plaça à côté d'Elvis et glissa son bras autour de sa taille.

« Le président russe a des branchies et les pieds palmés, dit-elle à Jacko. Et on l'a laissé dans une super position. Mon cœur, montre-lui les photos. »

Elvis afficha les clichés sur son téléphone et le fit glisser sur le comptoir vers Jacko. Le bluesman fit défiler les images du président russe pris en sandwich entre un de ses gardes du corps et une poupée gonflable.

« Pas mal, fit Jacko en frissonnant. Il se fait lécher le trou de balle, sur celle-là ? Et c'est quoi, ça ? Comment vous avez fait pour faire rentrer son poing en entier ? Et lequel d'entre vous a fait bander le président ?

– Il s'est mis à bander tout seul, dit Jasmine, même s'il était inconscient. Visiblement, il aime bien se faire fister. »

Quand Jacko atteignit la photo prise après que le président se fut pris une balle dans le crâne, il rendit le téléphone à Elvis.

« Vous aviez vraiment besoin de faire toutes ces mises en scène ? Vous auriez pu vous faire prendre.

– Ouais, mais on peut le faire chanter avec ces photos, dit Jasmine.

– Vous auriez pu si vous ne l'aviez pas tué », fit remarquer Jacko. Il tendit la main vers le frigo sous le comptoir et en sortit une bouteille de Shitting Monkey pour Elvis. « Qu'est-ce que tu bois, Jas ?

– Je vais prendre un black russian, je crois. »

Jacko prit un verre et commença à préparer le cocktail.

« Il va se passer quoi, maintenant ? demanda Elvis. Est-ce qu'on a mis fin à la guerre, ou est-ce que ça va empirer ? »

Rex sortit son téléphone.

« Calhoon sera peut-être en mesure de répondre à cette question. »

Il avala une lampée de bière tout en passant l'appel. Elle décrocha immédiatement.

« C'est fait ? demanda-t-elle sans prendre la peine de le saluer.

– C'est fait.

– Dieu merci. Vous êtes les meilleurs. Comment vous vous y êtes pris ?

– C'est Jasmine qui l'a fait. Elle lui a tiré une balle à l'arrière du crâne.

– Comment ça s'est passé ? Dites-moi tout.

– Eh bien, on l'a trouvé dans ses quartiers privés. C'était une vraie mauviette. Après l'avoir assommé, on l'a mis à poil et placé dans une position compromettante avec un de ses gardes du corps et une poupée gonflable. Ça donne l'impression que le garde l'a enculé avant de lui tirer une balle à l'arrière du crâne pour se venger du fait qu'il le trompait avec une poupée gonflable. »

Calhoon soupira.

« Évidemment. Je suppose que vous n'avez pas de photos ?

– En fait, si, Elvis en a pris. Oh, et il y a autre chose. Il a des branchies et les pieds palmés, donc c'est sûrement un Atlante lui aussi.

– Vous pouvez m'envoyer les photos ? Il faut que je les montre au président Douglas.

– Vous êtes sûre de vouloir faire ça ? demanda Rex.

– Comment ça ?

– Il semble que *tous* les chefs d'État aient des branchies et les pieds palmés. Qu'est-ce qui nous dit que Navan Douglas n'est pas aussi l'un des leurs ? Je ne voudrais pas que vous disparaissiez.

– Je vais prendre le risque. Envoyez-moi juste les photos, je m'occupe du reste. »

60

Une semaine plus tard

« Ça a marché. J'arrive pas à y croire », dit Elvis.

Jasmine, Elvis et Rex étaient en train de regarder la télé, assis à une table du Purgatoire. La nouvelle était sur toutes les chaînes. La Troisième Guerre mondiale était terminée. L'assassinat magistral du dictateur russe avait porté ses fruits au-delà de leurs espérances. Un nouveau président avait pris sa place et négocié la paix avec les autres dirigeants mondiaux.

« Dire que personne ne saura jamais que c'est grâce à nous, marmonna Rex.

– J'imagine que petit à petit, les choses vont revenir à la normale, maintenant ? » dit Elvis.

Jacko les interpella de derrière le comptoir.

« Vous voulez autre chose à boire ? »

Jasmine secoua la tête.

« Pas moi. Je vais aller annoncer la bonne nouvelle à Flake. Et j'ai bien envie de me faire un peu bronzer sur la plage. » Elle recula sa chaise et se leva. « Tu viens avec moi ? demanda-t-elle à Elvis.

– Je te rejoins plus tard, je vais regarder encore un peu les infos. Ce serait sympa qu'ils mentionnent le rôle qu'on a joué.

– Eh bien, quand tu seras prêt, je serai en train de me dorer la pilule sur la plage. Je dois travailler mon bronzage intégral », dit-elle avec un clin d'œil.

Jasmine portait un short en jean et un haut de bikini bleu. Elvis la mata des pieds à la tête, puis consulta sa montre.

« OK, je serai là dans dix minutes. »

Elle l'embrassa sur la joue, puis traversa le portail pour rejoindre Medicine Island. Ne trouvant pas JD et Flake à l'intérieur du bâtiment, elle partit les chercher à l'extérieur. Il faisait chaud et une brise agréable soufflait de l'océan. Une odeur de poulet grillé flotta jusqu'à ses narines. Elle la suivit en direction de la plage, où elle trouva Flake et JD avec Goober. La jeune femme portait un jean remonté jusqu'aux genoux et un haut blanc à froufrous. JD était en short et tee-shirt (un look qu'il n'aurait jamais imaginé arborer quelques semaines plus tôt). Il retournait des blancs de poulet sur le barbecue pendant que Flake étendait une couverture de pique-nique sur le sable. Ou du moins essayait, car Goober en tenait un coin dans sa gueule, convaincu que c'était la sienne.

« Coucou ! » lança Jasmine en posant le pied sur le sable.

Goober cessa de se battre avec Flake pour la couverture et courut saluer Jasmine.

« Salut, Jas. Tu manges avec nous ? demanda Flake.

– Je voudrais pas m'imposer, répondit Jasmine tandis que Goober lui léchait le visage. Je venais juste vous prévenir que la guerre est finie. Il y a un nouveau président, et il a accepté de mettre fin aux combats.

– C'est une super nouvelle, dit Flake. Les médias ont parlé de vous ?

– Pas un mot, dit Jasmine en se dirigeant vers le barbecue pour voir comment cuisait le poulet de JD. Ils ont même pas mentionné la poupée gonflable ou la branlette. »

Flake rit.

« Vous devriez peut-être poster certaines de vos photos sur Internet ?

– Je sais pas. Je voudrais pas embarrasser la poupée. Mais au moins, maintenant que la guerre est finie, on peut tous retourner dans le monde réel. »

JD leva la tête.

« On a déjà décidé de rester ici.

– Tu veux dire, pour toujours ? »

Flake sourit.

« On adore cet endroit. Tu veux du poulet ? Y en a assez pour tout le monde. »

Jasmine considéra sa proposition. Elle ne voulait pas être la troisième roue du carrosse, mais le poulet était assez appétissant.

« D'accord, si ça ne vous dérange pas. Elvis va bientôt nous rejoindre.

– Pas de problème », dit Flake. Elle s'approcha de JD, glissa son bras autour de sa taille et posa un baiser sur sa joue. « Je vais chercher les frites dans le four. Elles sont prêtes, je pense.

– Fais vite. »

Flake s'éloigna en direction du centre médical, laissant Jasmine avec JD et le barbecue.

« T'as besoin d'aide ? demanda-t-elle.

– Nan, ça va », répondit JD en jetant quelques steaks hachés crus sur le gril.

Jasmine caressa Goober et envisagea de poser à JD une question qui la turlupinait depuis un moment. Elle finit par se jeter à l'eau.

« Je peux te demander quelque chose ?

– Sur Flake et moi ? »

Jasmine leva les yeux au ciel.

« Non, j'ai toujours su que vous finiriez ensemble, tous les deux. Ça couvait depuis un moment. Vous êtes tellement transparents. Je pense en savoir plus sur votre relation que vous deux. »

JD soupira.

« Quoi, alors ?

– Tu l'as déjà dit à Flake ?

– Dit quoi ?

– Que c'est toi qui as tué le président et tous les autres chefs d'État ? »

JD s'immobilisa et la regarda.

« Qui t'a dit ça ?

– Personne. J'ai compris ça en tuant le président russe. Le moyen le plus simple d'assassiner tous ces gens, c'est en passant par le portail. Je suis pas convaincue par la théorie de Calhoon sur les manteaux d'invisibilité.

– Pourquoi ? »

Jasmine souffla d'un air moqueur.

« Une bande de tueurs vêtus de manteaux d'invisibilité assassinant des gens dans le monde entier lors d'une opération coordonnée ? J'y crois pas. Alors que juste avant tous ces assassinats, Rex et toi vous avez sauvé des gamins d'un cirque de vampires. Je te connais assez bien pour savoir que tu voudrais tuer toutes les personnes impliquées, y compris les pervers qui regardaient. Non, sérieusement, c'est évident que c'est toi. »

JD arrêta de retourner la viande et fixa Jasmine. Il y avait une lueur d'inquiétude dans ses yeux.

« OK, c'est moi qui les ai tués. Et ils le méritaient, putain. Ce n'était pas censé être un secret. Et puis Sanchez s'est fait tuer, et Flake a été accusée du meurtre du président. Je voulais pas ajouter à sa souffrance en lui disant que c'était moi, pas tout de suite en tout cas. Et à partir du moment où on a couché ensemble, c'est devenu un problème sans solution. »

Jasmine sourit.

« Je dirai rien à personne. Mais tu sais, si moi j'ai compris, les autres ne vont pas tarder non plus. Flake n'est pas stupide.

– Je sais. Je lui dirai quand le moment sera venu.

– Alors dis-moi, t'as fait comment ?

– Comment je les ai tués ?

– Ouais. Allez, je veux tout savoir.

– Flake va bientôt revenir.

– Alors dis-moi vite. » Elle attrapa une pince dont elle se servit pour retourner un morceau de poulet sur le gril. « Et ne les fais pas cramer. »

NEUVIÈME PARTIE

KILL THE RICH !

61

La nuit avant le meurtre du président

Diago avait toujours su que ce jour viendrait. Le jour où un crétin de flic, un agent du FBI ou une bande de justiciers autoproclamés débarqueraient au cirque de vampires pour jouer les héros. L'ennemi, en revanche, était bien plus redoutable que ce à quoi il s'était préparé, puisqu'il s'agissait du célèbre Bourbon Kid et de son pote Rodeo Rex.

L'enlèvement de Paige Rodriguez avait été un succès. Enfin, au début. Quand Diago avait frappé le chauffeur de la gamine à la tête avec une batte de base-ball, il n'avait pas pris la peine de bien regarder son visage. Pire encore, il l'avait laissé vivre. Ce n'était qu'un chauffeur, après tout. Et dans les kidnappings, tout est une question de timing, même quand on porte un manteau d'invisibilité. Mais le deuxième homme qui était sorti du véhicule, par la portière arrière, Diago l'avait immédiatement reconnu. C'était Rodeo Rex. Il avait réussi à lui tirer une balle dans la jambe avant de s'enfuir, persuadé que cela suffirait à le mettre hors jeu. Mais il se trompait, car le chauffeur s'était avéré être le Bourbon Kid. Et maintenant, Rodeo Rex et le Kid avaient débarqué au cirque pour sauver la gamine. Les deux tueurs étaient arrivés juste avant qu'elle se fasse brûler vive par les cracheurs de feu. Et, fidèles à eux-mêmes, ils avaient entrepris de massacrer tout le monde. Quand Diago vit son frère Dexter réduit en miettes, il décida de foutre le camp.

Son seul espoir était le manteau d'invisibilité, qu'il avait laissé dans sa caravane. Il allait devoir faire vite s'il voulait le récupérer à temps. Il slaloma entre les morts et les mourants pour quitter le grand chapiteau. Par la grâce de Dieu, il en sortit en un seul morceau et se rendit directement à sa caravane. La porte était déjà ouverte. Il s'y engouffra, prêt à combattre quiconque se trouverait à l'intérieur. Il n'y avait personne. L'endroit n'avait même pas été saccagé. Il se dirigea à grands pas vers le placard et l'ouvrit. Son manteau était toujours là, sur le cintre, là où il l'avait laissé. Il poussa un soupir de soulagement. Loué soit le Seigneur !

Il attrapa le manteau et l'enroula autour de ses épaules en se regardant dans le miroir. Chaque fois qu'il l'enfilait, il craignait que sa magie ne fonctionne plus. Mais il s'inquiétait pour rien. Dès qu'il remonta la capuche sur sa tête, son reflet s'effaça. Que faire, à présent ?

Les hurlements de ses amis du cirque ne perçaient pas seulement ses tympans, ils transperçaient son cœur, son âme de vampire. Sa famille était en train de se faire massacrer. Chaque fois que l'un d'eux mourait, c'était comme s'il était poignardé par un tisonnier chaud trempé dans de l'acide.

Mais l'ennemi était l'homme que Diago craignait le plus au monde. Le Bourbon Kid, qui avait massacré des milliers et des milliers de vampires. Et Rodeo Rex était avec lui. Le chasseur de primes de Dieu, rien que ça.

Se battre n'était pas une option. Pas sans un plan. Et Diago n'avait pas de plan. En plus, il ignorait si son manteau d'invisibilité résistait aux balles car il ne s'était encore jamais fait tirer dessus alors qu'il le portait. Ce n'était pas le moment de faire le test. Il avait des problèmes plus importants à régler, comme trouver un moyen de ficher le camp de cet endroit en un seul morceau.

À peine Diago était-il sorti de sa caravane qu'il vit le Bourbon Kid émerger du grand chapiteau, son arme à la main, regardant autour de lui, *à sa recherche.*

Merde.

Il n'y avait qu'une seule chose à faire. Rester immobile, rester invisible et rester silencieux, ce qui faisait trois choses, en fait, mais ce n'était pas le moment de pinailler sur des détails. Diago retint son souffle et se força à ne pas bouger. Le Bourbon Kid s'arrêta à une courte distance de lui. Sous son capuchon noir, son regard glissait à toute vitesse d'un côté puis de l'autre, comme s'il pouvait sentir la présence de Diago. Finalement, après quelques secondes qui lui semblèrent durer des heures, le Kid s'éloigna, se dirigeant vers une autre caravane. Diago laissa échapper un profond soupir.

Cours. Fous le camp d'ici.

Rester dans les parages alors que le Bourbon Kid était en chasse n'était pas envisageable, même avec un manteau d'invisibilité. La rumeur disait que le Kid et ses potes avaient tué le diable, Méduse, Frankenstein, le pape, les acteurs de la série *La Planète des singes* et d'innombrables autres entités surnaturelles, et il était hors de question que son nom s'ajoute à la liste de ses victimes.

Diago se faufila dans le grand chapiteau pour voir s'il y avait des survivants. Un spectacle de mort et de dévastation s'offrait à lui. Tout le monde avait été massacré. Athena, Dexter, Kratos, Takemi, les clowns, ils étaient tous morts. Certains fumaient sur le sol, d'autres avaient perdu des parties importantes de leur anatomie, comme leurs bras ou leur tête. Un pauvre diable était en train de se faire bouffer par l'ours, et les lions se battaient pour la jambe d'un autre. Au milieu de l'arène, un des auteurs du massacre, Rodeo Rex, réconfortait la fille Rodriguez, que les cracheurs de feu avaient poursuivie quelques minutes plus tôt.

Toutes les personnes qui avaient assisté au spectacle derrière leur écran avaient aussi disparu, ce qui était assez compréhensible. C'étaient des gens importants. Ils devaient tous paniquer à l'idée d'avoir été reconnus.

Diago était seul, un vampire sans amis ni famille, ni même une maison. Il était temps de mettre les voiles, de quitter cette ville, temps de se trouver de nouveaux alliés et de préparer sa vengeance. Il embrassa d'un dernier regard la destruction autour de lui, puis se faufila à l'extérieur et disparut dans la nuit.

Diago n'était pas le seul vampire à avoir fui le grand chapiteau pendant le massacre. Pollox s'était servi de ses talents d'acrobate pour s'éclipser discrètement et s'était ensuite précipité dans sa caravane pour rassembler quelques possessions avant de quitter la ville. S'il avait eu un peu plus de bon sens, il aurait laissé tomber ses affaires et se serait concentré sur sa fuite.

Quelqu'un s'était introduit dans sa caravane, mais, par chance, rien ne semblait avoir été volé. Pollox se dirigea vers sa zone de couchage et fourra tout ce qui avait de la valeur dans un sac de sport. Il lui fallut une minute pour le remplir à ras bord et le refermer, après quoi il sortit. À peine eut-il franchi la porte qu'un poing s'écrasa sur son nez, le renvoyant à l'intérieur, où il tomba sur le dos. L'homme qui l'avait frappé était le Bourbon Kid, qui pénétra dans la caravane et se dressa de toute sa hauteur au-dessus de l'acrobate.

« Je ne suis pas l'un d'entre eux, mentit Pollox. Je ne suis pas un vampire. »

La merde qui sortait de sa bouche empestait à des kilomètres à la ronde.

« Je ne suis pas là pour te tuer, répondit le Bourbon Kid.

– Ah non ? Je veux dire, ouf. Merci.

– Relève-toi. Et assieds-toi. »

Pollox recula et se leva tant bien que mal. Il sortit nerveusement du mur une banquette rembourrée et s'y assit. Le Bourbon Kid referma la porte de la caravane et se retourna pour lui faire face. Bien qu'il eût promis de ne pas tuer l'acrobate, il sortit de sous sa veste un couteau à la lame acérée.

« On va un peu discuter, toi et moi, dit le Kid. Tu peux commencer par me donner les noms de tous ceux qui regardaient le spectacle de derrière leur écran. »

Pollox déglutit bruyamment.

« Mon Dieu. C'est les gens les plus puissants du monde. Si je les dénonce, je suis mort. »

Le Kid avança d'un demi-pas, son couteau pointé de façon menaçante sur le cœur de Pollox.

« Tous tes amis sont morts. Réfléchis-y un instant, et pense à la chance que tu as d'avoir la possibilité de vivre.

– Oui. Oui, bien sûr. »

L'esprit de Pollox tournait à plein régime, passant en revue tous les scénarios possibles. S'il voulait s'en sortir, il n'avait pas trente-six solutions. Il allait devoir parler.

« Je vais vous dire tout ce que vous devez savoir.

– Je veux des noms. Tous. »

Le Kid plongea sa main libre sous sa veste et en sortit son téléphone. Il le leva pour que Pollox puisse voir ce qu'il lui montrait. Il avait pris une photo de toutes les personnes qu'on voyait sur le grand écran du cirque. Il y avait beaucoup de visages célèbres. Des gens puissants.

« Je suppose que vous en connaissez déjà quelques-uns, dit Pollox.

– Oui. Mais je veux connaître les noms de toutes les personnes sur cette photo, et de toutes les autres impliquées dans cette merde. Il y a une liste ? Une base de données ?

– Une base de données, oui. Dans mon ordinateur portable, là-bas. Je peux vous donner le nom et la localisation de tous ceux qui se connectent pour assister aux événements.

– Et pourquoi est-ce que vous tuez des enfants autistes ?

– Ah, ça, heu, c'est nouveau. Je suis pas sûr de la raison. On me l'a jamais dit. »

Le Bourbon Kid interrompit l'interrogatoire pour répondre à un appel. Ça devait être Rodeo Rex, songea Pollox. Apparemment, Rex attendait dans le parking. Mais le Kid n'allait pas le rejoindre. Alors que les deux tueurs discutaient toujours, Pollox leva la main et parla sans attendre la permission.

« Pendant que vous êtes au téléphone, je peux aller chercher mon ordinateur ?

– Ferme ta gueule ! cria le Kid, avant de marmonner dans son téléphone : Pas toi, Rex. Je dois te laisser. » Il mit fin à l'appel et repassa en mode interrogatoire. « Le président des États-Unis était sur cet écran, dit-il. Comment est-ce possible ? »

Pollox grimaça.

« Vous avez déjà entendu parler des Atlantes ?

– Non, mais tu vas tout me raconter. »

Pendant la demi-heure qui suivit, Pollox dit au Bourbon Kid tout ce qu'il voulait savoir. Il lui donna les noms, les titres et les adresses des élites atlantes qui aimaient regarder des vampires torturer et tuer de jeunes enfants.

Lorsque l'interrogatoire fut terminé, Pollox lâcha un soupir de soulagement et opéra un glissement vers le bout du canapé, prêt à attraper son sac et à ficher le camp d'ici. Malheureusement pour lui, le Bourbon Kid avait d'autres projets. Il vint se placer devant lui, l'empêchant de se lever, et brandit son couteau. Ses intentions étaient claires.

« Vous avez dit que vous me laisseriez vivre si je vous disais tout ! protesta Pollox. Vous avez promis !

– Qu'est-ce qui te fait penser que je suis un homme de parole ? »

Ce furent les derniers mots que Pollox entendit. Il sentit le couteau s'enfoncer dans son estomac et tourner, puis ressortir et plonger de nouveau dans son ventre avant de remonter, le découpant comme un morceau de viande tandis que ses hurlements emplissaient la nuit.

Sa tâche accomplie, JD passa un coup de fil à Jacko au Purgatoire. Le bluesman répondit à l'appel avec sa bonne humeur habituelle.

« Hé, mec, quoi de neuf ?

– Je suis dans une caravane de cirque. Ramène-moi au Purgatoire. On va se servir du portail pour un truc. Un truc important. »

62

Au ton de la voix du Bourbon Kid, Jacko comprit sur-le-champ que sa journée jusque-là assez ennuyeuse allait prendre un tour beaucoup plus mouvementé. Au moment où la conversation téléphonique prit fin, l'ennui lui manquait déjà et il sentait monter son stress à vitesse grand V. Il régla la localisation du portail sur des toilettes publiques à l'extérieur du cirque et guetta l'arrivée du Kid. Il n'eut pas longtemps à attendre. JD franchit le portail quelques secondes plus tard, son long manteau noir couvert de sang.

« On n'est pas dans *Star Trek*, tu sais, dit Jacko en appuyant sur le bouton pour refermer le portail. C'est pas mon boulot de vous téléporter n'importe où n'importe quand. »

Le Kid ignora Jacko, passa derrière le bar, attrapa une bouteille de bourbon sur le plan de travail, fit sauter le bouchon et but une gorgée directement au goulot. Ses mains étaient maculées de sang.

« Fais comme chez toi, dit Jacko en désignant de la tête la bouteille de bourbon. Ne fais pas attention à moi. Je ne suis que le patron. »

Le Kid posa la bouteille, baissa sa capuche, puis contourna le comptoir et s'installa sur un tabouret. Il fouilla sous son manteau et en sortit un carnet enroulé, qu'il jeta à Jacko. Le bluesman l'attrapa à contrecœur.

« Qu'est-ce que c'est ? Une liste de courses ? »

Le Kid prit sa bouteille de bourbon et but une nouvelle lampée. Puis il alluma une cigarette en inspirant simplement à travers le filtre. Ce qui n'était jamais bon signe.

Jacko ouvrit le carnet. La première page contenait une liste de noms, chacun accompagné d'informations supplémentaires comme des dénominations de poste et des adresses. Il tourna la page. Même chose. Il en reconnaissait certains.

« Je t'en prie, dis-moi que ce n'est pas une liste de gens à abattre, dit-il en levant les yeux vers le Kid.

– Je veux que tu les localises. Je vais les tuer. Tous.

– Tu te fous de ma gueule ? Dis-moi que tu te fous de ma gueule.

– C'est pas une blague. Fais venir Eric Einstein.

– Einstein ? Pour quoi faire ?

– Ne fais pas l'idiot. Il peut pirater n'importe quel système de sécurité. Il l'a déjà fait. Il va localiser ces connards, et je me servirai du portail pour les faire tomber un par un. »

Jacko posa le carnet sur le comptoir, devant le Kid.

« Tu vas devoir me dire ce qu'ont fait ces gens. Je ne peux pas participer à ce genre d'assassinat de masse, pas sans l'autorisation de Dieu.

– Tu n'as pas besoin de son autorisation.

– Tu ne le connais pas comme je le connais. Il peut être assez casse-pieds avec ce genre de trucs. »

JD sortit son téléphone et présenta à Jacko une photo qu'il avait prise. Elle montrait une piste de cirque, avec un écran géant à l'arrière.

« Qu'est-ce que c'est ?

– Tu vois le grand écran ? »

Jacko regarda de plus près.

« C'est une réunion Zoom ou une partie de Qui est-ce ? »

Cela ne fit pas du tout rire JD.

« Toutes les personnes à l'écran regardaient l'exécution en direct d'une gamine de douze ans. Elles font ça régulièrement. Ça les excite. »

Jacko grimaça.

« Sérieusement ?

– Ouais. C'est un cirque itinérant qui kidnappe des gamins à travers le pays et les assassine pour le plaisir de ces connards de riches.

– Y a le président des États-Unis sur cette liste.

– Il est aussi sur la photo. Tout comme le chef de l'opposition, plusieurs sénateurs, le président russe, des chefs d'État européens, des rois, des reines, des princes, j'en passe et des meilleurs. Et aujourd'hui, je vais tous les tuer. Et tu vas m'aider. Toi et Einstein.

– JD, c'est de la folie. Il faut que tu prennes ton temps, que tu y réfléchisses à tête reposée. Respire un bon coup.

– J'ai respiré toute ma putain de vie. Fais ce que je te dis, ou j'ajoute ton nom à la liste.

– Je suis déjà mort, dit Jacko en levant les yeux au ciel.

– Je m'en fous.

– Rex et les autres sont au courant ?

– Non. Appelle Einstein.

– D'accord, d'accord. »

Jacko se retourna et prit le vieux téléphone rouge sur le plan de travail derrière le comptoir. Il passa un appel vers l'enfer. Zilas, le bossu difforme qui travaillait à la réception, décrocha.

« Oui, boss ?

– J'ai besoin d'Eric Einstein. Maintenant. » Jacko raccrocha brutalement le téléphone. « Heureux ?

– C'est un début.

– Tu sais, je crois pas que ce soit une bonne idée. Ces gens sont mauvais, c'est certain. Mais si tu les assassines tous, tu vas déstabiliser le monde entier.

– Je vais rendre le monde meilleur.

– Je veux pas me disputer avec toi, mais réfléchis-y un moment. Si tu tues ces gens, ils seront remplacés par d'autres qui ne vaudront pas mieux.

– Des tueurs d'enfants de l'Atlantide ? »

Jacko fronça les sourcils.

« L'Atlantide ? L'île engloutie ?

– Tu connais l'histoire ?

– Un peu, oui. Scratch avait des archives sur cet endroit. Les Atlantes étaient connus pour leur narcissisme et leur soif de pouvoir. Dieu en a eu assez de leur comportement cruel envers les moins bien lotis qu'eux. C'est pour ça qu'il a envoyé l'Atlantide au fond de l'océan.

– Mais ils sont pas tous morts, n'est-ce pas ? D'après un vampire que je viens de tuer, certains Atlantes ont survécu parce qu'ils avaient évolué, développé des branchies et des pieds palmés. Ils avaient une longueur d'avance sur Dieu.

– Ne lui dis pas ça. C'est un sujet sensible. »

Le Kid but une nouvelle lampée. Une partie du sang qu'il avait sur les lèvres coula dans sa gorge avec le bourbon.

« Ces connards d'Atlantes font ce qu'ils ont toujours fait : ils règnent sur les masses et les traitent comme des moins que rien. »

Jacko se servit un verre de rhum tout en essayant de réfléchir. Il but une gorgée, puis, sentant l'impatience du Bourbon Kid, il commença à parler.

« De ce que je sais d'eux, ils se cachent de tous. Ils ne se reproduisent qu'entre eux. Tout Atlante qui conçoit un enfant avec un humain normal est exilé de la société. Même si, parfois, les plus puissants s'en sortent. Comme le président américain, par exemple, qui a une fille cachée. »

JD tira sur sa cigarette.

« Ils vont où quand ils sont exilés ?

– Ils retournent dans l'océan, je pense. Ça fait un bail que je me suis pas intéressé au sujet. Oh, et tu devrais savoir qu'il y a aussi des vampires atlantes.

– Des vampires avec des branchies et des pieds palmés ?

– Ouais. En plein jour, ils peuvent éviter le soleil en restant sous l'eau. Ils sont connus pour s'attaquer aux personnes qui font de la plongée pour explorer les épaves de bateaux.

– Eh bien ces vampires de cirque kidnappent des enfants pendant la journée. L'un d'eux a un manteau d'invisibilité. »

PING !

Les portes de l'ascenseur au fond de la pièce s'ouvrirent, et Einstein, le scientifique fou, en sortit, un ordinateur portable sous le bras. Il portait une longue blouse blanche, une chemise grise, un pantalon noir et des chaussures marron crasseuses. Ses cheveux roux bouclés étaient hors de contrôle. Soit l'enfer manquait de bons coiffeurs, soit il n'y allait pas assez souvent.

« Salut, les gars, dit-il, un grand sourire aux lèvres. Qu'est-ce que je peux faire pour vous ?

– Arrêter de sourire comme un crétin, pour commencer, dit le Bourbon Kid. Et allumer ton ordinateur. J'ai une liste de personnes que je veux que tu localises. On va les tuer un par un. Compris ? »

Les yeux d'Einstein s'illuminèrent.

« Génial, dit-il. C'est qui, le premier ?

– Le président des États-Unis.

– Ouh, ça me plaît.

– Attendez une seconde, intervint Jacko. Flake et Sanchez sont pas censés rencontrer le président, aujourd'hui ? »

JD réfléchit un instant.

« À quelle heure ?

– Je sais pas, vers 9 heures ce matin, je crois. Ou peut-être 10. Il va leur remettre à tous les deux la médaille d'honneur. Flake attend ça avec impatience. »

Le Kid tendit son carnet à Einstein.

« D'accord, dit-il. Tous les noms sont là-dedans. On va commencer par le président russe, du coup. »

Einstein s'assit à une table. Il posa son ordinateur puis ouvrit le carnet. Au bout de quelques secondes, il leva la main comme un écolier.

« Quoi ? fit le Kid en sortant une autre cigarette de son paquet.

– Le Russe sera le plus difficile à trouver. Le système de sécurité du Kremlin est tout le temps en panne. D'ailleurs, est-ce qu'il ne vaudrait pas mieux commencer par des personnes moins célèbres ? » Il parcourut du regard la première page du carnet. « Le sénateur Baynard, par exemple. S'il meurt en premier, la presse n'en entendra pas parler avant plusieurs heures. En fait, certains de ces gens ont des familles qui devront être informées avant que les médias en parlent. Certains n'annonceront même pas les décès avant au moins vingt-quatre heures. Mais si c'est un président qui est tué en premier, les autres politiciens vont se méfier. Ils seront plus difficiles à atteindre. Alors qu'en ce moment, la plupart de ces gens sont probablement bien au chaud dans leur lit. Si vous faites ça bien, vous pourriez tous les avoir tués avant l'heure du déjeuner.

– Il a pas tort, dit Jacko.

– OK, mais dépêche-toi. » Le Kid coinça sa cigarette entre ses lèvres, et elle s'alluma toute seule. « Je veux la localisation de la première cible d'ici cinq minutes.

– D'accord, d'accord, fit Einstein. Pendant que je démarre l'ordinateur, quelqu'un pourrait m'apporter une vodka tonic ? »

Le Bourbon Kid souffla de la fumée sur Jacko.

« Qu'est-ce que t'attends ? »

63

Confortablement installé dans un fauteuil à haut dossier dans son salon, le sénateur Baynard buvait du cognac en zappant sur les chaînes d'information. Ç'avait été une longue journée stressante, passée à voter de nouvelles lois pour aider les pauvres à rester pauvres. Le métier de sénateur pouvait être fastidieux, surtout quand il devait feindre de se préoccuper de sujets aussi triviaux que les suppressions d'emplois dont étaient victimes ses électeurs. Le verre de cognac de fin de soirée était l'une des deux choses qu'il attendait avec impatience après une si dure journée. L'autre était le Ludus Mortis. Mais il y avait eu un problème, ce soir. L'événement de la roue de l'infortune avait été interrompu quand deux psychopathes avaient débarqué et commencé à tuer les vampires du cirque. Dès que Baynard avait pris conscience que le massacre ne faisait pas partie du spectacle, il s'était déconnecté. Depuis, il attendait que quelqu'un l'appelle pour lui dire de ne pas s'inquiéter, car c'était exactement ce qu'il était en train de faire. Il se faisait un sang d'encre. Un des deux tueurs de vampires avait pris une photo du grand écran sur lequel on voyait son visage.

Son téléphone ne sonna pas avant 22 h 45. C'était la secrétaire à la Défense, Rebecca Howe. Baynard était tellement pressé de prendre l'appel et de couper le son de la télévision en même temps qu'il manqua de faire tomber le téléphone. Recouvrant son calme, il porta l'appareil à son oreille et, sans perdre son temps en civilités, demanda :

« Rebecca, que s'est-il passé ?

– Je n'en sais pas plus que vous. Je me suis déconnectée dès que le massacre a commencé. Mais oui, un des hommes a pris une photo de l'écran, donc c'est assez inquiétant.

– Qui sont ces types ? Des flics ? Le FBI ?

– Navan Douglas va appeler Alexis Calhoon. Il pense que ça pourrait être ses hommes. Si c'est le cas, elle va devoir disparaître.

– Les hommes de Calhoon ? C'est qui ?

– Je suis pas sûre, mais je crois qu'ils ont tué Mike Raffone l'année dernière.

– Mike s'est pendu, non ?

– C'est ce qu'affirment les journaux, mais en fait non, il a disparu au ranch de Calhoon. Si le président a passé l'éponge, c'est parce qu'il a peur de l'équipe de Calhoon. Apparemment, ils ont réalisé une mission secrète pour lui, même si personne ne sait précisément de quoi il s'agissait.

– Merde. Depuis que le président a gagné son second mandat, il s'est relâché. Il faut qu'on le fasse remplacer.

– Richard, calme-toi. Si quelqu'un t'entend dire ça, tu vas finir comme Raffone. Reste tranquille. Arrête d'appeler tout le monde, bois un verre et détends-toi, d'accord ?

– Que je me détende ? QUE JE ME DÉTENDE ? » Au bout du fil, seul le silence lui répondit. « Allô ? ALLÔ ? REBECCA ? CONNASSE ! »

La secrétaire à la Défense avait raccroché depuis longtemps.

Baynard posa violemment son téléphone sur la petite table à côté de son fauteuil. Il but une autre gorgée de cognac et remit le son de la télévision. Aucune quantité d'alcool ne pourrait le débarrasser de l'horrible peur qui l'étreignait. C'était un désastre sans nom. Il se tortilla dans son fauteuil pour essayer de trouver une position confortable et continua de regarder les informations, terrifié à l'idée de voir un flash spécial annoncer ce qui était arrivé au cirque.

« C'était la secrétaire à la Défense ? » gronda une voix inconnue derrière lui.

Baynard se leva d'un bond et se retourna. Un homme vêtu d'un long manteau noir se tenait dans son salon. Sa capuche rabattue sur sa tête projetait une ombre sur son visage.

« Vous êtes qui, putain ? demanda le sénateur, le cœur battant à tout rompre.

– Je suis l'homme dont vous venez de parler. Celui qui a pris une photo de vous sur le grand écran.

– Oh, c'est pas vrai ! Comment vous êtes entré ?

– Je peux entrer n'importe où. »

Baynard recula de deux pas.

« Mes agents de sécurité peuvent être là en cinq secondes chrono, bluffa-t-il.

– Je les tuerai aussi.

– Qui êtes-vous ? demanda Baynard, sa bravade fondant comme neige au soleil.

– L'homme de tes cauchemars. L'homme dont tu savais qu'un jour, il découvrirait les actes ignobles auxquels tu t'adonnes. Et j'ai le regret de te dire, sénateur de mes deux, que ce jour est arrivé.

– Je... je n'en fais pas partie. Je me suis connecté par erreur. J'ai été horrifié par ce que j'ai vu. »

Le Bourbon Kid glissa la main sous son manteau et en sortit une machette.

« Vous, les politiciens, vous êtes incapables de dire la vérité, n'est-ce pas ? Vous ne savez pas faire. C'est dans votre nature de mentir, pas vrai ? Eh bien, c'est terminé. Vous ne prendrez plus jamais les gens pour des cons. »

Baynard tourna les talons et s'élança vers une grande porte en chêne dans un coin de la pièce. Il ne l'atteignit jamais. À peine avait-il commencé à courir que le Kid lui attrapa l'épaule et l'entraîna au sol. Il fit rouler Baynard sur le dos, puis lui enfonça sa machette dans l'entrejambe. La lame remonta le long du torse du sénateur, le découpant des couilles au menton. Baynard hurla de douleur pendant quelques secondes avant de s'évanouir. Ses agents de sécurité l'entendirent certainement, mais le Kid ne s'inquiétait pas. Il serait parti bien avant qu'ils arrivent.

Un de moins.

Le Bourbon Kid laissa Baynard paralysé sur le sol de son salon, luttant pour respirer tandis que le sang et la vie quittaient lentement son corps. Il sortit par la salle de bains luxueuse du sénateur, en essuyant au passage sa lame sur une des serviettes.

Einstein et Jacko l'attendaient au Purgatoire. Ce dernier était en train de plaquer quelques accords sur sa guitare, comme il le faisait quand il avait besoin de se détendre. Einstein était assis à une table ronde non loin de là, les yeux rivés à l'écran de son ordinateur. Il semblait au comble de l'excitation. Jacko était beaucoup moins enthousiaste.

« C'est fait », annonça le Kid.

Jacko arrêta de jouer de la guitare.

« Ça pourrait suffire, non ? Les autres vont peut-être comprendre le message et arrêter leurs conneries. »

Le Kid se tourna vers Einstein.

« Et maintenant ?

– La Suisse. Le mec bizarre de la famille royale est dans un chalet de ski. D'après les dernières images de vidéosurveillance, il est dans sa chambre, mais il n'est sans doute pas seul.

– Je me fiche qu'il ait dix gladiateurs romains avec lui. Ce type va mourir. Règle le portail. »

Einstein esquissa un demi-sourire.

« Déjà fait.

– Bien. Je reviens dans trente secondes. Prépare le prochain. »

64

Penthouse de l'hôtel Poséidon

« C'est un putain de désastre.

– Gardez votre calme, monsieur le président. J'ai mis nos meilleurs éléments sur le coup.

– Ne me dites pas de rester calme. Je vous ai dit que Baynard n'était que le début. Quelqu'un est assassiné toutes les cinq minutes, maintenant. Et toutes les victimes sans exception regardaient le Ludus Mortis hier soir. Croyez-moi, c'est ces hommes qui ont tué les vampires du cirque qui sont derrière tout ça. Nous devons découvrir qui ils sont et ce qu'ils veulent. »

Navan Douglas n'avait jamais vu son chef dans un tel état de stress, pas même pendant la campagne électorale ou dans les moments les plus critiques des nombreux conflits internationaux qu'il avait eu à gérer au cours de sa présidence.

« Monsieur, tant que vous restez ici, vous êtes en sécurité. Nous devons montrer au monde que vous ne paniquez pas. Occupez-vous de cette réunion, pendant ce temps je vais organiser une conférence de presse. Les Américains ont besoin de vous voir vous exprimer en public sur le sujet. »

Le président tira sur sa cravate, qui avait déjà été tellement malmenée qu'elle pendait mollement autour de son cou comme un nœud coulant.

« D'accord, finit-il par dire. Je vois qui, déjà, à 10 h 30 ?

– Il est en fait 11 h 15, monsieur le président. Mais vous recevez deux des personnes qui ont aidé à sauver Arizona il y a quelques mois, vous vous souvenez ?

– Arizona ?

– Votre fille illégitime.

– Ah, elle. D'accord. Et qui sont ces gens qui l'ont sauvée ? »

Douglas lui tapota l'épaule.

« Sanchez Garcia et Flake Munroe. »

Le président avait le cerveau en vrac. Heureusement, Douglas eut la gentillesse de le briefer sur sa prochaine réunion, et de l'informer qu'il avait de la nourriture entre les dents.

Une fois les préparatifs terminés, le procureur général s'excusa et se dirigea vers la sortie. Dès que Douglas eut franchi la porte, le président se rendit dans la chambre pour se rafraîchir un peu. Il craignait d'avoir des taches de sueur sous les aisselles, en plus de la nourriture coincée entre ses dents. Ces foutus culs-terreux et leurs médailles de merde. Des morceaux de métal brillant qui les faisaient se sentir importants. Bon Dieu, les gens étaient tellement stupides, tellement crédules. Des moutons, tous autant qu'ils étaient. Des putains d'abrutis. Et ce nom, *Flake*, ça avait intérêt à ne pas être le diminutif de *snowflake*. Les récompenser, elle et son ami Sanchez, pour avoir sauvé sa fille illégitime, Arizona. *Pfft.* Le monde se porterait bien mieux si cette petite conne écervelée était morte. Il n'aurait jamais dû coucher avec une non-Atlante, et encore moins sans protection. Et ces foutues lois sur l'avortement n'avaient pas aidé non plus. Il aurait dû envoyer Arizona au cirque des vampires. Enfin bon. C'était trop tard.

Il vérifia son reflet dans le miroir de sa chambre. Son visage était pâle, usé, même. Ce qu'il y avait de plus merdique dans le métier de président, et il y avait un paquet de trucs merdiques, c'étaient les tentatives d'assassinat. Tous ces connards qui voulaient le tuer. Il était désormais l'un des seuls survivants du Ludus Mortis de la nuit passée. Il regardait une pauvre fille se faire pourchasser par des cracheurs de feu quand soudain, BOUM !, le monde entier avait sombré dans le chaos. Quelqu'un allait perdre son boulot pour ça, c'était certain. Il lui fallait juste décider qui.

Sa diatribe intérieure finit par se calmer. Il aimait s'accorder une minute de ruminations environ trois fois par jour. Il n'avait pas le temps pour plus. Sa priorité pour l'heure était de se rafraîchir un peu avant de recevoir ses prochains visiteurs. Il serra la mâchoire et ouvrit la bouche. Il était là. Le truc coincé entre ses dents. Un cure-dent était nécessaire. Il se dirigea vers la salle de bains et poussa la porte.

« Vous allez quelque part ? » demanda une voix rocailleuse. Elle appartenait à une ombre qui se tenait devant lui, dans la salle de bains.

« Hein ? »

Le président était face à la poitrine de l'ombre. Il pencha la tête en arrière et vit le visage d'un homme portant une capuche noire.

« Je vous ai vu à la télé, ce matin, dit la voix rocailleuse.

– Quoi ? » Il recula d'un pas. « Oh, merde. »

L'ombre attrapa la cravate qui pendait autour du cou du président et tira dessus d'un coup sec, attirant le petit homme vers lui.

BAM !

Il y avait bien longtemps que personne n'avait donné un coup de tête au président. Bordel, ça faisait un mal de chien. Il perdit l'équilibre, mais son agresseur tenait toujours sa cravate, l'empêchant de s'écrouler.

« C'est pour tous les enfants qui sont morts au cirque », dit l'ombre.

Les réflexes du président se mirent en marche. Malgré son étourdissement, les mensonges commencèrent à se déverser de sa bouche.

« Ce n'est pas ce que vous croyez, déclara-t-il. On a hacké leur serveur. J'étais sur le point d'envoyer le FBI pour tuer tous les membres de ce cirque de barjos. Vous nous avez bien rendu service. Je devrais vous payer. Combien vous voulez ? »

Le Bourbon Kid lâcha la cravate, et le vieil homme recula en titubant dans la chambre. Le coin d'un meuble s'enfonça dans sa colonne vertébrale, lui causant une douleur supplémentaire.

« Je comprends pourquoi vous avez autant de bouteilles de bain de bouche, dit le Kid. Vous devez avoir une haleine de chacal avec ce flux constant de merde qui sort de votre bouche.

– Je vous donnerai tout ce que vous voulez.

– Je veux voir la couleur de votre cœur.

– Pardon ? »

Le président essaya de faire marcher son cerveau. Normalement, une voix dans son oreille lui disait quoi faire quand il tergiversait, mais il ne portait pas son oreillette. Son seul espoir de s'en sortir était de partir en courant et d'appeler à l'aide. Il ne réussit qu'à atteindre le lit au milieu de la pièce avant qu'une main attrape son bras et le fasse tourner, rendant sa vision encore plus floue qu'elle ne l'était déjà. Vertiges, nausée, bouche sèche. L'attaque se passa si vite qu'il la vit à peine venir. Mais il la sentit. La pointe d'une lame s'enfonça entre ses couilles et remonta le long de sa poitrine.

« Oh, mon Dieu. »

Les entrailles du président se déversèrent de son ventre et le sang jaillit dans toutes les directions, lui éclaboussant le visage. Ses jambes cédèrent sous son poids. Ses genoux se dérobèrent et il tomba à la renverse sur le lit, sa vision se brouillant tandis qu'il fixait le plafond. Puis sa tête glissa sur le côté et il vit l'ombre noire de son tueur se retirer dans la salle de bains, puis disparaître.

65

« T'as réussi à localiser le président russe ? » cria Jacko à Einstein.

Le scientifique fou tapait frénétiquement sur son clavier d'ordinateur, en vidant sa quatrième vodka tonic de ce qui avait été une longue journée au Purgatoire.

« Presque. Leur système est plus difficile à pirater.

– Dépêche-toi, putain. Le Bourbon Kid va revenir d'une seconde à l'autre et il va être furax si tu l'as pas encore trouvé. »

À la télévision, les journaux n'avaient toujours pas parlé de l'assassinat brutal du président des États-Unis. Le Bourbon Kid l'avait tué près de vingt minutes plus tôt, et il était parti faire subir le même sort au leader de la Corée du Nord.

Comme pour ajouter encore au stress de Jacko, son portable se mit à sonner.

« Oh, c'est pas vrai, ce boulot est un cauchemar », gémit-il en cherchant son téléphone dans sa poche.

Il le sortit et consulta l'écran pour voir si ça valait la peine de répondre. C'était Flake. Jacko ne voyait pas à quel genre d'urgence elle pouvait bien être confrontée, mais il décrocha malgré tout, simplement parce que c'était Flake, et que c'était une des rares personnes qui ne lui tapaient pas sur le système.

« Salut, Flake. Qu'est-ce qui se passe ?

– Jacko. Aide-moi. Sanchez est mort. Je suis piégée dans un hôtel, j'ai besoin d'aide pour m'échapper. Des gens essaient de me tuer. Tu peux me faire sortir ? »

Sanchez est mort ? Les mots tournèrent en boucle dans sa tête. C'était quoi, cette histoire ? Ça n'avait aucun sens. Mais

Flake n'était pas du genre à raconter des conneries. Et puis une pensée terrifiante le frappa. Était-ce en lien avec l'assassinat du président par le Bourbon Kid ? *Faites que non.* Jacko ferma les yeux et marmonna le mot « merde » dans sa barbe. Hélas, il n'avait pas le temps de réfléchir à ce qui avait pu se passer, car Flake avait des ennuis. De sérieux ennuis. Il devait à tout prix garder son calme.

« Bien sûr, répondit Jacko d'un ton aussi détendu que possible. Quel hôtel ?

– Hmm, oh, merde. C'est le... heu, l'hôtel Poséidon, à Chicago.

– Le Poséidon ? répéta Jacko. C'est là que loge le président ?

– Oui. Mais lui aussi, il est mort. Et j'ai tué par accident la première dame et deux gardes du corps avec l'Œil de la Lune. Jacko, fais-moi sortir d'ici. S'IL TE PLAÎT ! »

Un frisson parcourut l'échine du bluesman.

« À quel étage es-tu ?

– Je sais pas. Je suis dans la cage d'escalier qui mène au hall d'entrée. J'ai descendu à peu près cinq étages, je crois. Mais je sais pas quoi faire. Je sors au prochain étage ? »

On entendait une sonnerie stridente derrière la voix de Flake.

« C'est une alarme que j'entends ?

– Oui. Ils sont à ma poursuite. Dépêche-toi, putain ! C'est une urgence ! »

C'était une décision difficile à prendre, car le portail était déjà en cours d'utilisation. Par chance, alors que Jacko était à deux doigts de la crise de panique, le Bourbon Kid revint de Corée du Nord après avoir tué Chunki Phat Fuk, ou quel que soit le nom de ce connard.

« Laisse-moi juste une seconde, dit Jacko à Flake. Je reviens. » Il coupa le micro du téléphone pour que Flake ne l'entende pas puis hurla à l'adresse du Bourbon Kid : « JD, PUTAIN ! On a un problème ! »

À sa surprise, ce fut Einstein qui répondit le premier.

« J'ai trouvé le président russe ! annonça-t-il.

– Oublie ça, siffla Jacko avant de se tourner vers JD. Flake a des ennuis. Elle est au Poséidon. Elle dit que Sanchez est mort et qu'elle a accidentellement tué la première dame. Oh, et y a des gens qui essaient de la tuer, évidemment. »

JD parut choqué.

« Je croyais que leur réunion avec le président était tôt ce matin ?

– Qu'est-ce que ça peut faire ? T'as pas capté ? C'est notre faute ! Enfin, non, c'est *ta* faute.

– Elle est à quel étage ? Je vais la chercher.

– Ouais, bonne idée.

– Y a cinquante-quatre étages dans cet hôtel ! cria Einstein.

– *Je sais !* siffla Jacko. Je n'ai pas oublié. Attends, c'est une information utile, en fait. Flake a dit qu'elle était à cinq étages du sommet, et qu'elle descendait.

– Dans ce cas, je règle le portail pour qu'il donne sur une des pièces du quarantième étage.

– OK, parfait. »

JD se tourna vers Einstein.

« Dépêche-toi, espèce de crétin ! C'est urgent. » Il alla se placer face au portail, prêt à le franchir dès que la destination aurait changé. Il sortit deux pistolets de sous son manteau et les braqua sur la porte.

Jacko ralluma le micro de son téléphone et le plaça contre son oreille. Flake était en train de parler toute seule.

« OK, Flake, il y a cinquante-quatre étages dans cet hôtel. Descends au quarantième.

– Le quarantième ? Pourquoi ?

– Fais-moi confiance. Tu dois plus être très loin. Vas-y, et attends de l'aide.

– C'est tout ? J'attends de l'aide ?

– Flake, fais ce que je te dis ! Je reste en ligne. » Jacko se tourna vers Einstein. « C'est bon pour le quarantième étage ?

– Une seconde. »

Le savant fou appuya sur une touche de son clavier.

« C'est bon ! »

Le Bourbon Kid enfonça le bouton de la porte des toilettes, qui s'ouvrit en coulissant. Avant de la franchir, il se retourna vers les deux autres.

« Personne ne doit savoir ce qu'on a fait ici aujourd'hui.

– Non, sans blague ? railla Jacko. Je t'avais dit que ça finirait mal. Maintenant Sanchez est mort, et Flake va bientôt le rejoindre si tu te bouges pas.

– Mes lèvres sont scellées, ajouta Einstein.

– VAS-Y ! » hurla Jacko.

JD, qui avait davantage l'habitude de donner des ordres que d'en recevoir, franchit malgré tout le portail en direction de l'hôtel Poséidon. Jacko plaça de nouveau son téléphone contre son oreille. Flake parlait toujours à l'autre bout de la ligne. Il manqua une partie de son monologue, mais il l'entendit dire :

« Qu'est-ce que je fais ? Je peux pas rester là.

– Où es-tu ?

– Au quarantième étage, mais je dois bouger.

– Reste où tu es.

– Ils ont leurs armes braquées sur moi. Je dois partir ! »

Jacko tourna la tête vers les toilettes pour hommes et murmura les mots :

« *Dépêche-toi, JD, putain !* »

Environ dix secondes plus tard, une série de coups de feu filtra à travers le portail ouvert. D'une certaine manière, c'était un soulagement de savoir que JD avait la situation bien en main, mais ça signifiait aussi qu'un paquet de gens allaient mourir.

Jacko se tourna vers Einstein.

« C'est la foirade du siècle.

– À qui le dis-tu, répondit le scientifique. On laisse le portail ouvert ? Ou on le referme et on attend qu'il appelle ?

– Attends une seconde, je vais jeter un œil. »

Il sauta par-dessus le comptoir et courut jusqu'au portail. Il donnait sur une salle de bains d'hôtel équipée de toilettes, d'un lavabo et d'une douche.

« On dirait qu'il n'y a personne, ici », dit-il à Einstein.

Il pénétra dans la pièce et marcha jusqu'à la porte ouverte. D'autres coups de feu retentirent. Et des cris. Beaucoup de cris. Jacko passa la tête à l'extérieur. La chambre d'hôtel était vide, à part le mobilier, qui consistait en une télévision, une petite table et quelques chaises confortables. La porte d'entrée était ouverte sur le couloir, laissant entrevoir une ruée de clients et d'employés paniqués. Et soudain, comme si Jacko n'avait déjà pas assez d'emmerdes comme ça, deux personnes s'engouffrèrent en titubant dans la chambre par la porte ouverte. La première était une vieille dame d'environ soixante-dix ans, à la peau blanche et ridée. Elle était vêtue d'une robe à motifs noirs et orange, et semblait terrifiée. Son compagnon, un homme du même âge, également pâle et ridé, portait un pantalon bleu clair et un pull gris.

Dès qu'ils furent à l'intérieur, l'homme claqua la porte et s'en éloigna à reculons. Jacko se réfugia dans la salle de bains et referma avant que l'un ou l'autre le voie.

« Putain de merde », se murmura-t-il à lui-même.

Il recula vers le portail en croisant les doigts pour ne pas attirer l'attention du couple. Hélas, pour ajouter à la liste de plus en plus longue de ses malheurs, la vieille dame eut la mauvaise idée d'ouvrir la porte de la salle de bains. Son regard se posa sur Jacko, puis sur l'ouverture dans le mur derrière lui.

« Brian ! Y a un Noir dans notre salle de bains ! » hurla-t-elle.

Jacko s'empressa de franchir le portail, mais le vieil homme eut le temps de le voir. *Merde.* Fort heureusement, grâce à Einstein et à son esprit d'initiative, le portail se referma derrière lui.

Mais il n'était pas au bout de ses peines.

Einstein avait pris la position habituelle de Jacko derrière le comptoir. Il tenait le combiné du grand téléphone rouge contre son oreille.

« À qui tu parles, putain ? demanda Jacko.

– À Dieu.

– Dieu ?

– Ouais, et il veut te dire un mot. » Einstein plaça sa main sur la partie micro du combiné. « Il a l'air très énervé. Il dit quelque chose au sujet d'une utilisation abusive du portail. Il veut qu'il soit fermé. »

Après la pluie, le déluge.

« Dis-lui que je suis sur l'autre ligne », dit Jacko.

Einstein parut horrifié.

« Quoi ? Tu veux que je mente à Dieu ? »

Jacko pressa son propre téléphone contre son oreille. Flake n'était plus là. La ligne était coupée. Mais l'appareil se remit à sonner.

Numéro caché.

Jacko prit l'appel.

« Flake ?

– Non, triple buse. C'est Dieu. Depuis quand tu ne prends plus mes appels ?

– Ahhh, Dieu. Content d'avoir de vos nouvelles. Comment ça va ?

– Qu'est-ce que vous foutez avec le portail ?

– Heuuuu.

– Les personnes les plus puissantes du monde sont mortes, à l'exception de quelques-unes particulièrement psychotiques, poursuivit Dieu.

– Heuuuuu.

– Non, attends, le petit gros de la Corée du Nord est mort aussi. » Dieu semblait de plus en plus tendu. « Et pour couronner le tout, dit-il en baissant la voix pour montrer à quel point il était tendu, un couple de petits vieux à l'hôtel Poséidon vient de te voir, ainsi que le Purgatoire. Qu'est-ce que vous fabriquez, en bas, putain ?

– Je suis désolé, Dieu. C'est le Bourbon Kid. Il s'est lancé dans une nouvelle tuerie. Mais il s'en prend aux Atlantes, je pensais que vous seriez content.

– Tu te trompais. Vous n'utiliserez plus le portail sans ma permission, compris ?

– Et Flake et le Bourbon Kid ? Ils sont coincés au Poséidon avec des gens qui essaient de les tuer. »

Dieu ne connaissait pas la compassion.

« C'est le Bourbon Kid qui a causé ce bordel, dit-il. Qu'il se débrouille pour rentrer.

– Et Flake ? »

Le Très-Haut n'étant pas du genre à dire « au revoir », ce fut un simple *clic* qui signala la fin de l'appel.

« Il était en colère ? » demanda Einstein.

Avant que Jacko puisse inviter le scientifique à aller se faire foutre, son portable se remit à sonner. C'était Flake. Encore. Alors il répondit. Encore.

« Hé, Flake.

– Jacko. JD et moi on est dans la chambre d'hôtel, mais le portail est fermé. Tu peux le rouvrir ?

– J'aimerais bien, mais Dieu vient de m'interdire de l'utiliser. Vous allez devoir vous débrouiller pour sortir.

– Putain, t'es sérieux ?

– Oui, désolé. »

Flake avait dû suivre les mêmes leçons d'étiquette téléphonique que Dieu. Un *clic* l'informa que l'appel était terminé. Sympa.

« Qu'est-ce qui se passe, alors ? demanda Einstein.

– Plus de portail sans la permission de Dieu.

– Je te sers un verre ? »

Jacko lâcha un profond soupir.

« Un rhum Coca. Tu sais, je commence à comprendre pourquoi Scratch était tout le temps en colère, *et* en train de picoler. Ce travail rend fou. »

Einstein versa du rhum et du Coca dans un grand verre, qu'il posa sur le comptoir. Jacko sauta sur un tabouret, régla son téléphone sur vibreur et le plaça à côté du cocktail. Il essuya la sueur sur son front, puis souleva son rhum Coca. Au moment où le verre touchait sa lèvre inférieure, l'inévitable se produisit. Son portable se mit à tressauter sur le comptoir. Appel entrant. *Putain de merde.*

« Ugh. Quoi encore ? »

Jacko posa son verre, prit le téléphone et regarda l'écran. C'était Jasmine. Il décrocha.

« Salut, Jas. Qu'est-ce qui se passe ?

– JACKO, SORS-NOUS DE LÀ ! »

Jacko grimaça et éloigna un peu l'appareil de son oreille.

« Où ça, là ?

– Santa Mondega. C'est une urgence. Elvis et moi, on est en train de se faire canarder. Il faut que tu nous ouvres le portail, que tu nous fasses sortir de là. Ils vont nous tuer ! »

Jacko mit Jasmine en attente quelques instants avant de demander :

« Où exactement à Santa Mondega ? »

Jasmine baissa la voix.

« Des toilettes souterraines à Chinatown. Sous Les Petits Trains de Bobby. »

Jacko soupira. Comment diable allait-il lui expliquer que le portail était hors service ? Le mieux était de ne pas le lui dire.

« Les Petits Trains de Bobby ? dit-il de sa voix la plus calme. OK, laisse-moi une minute. Je vais voir ce que je peux faire. » Il couvrit le téléphone. « Einstein ! Cherche la boutique Les Petits Trains de Bobby à Chinatown. On doit ouvrir le portail pour Jasmine et Elvis. Il y a des toilettes souterraines quelque part là-bas.

– Et Dieu ? Il vient pas de te dire de *ne pas* utiliser le portail ?

– Tu veux bien faire ce que je t'ai demandé ?!

– Oui, monsieur. »

Jacko retourna à son appel avec Jasmine.

« Hé, Jas. Laisse-moi juste une minute. On a des problèmes techniques, mais je fais au plus vite. »

Einstein sortit en courant de derrière le comptoir et se laissa tomber sur la chaise devant laquelle se trouvait son ordinateur. Il l'ouvrit et commença à taper sur le clavier.

« Les Petits Trains de Bobby ? fit-il d'un air déconcerté.

– Ouais. À Chinatown.

– Y a pas de boutique portant ce nom à Chinatown. »

Jacko plaça de nouveau le téléphone contre son oreille. Tout ce qu'il entendait à l'autre bout de la ligne, c'étaient des coups de feu.

« Jasmine ? JAS ! TU M'ENTENDS ? »

Pas de réponse. Merde.

« EINSTEIN ! T'AS TROUVÉ ? »

Le scientifique enfonça ses dents proéminentes dans sa lèvre du bas.

« Je te l'ai déjà dit, y a pas de Petits Trains de Bobby à Santa Mondega ! »

Sa voix chevrotait, comme s'il était sur le point de fondre en larmes.

Jacko devait prendre une décision, et vite. *Qui connaissait le mieux Santa Mondega ?*

Sanchez. Non, il était mort.

Flake. Indisponible.

Rex ? Oui, Rex saurait peut-être.

Il mit fin à l'appel avec Jasmine et se hâta d'appeler le biker, qui, par chance, répondit immédiatement. Il alla droit au but.

« Rex ! Jacko à l'appareil. C'est une urgence. Jasmine et Elvis ont des problèmes. Ils sont en train de se faire tirer dessus. Ils sont enfermés dans des toilettes quelque part sous Santa Mondega, mais je trouve pas l'endroit. Tu peux venir au Purgatoire pour m'aider ?

– Ouais. Merde ! » Rex parla à toute vitesse, ce qui était exactement ce que Jacko attendait de lui. « Je suis dans la chambre 42 du motel El Guapo à San Antonio. Ouvre le portail et j'arrive. Ils sont blessés ?

– Je sais pas. FAIS VITE ! » Il couvrit le téléphone et hurla à l'intention d'Einstein : « Chambre 42 du motel El Guapo à San Antonio. MAINTENANT ! »

Pendant qu'Einstein pianotait à toute vitesse sur son clavier, Jacko sauta par-dessus le comptoir, attrapa le gros téléphone rouge et pressa le bouton blanc au centre. C'était la ligne directe de Dieu, lequel répondit avec un « Oui ? » fatigué.

« Jasmine a des ennuis. J'ai besoin du portail !

– Jasmine ? D'accord. »

Jacko raccrocha. Ils avaient de la chance que Jasmine soit le Dead Hunter préféré de Dieu. En fait, c'était peut-être même sa personne préférée tout court. Il suffisait de mentionner son nom pour que le Seigneur vous autorise à faire n'importe quoi.

Quand Jacko se retourna, Rex traversait déjà le portail.

« ILS SONT OÙ ? cria-t-il à Jacko.

– Sous le magasin de trains de Bobby à Chinatown. Mais Einstein le trouve pas sur la carte !

– Yo, Einstein, lança Rex en pointant du doigt le scientifique, cherche plutôt Les Ongles de Barbie. C'est le nom de l'ancienne boutique. Le magasin de trains a ouvert y a quelques mois. »

Einstein tapa sur quelques touches à la vitesse de l'éclair.

« Trouvé ! » cria-t-il au bout de quelques secondes.

Le portail se ferma derrière Rex, et se rouvrit aussitôt dans une cacophonie de coups de feu. Un énorme berger allemand en sortit en boitillant. Jasmine était allongée sur le sol d'une pièce minuscule, en sang, sa combinaison déchiquetée par les impacts de balles. Elvis se tenait entre elle et ce qu'il restait de la porte, qui était en train d'être mise en pièces.

Rex passa aussitôt à l'action. Il s'accroupit et glissa ses mains sous les aisselles de Jasmine pour la mettre en sécurité au Purgatoire. Pour ajouter encore au chaos, le gros chien se mit à aboyer sans raison apparente. Jacko se pencha par-dessus le comptoir pour regarder Jasmine. Elle était mal en point.

Rex se détourna de Jasmine et cria à Elvis de se dépêcher. Il dut l'entendre puisqu'il cessa aussitôt de tirer sur la porte défoncée et plongea dans le Purgatoire. Rex enfonça le bouton à côté du portail, qui se referma, faisant taire les coups de feu.

« Il est à qui, ce chien ? demanda Einstein.

– On s'en fout », dit Rex en se penchant sur Jasmine pour prendre son pouls.

Sa combinaison violette était criblée de trous. C'était sa meilleure, en plus, celle avec écrit « PORN STAR » sur la poitrine.

« Oh, merde », fit Jacko.

Il n'osa pas ajouter quoi que ce soit de peur de s'incriminer, vu qu'il se sentait en partie responsable de ce désastre.

Elvis le supplia du regard.

« Tu dois ramener Flake ! C'est elle qui a l'Œil de la Lune. »

Jacko se frotta le front.

« Flake a ses propres problèmes à gérer. Je suis même pas sûr de savoir où elle est.

– Moi je sais, dit Rex. Règle le portail sur le club des Gunslingers dans le centre-ville de Chicago. »

Comme toujours, Einstein était au taquet. En un rien de temps, il localisa les toilettes pour hommes du club. Rex rouvrit le portail et s'y engouffra pour aller chercher Flake.

Jacko était à deux doigts de la crise de panique. Le temps lui semblait passer au ralenti. Pour Jasmine, chaque seconde comptait. Elle risquait de mourir à tout moment, il le savait.

DING, DONG !

C'est quoi ce délire ?

Jacko regarda Einstein. Le scientifique fou avait également entendu la sonnette. Et il paraissait aussi déconcerté que lui.

« C'était une sonnette ? demanda Einstein, faisant écho aux pensées de Jacko.

– Oui, dit celui-ci en fronçant les sourcils. Mais on n'a pas de sonnette… si ? »

Einstein haussa les épaules, puis il cria à pleins poumons :

« ENTREZ !

– Qu'est-ce que tu fais ? siffla Jacko, exaspéré. T'es taré ? On sait même pas qui c'est !

– On sait, maintenant », dit Einstein en désignant les portes battantes à l'entrée du Purgatoire.

Une postière franchit les portes d'un pas guilleret. C'était une jeune femme menue vêtue d'un short marron et d'une veste rouge, avec une sacoche sur l'épaule. Elle repéra le gros berger allemand roulé en boule près du comptoir et l'évita prudemment.

« Livraison pour Jacko », dit-elle en brandissant une grande enveloppe marron matelassée.

Cette journée était de plus en plus bizarre. Non seulement le Purgatoire n'avait jamais eu de sonnette (pas à la connaissance de Jacko, en tout cas), mais il n'y avait jamais eu non plus de service postal dans le Cimetière du Diable.

Il eut un sourire forcé.

« C'est moi », dit-il.

La postière lui tendit l'enveloppe et un petit morceau de papier.

« Signez ici, s'il vous plaît. »

Jacko lut le nom sur son badge. Elle s'appelait Cindy.

« Pardonnez-moi, Cindy, mais comment êtes-vous arrivée ici ?

– Par la route, dit-elle. Une signature, s'il vous plaît.

– Heu, oui, bien sûr. »

Il signa le papier et le lui rendit.

« Merci, dit Cindy. Passez une bonne journée.

– Heu, oui. Vous aussi », lança Jacko alors qu'elle ressortait par les portes battantes.

Einstein se leva de sa table et se dirigea vers le bar.

« Qu'est-ce que c'est ? » demanda-t-il en regardant l'enveloppe d'un air impatient.

Le bluesman la déchira et en sortit une seringue vide et un petit morceau de papier sur lequel un message était écrit à la main. Il disait : *Pour Jacko, de la part de Dieu.*

« Pourquoi est-ce qu'il m'envoie une seringue ? marmonna-t-il.

– Il veut peut-être que tu t'injectes la peste ? suggéra Einstein. Tu sais, vu comment tu l'as énervé aujourd'hui. »

Jacko ignora la remarque perfide du scientifique et se tourna vers le portail pour voir si Rex revenait. Il n'y avait aucun signe de lui. Il posa les yeux sur Jasmine. Elle était étendue sur Elvis et ne semblait pas respirer. Quant au King, il était soit endormi, soit inconscient.

Comme si la situation n'était pas déjà assez inquiétante, des coups de feu se firent de nouveau entendre à travers le portail.

Ils réveillèrent Elvis, qui regarda autour de lui comme s'il avait oublié où il était. Jacko ferma les yeux. *Faites que Flake, JD et Rex aillent bien.* Il posa la stupide seringue sous le comptoir. Il n'avait pas la moindre idée de ce que le message cryptique de Dieu pouvait bien vouloir dire. Lorsqu'il leva les yeux, il vit Rex, Flake et JD émerger du portail.

« Vous en avez mis du temps, qu'est-ce qui s'est passé ? » demanda Jacko, échouant à masquer sa nervosité.

Personne ne lui répondit. Flake se jeta au sol et pressa l'Œil de la Lune sur les blessures de Jasmine. Elvis et elle essayèrent de trouver la meilleure manière d'utiliser la pierre bleue sous le regard anxieux des autres. Voyant que personne ne lui parlait, Jacko ferma le portail, juste au cas où d'autres chiens décideraient de s'y engouffrer.

Finalement, Rex lui demanda :

« On a des bandages ?

– Non, y en a plus. On pourrait essayer avec un tee-shirt ? »

Son idée fit un flop. Néanmoins, Elvis finit par enlever sa chemise et l'enrouler comme un bandage autour du torse de Jasmine. Mais rien ne semblait fonctionner. Au bout d'un moment, JD laissa les autres et se dirigea vers le bar. Il claqua des doigts à l'intention de Jacko, puis mima le geste de s'injecter quelque chose dans le bras.

Ah, ah ! C'est donc à ça que sert la seringue. Waouh, Dieu en pince vraiment pour Jasmine.

Jacko tendit la main sous le comptoir et prit la seringue. Il la donna à JD, qui était en train de s'ouvrir la paume avec un couteau pour faire couler son sang sacré.

« J'espère que ça va marcher, lui chuchota Jacko. Sinon, Dieu ne nous le pardonnera jamais. »

66

Quatre mois plus tard

Alexis Calhoon avait joué un rôle majeur dans la fin de la guerre. Seule une poignée de personnes savaient que ses assassins étaient responsables de l'exécution du dictateur russe, mais l'un d'entre eux était le président Navan Douglas. Il lui avait fallu quatre mois pour se décider à inviter Calhoon à la Maison-Blanche pour la remercier.

Pour l'occasion, elle et son mari Roger avaient revêtu leurs plus beaux habits : elle son uniforme de cérémonie blanc, lui son costume le plus élégant. Ils patientèrent dans la salle d'attente pendant vingt minutes avant qu'un membre du personnel, un jeune homme noir en costume gris, vienne les chercher.

« Bonjour, général, dit-il. Je suis Jeff Brooks. Le président est prêt à vous recevoir. »

Calhoon et son mari se levèrent et, d'un même geste, lissèrent les plis de leurs vêtements.

« Monsieur, dit Brooks, s'adressant à Roger Calhoon. Si vous n'y voyez pas d'inconvénient, vous allez devoir attendre ici. Le président doit d'abord s'entretenir de certaines affaires officielles avec le général. Quand ce sera fait, je viendrai vous chercher. »

Roger ne sembla pas en prendre ombrage.

« Aucun problème. »

Il tapota le bras d'Alexis et lui souhaita bonne chance, puis se rassit pour attendre un peu plus longtemps.

Brooks et Calhoon longèrent le couloir menant au bureau du président en discutant à un rythme endiablé comme s'ils étaient dans un épisode d'*À la Maison-Blanche*. Quand ils arrivèrent devant le bureau ovale, Brooks échangea quelques mots avec le secrétaire, puis il frappa à la porte, l'ouvrit et s'effaça pour laisser passer Calhoon.

Le président Douglas était perché sur le bord de son bureau, l'air décontracté. Pantalon de costume bleu, chemise défaite, pas de cravate. Il semblait plutôt à l'aise dans son nouveau rôle.

« Alexis, dit-il avec un sourire en traversant la pièce pour lui serrer la main. Vous avez fait bon voyage ?

– Oui, monsieur le président. Mon mari et moi tenons à vous remercier pour le jet privé et la voiture. Le voyage a été très agréable.

– Bien, vous m'en voyez ravi. Je vous en prie, asseyez-vous. »

Douglas se dirigea vers le fauteuil en cuir derrière son bureau et s'y affala. Calhoon s'assit face à lui, mais préféra rester dans une position convenable, quoique moins confortable.

« Vos agents ont fait un excellent travail avec les Russes, dit Douglas en se penchant en avant. Votre pays vous doit beaucoup.

– C'est très gentil de votre part, monsieur. Je ne fais que mon travail, bien sûr, au service de mon président.

– Je ne sais pas ce que serait le monde aujourd'hui sans vos assassins. »

Douglas se rencogna dans son fauteuil et lui sourit, mais ne dit rien de plus.

« Je pense que le monde a de la chance de pouvoir compter sur votre leadership en ces temps si difficiles », répondit généreusement Calhoon.

Douglas continua de lui sourire, ce qui ne lui inspirait rien de bon. Grâce à ses longues années de service dans l'espionnage, le contre-espionnage et les opérations fantômes, Calhoon avait acquis une sorte de sixième sens qui lui permettait de se rendre compte bien plus vite que la plupart des gens que quelque chose ne tournait pas rond. Elle jeta un coup d'œil sur sa gauche, puis sa droite. Elle avait déjà examiné la pièce en entrant. Ils étaient seuls. Du moins, en apparence. Calhoon éprouvait une sensation étrange, comme si une bête rampait sur sa nuque.

« Tout va bien, monsieur le président ?

– Absolument. »

Soudain, elle sentit comme une piqûre d'insecte au sommet de sa colonne vertébrale. Elle leva la main pour chasser la bestiole, mais ses doigts ne firent qu'effleurer le col de sa chemise avant de retomber le long de son corps. Sa tête était lourde. Ce n'était pas un insecte qui l'avait piquée. On lui avait injecté quelque chose. Une paire de mains invisibles stabilisa sa tête et la laissa se poser contre sa chaise. Sa bouche s'ouvrit comme celle d'une personne âgée qui s'endort devant la télévision après un déjeuner trop copieux.

« Ça fait longtemps que j'attends ce moment, dit Douglas, son sourire s'élargissant. C'est pour mon vieil ami, Mike Raffone. Vous vous souvenez de lui ? Je sais que vous l'avez fait tuer l'année dernière. »

Calhoon était complètement paralysée. Elle voyait et entendait tout mais ne pouvait pas bouger le moindre muscle, ni même les yeux, qui fixaient les rideaux derrière la tête du président.

Douglas se leva et contourna le bureau. Il se percha à nouveau sur le rebord et se pencha en avant pour se placer dans le champ de vision de Calhoon. Il tendit la main et souleva sa mâchoire inférieure pour refermer sa bouche. Dès qu'il retira sa main, la mâchoire retomba.

« Ça me fascine, dit-il. Voir des gens paralysés comme ça. On peut leur faire des choses qu'on n'oserait jamais faire à personne en temps normal. » Il fit courir son doigt sur sa joue. « Mais ne vous inquiétez pas. La paralysie sera bientôt terminée. Dans environ deux minutes, vous serez victime d'un infarctus. Merci pour vos services. »

Juste avant que Calhoon soit terrassée par une crise cardiaque, son agresseur baissa la capuche du manteau qui l'avait rendu invisible, se révélant à elle. Il se tenait à côté du fauteuil du président. C'était un homme d'une quarantaine d'années, au teint pâle, vêtu d'une chemise et d'un pantalon violets sous un étrange manteau à rayures noires et blanches qui semblaient bouger. Dans sa main se trouvait la seringue qui avait injecté un poison mortel à Calhoon.

« Oh, voici celui qui vous a tuée, dit Douglas. Il s'appelle Diago, et vos hommes ont massacré tous ceux qu'il aimait, y compris son frère. »

Douglas ferma une nouvelle fois la bouche de Calhoon juste pour le plaisir de la voir se rouvrir, puis il retourna derrière son bureau, faisant signe à Diago de s'éloigner de sa chaise.

« J'ai accompli ma part du marché », dit Diago en s'écartant. Il tira une chaise à côté de Calhoon. « Maintenant, dites-moi où trouver les Dead Hunters.

– C'est compliqué, répondit Douglas en se rasseyant dans son fauteuil. Nous n'avions pas de dispositif de traçage sur les deux hommes qui ont assassiné vos amis du cirque.

– Rodeo Rex et le Bourbon Kid. L'un d'eux a tué mon frère, Dexter. C'est une chose que je ne peux pas pardonner.

– Ne vous inquiétez pas. Nous avions un mouchard sur leur amie, Flake Munroe. Elle le portait quand elle a fui l'hôtel Poséidon avec le Bourbon Kid après le meurtre de mon prédécesseur. On les a suivis jusqu'à un bar de motards clandestin à Chicago, le club des Gunslingers. Malheureusement, quand nos hommes sont arrivés, ils avaient disparu.

– Disparu ? Comment ?

– C'est difficile à dire. Au moment où nos hommes ont fait une descente au club, le dispositif de localisation de Flake est tombé en panne.

– En panne ?

– Oui. On la voyait au club des Gunslingers, et soudain elle a disparu de la surface de la terre. On a d'abord supposé qu'ils avaient découvert le dispositif et l'avaient désactivé, mais environ une heure plus tard, il est apparu sur une île du Pacifique. » Douglas grimaça, puis ajouta : « Mais dix minutes plus tard, il disparaissait à nouveau. Il doit s'agir d'un bug, car il est impossible qu'ils aient pu aller de Chicago à l'océan Pacifique en si peu de temps. »

Diago n'était pas convaincu.

« C'est quoi, le nom de l'île ?

– Medicine Island. Elle est inhabitée, de nos jours, mais on s'en servait pour tester des vaccins.

– Je connais. Orto McTavish y a été exilé il y a quelques années, il les a peut-être vus.

– Je suis certain qu'ils n'y étaient pas, dit Douglas. Et même s'ils y étaient, l'île a été frappée par un tsunami déclenché par les bombes nucléaires russes. Si vous voulez vraiment les trouver, mon instinct me dit que les motards du club des Gunslingers en savent plus qu'ils ne veulent bien le dire. »

Diago se pencha sur le bureau, ouvrit la bouche et montra ses crocs.

« Vous m'avez fait attendre tout ce temps pour me dire qu'ils sont probablement morts ?

– C'est tout ce que j'ai, désolé. »

Le vampire tendit la main dans son dos et remonta sa capuche sur sa tête, se rendant de nouveau invisible.

« Qu'est-ce que tu fais ? Diago, qu'est-ce que tu fais ?! »

Diago ne répondit pas. Au lieu de quoi, il contourna le bureau et présenta au nouveau président des États-Unis ses crocs de vampire. Il lui croqua le nez, arracha sa langue de sa bouche puis l'écorcha vif. Le message était clair : ne jamais contrarier un vampire, surtout s'il est en possession d'un manteau d'invisibilité.

67

Depuis qu'il avait perdu une bonne partie de sa clientèle lors d'un récent massacre, le club des Gunslingers était un endroit plutôt tranquille. Tina, la barmaid, préférait en général qu'il y ait un peu d'animation, mais depuis le carnage elle se satisfaisait très bien de cette nouvelle atmosphère calme et délicieusement ennuyeuse.

En ce jeudi midi particulièrement peu mouvementé, il n'y avait que deux autres personnes dans le bar. Carmine, le nouveau président du club, et son pote, Bony Jim. Ils jouaient au billard quand un inconnu franchit la porte d'entrée et s'approcha du comptoir. C'était un grand homme pâle vêtu d'un manteau à rayures noires et blanches, d'une chemise violette et d'un pantalon assorti, une vraie tenue de bouffon. Il avait de longs cheveux bruns, les yeux jaunes et un air un peu efféminé. Tina le considéra avec méfiance. Ce n'était pas le genre de client que le portier laissait entrer dans le club.

« Bien le bonjour, dit l'homme en s'installant sur un tabouret au bar.

– Comment êtes-vous entré ? lui demanda Tina.

– Par la porte.

– Rik vous a laissé passer ?

– Oui.

– Rik ne travaille pas ici. C'est Kurt, le portier, et il ne laisse pas entrer les inconnus. Qui êtes-vous, monsieur ? Et comment êtes-vous entré ?

– Je m'appelle Diago, et je suis à la recherche des gens qui ont attaqué votre club.

– Vous voulez dire le Bourbon Kid ?

– Exact. J'ai cru comprendre qu'il était ici il y a quelques mois avec une femme nommée Flake. »

Tina plissa les yeux d'un air suspicieux.

« Comment savez-vous tout ça ?

– Je le sais, c'est tout, répondit Diago avec une pointe d'arrogance. Mais j'ai raison, n'est-ce pas ?

– Ouais, ils étaient là. Et Rodeo Rex a débarqué aussi. Ils ont fait un carnage. Les flics et le FBI les recherchent, depuis. Qu'est-ce qui vous fait penser que *vous*, vous pouvez les trouver ?

– Parce que je suis génial. Je vais faire en sorte qu'ils paient pour ce qu'ils ont fait.

– Vous buvez quelque chose ? demanda Tina, sa curiosité piquée au vif.

– Non. Je veux savoir où le Bourbon Kid et ses amis sont allés après avoir quitté cet endroit.

– Ils ont juste disparu.

– Disparu ?

– J'étais ici, derrière le bar. Les flics ne me croient pas, mais je les ai vus. Ils sont entrés dans les toilettes pour hommes et ils ne sont jamais ressortis.

– Ils se sont échappés par une fenêtre ?

– Nan. Y a pas de fenêtre dans ces toilettes. »

Diago se caressa le menton en réfléchissant à ce que Tina venait de dire.

« Expliquez-moi encore une fois, dit-il finalement. Depuis le début. Ils arrivent, ils viennent commander à boire, et...

– Ils ne sont pas venus au comptoir. J'ai dû aller prendre leur commande. Et au début, il n'y avait que le Bourbon Kid et sa meuf. Il a pris un bourbon, elle un gin tonic. Et puis les flics ont débarqué devant la pizzeria, du coup les mecs leur ont demandé des comptes. On n'aime pas les flics, ici.

– Qui les aime ?

– C'est vrai. Donc certains des gars commencent à s'expliquer avec le Bourbon Kid. C'est à ce moment-là que Rodeo Rex est sorti de nulle part. C'est-à-dire qu'il est sorti des toilettes. »

Tina désigna le fond de la salle.

« Donc Rex était déjà ici ? Mais il était dans les toilettes ?

– Non », dit Tina en poussant sa lèvre inférieure avec sa langue. C'était un truc qu'elle faisait quand elle parlait à des gens qu'elle trouvait stupides. « C'est ce que j'arrête pas de répéter. Il n'était pas là, ça faisait des années qu'il n'était pas venu, mais il est sorti des toilettes pour hommes. »

Diago se gratta la tempe.

« Attendez une seconde. Il est sorti des toilettes pour hommes ? Comment il y est entré ?

– C'est bien ce que je dis ! Il n'y a pas de fenêtres dans cette pièce, ni de porte. Il n'y a qu'une entrée et une sortie. Il n'y est jamais entré, mais il en est sorti. »

Diago plissa les lèvres en réfléchissant à ce qu'elle venait de dire.

« D'accord, dit-il au bout de quelques secondes. Et ensuite ?

– Ensuite, la fille mignonne a commencé à lancer des éclairs bleus avec ses mains, et le Bourbon Kid s'est mis à tirer sur tout le monde. Ils ont tué beaucoup de gens.

– Et vous avez vu tout ça ?

– Je me suis cachée derrière le bar. J'ai surtout entendu. Mais quand les tirs ont cessé, je me suis levée, et je les ai aperçus entrer dans les toilettes. Tous les trois. Et c'est la dernière fois que je les ai vus. Les flics ont débarqué quelques minutes plus tard, et je leur ai dit ce que je viens de vous dire. Mais quand ils sont allés dans les toilettes, ils ont trouvé personne.

– OK. Et qu'est-ce qui s'est passé d'après vous quand le Bourbon Kid et ses amis sont allés dans les toilettes ?

– Je *sais* ce qui s'est passé. Ils ont été téléportés.

– Téléportés ?

– C'est un truc que j'ai entendu. Des rumeurs comme quoi Rodeo Rex peut changer de continent en quelques secondes. Une minute il est là, celle d'après il est là-bas.

– Là-bas ?

– En Australie, en Europe, en Asie, où vous voulez. »

Diago baissa les sourcils.

« Comment il fait ça ?

– Je sais pas. Mais je sais que c'est vrai. Je suis pas la seule à l'avoir vu entrer dans les toilettes. Je vous le dis, c'est l'œuvre du diable. Ils peuvent aller où ils veulent, n'importe où dans le monde.

– Sur une île déserte, par exemple ? »

Tina répéta ce qu'elle venait de dire en haussant la voix, vu que Diago semblait dur d'oreille.

« N'IMPORTE OÙ DANS LE MONDE ! »

Son cri attira l'attention de deux motards qui jouaient au billard. Ils s'interrompirent et levèrent les yeux vers elle.

« Merci, dit Diago. Vous m'avez été d'une grande aide. »

Carmine, un type d'un mètre quatre-vingts qui avait le crâne partiellement rasé à l'exception d'une touffe de cheveux de cinq centimètres sur le dessus, s'approcha d'eux en maniant sa queue de billard d'un air menaçant. Son pote, Bony Jim, un gars maigre et édenté avec un œil plus bas que l'autre, le suivit, la queue à la main.

« Hé, trouduc, fit Carmine en s'adressant à Diago. Qui t'a dit que tu pouvais venir dans notre club ? »

Diago descendit de son tabouret et fusilla du regard le président du club. Puis il remonta sa capuche sur sa tête et se volatilisa. Tina se tourna vers son chef pour voir s'il avait été témoin de la scène. Il était aussi abasourdi qu'elle. Leur étrange visiteur venait-il vraiment de disparaître sous leurs yeux ?

« Où est-ce qu'il est passé ? » demanda Carmine.

Avant que Tina puisse répondre, son chef exécuta une curieuse danse, une sorte de tango sans partenaire. Puis le sang jaillit de sa gorge comme s'il avait été poignardé avec une paire de ciseaux. La peau à l'avant de son cou se détacha et le sang gicla dans toutes les directions. La gorge de Carmine avait été arrachée. Bony Jim réagit en balançant sa queue de billard là où il pensait trouver le tueur invisible. Mais alors qu'il frappait pour la troisième fois, la queue vola hors de sa main, disparut pendant une seconde, puis réapparut en s'écrasant sur le sol.

« Qu'est-ce qui s'est passé ? demanda Tina. Tu l'as eu ? »

Bony Jim n'eut pas le temps de répondre. Ses mains tombèrent le long de son corps et il se mit à remuer les jambes comme s'il dansait une gigue irlandaise. Puis sa tête tourna à cent quatre-vingts degrés dans un horrible craquement, signalant la fin du spectacle. Bony Jim s'effondra au sol, la nuque brisée.

Tina n'avait pas l'intention d'être la prochaine victime de Diago. Elle pivota sur ses talons et courut jusqu'à la réserve, où elle s'empara du fusil à canon court qu'ils gardaient dans un placard pour les urgences. Quand elle retourna dans le bar, elle l'agita comme si elle était prête à s'en servir.

« Montre-toi, espèce de lâche ! » cria-t-elle, sa main tremblant sur la crosse du fusil.

Pas de réponse. Elle sortit de derrière le comptoir, les deux mains sur le fusil, menaçant de tirer. Elle pria Dieu pour que l'homme invisible soit parti.

Ce n'était pas le cas. L'arme lui fut arrachée des mains, et disparut aussitôt. Tina recula.

« Je n'allais pas tirer, dit-elle. Il est même pas chargé. »

Sourd à ses mensonges, Diago lui enfonça la crosse dans la bouche, faisant sauter plusieurs dents. Un second coup à la tempe l'assomma. Et comme il n'aimait pas le travail bâclé, il la frappa encore plusieurs fois jusqu'à ce que sa cervelle se répande sur le sol.

68

« C'est notre prochaine mission, annonça Rex. On trouve les gens qui ont tué Calhoon. »

Après s'être ouvert l'appétit en jouant au volley sur la plage, le gang s'était installé autour de la table de la cuisine du centre médical pour un déjeuner tardif. Flake avait préparé des steaks frites pour tout le monde ainsi que des accompagnements à volonté. Mais ils étaient surtout là pour discuter de choses importantes. Au cours des vingt-quatre dernières heures, ils avaient appris la mort d'Alexis Calhoon, de Navan Douglas et de plusieurs membres du club des Gunslingers.

Elvis répondit à la déclaration de Rex la bouche pleine de viande et de frites.

« Et comment on est censés s'y prendre ? »

Rex avait longuement réfléchi à la question.

« Je suis convaincu que celui qui a tué Calhoon et Navan Douglas est aussi responsable de ce qui s'est passé au club des Gunslingers. Ça peut pas être une coïncidence. Quelqu'un essaie probablement de retrouver JD et Flake. »

Flake avala un gros morceau de steak sans le mâcher suffisamment et déglutit bruyamment.

« Qui voudrait faire ça ?

– Je sais pas, dit Rex. Mais c'est la seule explication logique. »

JD arrêta de manger et regarda Rex.

« Personne ne sait qu'on est ici. Si quelqu'un nous cherche, il perdra notre trace au club des Gunslingers. »

Rex prit un petit pain dans le panier au centre de la table, mais avant qu'il puisse en faire quoi que ce soit, son téléphone émit un *bip*, indiquant un message entrant. Il posa le petit pain sur son assiette et regarda l'écran de son portable.

« Qui t'envoie des textos ? » s'enquit Jasmine.

Rex semblait plongé dans ses pensées tandis qu'il lisait le SMS.

« Demandez de l'aide et Dieu vous envoie un message, dit-il.

– Dieu t'a envoyé un texto ? demanda Jasmine.

– Non, c'est Denise, une vieille amie à moi. »

Elvis, qui était sur le point d'enfourner une poignée de frites dans sa bouche, interrompit son geste.

« Denise ? La meuf de Carmine ? »

Rex hocha la tête.

« Je suis invité à son enterrement. »

Elvis tenait toujours ses frites.

« Carmine est mort ?

– Ouais. Il était au club, hier.

– Réponds-lui. Demande-lui qui l'a tué, dit Elvis en enfournant finalement ses frites dans sa bouche.

– Mince, quelle bonne idée, je n'y avais pas pensé », fit Rex en levant les yeux au ciel.

Il écrivit un SMS à Denise pour lui présenter ses condoléances et lui demander si elle savait qui était responsable du dernier massacre au club des Gunslingers.

Les autres continuèrent de manger, sans rien dire, en attendant que Rex reçoive une réponse. Elle arriva pile au moment où il s'apprêtait à avaler un morceau de steak juteux. Il posa sa fourchette et consulta son téléphone.

« Elle sait pas, dit-il après avoir lu le message. Elle dit que les caméras de sécurité n'ont filmé personne entrant ou sortant du club.

– Mince, dit Elvis.

– Et elle veut que je fasse un discours à l'enterrement de Carmine. Merde. »

Elvis but une gorgée de Coca à la bouteille et fit tourner le liquide dans sa bouche avant de répondre.

« Je suis pas sûr que ce soit une bonne idée, mec. Ils doivent t'avoir dans le collimateur, non ?

– Possible. Mais d'après ce que j'ai compris, tous les Gunslingers sont morts. C'est des bikers d'autres clubs qui seront à l'enterrement. Carmine était un gars populaire.

– J'irais pas, à ta place, dit Elvis. Ça pourrait être un guet-apens. »

C'était un sacré dilemme.

« Denise est une bonne amie à moi. Et Carmine l'était aussi. Je leur dois bien ça.

– C'est quand ? demanda Elvis.

– Jeudi. À Oakland.

– En Californie ? C'est pas la porte à côté.

– J'utiliserai le carrefour. »

Flake avala une frite et leva les yeux.

« Le carrefour ? Comment ça ?

– C'est nouveau, dit Rex. Jacko a demandé à Einstein de créer un autre portail. Contrairement au portail des toilettes, on peut passer par celui-ci dans un véhicule, et il vous emmène sur n'importe quel parking dans le monde. J'aime mieux ça que de débarquer dans les salles de bains des gens.

– Ça a l'air dangereux, dit Flake. Et si tu percutes quelque chose ? »

Jasmine piqua une frite dans l'assiette d'Elvis et en mordilla le bout.

« Elvis et moi, on ira à l'enterrement avec toi. Au cas où il y aurait des problèmes.

– C'est réservé aux Hells Angels, dit Rex. Tout le monde doit arriver à moto. Et après la cérémonie, on prend la route et on se fait une balade tous ensemble.

– J'ai déjà roulé avec vous, dit Elvis. Je suis un motard à titre honorifique. Donc je peux venir, non ?

– Pourquoi pas. Ce serait comme au bon vieux temps.

– Et moi je peux vraiment pas ? demanda Jasmine. Même pas en tant qu'invitée ?

– Elvis sera déjà mon invité, dit Rex. Je peux pas tous vous emmener. »

Le King frotta l'épaule de Jasmine.

« Il vaut mieux que tu restes ici. On sera partis qu'une journée, de toute façon, pas vrai, Rex ?

– En fait, je me disais qu'après l'enterrement, on pourrait passer au ranch de Calhoon pour discuter un peu avec son mari, Roger. Pour voir s'il a une idée de qui l'a tuée ? Qu'est-ce que t'en dis ? »

Elvis passa son bras autour de la taille de Jasmine et la serra.

« Qu'est-ce que t'en penses, mon cœur ?

– Ça me plaît pas trop, mais vous méritez de passer un peu de temps entre mecs. Allez faire votre balade à moto, et quand vous saurez qui on va tuer, venez me chercher. Je vais rester ici et travailler mon bronzage intégral. »

Goober aboya, comme s'il approuvait l'idée. Ce qu'il voulait en réalité, c'était que les humains arrêtent de bavarder et lui lancent enfin un morceau de viande. Flake eut finalement pitié de lui et découpa un morceau de son steak pour le lui donner. Il n'en fit qu'une bouchée.

Quand ils eurent fini de déjeuner et que Goober eut léché toutes les assiettes, Rex, Elvis et Jasmine se rendirent au Purgatoire pour boire des coups pendant que JD et Flake restaient pour nettoyer.

JD débarrassa la table et ramassa les assiettes que Goober était encore en train de lécher pendant que Flake remplissait l'évier d'eau chaude.

« Tu sais, j'ai pensé à un truc, dit-elle.

– Ah oui ?

– Rex a dit que quand son pote avait été tué au club de bikers, les caméras n'ont filmé personne entrant ou sortant des lieux.

– Ouais.

– Et si c'était un de ces assassins invisibles ? Tu sais, comme celui qui t'a frappé avec la batte de base-ball, ou ceux qui ont tué tous les chefs d'État ? »

JD posa la pile d'assiettes qu'il avait dans les mains.

« À propos de ça, dit-il en se raclant la gorge. Il y a quelque chose que je dois te dire.

– Ouais, je sais. Tu as besoin de te soulager la conscience.

– T'es au courant ?

– Oui. Je pense que tout le monde l'est. C'est assez évident. »

JD ramassa les assiettes et les porta jusqu'à l'évier. Il les posa à côté et regarda Flake dans les yeux.

« Si j'avais su que Sanchez se ferait tuer, je n'aurais rien fait. »

Flake détourna le regard et ferma le robinet d'eau chaude. Elle mit la main dans le bac pour vérifier la température.

« Je suis toujours triste que Sanchez soit mort, dit-elle. Et j'aimerais qu'il soit encore en vie. Et que le monde entier ne se soit pas écroulé, et que des millions de personnes ne soient pas mortes à cause de ce que tu as fait. Mais nous ne serions pas ici aujourd'hui, ensemble sur cette île, si tu n'avais pas fait ça. Et je n'ai jamais été aussi heureuse. Parfois, je me sens coupable, mais malgré tout, j'ai l'impression que ça devait arriver. »

JD posa la main sur son dos.

« Il arrive que de mauvaises actions aient des conséquences positives. Je regrette d'avoir tué tous ces gens. Mais si je ne l'avais pas fait, je ne serais pas ici aujourd'hui. Et je ne saurais pas que je suis amoureux de toi.

– T'es un idiot, tu sais », dit Flake en se tournant vers lui. Elle passa ses bras autour de sa taille, même si ses mains étaient mouillées. « Mais je t'aime aussi, ajouta-t-elle en levant les yeux vers lui. On finit de nettoyer tout ça et on va à la plage ? »

69

Jasmine se tenait devant le Purgatoire, vêtue d'un bikini marron si minuscule qu'il était presque invisible. Elle regardait le ciel. Des nuages rouge foncé s'amoncelaient au-dessus du désert, comme si une pluie acide se préparait. Elle était sortie pour dire au revoir à Elvis et à Rex, qui partaient à l'enterrement. Rex avait déjà enfourché sa Harley-Davidson personnalisée et patientait sur le bord de la route en faisant vrombir le moteur. Il était vêtu d'un pantalon en cuir noir et d'une veste assortie avec un aigle dans le dos. L'aigle fumait un cigare et portait un bandana aux couleurs du drapeau américain, comme celui qu'il avait enroulé autour de sa tête. Une autre Harley attendait son propriétaire à côté de celle de Rex. Elle appartenait à Elvis, qui prenait son temps pour quitter le Purgatoire.

« Allez, dépêche-toi ! » cria Rex.

Le King franchit tranquillement les portes battantes du Purgatoire, vêtu d'un costume en cuir noir. Il ignora Rex, se dirigea vers Jasmine et l'attira dans une étreinte passionnée qui ne prit fin que lorsque Rex se racla bien fort la gorge.

Jasmine caressa le cou d'Elvis lorsqu'ils se séparèrent.

« Tu ne portes pas de casque ?

– Pour foutre en l'air ma coiffure ?

– Non, suis-je bête. J'aime ta façon de voir les choses. Les cheveux d'abord, la sécurité jamais.

– Je reviens dans quelques jours, dit Elvis en pressant son entrejambe contre elle et en attrapant ses fesses comme s'ils ne venaient pas de s'étreindre. Je te rapporterai un cadeau. Tu veux quelque chose en particulier ?

– Juste toi, ce sera parfait.

– Ça marche. »

Elvis se pencha pour un dernier baiser, qui, comme toujours, menaça de déraper.

« Allez, putain ! » cria Rex.

Jasmine et Elvis retirèrent leurs mains de sous leurs vêtements, et le King se décida enfin à monter sur sa moto. Il prit un moment pour se mettre à l'aise, les érections et les pantalons en cuir ne faisant pas bon ménage, en particulier sur un siège de moto.

Quand Elvis démarra enfin, une goutte de pluie tomba sur sa joue. Il leva les yeux vers le ciel alors que la deuxième et la troisième se posaient sur ses épaules, suivies de près par une averse torrentielle.

« C'est ta faute ! gronda Rex. T'as mis trop de temps.

– Quelle merde, gémit Elvis. Cette pluie va bousiller ma coiffure et mon costume, mec. »

Rex secoua la tête d'un air dégoûté.

« Tu tiendrais pas cinq minutes dans un gang de motards. Tu te ferais lyncher pour avoir dit un truc pareil.

– Je suis pas dans un gang de motards, lui rappela Elvis. Parce que c'est pas mon truc de faire de la moto par un temps pourri.

– Je t'ai déjà dit mille fois que c'était pas une moto, mais un *chopper*.

– C'est toi le chopper, dit Elvis alors que le vent et la pluie commençaient à le décoiffer. S'il pleut à Chicago, je laisse tomber la moto et je loue une voiture.

– LE CHOPPER !

– VOUS VOULEZ BIEN PARTIR, BORDEL ? » leur hurla Jasmine à travers les rafales.

Rex n'avait pas besoin de se le faire dire deux fois. Il fit vrombir le moteur de sa Harley et la lança sur l'autoroute. Elvis regarda Jasmine une dernière fois, lui souffla un baiser, puis s'éloigna à son tour, fonçant droit dans la poussière et les débris que Rex avait soulevés dans son sillage.

Quelques minutes plus tard, Rex atteignit le carrefour. Il s'arrêta et se retourna. Elvis était près d'un kilomètre derrière lui, roulant avec prudence sous la pluie battante. Il soupira. Rouler avec des non-motards était épuisant. Elvis finit par arriver à son niveau. On aurait dit qu'il s'était pris un seau de sable humide en pleine face.

« Et maintenant ? » demanda-t-il en s'essuyant le visage.

Rex désigna le panneau à quatre bras au niveau du croisement. Un des bras disait « CHICAGO » en lettres rouges.

« En route vers Chicago, dit-il.

– On dirait le titre d'un de ces films pourris avec Bob Hope. »

Rex l'ignora.

« Une fois qu'on aura franchi le virage, on sera transportés directement à Chicago, lui rappela Elvis. Il pleuvra pas, là-bas.

– C'est ça. C'est bien connu qu'il ne pleut jamais à Chicago. »

Rex mit les gaz et fonça vers la ville. Quelques éclairs crépitèrent autour de lui, puis son chopper disparut comme dans un mauvais remake de *Retour vers le futur*.

Elvis soupira.

« Pourquoi il va si vite, putain ? » marmonna-t-il pour lui-même avant de lancer sa moto à une vitesse raisonnable vers l'endroit où Rex s'était volatilisé.

Il ne vit ni ne sentit le brouillard électrique qui s'était matérialisé quand Rex avait franchi le nouveau portail invisible. La route déserte devant lui disparut simplement, remplacée par un bâtiment sombre avec des voitures garées de tous les côtés. Et, Dieu merci, la pluie avait cessé. Le carrefour l'avait transporté dans un parking. Rex l'attendait, son moteur tournant au ralenti.

« On va où, maintenant ? lui demanda Elvis.

– Suis-moi. »

70

Jasmine passa une heure au Purgatoire avec Jacko à boire du Schweppes et à regarder les infos, qui diffusaient une conférence de presse de la toute nouvelle présidente par intérim des États-Unis. Nommée à la suite de l'assassinat de Navan Douglas, elle s'appelait Ophelia Cox, et l'une des premières choses qu'elle fit fut d'appeler à la capture des Dead Hunters, qu'elle tenait pour responsables du meurtre de ses prédécesseurs. Elle était particulièrement désireuse de voir Flake et JD appréhendés et jugés.

« Quelle mégère, commenta Jasmine.

– Tu devrais prévenir Flake, dit Jacko. Cette connasse a l'air sérieuse. »

Elle balaya sa remarque de la main.

« Ça fait des années qu'ils essaient de nous attraper. Je dirais même des dizaines d'années, pour JD.

– C'est vrai, mais tu devrais quand même le leur dire. »

Elle descendit de son tabouret.

« Si tu veux. J'allais me baigner, de toute façon. Tu peux m'ouvrir le portail, s'il te plaît ?

– Déjà fait. »

Jasmine quitta Jacko et traversa le portail pour rejoindre le centre de recherche. Elle fut accueillie par la voix d'Olivia Newton-John chantant « Physical ». Elle suivit la mélodie jusqu'à la buanderie, où elle trouva Flake occupée à repasser. Du linge tourbillonnait dans le tambour de la machine à laver qui tressautait derrière elle.

« Salut, Flake, besoin d'un coup de main ? demanda Jasmine, sachant très bien qu'elle ne voudrait pas de son aide.

– Non, c'est bon. J'ai presque fini. Elvis et Rex sont déjà partis ?

– Ouais. Y a environ une heure. J'étais en train de regarder les infos. Les États-Unis ont une nouvelle présidente. Elle vient de faire un discours et elle a dit que sa priorité numéro un, c'était de vous trouver, toi et JD. »

Flake gémit.

« Merci. D'autres bonnes nouvelles ?

– Non, c'est tout. Je vais nager un peu, tu veux venir ?

– Peut-être plus tard, répondit Flake en pliant un short. Je vais bientôt descendre à la plage pour étendre le linge. Mais je crois que Goober y est déjà, il voudra peut-être se baigner avec toi.

– D'accord. Et JD, il est où ?

– Sûrement sur la plage aussi. Mais il ne voudra pas se baigner avec toi.

– Pourquoi ?

– Il aime se promener sur l'île, le matin. Ne le dérange pas.

– Ça marche. À tout à l'heure, alors.

– Oui, amuse-toi bien. »

Jasmine attrapa une serviette et marcha jusqu'à la plage. Goober était en train de jouer avec un énorme ballon gonflable rouge, blanc et jaune.

« Hé, Goober, tu sais où est JD ? » lui demanda Jasmine.

Le chien poussa son ballon vers elle. C'était sa manière de dire : *Joue à la balle avec moi, et je répondrai à tes questions.* Elle joua donc avec Goober pendant quelques minutes, mais il n'honora jamais sa part du marché. Méchant chien.

Quand Goober décida qu'il en avait marre de jouer et préférait garder le ballon pour lui tout seul, Jasmine ôta son bikini et courut vers l'océan pour nager. C'était le jour parfait pour ça. Le soleil brillait, une brise fraîche soufflait, l'eau était bonne, et il n'y avait personne pour lui dire de se rhabiller.

Après une quinzaine de minutes de crawl, papillon, dos crawlé et nage du petit chien, elle se dirigea vers le rivage pour prendre un bain de soleil. Goober était en train d'aboyer furieusement contre son ballon de plage.

« D'accord, d'accord, j'arrive ! »

Dès qu'elle eut pied, Jasmine commença à marcher vers le rivage. Les vagues clapotaient contre l'arrière de ses cuisses et le soleil chaud faisait scintiller les gouttes d'eau sur sa peau. Elle coiffa ses cheveux en arrière et laissa l'eau ruisseler sur ses épaules. La vie sur l'île était vraiment agréable. Et elle l'aurait été encore plus sans les aboiements de Goober.

Le chien était de plus en plus agité, et son ballon ne semblait plus l'intéresser. Il sautait sur le sable, grognant contre quelque chose que Jasmine ne voyait pas.

« Qu'est-ce qui se passe, Goober ? T'as vu une mouche ? »

Alors que l'eau de l'océan lui léchait les chevilles, elle remarqua quelque chose dans le sable humide devant elle.

Des empreintes de pas.

Ce n'étaient pas les siennes. Ces empreintes étaient tournées vers la plage. Quelqu'un d'autre venait de sortir de l'eau.

Quelqu'un avec des pieds palmés.

71

Cela faisait bien longtemps que Diago n'avait pas traversé l'océan. Son voyage vers Medicine Island avait commencé quand il s'était caché à bord d'un cargo. Grâce à son manteau d'invisibilité, il n'avait eu aucun mal à monter à bord. Il avait aussi facilement pu tuer un membre de l'équipage dans son sommeil afin de boire un peu de sang frais pour garder le moral. Finalement, lorsque le navire ne fut plus qu'à trente kilomètres de Medicine Island, Diago sauta par-dessus bord et parcourut le reste à la nage, sans s'inquiéter de la présence de requins et autres prédateurs de l'océan qui pouvaient sentir sa présence, mais pas le voir.

Quand il atteignit l'île, il constata immédiatement qu'elle était habitée. Le premier indice fut la femme magnifique qui se baignait nue non loin du rivage. Grâce à son manteau, Diago put s'approcher d'elle à son insu et la reluquer à sa guise. Il ne lui fallut pas longtemps pour la reconnaître. C'était une de ses stars du porno préférées, Lady Casse-Burnes, alias Jasmine. Ce n'est qu'après s'être rincé l'œil pendant un bon moment qu'il se souvint qu'il avait une mission à accomplir. Il s'occuperait d'elle plus tard.

Il nagea jusqu'au rivage et pataugea sur la plage de sable, où il vit un grand berger allemand jouer avec un ballon. Il y avait aussi une corde à linge et quelques chaises longues. Pas de doute, d'autres personnes vivaient ici. Ça ne pouvait pas être qu'une star du porno et son chien.

Évidemment, le berger allemand sentit immédiatement son odeur de vampire. Le gros chien arrêta de jouer avec son ballon et commença à aboyer en direction de Diago. Il avait horreur des clébards. Il ne les supportait pas. Ces sales bestioles n'aimaient pas les vampires, et ils le leur rendaient bien.

Les aboiements attirèrent l'attention de la star du porno en train de nager. Elle émergea de l'océan telle une déesse nue. Diago oublia le chien pendant un moment et se concentra sur elle. C'était une sacrée distraction. La tentation d'abuser d'elle avant d'aller traquer le Bourbon Kid était presque insoutenable. Alors qu'il matait son corps incroyable, il la vit regarder le sable. Et remarquer ses empreintes de pas.

Merde !

Plus de temps à perdre. Il ne pouvait pas la laisser donner l'alerte. Il sortit une dague du fourreau en cuir à sa hanche et s'approcha d'elle.

Elle se tourna vers le chien qui aboyait toujours.

« Qu'est-ce qui se passe, Goober ? dit-elle. T'as vu une mouche ? »

Diago se rapprocha encore en prenant soin d'être silencieux. Par chance, le chuintement des vagues et les aboiements du chien couvraient le bruit de ses pas. Mais quand il fut presque à portée de main de Jasmine, elle baissa les yeux. Elle vit le sable se creuser sous les pieds de Diago et partit en courant.

Génial. Diago adorait quand une proie essayait de s'enfuir. Ça rendait la traque bien plus excitante. Il s'élança après elle. Elle était facile à rattraper. Bien trop facile. Il saisit un de ses bras et l'attira à lui. Elle leva son autre bras et lui balança sa main au visage. Cette salope aimait l'amour vache.

Il comptait la plaquer au sol, presser son couteau contre sa gorge et abuser d'elle, mais, hélas, le chien n'était pas d'accord. Sans que le vampire ne voie rien venir, il bondit sur lui et planta ses crocs acérés dans son bras. Après quoi, ce fut le chaos. Diago, Jasmine et Goober s'écrasèrent au sol en un tas désordonné. La dague de Diago s'enfonça dans le bras de Jasmine, juste sous l'épaule. Elle hurla de douleur. Diago cria à son tour quand ce putain de clebs le mordit à la joue.

Ils roulèrent tous les trois sur le sable. Jasmine essayait de se libérer et de s'enfuir, Goober essayait d'arracher le visage de Diago, lequel essayait de repousser le chien.

« FLAKE, AIDE-MOI ! » hurla Jasmine.

Dans la confusion générale, Diago réussit à planter sa dague dans le flanc du chien, qui couina. Il retira son couteau, prêt à le poignarder à nouveau si nécessaire, mais Goober s'éloigna en roulant sur lui-même dans un gémissement. Recouvrant son calme, le vampire se mit à genoux. C'est alors qu'un pied le frappa au visage. Jasmine était passée à l'attaque. Malgré le sang qui s'écoulait de son bras, elle n'essayait plus de s'enfuir. Elle donnait des coups de pied à l'aveugle en direction de Diago. La traînée. Il se releva avec peine et brandit son couteau pour la poignarder à nouveau. Ses intentions n'avaient plus rien de sexuel. Après ce que cette salope lui avait fait, tout ce qu'il voulait, c'était la massacrer.

Flake termina le repassage et rangea les vêtements dans les placards et tiroirs appropriés. Mais à peine avait-elle achevé cette corvée que la suivante s'annonçait déjà. Un *bip* de la machine à laver signala que son cycle était terminé. Ça n'en finissait jamais. Elle déchargea la machine et plaça les vêtements mouillés dans un panier en osier, puis elle prit un pot de pinces à linge et sortit pour les étendre.

En arrivant sur la plage, elle vit Jasmine et Goober rouler sur le sable. Jasmine était nue, pour changer. Mais on aurait dit que Goober était en train de l'attaquer, et pas pour s'amuser. C'était agressif. Jasmine leva les yeux et remarqua sa présence.

« FLAKE, AIDE-MOI ! » lui cria-t-elle.

La scène était pour le moins déconcertante. Goober poussa un glapissement de douleur et s'éloigna de Jasmine. Les cris aigus du chien lui donnèrent la chair de poule. Et puis Jasmine se mit à donner des coups de pied dans le vide. Flake voyait du sang couler de son bras. Que se passait-il, bordel ?

C'est Jasmine qui lui donna la réponse.

« FLAKE ! HOMME INVISIBLE ! »

Elle laissa tomber le panier de linge. Son premier réflexe fut de faire comme Jasmine. Appeler à l'aide.

« JD ! À L'AIDE ! HOMME INVISIBLE ! » cria-t-elle à pleins poumons.

La deuxième chose qui lui vint à l'esprit, une milliseconde plus tard, fut : *Qu'est-ce que je peux faire ?*

La réponse était évidente. Elle leva les mains et dirigea ses paumes sur la zone où Jasmine donnait des coups de pied et de poing. Et croisa les doigts pour que ses vieux réflexes fonctionnent toujours.

ZAP !

Deux éclairs bleus jaillirent de ses mains et frappèrent le sable près de Jasmine. Tout ce qu'elle parvint à faire, c'est foutre la trouille à Goober. Le chien blessé sauta en arrière tandis que Jasmine, imperturbable, continuait de taper dans le vide. Flake essaya de déterminer où se trouvait l'homme invisible, mais c'était peine perdue. Elle projeta d'autres gerbes d'électricité sur le sable, qui ne semblèrent pas avoir le moindre effet.

C'est alors que la météo vint encore compliquer les choses. Comme encouragé par ses éclairs, un puissant coup de tonnerre signala le début d'une averse.

Flake fit quelques pas prudents sur le sable en tirant d'autres décharges électriques au hasard vers les zones où l'homme invisible était susceptible de se trouver. Malheureusement, elle n'avait aucun moyen de savoir si les rafales d'énergie qui fusaient de ses paumes touchaient quoi que ce soit.

72

JD avait profité du beau temps pour aller se balader seul sur l'île, vêtu uniquement d'un pantalon de treillis noir et de baskets. Cet endroit paisible avait sur lui un effet thérapeutique. Comment aurait-il pu vouloir revenir à la vie citadine, avec ses voitures, ses autobus, ses gens en colère et tout le bruit qui en résultait, après avoir connu cette île paradisiaque ?

Il était installé sur une parcelle d'herbe près de la cascade quand il entendit Goober aboyer sur la plage, puis Jasmine appeler Flake à l'aide. Il s'assit et tendit l'oreille. Jasmine cria de nouveau le nom de Flake, suivi des mots « homme invisible ».

Sans perdre une seconde, JD se leva d'un bond et courut à travers les bois en direction des cris. Il était dans la partie la plus épaisse et sombre de la forêt lorsqu'un puissant coup de tonnerre signala une averse imminente. Les fortes pluies n'étaient pas rares sur Medicine Island. Elles arrivaient sans prévenir et ne duraient généralement que quelques minutes. Les premières gouttes tombèrent sur le visage de JD alors qu'il se trouvait à mi-chemin. Quand il finit par apercevoir l'océan, il pleuvait des cordes.

Dès qu'il atteignit la plage, il chercha du regard la source du danger. Jasmine faisait du kung-fu nue sur le sable tandis que Goober boitillait à proximité en aboyant et en grognant. Flake était sur le bord de la plage, comme si elle venait de sortir du centre de recherche. Son tee-shirt était déjà trempé et collait à sa peau. Au moment où il posa les yeux sur elle, elle tira un éclair de chacune de ses mains. Les lasers bleus frappèrent le sable près de Jasmine. Ce devait être là que se trouvait la menace invisible.

Il fonça en direction de Jasmine, sans aucune idée de ce qu'il allait faire une fois arrivé. Il n'avait pas d'armes, ni rien qui soit susceptible d'effrayer un assassin invisible. Mais il devait agir. Et vite.

Jasmine avait une profonde entaille à l'épaule qui pissait le sang. Elle tournait sur elle-même, lançant des coups de poing et de pied dans toutes les directions, assaillie par les bourrasques de vent et de pluie. Ses cheveux trempés lui collaient au visage et aux épaules, et il voyait qu'elle commençait à fatiguer.

« CHERCHE DES EMPREINTES DE PAS ! lui cria-t-elle. ON LES VOIT APPARAÎTRE ! »

JD s'immobilisa et regarda le sable. Sous la pluie battante, il était difficile de voir quoi que ce soit, en particulier des empreintes de pas. Il en vint rapidement à la conclusion que la tactique de Jasmine qui consistait à frapper dans le vide était la meilleure. Il décida de l'imiter, et commença à donner des coups de poing et de pied à l'aveugle. Il ne toucha rien d'autre que la pluie. C'était exaspérant.

« IL VIENT D'OÙ ? cria-t-il à Jasmine.

– DE L'OCÉAN ! IL A LES PIEDS PALMÉS ! »

Ils se placèrent dos à dos pour couvrir chacun les arrières de l'autre. La recherche d'empreintes s'étant révélée vaine, JD observa les yeux de Goober. Le chien renifleur savait bien mieux qu'eux où se trouvait le prédateur. JD fit signe à Jasmine de le suivre vers une zone vide contre laquelle Goober grognait.

« COUREZ, JE VOUS COUVRE ! » cria Flake.

Pour souligner son propos, elle envoya quelques éclairs sur le sable près de leurs pieds. JD tira Jasmine en direction de Flake, avec l'intention de retourner au centre de recherche, puis au Purgatoire.

« *Merde !* »

Le juron venait de Flake. Elle projetait toujours ses paumes vers l'avant, mais plus rien n'en sortait. JD lâcha Jasmine et lança quelques coups de poing supplémentaires dans le vide. Il crut d'abord que Flake avait perdu la capacité de tirer des éclairs, comme au club des Gunslingers, mais il apparut très vite qu'il s'agissait d'un problème différent. Le collier auquel était accroché l'Œil de la Lune s'était détaché de son cou et gisait dans le sable. Flake le regarda, mais au lieu de se pencher pour le ramasser, elle se frotta la nuque comme si un insecte l'avait piquée.

« FLAKE ! COURS ! » hurla JD.

Elle retira sa main de l'arrière de son cou et regarda le bout de ses doigts. Il y avait du sang dessus. JD l'avait su avant elle.

« COURS ! »

Il se précipita vers elle, maudissant le sable, le vent et la pluie qui l'empêchaient de progresser aussi vite qu'il aurait voulu.

Une tache de sang apparut à l'avant du tee-shirt de Flake. D'abord de la taille d'un petit pois, elle grossit jusqu'à atteindre les dimensions d'une balle de tennis. Flake cessa de contempler ses doigts. Son bras retomba le long de son corps. Elle regarda JD, les yeux remplis de panique, du sang coulant de sa bouche. Puis elle tomba à genoux dans le sable.

JD la rattrapa et fit pleuvoir une grêle de coups de poing et de pied autour d'elle, dans l'espoir de toucher quelque chose ou au moins de repousser la menace invisible. Mais en vain. Il perdait son temps.

Flake était gravement blessée. Ce n'était pas d'un garde du corps qu'elle avait besoin, mais de l'Œil de la Lune et de ses pouvoirs de guérison.

La pierre bleue était en partie enfouie dans le sable mouillé qui durcissait peu à peu. JD arrêta de frapper dans le vide et se pencha pour la récupérer.

Trop tard.

Elle avait disparu. Elle était là, et soudain, elle ne l'était plus.

Ce que disait Jasmine au sujet des empreintes était correct, cela dit. JD les voyait. Il commença à donner des coups de poing dans l'air au-dessus des traces, sans succès. Il avait toujours un temps de retard, c'était exaspérant. Il devait récupérer l'Œil de la Lune, pas dans une minute, pas dans vingt secondes, mais maintenant. Car Flake était étendue sur le flanc, immobile, et elle n'avait même plus la force d'appeler à l'aide, simplement de cligner des yeux.

Jasmine rassembla assez d'énergie pour tituber jusqu'à eux et aider JD à se battre. Elle s'arrêta près de lui et donna sans conviction quelques coups de poing de son bras valide. L'autre saignait toujours abondamment, et elle arrivait à peine à le lever. Elle n'eut pas plus de succès que lui.

Et soudain, JD le vit. Juste devant Jasmine. L'indice qu'il cherchait. Les contours de son ennemi, qui étaient là depuis le début, soulignés par la pluie qui se posait sur la tête et les épaules invisibles puis disparaissait, révélant la silhouette de l'homme. JD baissa une épaule et s'élança vers lui. Il heurta l'homme invisible, pas de plein fouet, mais il parvint malgré tout à le renverser. La pointe d'une lame s'enfonça entre les côtes de JD. Il l'ignora, comme s'il venait d'être piqué par une aiguille. Il n'avait pas le temps de penser à la douleur, car l'Œil de la Lune était de nouveau visible. Il avait glissé de la main de leur agresseur et atterri dans le sable.

« JASMINE ! L'ŒIL ! » hurla JD, puis il laissa échapper un cri de douleur lorsque le couteau plongé dans sa cage thoracique remonta brusquement vers son aisselle.

JD fit pleuvoir des coups de poing sur ce qu'il espérait être le visage de l'homme. Il parvint à lui arracher un grognement et entendit ses dents se briser. Ayant cloué l'ennemi au sol, il passa sa main sur son visage, essayant d'identifier avec sa paume les différentes parties jusqu'à ce que ses doigts finissent par se saisir d'un tissu. La capuche invisible. Alors que l'autre continuait de lui poignarder les côtes, JD arracha la capuche, révélant le visage de Diago, le maître de cérémonie du cirque.

JD le frappa, bien plus précisément cette fois, et réussit à lui casser le nez. À travers le voile qui lui brouillait la vue et la pluie torrentielle, il discerna Jasmine, qui avait récupéré l'Œil de la Lune et courait vers Flake. Et pendant tout ce temps, Diago continuait de lui enfoncer son poignard entre les côtes.

JD attrapa la main du vampire qui tenait le couteau et la repoussa. Il arracha ses doigts du manche pour le forcer à lâcher prise. Dès que l'arme toucha le sable, JD s'en empara et la leva au-dessus de sa tête. D'un coup puissant, il la planta dans l'œil de Diago. La pointe de la lame traversa le globe oculaire et s'enfonça dans le cerveau du vampire, qui se tortillait furieusement et donnait des coups de pied, en vain. Finalement, JD sortit le couteau de son œil et le planta dans le cœur de Diago. Celui-ci hurla et se contorsionna de plus belle, puis sa peau commença à brûler. JD s'écarta de lui en roulant. Le corps du vampire s'embrasa et se convulsa pendant quelques secondes de plus avant de se dissoudre en fumée et en cendres. Ses restes se mêlèrent au sable et à la pluie et furent emportés par le vent comme s'il n'avait jamais existé.

JD s'assit sur le sable et inspira profondément tandis que l'adrénaline commençait à retomber. Son regard se posa sur le sang qui s'écoulait de son flanc, ravivant la douleur. Sa vision se brouilla. Il vit Goober qui gisait dans le sable à quelques mètres de lui.

« JD ! »

Le cri venait de Jasmine. Il tourna la tête pour la regarder. Elle était accroupie à côté de Flake, pressant l'Œil de la Lune contre sa poitrine et son estomac ensanglantés.

JD rampa à genoux dans leur direction. Jasmine haletait bruyamment et le regardait, la bouche ouverte, la poitrine gonflée. Flake était maintenant sur le dos, la tête pendant sur le côté, immobile.

Lorsqu'il les atteignit, il prit la relève de Jasmine et plaça l'Œil de la Lune contre la blessure de Flake dans l'espoir d'endiguer le flot de sang.

« Elle va s'en sortir ? » demanda-t-il.

Jasmine posa sa main sur l'épaule de JD. Bien qu'elle fût épuisée, elle parvint à prononcer trois mots pour répondre à sa question.

« Elle est partie. »

73

« C'est ma faute. »

JD n'avait rien remarqué, mais la pluie avait cessé, remplacée par un grand ciel bleu et un soleil radieux. Il était assis sur le sable à côté de Flake, tenant sa tête dans ses mains. Jasmine était en train d'utiliser l'Œil de la Lune pour soigner les blessures de Goober. L'Œil avait de nombreux pouvoirs, mais faire revenir Flake d'entre les morts n'en faisait pas partie.

Après quelques minutes à se faire dorloter et soigner par Jasmine, Goober était de nouveau sur pied. Il boitilla jusqu'à Flake et lui lécha le visage, comme pour essayer de la ramener à la vie.

Jasmine pressa l'Œil de la Lune sur la blessure à sa propre épaule

« Je n'arrive pas à y croire, dit-elle. C'est arrivé si vite. Je n'aurais pas dû l'appeler à l'aide. J'aurais juste dû m'enfuir. Si j'avais fait ça, Flake serait encore en vie. »

JD leva les yeux vers Jasmine.

« Ce n'est pas ta faute. C'est la mienne. »

Il reposa la tête de Flake sur le sable et se leva. Puis il marcha en boitant jusqu'au manteau d'invisibilité, une main plaquée sur son flanc blessé. Le manteau gisait en tas là où Diago avait été détruit. JD le ramassa et le secoua pour chasser les restes de poussière et de cendre qui avaient été le vampire.

« Qu'est-ce que tu vas en faire ? demanda Jasmine.

– Le détruire.

– T'es sûr ? Il pourrait servir.

– Tout ce à quoi il peut servir, c'est espionner les gens, ou les tuer. Ça ne m'intéresse pas. Tu le veux ? »

Jasmine secoua la tête.

« Non, mais je pensais que tu voudrais l'utiliser pour tuer toutes les personnes qui étaient chères à ce vampire. »

JD contempla l'étrange manteau translucide qu'il tenait.

« J'ai déjà tué toutes les personnes qui lui étaient chères. »

Jasmine retira l'Œil de la Lune de son épaule et grimaça lorsque la douleur dans son bras se réveilla.

« C'était qui, ce type ?

– Le maître de cérémonie du cirque des vampires.

– Oh.

– Je n'aurais jamais dû faire ça. J'ai tué les vampires, j'ai tué Antonio Rodriguez et ses sbires, et j'ai tué les élites qui étaient derrière tout ça. Et tout ça pour quoi ? Sanchez est mort. Une guerre a tué Paige et Selene et un million d'autres personnes. Et maintenant, Flake aussi est morte, à cause de ce que j'ai fait. »

Jasmine s'approcha de lui et pressa l'Œil de la Lune contre sa cage thoracique.

« Tu as besoin de repos, dit-elle. T'en vouloir ne changera rien à ce qui s'est passé. »

Goober leur aboya dessus. Ce n'était pas un avertissement cette fois, c'était un appel à l'aide. Le chien était toujours à côté de Flake en train d'essayer de la réveiller.

« Désolé, mon gros, dit JD. Elle ne reviendra pas. »

Jasmine enfouit l'Œil de la Lune dans la main de JD pour qu'il puisse s'en servir lui-même, puis elle se dirigea vers Goober et s'agenouilla à côté de lui pour le serrer dans ses bras.

JD pressa l'Œil contre une de ses plaies.

« J'ai tué toutes les personnes auxquelles ce vampire tenait, dit-il. Donc il est venu se venger. Il est venu tuer Flake. »

Jasmine essuya une larme sur sa joue, puis caressa le visage de Flake.

« C'est terminé maintenant, alors, dit-elle. Ces gens du cirque sont tous morts, n'est-ce pas ?

– Oui, je crois. »

JD jeta le manteau d'invisibilité sur son épaule et rejoignit Jasmine. Il lui tendit l'Œil de la Lune.

« Tu en as plus besoin que moi, dit-il. J'ai du sang sacré.

– J'en ai aussi, tu te souviens ? répondit Jasmine en se forçant à sourire. Tu m'en as injecté. »

JD s'agenouilla à côté de Jasmine et regarda Flake. Elle était si pâle. Il se pencha et pressa ses lèvres contre les siennes. Elles étaient froides et sèches.

Jasmine tendit la main vers JD et écarta les mèches qui tombaient sur son front.

« Elle t'aimait, dit-elle. Je ne l'ai jamais vue aussi heureuse que ces derniers mois.

– Je l'aimais aussi. » Après un long silence, il se leva. « Je vais aller me débarrasser de ce manteau. Tu peux rester ici un moment ?

– Bien sûr. Mais t'as intérêt à revenir. »

JD quitta la plage et boitilla jusqu'au centre de recherche qui avait été leur maison, à Flake et à lui. Il se dirigea vers la réserve où étaient stockées toutes les armes qu'il pensait ne plus jamais utiliser. La pièce comportait un buffet surmonté de plusieurs placards, dont l'un contenait une vieille radio. Il l'alluma et monta le volume. Le générique de la série *La Famille des collines* emplit la pièce. Il changea de station jusqu'à ce qu'il tombe sur « The Mark Has Been Made » de Nine Inch Nails. Un bien meilleur choix dans ces circonstances.

Il ouvrit le placard qui renfermait ce qu'il cherchait. Une paire de bottes, un débardeur noir, un holster d'épaule et un ceinturon. Il prit autant d'armes à feu que les étuis pouvaient en contenir et quelques couteaux. Lorsqu'il fut certain d'être suffisamment armé, son regard se posa sur l'objet le plus important du placard. Son long manteau noir. Il était doté d'une multitude de poches et de rangements pour transporter des armes. Mais il n'en aurait pas besoin. Pas cette fois.

À la place, il glissa ses bras dans le manteau d'invisibilité et le remonta sur ses épaules. Ce truc ne ressemblait à rien. Heureusement, il lui suffit de rabattre la capuche sur sa tête pour disparaître complètement.

Il baissa la capuche, se rendant de nouveau visible, et examina son reflet dans le miroir à l'intérieur de la porte du placard. « Tu te souviens de moi ? » murmura-t-il. Son reflet lui murmura les mots en retour.

Il quitta la réserve et se dirigea vers le portail menant au Purgatoire. Il était ouvert, l'invitant à entrer.

Jacko était derrière le bar, comme d'habitude. Le bluesman avait déjà posé une bouteille de bourbon et un verre à whisky sur le comptoir.

« J'ai appris la nouvelle, dit-il.

– Alors tu sais pourquoi je suis là. »

74

Rex franchit le grand portail en acier menant au cimetière Saint Columbanus. Les obsèques de Carmine semblaient sur le point de commencer, à en croire toutes les motos stationnées devant le salon funéraire. Rex gara la sienne à l'écart des autres, plus près du portail. Elvis s'arrêta à côté de lui.

« Ça fait beaucoup de Harley, remarqua-t-il.

– Carmine était très apprécié.

– C'est vraiment un cimetière réservé aux bikers ? »

Rex descendit de son chopper.

« Oui, comme son nom l'indique. Saint Columbanus est le saint patron des motards. Regarde autour de toi, dit-il en désignant le cimetière. Toutes ces tombes sont celles de motards. Je serai enterré ici, un jour.

– Espérons que ce ne soit pas aujourd'hui, dit Elvis en descendant de sa moto et en se recoiffant.

– On est à un enterrement, si tu pouvais éviter de plomber encore plus l'ambiance, ce serait pas mal.

– Tout ce que je dis, c'est que si quelque chose semble louche quand on entre, on se tire. Au moins, tu pourras dire que tu es venu. Et si on part plus tôt, t'auras qu'à dire que c'est ma faute. »

Rex lui donna une tape sur le bras.

« T'oublies que je suis le roi des Hells Angels.

– C'est ça, et moi je suis le roi du rock'n'roll.

– Écoute, c'est un enterrement, personne ne veut faire d'histoires. Tout va bien se passer.

– Si tu le dis. Tu entres en premier. Je couvre nos arrières. Si quelqu'un te regarde bizarrement, je lui crache dessus.

– Très drôle. »

Rex marcha jusqu'au bâtiment. Gris et fonctionnel, il aurait pu passer de l'extérieur pour un hangar à avion. L'intérieur ressemblait davantage à un salon funéraire traditionnel.

« Je crois que ça a déjà commencé, dit Elvis alors qu'ils pénétraient dans le hall d'entrée vide. On est en retard.

– Tu vas te calmer, oui ? s'emporta Rex. Tu me rends nerveux.

– On devrait rester au fond.

– Je peux pas. Je dois faire un discours, tu te souviens ?

– OK. Je vais rester au fond et rire à tes blagues. Hé, c'est quoi cette musique ? »

Rex s'arrêta et tendit l'oreille. On entendait « Memorial » de Michael Nyman.

« Ils passent de la musique avant ou pendant la cérémonie ? demanda Elvis.

– Tais-toi. »

Rex suivit un panneau indiquant le salon funéraire, et Elvis lui emboîta le pas. Ils franchirent une grande porte en bois et pénétrèrent dans la salle. La cérémonie était déjà en cours. Une quinzaine de rangées de chaises s'alignaient de part et d'autre de l'allée principale. Chaque siège était occupé par un Hells Angel ou une bikeuse. Le cercueil de Carmine se trouvait tout au fond de la salle, couvert d'un drapeau noir sur lequel était cousue une paire d'ailes d'ange blanches. Juste après le cercueil, un pasteur se tenait derrière un lutrin. Il adressa un signe de tête à Rex et à Elvis quand ils entrèrent. Tout le monde se tourna pour voir qui étaient les retardataires. Les visages étaient solennels. Rex leva la main et inclina la tête en signe de respect. Elvis retira ses lunettes de soleil et les rangea dans sa poche de poitrine.

« C'est Denise ? » murmura Elvis à l'oreille de Rex.

La dame dont il parlait était assise au premier rang et faisait signe à Rex. C'était une femme d'une quarantaine d'années assez masculine, avec un épais mulet brun et des joues à rendre jaloux un hamster. Elle était vêtue en jean des pieds à la tête et portait un foulard rouge.

« Oui. Attends ici. »

Rex descendit l'allée en gardant son attention sur Denise. Tout le monde le suivit du regard, ce dont il avait l'habitude à ce genre d'événements de bikers. Ils étaient tous en admiration devant lui, comme ils l'avaient toujours été et le seraient toujours.

Denise lui avait réservé une place au premier rang, à côté d'elle. Il s'assit entre elle et un vieux type avec une barbe blanche et des yeux laiteux.

« Merci d'être venu, murmura Denise. Ça aurait fait plaisir à Carmine. Tu lui as beaucoup manqué ces dernières années.

– Il m'a manqué aussi, chuchota Rex. Ça va, tu tiens le coup ? Est-ce qu'il y a quelque chose que je peux faire pour toi ?

– Ta présence suffit, dit Denise en serrant la main non métallique de Rex. Tu vas faire un discours, n'est-ce pas ?

– Bien sûr. »

À la fin de la chanson, le pasteur s'éclaircit la voix pour attirer l'attention de l'assistance. Puis il se lança dans une homélie assez fade sur la mort, la religion et le fait de rejoindre un monde meilleur, bla, bla, bla. Au bout de quelques minutes, alors que tout le monde était sur le point de piquer du nez, il invita Rex à monter sur scène pour faire son discours.

Celui-ci se leva et se dirigea vers le lutrin. Le pasteur alla s'asseoir sur un petit banc près du mur. Rex inspira profondément et attrapa le lutrin à deux mains avant de lever les yeux vers le public. La première chose qu'il vit fut Elvis au fond de la salle, qui semblait être en train d'envoyer un SMS. Il parcourut du regard le reste de l'assistance. La seule personne qui le regardait était Denise. Les autres fixaient soit leurs pieds, soit leur livre de prières, soit leur voisin. Quelque chose clochait, Rex le sentait. L'atmosphère était lourde, comme s'il allait se passer quelque chose. Il observa les visages des hommes. L'un d'entre eux, un jeune que Rex ne connaissait pas, leva les yeux vers lui mais les baissa aussitôt. Il commençait à regretter de ne pas avoir écouté les conseils d'Elvis. Il regarda de nouveau Denise, qui le fixait d'un air de dire : *Qu'est-ce que t'attends ?* Elle avait raison. Ça devenait gênant. Alors Rex entama son discours, sans quitter le public des yeux.

« Bonjour à tous, dit-il. Pour ceux d'entre vous qui ne me connaissent pas, je m'appelle Rodeo Rex. J'ai connu Carmine quand nous étions tous les deux de jeunes hommes. Il était plus grand que moi à l'époque, et il était connu pour sa capacité à... NOOOOOOON ! »

Un homme vêtu de noir venait d'entrer par une porte latérale au fond de la salle, un pistolet à la main. Il se dirigea vers Elvis, leva son arme et la pointa sur son visage.

Rex avait crié pour avertir Elvis du danger, mais sa voix avait été noyée par un coup de feu. L'heure était grave. Pas aussi grave qu'il l'avait cru au départ, cela dit, car Elvis avait une longueur d'avance sur l'intrus. Avant que l'homme ait eu le temps de faire feu, Elvis sortit l'arme qu'il tenait cachée dans son dos et tira le premier. Il l'atteignit en pleine poitrine.

Aussitôt, la salle se transforma en un véritable pandémonium. Tous les motards présents dans le salon dégainèrent leurs armes. La moitié d'entre eux les braquèrent sur Rex, les autres se retournèrent pour placer Elvis dans leur ligne de mire.

Rex se baissa derrière le lutrin puis dégaina son semi-automatique, se préparant mentalement à ce qu'une grêle de plombs s'abatte sur lui. Mais ça n'arriva pas. Il regarda prudemment derrière le lutrin et comprit immédiatement pourquoi. Elvis s'était emparé d'un adolescent au dernier rang et l'utilisait comme bouclier humain. Le gamin, qui ne devait pas avoir plus de quatorze ans, ressemblait à Ralph Macchio quand il était jeune avec ses épais cheveux bruns, et il portait un jean noir et une veste en cuir marron. Elvis pressait son arme contre la tempe du garçon.

« Baissez vos flingues ou je fais sauter la cervelle de ce môme ! »

Une tempête de protestations s'éleva de l'assistance. Apparemment, le gamin était très apprécié. Il y avait trop de gens qui criaient en même temps pour comprendre ce qu'ils disaient. Ce n'étaient que des hurlements incohérents, comme à un mauvais concert de trash metal. Rex se leva et tira une balle en l'air.

BANG !

La détonation réduisit tout le monde au silence.

« OK, écoutez-moi tous, dit Rex. Si vous baissez vos armes, Elvis quittera le bâtiment et laissera partir le garçon. D'accord ?

– C'est vous deux qui allez lâcher vos putains d'armes ! » vociféra un biker aux longs cheveux gris bâti comme une armoire à glace.

BANG !

Elvis lui tira une balle à l'arrière du crâne. Le geste eut l'effet escompté, en supposant que l'effet escompté fût d'abasourdir les gens assemblés, puis de les inciter à braquer de nouveau leurs flingues sur Elvis et de se remettre à hurler.

Profitant de ce que plus personne ne lui prêtait attention, Rex intercepta le regard d'Elvis et désigna une porte latérale à côté du lutrin. C'était la seule issue possible pour lui. Elvis pouvait utiliser la porte derrière lui. La seule personne qui se tenait entre lui et la sortie était le pasteur, et même lui braquait un revolver sur Elvis.

Ce dernier lui adressa un subtil signe de tête, puis commença à entraîner le garçon vers la sortie, en gardant son arme pointée sur sa tempe et en s'assurant que son corps le protège des tirs ennemis.

Rex s'approcha discrètement du pasteur, l'attrapa et le délesta de son arme. Il pressa sa main sur sa bouche pour le faire taire et, tout en se servant de lui comme bouclier, s'échappa par la porte latérale. Elle menait à un petit couloir et à une autre porte marquée « SORTIE ». Rex cogna la tête du curé contre un mur pour le mettre KO, puis sortit du bâtiment et courut vers sa Harley.

Pendant ce temps, Elvis entraînait son jeune otage à travers la réception, suivi de plusieurs motards qui attendaient une occasion de tirer.

« Écoutez-moi ! leur cria Elvis. Je veux que vous tourniez les talons et comptiez jusqu'à cent. Quand vous aurez terminé, j'aurai laissé partir le gamin. Mais si quelqu'un m'attaque avant la fin du décompte, je lui tire une balle dans le crâne. C'est compris ? »

Un silence tendu s'installa tandis que les motards réfléchissaient à la requête d'Elvis. Il ne pouvait qu'espérer qu'ils acceptent, car il n'avait pas d'autre idée. Tôt ou tard, il allait devoir lâcher son otage et s'enfuir. Et s'il y avait ne serait-ce qu'une seule personne dans les parages à ce moment-là, Elvis se prendrait une balle, c'était certain.

Il appuya plus fort son arme contre la tempe du garçon, feignant de perdre patience. Après une attente désagréablement longue, un des motards se retourna et entreprit de compter à voix haute. Dieu merci. Pour un peu, Elvis l'aurait embrassé. Le temps qu'il compte jusqu'à cinq, tous les bikers s'étaient retournés et avaient commencé à faire de même. Et l'exercice risquait de leur prendre un bon bout de temps, parce qu'à les entendre, on aurait pu croire que la moitié d'entre eux ne savait pas quel chiffre venait après sept.

Elvis ne perdit pas de temps. Il entraîna le gamin à l'extérieur et chercha Rex du regard. Il tourna la tête en entendant vrombir un moteur à proximité. Rex était sur son chopper, à une vingtaine de mètres de là, face à la sortie. Il se tourna vers Elvis.

« MONTE ! cria-t-il. QU'EST-CE QUE T'ATTENDS ? »

Elvis frappa son jeune otage à la tête avec la crosse de son pistolet. Le pauvre motard en herbe tomba comme une merde. Elvis s'élança à toute vitesse vers Rex. Glissant son arme dans son pantalon, il sauta à l'arrière de la Harley, passa ses bras autour de la taille de son ami et s'accrocha de toutes ses forces alors que la moto s'éloignait.

Malheureusement, la foule des motards en colère n'avait pas compté jusqu'à cent (certains n'avaient même pas compté jusqu'à huit). En entendant s'éloigner la moto de Rex, ils se ruèrent tous vers la sortie. Quelques-uns se mirent à leur tirer dessus tandis que d'autres enfourchaient leur monture d'acier et se lançaient à leur poursuite.

DIXIÈME PARTIE

RÉPARER UNE BONNE ACTION

75

Lorsque Dieu avait confié à Jacko la lourde tâche de superviser le Purgatoire, le bluesman s'était senti honoré. Tous ses amis avaient été ravis pour lui, à l'exception de Sanchez, qui l'avait prévenu que Dieu était un « arnaqueur de première ». Sanchez avait une dent contre Dieu à cause d'une sombre histoire de camion de pompier défectueux que le Très-Haut lui avait prêté un jour, donc Jacko n'avait pas pris au sérieux ses mises en garde, d'autant que le barman passait son temps à se plaindre de tout et n'importe quoi. Cependant, les choses avaient changé, et il n'avait d'autre choix que d'admettre que Sanchez avait raison. Ce boulot au Purgatoire ressemblait à un cadeau empoisonné, et il commençait à regretter de l'avoir accepté.

Le Kid était assis au comptoir, en train de se descendre une bouteille de bourbon. Il lui fallut cinq minutes pour la boire en entier, après quoi il la fit glisser vers Jacko.

« Où est-il ? demanda-t-il, son ton trahissant son impatience.

– Il sera là dans une minute. »

Le « il » en question était Eric Einstein, le seul homme qui sache comment construire un portail de téléportation. Plus précisément, le seul homme qui en ait jamais construit un capable de renvoyer les gens dans le passé, puisque c'était ainsi qu'il avait, à la demande du diable, envoyé JD et Beth à l'abbaye de Coldworm contre leur gré.

Le gros téléphone rouge sur le plan de travail derrière Jacko se mit à sonner. Il se retourna pour l'attraper, puis le posa sur le comptoir devant JD.

« C'est pour toi », dit-il.

JD prit une profonde inspiration, puis décrocha.

« Ouais.

– Tu as quelque chose à me demander ? dit la voix de Dieu.

– Je veux qu'Einstein m'envoie dans le passé.

– Évidemment. » Dieu paraissait très calme. « Je me doutais que ça arriverait. Quand tu as utilisé le portail pour tuer les élites, tu as perturbé l'ordre naturel des choses, et maintenant tu dois en payer le prix.

– Je n'ai pas besoin de vos leçons de morale, dit JD, sentant que Dieu était parti pour palabrer pendant des heures.

– Mais tu dois savoir que même si tu remontes dans le temps, ton destin n'est plus lié à celui de Flake.

– Si je reviens à hier, je pourrai lui faire quitter l'île avant l'arrivée de ce connard invisible. »

La réponse de Dieu n'était pas celle que JD attendait.

« Tu ne m'écoutes pas. Ce que tu as vécu avec Flake appartient au passé. Quand tu as tué ces gens du cirque, tu as laissé Diago s'échapper. Il a vu ce que tu avais fait à ses frères et sœurs, et il a juré de se venger. Car la vengeance engendre la vengeance. Et quand tu as utilisé le portail pour tuer tous ces chefs d'État, tu as changé le futur de Flake. Sanchez est mort à cause de ce que tu as fait. Tes actions ont aussi conduit à l'extermination de millions d'innocents.

– Comment étais-je censé le savoir ?

– Tu n'as donc rien appris ? Mon sang coule dans tes veines. Cela fait de toi et de tes proches une cible pour ceux qui cherchent la destruction. Tes enfants l'avaient compris. Beth, leur mère, l'avait compris aussi. Ils ont essayé de mener une vie tranquille, sans histoires, mais ils sont tous morts à cause de toi. Tes actions conduisent toujours à la mort de ceux que tu aimes. Et pourtant, sachant cela, tu as entamé une relation avec Flake.

– Je suis tombé amoureux d'elle.

– Je veux bien te croire. Mais maintenant, tu dois défaire ce que tu as fait. Le monde doit redevenir tel qu'il était.

– Le monde était dirigé par des connards.

– Et il en a toujours été ainsi. En les tuant, tu n'as fait qu'aggraver les choses. Ce que tu as fait n'a profité qu'à toi. Tu as sauvé Paige du cirque des vampires, mais tu as malgré tout causé sa mort en tuant les chefs d'État.

– C'était une bande de meurtriers pédophiles.

– Des Atlantes. Tu as tué des Atlantes. C'étaient des voyeurs, des narcissiques. Ils avaient soif de pouvoir, un pouvoir qui leur donnait accès à tous les plaisirs de la vie. À force de s'adonner à ces plaisirs, ils sont devenus insensibles aux choses qui les excitaient, et ils ont cherché des façons de plus en plus extrêmes d'assouvir leur besoin d'adrénaline. Il y a quelques milliers d'années, j'ai fait la même erreur que toi. J'ai essayé de tuer les Atlantes pour les punir de leur immoralité. Mais à ce moment-là, ils avaient déjà évolué, et comme je le savais déjà, quand on tue ceux qui ont le pouvoir, rien ne change. La vacance du pouvoir attire le mal. L'Atlantide est au fond de l'océan, mais le mal se répand. Il se développe à partir de rien. C'est un parasite. Il ne pourra jamais être complètement éradiqué.

– Qu'est-ce que je peux faire, maintenant ? Pour réparer mon erreur ? »

Dieu marqua une pause, peut-être agacé d'avoir été interrompu au milieu de sa leçon d'histoire. Quand il reprit, il parla d'un ton plus doux.

« Si Einstein réussit à construire le portail, je t'autoriserai à retourner dans le passé dans ton propre corps, la nuit où le cirque arrive à San Antonio, deux jours avant que tu commences à travailler pour Antonio Rodriguez. Les vampires font toujours une répétition du spectacle le soir où ils arrivent dans une nouvelle ville. Tu iras à la répétition, tu tueras Diago et tu récupéreras le manteau d'invisibilité. Si tu y parviens et que tu me rends le manteau, je t'autoriserai à retourner à ton ancienne vie, mais si tu échoues, tu seras ramené à aujourd'hui. Flake sera morte, le monde sera en ruine, et ce sera à cause de tes actions et de ton incapacité à te racheter. Le manteau d'invisibilité n'a plus rien à faire dans ce monde. Tu as une chance de le récupérer, de réparer les erreurs que tu as commises. Est-ce que tu comprends ?

– Je comprends.

– Tu dois aussi savoir que, peu importe si tu réussis ou non, il n'y aura plus de voyage dans le temps. *Plus jamais.* Si tu réussis, Eric Einstein sera admis au paradis pour avoir contribué à mettre fin à la guerre que tu as déclenchée. Et si tu échoues, il croupira en enfer pour le reste de l'éternité. Il n'y aura plus de visite au Purgatoire pour lui.

– Je me contrefous d'Einstein.

– Je veux juste être certain que tu comprends les conséquences du choix que tu es en train de faire.

– Je comprends. Je peux y aller, maintenant ?

– Tu peux. »

JD replaça le combiné sur son socle et le fit glisser vers Jacko sur le comptoir.

« Alors, c'est bon ? demanda le bluesman.

– C'est bon. »

Jacko sourit.

« Dieu merci. »

Une voix guillerette se fit entendre au fond du bar.

« Bonjour, les amis ! »

JD regarda par-dessus son épaule. Einstein sortait des toilettes pour handicapés.

« Vous voulez que je refasse le truc du voyage dans le temps, c'est ça ?

– C'est ça, dit Jacko.

– OK, donnez-moi une demi-heure. »

Jacko tendit à JD une autre bouteille de bourbon. Le Kid fit sauter le bouchon et porta le goulot à sa bouche. Avant d'en boire une gorgée, il posa une question à Jacko.

« C'est la première fois que je fais ça ?

– Boire du bourbon ?

– Ne fais pas le malin. On a déjà eu cette conversation sur le voyage dans le temps ?

– Pas que je me souvienne, non.

– T'en es sûr ?

– Dieu a dit que tu n'avais qu'une seule chance, lui rappela Jacko. Alors ne la gâche pas.

– Non. J'ai déjà tué Diago une fois, et je le tuerai encore. Ce sera facile. »

Einstein les interpella.

« Et Jasmine ? Elle est toujours sur Medicine Island. Pourquoi tu ne l'emmènes pas avec toi ? Elle pourrait t'aider.

– Non. »

Jacko se pencha sur le comptoir.

« Si tu la laisses sur l'île, elle cessera d'exister dans cette réalité. »

Avant que JD puisse exprimer son opinion sur le sujet, le téléphone portable de Jacko sonna. Il soupira, puis consulta l'écran.

« C'est Elvis, je dois répondre. »

Il posa le téléphone sur le comptoir et décrocha, activant le haut-parleur.

« Salut, Elvis, tout va bien ?

– JACKO ! SORS-NOUS D'ICI ! »

Jacko fusilla JD du regard, l'air de dire : *Tu vois ce que t'as fait ?*

Un raffut de tous les diables se faisait entendre à l'autre bout de la ligne. Des crissements de pneus, des rugissements de moteurs, Rex qui criait en arrière-plan, le tout ponctué de coups de feu.

« Que se passe-t-il ? demanda Jacko.

– On est pourchassés par un putain de gang de motards ! répondit Elvis. Tu peux nous tirer de là ?

– Vous pouvez rejoindre des toilettes ?

– NON ! Tu peux nous ouvrir un portail vers le carrefour ? MERDE ! »

Le juron d'Elvis s'accompagna d'un fracas évoquant un accident de voiture, suivi de plusieurs coups de feu.

« Elvis ? dit Jacko. T'es toujours là ? Elvis ? »

Pas de réponse.

Jacko cessa de fixer le téléphone et leva les yeux vers JD.

« Ça aussi, c'est ta faute », dit-il.

L'intéressé but une gorgée de bourbon.

« Donc, c'est réglé. Jasmine reste ici.

– Je vois pas le rapport, fit Jacko, perplexe.

– Moi, je le vois.

– C'est le principal, répliqua Jacko, abandonnant l'idée de comprendre la logique de JD. Si Rex et Elvis sont morts, j'imagine qu'à la fin, si ça n'a pas marché, il n'y aura plus que toi et Jasmine. Mais si par miracle tu réussis, tout le monde sera en vie, mais on sera les seuls à nous souvenir des quatre derniers mois.

– Et moi ? lança Einstein. Je veux me souvenir de tout aussi. Ces derniers mois ont été géniaux. Je veux jamais oublier la fois où Jasmine m'a...

– Pour l'amour de Dieu ! siffla Jacko. Bien sûr que tu te souviendras de tout. Tu étais inclus, quand je disais "on".

– Ah, OK. Ouf ! »

JD considéra le barman avec suspicion.

« Je suis le seul à retourner dans le passé. Donc je serai le seul à me souvenir de tout, non ?

– Non, dit Jacko. Si ça fonctionne, Einstein saura pourquoi il est au paradis. Et moi, je saurai pourquoi il n'est pas là. C'est comme ça que ça marche. Je me souviendrai de tout.

– Alors, ce sera notre secret.

– Oui », acquiesça Jacko en sortant un paquet de cigarettes de sous le comptoir et en le tendant à JD.

Celui-ci prit une cigarette, la plaça entre ses lèvres et tira dessus pour l'allumer.

« Le portail est prêt ? demanda-t-il à Einstein.

– Un peu de patience. Si j'ai bien compris, Dieu veut que tu retournes dans ton propre corps la nuit où le cirque est arrivé à San Antonio. Tu sais où tu étais à ce moment ?

– Non.

– Bon, quel que soit l'endroit où tu atterris, tu devras aller directement au cirque. Plus tôt tu y seras...

– Je connais le plan, tête de nœud.

– Il connaît le plan, renchérit Jacko pour essayer d'être sympa. Mais souviens-toi, JD, tu n'auras pas de deuxième chance. Si tu merdes, rien ne redeviendra comme avant. Ce sera juste toi et Jasmine vivant ensemble sur une île déserte, donc fais attention. »

76

Retour dans le temps

Lorsque les vampires du cirque ne tuaient pas des enfants pour divertir les dirigeants de ce monde, ils préparaient des spectacles pour le public, ou les répétaient. Personne n'aimait vraiment répéter des numéros déjà exécutés des milliers de fois. Répéter, c'était naze. Le seul point positif, c'était qu'on pouvait le faire en tenue de sport. Il n'y avait aucun intérêt à s'habiller pour un spectacle que personne ne verrait.

Il était presque 19h30, et tout le monde était prêt pour le début de la répétition. Tout le monde sauf Diago. Le maître de cérémonie brillait par son absence. Les autres attendaient dans les coulisses que la cérémonie d'ouverture commence. Elle consistait à entrer dans le chapiteau, puis à défiler autour de la piste pour donner aux spectateurs un avant-goût de ce qui allait suivre. Le maître de cérémonie passait toujours en premier, suivi des nains et du lanceur de couteaux.

Après avoir attendu Diago pendant quinze longues minutes, son frère Dexter, un des acrobates, connu pour être très à cheval sur la ponctualité, arracha un téléphone des mains d'Athena la contorsionniste et composa le numéro de Diago. Il crut d'abord que son interlocuteur n'allait pas répondre, mais il insista, et le maître de cérémonie finit par décrocher.

« Quoi ? fit Diago sèchement.

– Tout est prêt, frérot, dit Dexter, la mâchoire serrée. On attend plus que toi.

– Commencez sans moi, j'aurai un peu de retard. Je serai là dans quelques minutes. »

Dexter mit fin à l'appel sans répondre et rendit le téléphone à Athena. Puis il enfonça son index et son pouce dans sa bouche et siffla pour attirer l'attention des autres. Quand ils eurent terminé de marmonner entre eux, il fit son annonce.

« Écoutez-moi ! Diago dit qu'on peut commencer sans lui. Il nous rejoint plus tard. »

Athena tapa du pied.

« Qui va faire l'annonce, alors ? demanda-t-elle d'un air renfrogné.

– Moi, dit Dexter. Ça me dérange pas. » Il passa devant ses camarades pour gagner l'avant de la file. « Tenez-vous prêts, je serai le maître de cérémonie pour cette répétition. »

Cette annonce lui valut pas mal de regards agacés. Le rôle de maître de cérémonie était l'un des plus faciles. Kratos le géant, qui portait une grenouillère bleu clair dans laquelle il ressemblait à un énorme bébé, se plaignit au nom de tous.

« Si Diago ne prend pas la peine de répéter, pourquoi on devrait le faire ? »

Dexter se plaça devant le géant, qui mesurait trente centimètres de plus que lui.

« Qu'est-ce qui arrive quand on ne répète pas comme il faut ? » demanda-t-il.

Kratos baissa la tête comme un gamin qui boude.

« On reçoit une visite de la Grosse Bourde, dit-il, répétant une phrase dont on leur avait rebattu les oreilles.

– Voilà, dit Dexter. Alors allons-y. Plus vite on s'y met, plus vite on aura terminé. »

Hoho le clown croisa les bras.

« Et si je décide de ne pas répéter ? dit-il en donnant un coup de pied dans la sciure de bois.

– Si tu ne répètes pas, tu seras viré, dit Dexter. Et on trouvera un nouveau clown pour te remplacer. »

Hoho s'esclaffa.

« Celui qui me remplacera aura de grands souliers à chausser ! »

La blague fut accueillie par un concert de soupirs et de gémissements. Ils l'avaient déjà entendue un million de fois. En fait, Hoho ne menaçait de démissionner que pour pouvoir faire sa blague de merde sur ses « grands souliers ».

« Crétin ! » fit Dexter sans chercher à masquer son agacement.

Il passa en trombe devant le clown et se dirigea vers le centre de la piste en faisant tourner une canne imaginaire dans sa main comme l'aurait fait Diago. Il marchait d'un pas déterminé afin de montrer aux autres le degré de motivation qu'il attendait d'eux. Il s'arrêta au centre de la piste et cria à l'intention d'un public imaginaire :

« Mesdames et messieurs, les nains volants ! »

Deux nains sortirent du tunnel au petit trot et longèrent le bord de la piste en saluant les sièges vides tout autour.

« Takemi, le lanceur de couteaux et sa charmante assistante, Lyarna ! » poursuivit Dexter.

Pendant les trente secondes qui suivirent, Dexter cria les noms de tous les autres artistes, qui, un par un, firent le tour de la piste en saluant des spectateurs imaginaires.

« OK, un, deux, trois, *et* retour au tunnel », finit par annoncer Dexter.

Il resta au centre de la piste et attendit que ses camarades entament leur dernier tour. Alors que les nains et les lanceurs de couteaux s'engageaient dans le tunnel menant aux coulisses, les choses prirent une tournure inattendue. Un homme mal rasé et vêtu d'un étrange manteau qui ressemblait à celui que possédait Diago surgit de nulle part, juste devant Dexter.

« C'est quoi ce bordel ? marmonna celui-ci dans sa barbe.

– C'est pour Flake », dit l'homme d'une voix rocailleuse, et il plongea la main sous son manteau, en sortit un gros pistolet et le pointa sur le visage de Dexter.

Celui-ci n'entendit jamais le coup de feu qui fit exploser sa tête en un million de morceaux d'os, de cervelle, de sang et de matières visqueuses alors qu'elle quittait ses épaules pour aller s'écraser sur le visage d'un des cracheurs de feu de l'autre côté de la piste.

« C'EST QUOI CE BORDEL ! »

Tous les artistes du cirque se firent la même réflexion, mais ce fut Kratos le géant qui la verbalisa. Aussitôt, leur instinct prit le dessus et ils se transformèrent en vampires, passant en mode survie.

Le Bourbon Kid réagit en rabattant la capuche de son manteau pour se rendre invisible, ce qui sema la panique chez les vampires. Certains se figèrent, d'autres attaquèrent, d'autres encore tentèrent de fuir.

Takemi le lanceur de couteaux fut le premier à engager les hostilités. Il se dirigea vers le centre de la piste, un couteau dans chaque main, et les lança au petit bonheur la chance dans l'espoir de toucher quelque chose. Puis, sous le regard horrifié de Lyarna, sa partenaire, il attrapa deux autres couteaux et se les enfonça dans les yeux.

Lyarna hurla. Les couteaux n'avaient pas seulement aveuglé son amant, ils avaient traversé son cerveau. Takemi s'effondra par terre et roula sur le côté. Lyarna courut à son secours, mais elle vit les couteaux plantés dans son crâne disparaître avant qu'elle l'atteigne. C'est à ce moment-là qu'elle comprit qu'elle était la suivante. Les couteaux de Takemi avaient été lancés sur elle un million de fois sans jamais percer sa peau, mais ils n'étaient plus dans les mains de son amant, ils étaient dans celles d'un homme invisible, qui les avait aussi rendus invisibles. Lyarna savait mieux que quiconque combien les couteaux pouvaient être dangereux, mais des couteaux invisibles ? Elle devait ficher le camp d'ici le plus vite possible.

Alors qu'elle se tournait pour partir, une des lames s'enfonça dans son dos. Ses genoux cédèrent et elle s'écroula sur le sol. Un deuxième couteau planté dans son cœur termina le travail. Elle roula sur le dos et rendit son dernier soupir.

Kratos, le gros géant poilu, poussa un rugissement de colère et fonça vers les cadavres de ses camarades en balançant ses poings dans le vide.

Un coup de fusil claqua, et sa course s'interrompit brusquement tandis que son entrejambe explosait. Le bas de sa barboteuse bleue tomba en morceaux. Du sang et des lambeaux de bite et de scrotum se répandirent sur le sol autour de lui. Il attrapa la zone visqueuse où s'étaient trouvées ses parties génitales pour tenter de retenir ses viscères, en vain. Il s'effondra sur le côté, son sang et ses entrailles s'écoulant du gouffre entre ses jambes.

Les autres artistes du cirque, voyant leur camarade géant se faire massacrer si facilement, paniquèrent de plus belle. Des hurlements retentirent à travers le chapiteau. Les clowns et les acrobates se battaient avec les cracheurs de feu et les nains pour essayer de filer avant eux. Certains se dirigèrent vers le tunnel. D'autres, se croyant plus malins, décidèrent de partir dans la direction opposée et de sauter par-dessus les sièges autour de la piste.

C'est l'option que choisit l'un des trapézistes, qui fut le prochain à mourir. Sa tête se sépara de ses épaules et vola dans les airs, pour finalement atterrir sur un des nains.

À partir de ce moment, tous comprirent qu'attaquer l'ennemi invisible était une erreur. Tous ceux qui étaient trop lents pour s'échapper par le tunnel finirent par se faire exploser les jambes ou la tête, certains à bout portant.

Un petit nombre de vampires réussirent néanmoins à s'enfuir dans la nuit. Les derniers à mourir à l'intérieur du chapiteau furent les clowns. Ces crétins et leurs grosses chaussures de merde. Courir n'était déjà pas leur fort en temps normal, et, la panique aidant, ils n'arrêtaient pas de se foncer dedans, de tomber, de se relever, et de nouveau de se foncer dedans.

Hoho fut le premier à mourir, coupé en deux au niveau de la taille par une machette invisible. Son pote Jimbo eut la tête tranchée.

Une fois le massacre terminé, le Bourbon Kid baissa sa capuche et contempla son œuvre. Le maître de cérémonie était mort. C'était le plus important.

La seule erreur du Kid fut de croire qu'il avait tué Diago, alors qu'il s'agissait de Dexter, son frère jumeau. Diago n'était même pas là.

77

Après être arrivé au parc Dinosaur Valley en début d'après-midi, Diago quitta ses collègues et se rendit en ville pour une mission de repérage avec Shattuck, l'un des acrobates. Il était en possession d'une liste de trois noms que lui avait donnée Navan Douglas. Ils appartenaient à trois enfants autistes qui vivaient dans le coin, et qui constituaient donc des cibles potentielles pour le prochain Ludus Mortis. La liste comprenait un garçon qui travaillait dans une sandwicherie, un autre garçon, interné dans un hôpital psychiatrique, et la fille de douze ans d'un gangster local nommé Antonio Rodriguez. Ils allèrent d'abord en repérage à l'hôpital psychiatrique, qui était encore mieux gardé qu'une prison de haute sécurité. Ils passèrent ensuite à la sandwicherie. Le garçon qu'ils cherchaient n'y était pas, mais ils ne devraient pas avoir trop de mal à s'introduire dans la boutique le moment venu. Enfin, ils se rendirent au domicile de la fille du gangster, une immense propriété gardée par des hommes armés.

Après avoir localisé leurs cibles, ils retournèrent au cirque juste après 20 heures. Shattuck gara la camionnette à côté d'une rangée de caravanes sur l'herbe derrière le grand chapiteau et coupa le moteur.

« J'espère qu'on n'arrive pas trop tard pour la répétition, dit Shattuck, sans une once de sincérité.

– Pas la peine d'y aller maintenant. Dexter s'en occupe. On a plus important à faire, comme élaborer une stratégie pour enlever ces gamins. Je suis presque sûr qu'on va devoir kidnapper la fille en plein jour. »

Shattuck ne semblait pas l'écouter. Il fixait le chapiteau à travers le pare-brise.

« Qu'est-ce que j'ai dit ? demanda Diago d'un ton sec.

– T'entends ça ?

– Quoi ?

– On dirait un feu d'artifice. »

Diago ouvrit sa portière. Shattuck avait raison, il se passait quelque chose dans le grand chapiteau. Les deux vampires descendirent de la camionnette pour mieux voir.

Diago soupira.

« On ne peut pas laisser ces idiots tout seuls. Si quelqu'un a encore sorti les feux d'artifice et que la tente prend feu, ça va chier.

– C'est peut-être juste une répétition un peu bruyante ?

– N'importe quoi, cracha Diago d'un ton mauvais. C'est pas une répétition, c'est des cochons qui dansent avec du rouge à lèvres. »

Pendant que Shattuck essayait de déchiffrer les paroles cryptiques de Diago, celui-ci traversa le terrain jusqu'au chapiteau d'un pas allongé et déterminé. Au bout de cinq secondes, l'acrobate se décida à le suivre.

Alors que Diago approchait de l'entrée à l'arrière, il comprit que quelque chose clochait. Une odeur de mort flottait dans l'air. Il constata très vite que le terrain était jonché de cadavres de vampires fumants. Des cris provenaient du chapiteau. Et c'étaient des coups de feu qu'ils entendaient, pas un feu d'artifice. Un massacre était en cours. Et comme si cela n'était pas déjà assez inquiétant, une musique sinistre s'échappait d'une des caravanes voisines. Diago reconnut la mélodie. C'était « Tiptoe Through the Tulips » de Tiny Tim. Il bifurqua vers la caravane en question. Elle appartenait à Niko, un des machinistes. La porte étant déjà ouverte, Diago passa la tête à l'intérieur et regarda autour de lui. La caravane était vide, mais le vieux ghetto blaster de Niko était allumé, diffusant sa musique sans personne pour l'écouter.

Diago recula et regarda alentour. Il faillit sauter au plafond quand il se retrouva nez à nez avec Shattuck, qui se tenait juste derrière lui.

« Qu'est-ce que t'as à me coller comme ça, putain ? T'as pas remarqué qu'on était attaqués ?

– Je comprends pas.

– Qu'est-ce que tu comprends pas ? Y a un tireur fou qui est en train de buter tout le monde.

– Non, mais cette histoire de cochons qui dansent avec du rouge à lèvres ? Je comprends pas.

– Tu veux bien oublier ça ! Y a quelqu'un de dangereux dans les parages. T'as un flingue quelque part ?

– Dans ma caravane.

– Eh ben va le chercher. MAINTENANT ! »

Shattuck pivota sur ses talons et courut vers sa caravane.

S'efforçant d'ignorer la musique sinistre qui s'échappait du véhicule, Diago se dirigea vers l'entrée à l'arrière du chapiteau. Il y avait trois cadavres fumants qui gisaient dans l'herbe, ainsi que plusieurs piles de cendres encore chaudes qui avaient été des vampires. C'était une chose curieuse, la mort d'un vampire. Certains se désintégraient, ne laissant derrière eux que des cendres et de la poussière, quand d'autres tombaient comme des humains ordinaires. Il y en avait même certains qui explosaient complètement.

Une voix grinçante appela Diago. Il connaissait cette voix. C'était celle de Yoga. Il regarda autour de lui, surpris. Yoga était un des cadavres fumants, mais il respirait toujours. Diago s'en approcha à pas feutrés et s'accroupit à côté de lui. Son ami était à l'article de la mort. Du sang s'écoulait de sa poitrine et d'une plaie béante à son cou.

« Qui a fait ça ? » lui demanda Diago.

Yoga avait du mal à respirer.

« Le Bourbon Kid est dans le chapiteau, dit-il dans un souffle. Il tue tout le monde.

– C'est lui qui t'a fait ça ?

– Non. C'était l'autre... »

Yoga ne finit pas sa phrase. Il rendit son dernier soupir et, un instant plus tard, s'enflamma et se désintégra.

Diago se leva. Si le Bourbon Kid était dans le chapiteau, il était grand temps de filer. Le Kid était le plus grand tueur de vampires au monde. Rester dans les parages n'était pas une option. Il s'éloigna à reculons du chapiteau. Après trois ou quatre pas en arrière, il se retourna, prêt à s'enfuir à toute vitesse, et se retrouva face à Shattuck, qui arrivait d'une démarche pesante, le regard vide.

« Il faut qu'on se tire d'ici ! murmura Diago. C'est le Bourbon Kid. »

Shattuck ne répondit pas. Il titubait un peu et n'avait pas l'air dans son assiette. Diago s'approcha de lui à pas feutrés, même si ce n'était pas vraiment nécessaire, puisqu'il marchait sur de l'herbe.

« Tu m'as pas entendu ? »

Shattuck continuait de marcher vers lui en titubant comme un ivrogne. Il posa son menton sur l'épaule de Diago, puis bava sur son bras. Diago l'attrapa à deux mains et essaya de le redresser. C'était un poids mort.

« Qu'est-ce que tu f... »

Il ne termina pas sa question car la réponse se révéla d'elle-même. Shattuck avait un couteau à manche en os planté dans le dos. Diago eut un mouvement de recul, comme s'il avait été enlacé par un lépreux. Shattuck s'effondra sur l'herbe avec un bruit sourd. Diago s'accroupit à côté de lui.

« Qui t'a fait ça ? demanda-t-il tout bas.

– Moi », répondit une voix grave en provenance des ténèbres derrière Diago.

Le vampire se leva et fit volte-face, prêt à combattre l'homme qui avait parlé.

BAM !

Un poing le frappa dans le ventre. La force du coup lui coupa le souffle. Il se plia en deux en se tenant le bide, la respiration sifflante. Une sensation curieuse l'envahit. Son estomac se mit à gargouiller, ses fesses à tressaillir. Quelques secondes après que le poing se fut enfoncé dans son estomac, les muscles de son anus décidèrent de prendre des vacances et le contenu de son rectum descendit dans son caleçon à vitesse grand V. Diago perdit l'équilibre et tomba à la renverse. Sa chute fut amortie par l'oreiller de merde qui venait de remplir son caleçon. Il avait aussi des sueurs froides. Son front transpirait comme s'il était dans un sauna depuis une demi-heure. Il leva les yeux vers l'homme responsable de cette attaque pour le moins bizarre. C'était une vision de cauchemar. Une silhouette sombre toute de noir vêtue, à l'exception d'une veste en cuir rouge et d'un horrible masque tête de mort jaune. Le masque était surmonté d'une crête rouge de dix centimètres de haut.

« T'es qui, putain ? demanda Diago par-dessus le bruit de la merde clapotant dans son caleçon.

– Je suis l'Iroquois, répondit la silhouette masquée. Revenu d'entre les morts pour tuer les créatures du mal. »

Là-dessus, l'Iroquois leva la jambe droite, donnant à Diago un bon aperçu de la semelle de sa chaussure qui se rapprocha du visage du vampire à une vitesse alarmante.

CRAC !

Tout devint noir. La dernière chose que Diago entendit fut une voix rocailleuse qui ne prononça qu'un seul mot :

« Joey ? »

Joey Conrad, alias l'Iroquois, s'écarta de Diago et tourna la tête. Le Bourbon Kid s'approchait de lui, son headblaster à la main. Il portait un manteau translucide avec des motifs qui semblaient bouger.

« Qu'est-ce que tu fais là ? demanda le Kid.

– C'est Dieu qui m'envoie. Il s'est dit que tu aurais peut-être besoin d'aide. » L'Iroquois pointa du doigt les cadavres fumants éparpillés autour d'eux. « Je dirais que Dieu avait raison. »

Le Kid fronça les sourcils et désigna le vampire aux pieds de l'Iroquois.

« C'est qui, lui ?

– Diago. C'est son frère jumeau que t'as tué dans le chapiteau. »

Le Kid parut surpris.

« Personne ne m'a dit que Diago avait un jumeau.

– Est-ce que t'as demandé à quelqu'un s'il avait un jumeau ?

– Non. Pourquoi je l'aurais fait ? Qui pose ce genre de question ?

– Moi, je l'aurais fait.

– N'importe quoi. » Le Kid posa de nouveau les yeux sur Diago. « Il est mort ?

– Non. Je lui ai juste mis un coup de poing foireux.

– D'où l'odeur.

– Ouais. Je dirais qu'il vient de bouffer indien.

– Pour la dernière fois de sa vie. »

Ce disant, le Kid pointa son arme sur le vampire inconscient pour lui faire exploser la cervelle. Mais avant qu'il puisse presser la détente, l'Iroquois se plaça devant lui et repoussa l'arme.

« Qu'est-ce que tu fais ? demanda le Kid, déconcerté.

– Je l'ai épargné parce que j'ai pensé à une façon vraiment cool de le tuer. Ça te dit ?

– Ça dépend. À quoi tu penses ? »

78

Lorsque Diago finit par reprendre conscience, sa tête lui faisait mal, son nez était cassé et il avait du sang séché tout autour de la bouche. Ses bras étaient plaqués le long de son corps, ses jambes serrées l'une contre l'autre. Il pouvait se tortiller un peu, mais il y avait quelque chose autour de lui qui l'empêchait de bouger librement. Il tourna la tête d'un côté puis de l'autre. Il faisait noir. Et il flottait dans l'air une odeur infecte de merde et de vieux curry. C'était une situation assez perturbante. Il ne tarda pas à comprendre qu'il était enfermé dans un objet cylindrique étroit, et qu'il était nu. Il leva la tête aussi loin que le permettait l'espace limité afin de voir ce qui se trouvait au bout du cylindre. Il ne vit que la lune, très haut dans le ciel nocturne, qui brillait sur lui.

« Où je suis, putain ? » marmonna-t-il à voix haute.

En guise de réponse à sa question, l'horrible masque apparut dans son champ de vision, occultant la lune.

« Tu es réveillé ? dit la voix derrière le masque.

– T'es qui, connard ? Qu'est-ce qui se passe ? Laisse-moi sortir.

– Je suis l'Iroquois, répondit la tête de mort souriante. Et ça, c'est mon ami le Bourbon Kid. On te laissera sortir quand le moment sera venu. »

Diago essaya de bouger, mais il ne parvint qu'à remuer les doigts et les orteils. Il savait parfaitement qui était le Bourbon Kid. Ce type était une menace pour les vampires depuis des années. Quant à l'Iroquois, il en avait entendu parler aux infos. Le personnage masqué avait massacré une ville entière, un jour, sans raison particulière.

« Qu'est-ce que je vous ai fait ? gémit Diago.

– Rien, en fait », répondit l'Iroquois.

Le visage du Bourbon Kid apparut à son côté dans le trou au sommet du cylindre. Diago eut un flash-back du moment où Yoga, avant de rendre son dernier souffle, l'avait informé que le Bourbon Kid était en train de tuer tout le monde dans le chapiteau.

« Comment vous avez eu ce manteau ? demanda Diago, furieux. Vous l'avez volé dans ma caravane ?

– Non. Je te l'ai pris la première fois que je t'ai tué, dans quelques mois.

– Hein ? Qu'est-ce que vous racontez ? Pourquoi est-ce que vous faites ça ? Je vous ai jamais rien fait. Laissez-moi sortir !

– C'est pour tous les enfants que vous avez tués au nom du divertissement, dit le Bourbon Kid. On sait ce que vous faites pour les Atlantes. Mais c'est terminé.

– Oh. »

Si Diago n'avait pas encore compris à quel point il était dans la merde, c'était maintenant le cas. Un peu de bluff s'imposait.

« Heu, quoi ? Je vois pas de quoi vous parlez.

– Je parle de votre jeu de la roue. Tu sais, celui où des cracheurs de feu pourchassent des gamins à travers la piste, et où vous les donnez à manger à des lions. »

Diago sentait son rythme cardiaque monter en flèche. Ces deux barjos savaient tout.

« Si vous me tuez, les gens les plus puissants de ce monde s'en prendront à vous, les prévint-il. Je pourrais vous aider. Je sais comment les atteindre. Tous les trois, on pourrait les tuer ensemble. Les chefs d'État, ceux qui nous forcent à kidnapper des enfants. »

Le Kid et l'Iroquois l'observèrent à travers le cylindre, mais n'offrirent aucune réponse.

« Je vous en prie, laissez-moi sortir !

– Bien sûr, répondit l'Iroquois. Tu sais, on a inventé un jeu que tu aurais dû inclure dans ta roue de l'infortune.

– Quel jeu ?

– Il manque une section sur la roue. Le canon humain. »

Diago cessa de remuer ses orteils.

« Je suis dans le canon ! gémit-il, prenant enfin conscience de la désagréable vérité.

– Oui », dit l'Iroquois en reculant.

Le Bourbon Kid se pencha vers le vampire.

« C'est pour Flake, dit-il, le plongeant encore un peu plus dans la perplexité. Bon voyage, Diago. »

Le canon commença à bouger, et le visage du Bourbon Kid disparut. Bientôt, le ciel nocturne s'effaça à son tour. Tout devint noir. Diago ne voyait plus rien au bout du canon.

« Qu'est-ce que vous faites ? cria-t-il, désespéré, sa voix résonnant autour de lui. Je peux vous payer. Je vous donnerai un million de dollars chacun. Et qui est Flake, bordel ? »

Quand le canon finit par s'immobiliser, Diago n'était plus debout avec vue sur le ciel mais en position horizontale, fixant l'obscurité. Quelques instants plus tard, une lumière vive éclaira ce qui se trouvait devant lui. Le canon était pointé vers un mur de béton une dizaine de mètres plus loin.

« Oh, mon Dieu. Qu'est-ce que vous faites ? dit-il, sa panique atteignant des niveaux sans précédent. On est censé porter un casque quand on est tiré par un canon ! »

La tête de mort réapparut au bout du cylindre, penchée sur le côté.

« On va faire une partie de squash, dit l'Iroquois, son masque le regardant avec son horrible sourire tout en dents.

– OH MERDE ! JE VOUS EN PRIE, NON ! JE VOUS DONNERAI TOUT CE QUE VOUS VOULEZ ! TOUT ! »

La tête de mort disparut.

S'ensuivit une attente insoutenable. Diago pria pour que ce soit du bluff. Il les supplia, les implora de lui laisser la vie sauve, proposant des marchés qu'il ne pourrait jamais tenir, n'importe quoi pour éviter d'être tiré la tête la première contre un mur en béton.

Le grésillement d'une mèche se consumant sous ses pieds ajouta encore à sa panique. Le canon était allumé. Le compte à rebours était lancé. Diago savait combien de temps il fallait à la mèche pour brûler entièrement. Il compta dans sa tête, priant pour que ses tourmenteurs soient en train de le faire marcher.

Ce n'était pas le cas.

Diago fut projeté hors du canon à la vitesse de l'éclair. Son crâne percuta le mur de béton, mais son corps continua d'avancer, s'écrasant sur son cerveau, se refermant comme un accordéon. Le vol se termina lorsque ses pieds heurtèrent l'arrière de son crâne. Il ne restait plus de lui qu'une flaque de sauce bolognaise dégoulinant sur le mur.

Tandis que le Bourbon Kid et l'Iroquois regardaient les restes de Diago couler dans une bouche d'égout avec les autres déchets de la ville, le Kid posa une question à son vieil ami.

« T'es de retour pour de bon ?

– Non. Dieu veut que je retourne au paradis.

– Il te laissera revenir, si on a besoin de toi ? »

L'Iroquois leva les mains.

« Je sais pas. J'espère. On se fait chier à mourir au paradis. On n'a pas le droit de tuer. Ni de boire ou se droguer. Pas de télé, pas de jeux vidéo. Tout le monde broie du noir et regrette de ne pas avoir davantage profité de son séjour sur terre. Et les choses ont empiré y a quelques mois quand la moitié du monde a été atomisée et que des millions de personnes ont débarqué le même jour. On s'est retrouvés avec une sorte de crise des réfugiés. Je pense que c'est pour ça que Dieu tenait à ce que je t'aide, pour être sûr que tu tuerais Diago et que tout redeviendrait comme avant. Et il veut se débarrasser de Sanchez. Le paradis n'est pas assez grand pour lui et ses habitudes exaspérantes. Il utilise les toilettes privées de Dieu et les laisse chaque fois dans un état abominable. Ça rend le Seigneur fou.

– Je veux bien te croire. » JD tira sur le revers du manteau d'invisibilité qu'il portait. « Tu veux le récupérer ?

– Non. Tu peux donner celui-là à Jacko. J'ai déjà celui qui était dans la caravane de Diago. Il est dans ma voiture.

– L'Iroquois-mobile est là ?

– Oui. Au fait, tu savais que Dieu ressemble à Dalton de *Road House* ? »

JD soupira.

« Il paraît, oui. Passe le bonjour à Bébé pour moi. Je suppose que tu lui as pardonné de t'avoir fait tuer ? »

Le masque de Joey dissimulait ses sentiments sur le sujet.

« J'ai fait un choix. Sauver Bébé, ou me sauver moi. J'aurais pu tuer ce putain de cyclope, mais j'ai choisi de tirer sur les créatures de la forêt qui allaient la tuer. Je les ai eues, je l'ai sauvée, mais je me suis fait arracher la tête par ce putain de borgne de merde.

– Et Bébé s'est quand même fait tuer une demi-heure plus tard...

– Ouais. Ça craint. Mais si j'avais le choix, je referais la même chose.

– C'est ça, l'amour, mon pote. Si ça peut te réconforter, j'ai tué le cyclope pour toi.

– Ouais, je sais. » Joey donna un coup de poing amical dans le bras de JD. « Écoute, je dois y aller, j'entends Dieu dans ma conscience qui me dit de me bouger le cul. »

Les deux hommes se serrèrent la main.

« À la prochaine », dit le Bourbon Kid.

79

Il était presque 21 heures ce samedi soir, et Doreen et son mari Fred étaient blottis sous une couverture sur le canapé, prêts à regarder *Danse avec les stars*. C'était la seule émission qu'ils appréciaient tous les deux. Fred préférait généralement celles sur les mines d'or et la maçonnerie, tandis que Doreen adorait les feuilletons à l'eau de rose. Mais *Danse avec les stars* leur rappelait le bon vieux temps où ils allaient guincher ensemble. Cette époque était depuis longtemps révolue, et, à soixante ans passés, ils se satisfaisaient très bien de regarder d'autres personnes danser dans le confort de leur canapé.

« J'ai envie d'un biscuit et d'une tasse de thé, dit Doreen en se levant. Tu veux quelque chose ? »

Fred considéra son offre.

« Je vais éviter le thé, je vais pisser toute la nuit, sinon. Mais je prendrais bien un de ces biscuits au chocolat.

– Ça marche. »

Doreen se rendit dans la cuisine et alluma la bouilloire. C'était une course contre la montre. *Danse avec les stars* allait commencer d'une minute à l'autre, et Fred ne savait pas comment mettre la télévision en pause. Elle prit une tasse dans le placard, y glissa un sachet de thé, la posa sur le buffet, puis ouvrit le frigo. Des biscuits au chocolat. Elle attrapa le paquet. Il était déjà entamé. Elle en sortit deux biscuits, puis hésita. Un chacun ? Ce n'était pas assez. Elle en prit deux de plus, puis ferma la porte du frigo et posa les biscuits sur une assiette. Inutile d'en salir deux, une suffirait. L'eau ne bouillait toujours pas. Quelle merde, cette machine. Elle attrapa l'assiette de biscuits et retourna dans le salon.

Soudain, son poignet céda. Les biscuits glissèrent de l'assiette, qui lui échappa et s'écrasa par terre. Elle essaya de parler, mais le seul son qui sortit de sa bouche fut un petit couinement. Ce qu'elle voulait vraiment dire, c'était : *Qui êtes-vous ?*

Car Fred n'était plus seul. Quelqu'un s'était introduit chez eux. Un homme vêtu d'un drôle de manteau rayé noir et blanc se tenait derrière le canapé, penché par-dessus le dossier, pressant un couteau contre la gorge de Fred. Doreen reconnut immédiatement l'intrus. C'était ce célèbre meurtrier de masse, le Bourbon Kid.

« Fais ce qu'il dit, murmura Fred.

– Vous êtes Doreen ? » demanda le Kid d'une voix rocailleuse et hostile.

Elle hocha frénétiquement la tête avant de lâcher un oui.

« Si vous voulez que votre mari reste en vie, vous allez faire exactement ce que je dis. Vous comprenez ? »

La bouilloire siffla. L'eau chaude était presque au point d'ébullition. Puis le générique de *Danse avec les stars* retentit. Tout se passait en même temps.

Doreen prit une inspiration et hocha la tête.

« Je comprends. »

80

Après avoir terrorisé un couple de petits vieux pendant un épisode de *Danse avec les stars*, JD retourna directement au Purgatoire. Il rendit le manteau d'invisibilité à Jacko, s'enfila une autre bouteille de bourbon, dormit quelques heures, et se leva aux aurores pour se rendre à l'abbaye de Coldworm par le portail. L'endroit renfermait de mauvais souvenirs, il ne s'y attarda donc pas. Il pénétra dans le cimetière et se dirigea vers la dernière demeure de Beth Lansbury. Il contempla la stèle au nom de Ruth Palmer. De chaque côté de la tombe de Beth se trouvaient celles de ses enfants, Emma et Vincent. *Les enfants de JD.*

Il tombait des cordes, comme chaque fois qu'il visitait le cimetière. À croire qu'il pleuvait statistiquement plus souvent sur les cimetières que n'importe où ailleurs. Mais la pluie n'était pas un problème. En fait, JD aimait entendre le clapotis des gouttes sur la capuche de son long manteau noir.

Il regarda la tombe de Beth une dernière fois. Il ne dit rien. Les mots étaient superflus. Beth pouvait lire dans ses pensées quand elle était vivante, et elle pouvait sans doute le faire encore maintenant. Il allait de l'avant. En fait, il l'avait déjà fait. Il était allé de l'avant avec Flake, même si celle-ci n'en saurait jamais rien. Elle serait de nouveau avec Sanchez, ignorant tout du futur alternatif qu'elle aurait pu avoir avec JD. Seuls Jacko et Einstein sauraient ce qui s'était passé dans cet autre futur avant que JD revienne dans le passé pour tout défaire. Einstein était maintenant au paradis, ce qui ne laissait que Jacko. Le bluesman n'en parlerait jamais, JD le savait.

Le bruit de la pluie fut interrompu par la sonnerie de son portable. C'était un appel d'Alexis Calhoon. Il décrocha et plaça le téléphone contre son oreille.

« Salut, Alexis.

– Salut, JD. Comment ça va ?

– Comme d'habitude.

– J'ai du travail pour vous, si vous êtes intéressé ?

– Laissez-moi deviner, un connard veut que je conduise sa fille à l'école ? »

Calhoon hésita une seconde.

« Comment le savez-vous ? demanda-t-elle, surprise.

– Une intuition. Ça paie bien ?

– Cinquante mille dollars pour une semaine de travail.

– Dites-lui cent. »

Calhoon semblait décontenancée.

« D'accord, ça peut se faire, je pense. L'homme qui veut vous engager est Antonio Rodriguez. Vous avez entendu parler de lui ?

– Ouais, c'est un gangster qui vit à San Antonio.

– C'est ça. Il a reçu des menaces anonymes de quelqu'un qui dit qu'il va tuer sa gamine, donc évidemment, il s'inquiète. Et comme il est riche, il veut engager le meilleur garde du corps possible pour protéger sa petite fille chérie. Vous êtes sûr que vous êtes partant ?

– Ouaip, je vais le faire. Une semaine pour cent mille. Mais dites-lui qu'il doit aussi embaucher Rex.

– Rex ? D'accord, je vais voir avec lui. Vous pouvez commencer demain ?

– Aucun problème. Envoyez-moi les détails par SMS.

– Ça marche, merci. »

JD mit fin à la conversation et passa dans la foulée un appel au Purgatoire. Jacko décrocha immédiatement.

« Salut, mon pote, dit Jacko. T'as fini ?

– Oui. Je serai au portail dans deux minutes.

– OK, je vais l'ouvrir. »

JD remit son téléphone dans sa poche. Il jeta un dernier regard à la tombe de Ruth Palmer, et dit ce qu'il était venu dire.

« Au revoir, Beth. »

81

« Et maintenant, tu vas où ? demanda Jacko à JD alors que celui-ci sortait des toilettes pour hommes.

– Au Tapioca.

– T'es sûr d'être prêt pour ça ?

– Non, mais il faudra bien le faire à un moment ou à un autre. »

Jacko sourit.

« N'oublie pas de me rendre visite. »

JD se retourna. Le portail était déjà ouvert. Les toilettes du Tapioca se trouvaient de l'autre côté. Il leva la main en signe d'au revoir à Jacko, puis franchit le portail pour regagner le monde réel.

Le Tapioca était vide quand il entra, il prit donc lui-même une bouteille de bourbon et un verre à peu près propre derrière le comptoir. Puis il s'assit à une table dans l'un des nombreux recoins sombres du bar.

Dix minutes et un demi-verre de whisky plus tard, la paix et le calme qui régnaient dans la salle prirent brusquement fin. Rex et Elvis franchirent en trombe la porte d'entrée. Ils avaient passé la nuit à picoler, donc tout ce qu'ils disaient ou faisaient était deux fois plus bruyant qu'en temps normal, et ils ne s'en rendaient même pas compte. Elvis était complètement décoiffé, et le cache-œil de Rex était mis n'importe comment. Ni l'un ni l'autre ne remarquèrent JD. Rex se dirigea droit vers le comptoir pour prendre quelques bouteilles de bière.

Elvis s'installa non loin de JD. Il sortit un jeu de cartes de sa poche de poitrine et le posa sur la table. C'est à ce moment-là qu'il repéra enfin le Kid.

« Hé, mec, dit-il. Comment ça va ?

– Ça va.

– Quoi de neuf ?

– Pas grand-chose.

– Cool. »

Rex apporta les deux bières à la table d'Elvis.

« Salut, JD, lança-t-il. Tu veux jouer aux cartes avec nous ? On vient de les voler au casino.

– Non, ça ira, merci.

– Comme tu veux. »

Trente minutes douloureusement longues s'écoulèrent avant que Flake arrive. Le cœur de JD manqua un battement quand il la vit descendre l'escalier derrière le comptoir. Elle portait une jupe grise qui lui arrivait aux genoux, un col roulé blanc et un blazer gris assorti à la jupe. Et elle s'était fait un chignon. Aux yeux de JD, elle était magnifique, mais les gens ne remarquaient pas toujours sa beauté discrète.

Quand elle atteignit le bas des marches, elle souleva la trappe de service du bar et s'avança dans la salle.

« Où est Jasmine ? demanda-t-elle.

– Pas ici », répondit Elvis sans même lever les yeux.

Il posa une carte sur la table.

« Où, alors ?

– Tu ne veux pas savoir », dit Rex.

Lui non plus ne leva pas les yeux. C'était un jeu sérieux.

« Si vous voulez continuer à boire à l'œil, vous allez devoir me le dire. »

Rex daigna finalement la regarder.

« Elle a un rencard.

– Un rencard ? Avec qui ? »

Elvis posa une autre carte sur la table et pivota sur sa chaise.

« Tu te souviens, elle avait passé un accord avec Dieu pour qu'il l'emmène à un match de basket ou un truc du genre ? »

Flake en resta bouche bée.

« Elle a un rencard avec Dieu ?

– Ouais, répondit Elvis. D'autres questions ?

– Je vais préparer le petit déj. Vous voulez quelque chose ? »

Rex répondit pour eux deux.

« On est allés chez Dirty Marie.

– Mais on prendrait bien quelques bières de plus, dit Elvis en commençant à distribuer les cartes pour leur jeu de merde.

– Servez-vous. Vous savez où elles sont. »

Pendant tout ce temps, JD n'avait cessé de regarder Flake. Il était incapable de détacher ses yeux d'elle. Son joli visage, son corps superbe, la façon dont elle ne se laissait jamais marcher sur les pieds, son style décontracté, et simplement sa beauté intérieure et son charme naturel. Ni Elvis ni Rex n'avaient fait de commentaire sur sa tenue. Ces connards ignorants. JD attendit qu'elle regarde dans sa direction. Quand elle le fit, il soutint son regard, puis sourit, même si ce qu'il voulait vraiment faire c'était se lever, la prendre dans ses bras et la serrer contre lui, comme il l'avait fait si souvent sur Medicine Island.

« Belle tenue, commenta-t-il. Elle te va bien.

– Merci, répondit Flake, qui paraissait soulagée. C'est pour ma rencontre avec le président, vendredi. Je te sers quelque chose ? Ou toi aussi, t'as été chez Filthy Marie ?

– Dirty Marie », la corrigea Rex sans lever les yeux de ses cartes.

Flake l'ignora et s'approcha de la table de JD.

« Ça va ? » lui demanda-t-elle.

Il lui fit signe d'avancer pour que les autres ne les entendent pas. Elle s'exécuta et pencha la tête. Elle sentait très bon.

« Oublie le chignon, murmura JD. Tu es plus jolie avec les cheveux lâchés, ou une queue-de-cheval.

– Tu crois ?

– Ouais. Le chignon, c'est pas toi. »

Flake leva les mains et défit son chignon, puis secoua la tête pour laisser retomber ses cheveux sur ses épaules.

« Tu n'as pas répondu à ma question.

– C'est beaucoup mieux.

– Tout va bien ? Tu n'as pas l'air dans ton assiette.

– Je vais bien. »

Ce fut au tour de Flake de baisser la voix.

« Tu penses à Beth, pas vrai ? »

JD se perdit dans la contemplation de son verre de bourbon.

« Ce n'est pas facile de perdre quelqu'un avec qui on pensait passer le reste de sa vie.

– C'était la femme la plus chanceuse au monde, lui assura Flake. Elle le savait. Ne l'oublie pas.

– Ouais.

– Tu sais, tu ne veux probablement pas entendre ça, mais il y a peut-être quelqu'un d'autre qui t'attend.

– Même si c'était le cas, ça n'aurait pas d'importance.

– Pourquoi ?

– Tous les gens que j'aime se font tuer. C'est ma malédiction. »

Flake lui poussa l'épaule d'un air taquin, comme elle l'avait fait si souvent pendant leur séjour sur l'île.

« Si c'était vrai, toutes les personnes ici seraient mortes aussi. »

Puis elle sourit. Les sourires de Flake étaient si charmants, si envoûtants.

« Mais je sais comment te remonter le moral, dit-elle. Je vais te préparer un de mes petits déjeuners épiques. J'ai du bacon, des œufs, des saucisses, des champignons…

– Merci, mais non, ça ira.

– Je fais les meilleurs petits déjeuners, tu sais. »

JD sourit.

« Ce n'est pas ta seule qualité, Flake. »

Le sourire de Flake s'élargit encore, et il vit qu'elle commençait à s'empourprer. JD savait toujours comment la troubler.

« Mais c'est ce que je fais le mieux, dit-elle. Tu sais, toi tu tues des gens. Jasmine se déshabille, Elvis fait son Elvis, Rex a sa main magnétique, Sanchez est l'homme le plus chanceux sur terre, et moi, je fais les meilleurs petits déjeuners du monde.

– C'est vrai. Y a quoi au menu aujourd'hui ?

– Je teste un nouveau truc pour Sanchez. Un sandwich petit déjeuner. Ça te dirait d'y goûter en avant-première ? »

JD ne put s'empêcher de sourire. C'était si bon de parler de nouveau avec elle.

« D'accord, je serai ton cobaye. Mais t'as pas intérêt à le rater.

– Est-ce que j'ai déjà raté un petit déjeuner ? »

Et soudain, le charme fut rompu. Sanchez dévala l'escalier à grand bruit. En atteignant la dernière marche, il s'arrêta et regarda autour de lui à la recherche de Flake. Il la repéra rapidement.

« Flake, je veux deux saucisses de plus, aujourd'hui, lui lança-t-il. Et je crois que je vais prendre des haricots, aussi. Je me sens un peu ballonné, ça m'aidera peut-être à évacuer les gaz emprisonnés. »

Elle se détourna de JD.

« D'accord, mon cœur ! Mais je voulais tester mon nouveau sandwich petit déj sur toi, aujourd'hui.

– Je ne veux pas d'un *nouveau* petit déjeuner, répondit Sanchez d'un air horrifié. Tu veux bien faire le même que d'habitude, s'il te plaît ? Je crève la dalle.

– Je m'y mets tout de suite. » Elle regarda JD. « Tu veux toujours le nouveau sandwich ?

– Et comment. »

Pendant que Flake se dirigeait vers la cuisine, Sanchez s'approcha de la table où Rex et Elvis étaient installés.

« Vous jouez à quoi ? demanda-t-il.

– Tu peux pas jouer, répondit Elvis.

– Pourquoi ?

– Parce qu'on joue pas à la bataille, dit Rex. Ce serait trop long de t'apprendre les règles. »

Avant que Sanchez puisse se plaindre d'être laissé pour compte, la porte des toilettes pour dames s'ouvrit et Jasmine en sortit, vêtue d'un short en jean bleu et d'un crop top blanc, les cheveux en queue-de-cheval.

« Salut, les mecs, dit-elle avec un grand sourire. Ohhh, des cartes, je peux jouer ?

– Ils jouent pas à la bataille, l'informa Sanchez.

– Pourquoi ?

– Comment s'est passé ton rencard ? demanda Elvis en posant ses cartes sur la table pour signifier qu'il en avait assez.

– On est allés voir un match de basket en Australie », dit Jasmine. Elle s'approcha d'Elvis et l'embrassa sur la joue. « C'était sympa.

– Et ?

– Et je lui ai fait une branlette. »

Rex recracha sa bière sur la table.

« T'as fait une branlette à Dieu ? »

Jasmine s'assit sur le genou d'Elvis et passa un bras autour de ses épaules. Une brève discussion s'ensuivit, où il fut question de savoir si oui ou non Elvis était d'accord pour que l'amour de sa vie fasse une branlette à Dieu. Pendant que tout le monde se montrait captivé par le sujet, JD avait les yeux rivés sur la cuisine. Il voyait Flake par la porte ouverte, qui posait des tranches de bacon sur le gril. Ça n'allait pas être facile de la voir tout le temps. Le fait qu'elle ne saurait jamais qu'ils avaient vécu ensemble sur une île déserte, amoureux. Mais le pire serait de la voir avec Sanchez. Oui, il allait connaître des moments difficiles, c'était certain.

Les pensées larmoyantes de JD prirent brusquement fin lorsqu'il entendit Jasmine informer Elvis qu'il avait le droit de coucher avec quelqu'un d'autre, juste une fois, pour qu'ils soient quittes.

Elvis accepta le marché et se tourna vers la cuisine.

« Flake, t'es partante ?

– Dans tes rêves, loser ! »

Bien envoyé, songea JD. *Ne change jamais, gamine.*

Sanchez était moins impressionné. Il posa ses mains sur ses hanches et fusilla Elvis du regard.

« Je suis là, au cas où t'aurais pas remarqué.

– Je sais, dit Elvis. C'était pour que tu sois au courant.

– Ne t'approche pas de Flake, dit le barman d'une grosse voix qu'il espérait sans doute menaçante.

– Sinon ?

– Sinon elle te flanquera un coup de pied dans les couilles. »

Rex soupira.

« On joue toujours aux cartes ou pas ?

– Vous jouez à la bataille ? demanda Jasmine.

– Non, dit Rex.

– OK. »

Jasmine sauta du genou d'Elvis et se dirigea vers les toilettes. Rex ramassa le jeu de cartes puis commença à les mélanger. Avant qu'il ait eu le temps de les distribuer, un téléphone vibra sur la table devant lui.

« Une seconde, dit-il en posant les cartes. Je dois prendre cet appel. » Il décrocha. « Bonjour, général, que puis-je faire pour vous ?

– C'est Calhoon ? » demanda Elvis.

Rex hocha la tête. Pendant les trente secondes qui suivirent, il discuta avec Calhoon d'une mission. Une fois l'appel terminé, il reposa le téléphone sur la table et regarda JD d'un air méfiant.

« Calhoon dit qu'elle t'a proposé un boulot de garde du corps et que tu insistes pour que je participe ?

– Hmm, hmm, répondit JD.

– T'as de la chance que ça paie bien. Sinon, j'aurais refusé.

– Qui sait, ça pourrait te plaire.

– Et moi ? demanda Elvis. Tu n'as pas besoin de moi ? »

JD haussa les épaules.

« Je pensais que tu voudrais passer du temps avec Jasmine. »

Un boucan de tous les diables se fit entendre dans les toilettes pour femmes, et Jasmine réapparut. Elle n'était pas seule, cette fois, mais accompagnée d'un gros chien marron que JD reconnut immédiatement. C'était Goober. Le berger allemand repéra Flake qui sortait de la cuisine et se précipita vers elle.

« Oh, putain ! » fit Flake, prise de panique.

Goober bondit sur elle avec un tel entrain qu'il faillit la renverser. Elle parvint à rester debout et caressa la tête du chien tandis qu'il lui léchait le visage avec beaucoup d'enthousiasme.

« Mince, alors ! dit Flake en regardant les autres. Il est gentil. »

Jasmine sourit.

« Il t'aime bien. »

JD jeta un coup d'œil à Jasmine. Elle le regardait avec un sourire suffisant.

« Qu'est-ce qu'il fout là, ce chien ? demanda Rex.

– Je me suis dit qu'il pourrait tenir compagnie à JD », répondit Jasmine.

Puis elle siffla à l'intention de Goober pour le ramener à la réalité. Le chien regarda Jasmine. Elle désigna JD. Goober le repéra dans son coin sombre et galopa aussitôt vers lui, laissant Flake essuyer la bave sur son visage. Le berger allemand posa ses pattes sur les jambes de JD et le regarda en tirant la langue, les yeux remplis d'amour.

« Waouh ! s'exclama Flake. Tu l'as trouvé où, Jas ?

– Je l'ai sauvé, répondit-elle fièrement. Il a été séparé de ses anciens propriétaires. Il s'appelle Goober. »

Flake se gratta la tête.

« Et tu t'es dit que JD en voudrait ?

– Oh, oui. Je connais mieux JD que vous tous. »

Tous les regards se tournèrent vers l'intéressé. Goober était en train de le couvrir de léchouilles et, à la surprise des autres, JD ne semblait pas y voir d'inconvénient.

Après avoir passé dix secondes à idolâtrer JD, Goober retourna voir Flake et la regarda à son tour avec des yeux remplis d'adoration, ce qui n'était peut-être pas sans lien avec l'odeur de saucisses et de bacon qui s'échappait de la cuisine.

« J'ai toujours voulu un chien, dit Flake. T'as faim, mon toutou ? On dirait qu'il a faim. Je vais lui préparer des saucisses.

– Oh, c'est pas vrai ! souffla Sanchez en secouant la tête. On peut pas avoir de clebs, ici. Il va pisser et chier partout !

– Tu devrais bien t'entendre avec lui, alors », dit Elvis.

Sanchez décida de changer de sujet.

« Flake, tu devrais pas surveiller le petit déj ? J'ai pas envie que mes saucisses soient encore brûlées, ou léchées par le chien. Si ce clebs goûte à ta cuisine, on réussira jamais à s'en débarrasser. »

Flake s'approcha de Sanchez, prit sa tête entre ses mains et l'attira à elle pour l'embrasser.

« Tu as peur qu'il aime ma cuisine plus que toi ? le taquina-t-elle.

– Personne n'aimera jamais ta cuisine autant que moi, dit Sanchez en lui donnant une claque sur les fesses. Maintenant, retourne aux fourneaux, petite coquine. »

Flake gloussa.

« J'y vais tout de suite. » Elle caressa encore un peu Goober, puis regarda JD. « Ça t'embête si je donne à manger à ton chien ? »

JD secoua la tête.

« Il adore ta cuisine.

– Ah oui ?

– Bien sûr. Toi aussi, il t'aime. Ça se voit. »

Flake rougit très légèrement.

« Jas, tu veux un petit déj ? J'en fais un gros pour Sanchez, et mon nouveau sandwich pour JD.

– Non, c'est gentil, mais j'ai pas vraiment le temps », dit Jasmine.

Alors que Flake retournait à la cuisine, Goober sur ses talons, Jasmine se dirigea vers la table de JD et s'assit à côté de lui.

« T'as une bonne vue sur la cuisine, d'ici, pas vrai ? »

JD lui sourit avec ses yeux.

« Tu te souviens de beaucoup de choses ? »

Jasmine l'embrassa sur la joue.

« Je me souviens de tout. Alors la prochaine fois que tu envisages de me laisser en rade sur une île déserte, souviens-toi que je suis pote avec Dieu.

– Pigé.

– Oh, et autre chose. Ce type, là, Navan Douglas, ce n'est plus un problème.

– Navan Douglas. J'avais oublié ce connard. Il va remettre à Flake et à Sanchez ces anneaux avec le dispositif de traçage, n'est-ce pas ?

– Il allait le faire. Mais je me suis occupée de lui. » Elle sortit son téléphone de la poche à sa hanche. « Regarde ça. »

Elle leva le portable pour que JD voie l'écran. C'était une photo d'elle à poil.

« Pourquoi tu me montres ça ?

– Mince, c'est pas la bonne. Attends, je vais trouver. »

Elle fit défiler plusieurs autres photos d'elle nue dans diverses positions avant de s'arrêter sur celle qu'elle cherchait. Elle représentait Navan Douglas. Sans surprise, puisqu'il s'agissait du téléphone de Jasmine, il était nu. Ce n'était pas joli à voir. Il était allongé sur le côté sur un lit king-size avec un gros godemiché rose entre les fesses. Jasmine passa à la photo suivante, sur laquelle le gode avait été retiré de son anus et enfoncé dans sa bouche. Elle fit défiler plusieurs autres clichés de Douglas dans des positions compromettantes.

« D'accord, j'en ai assez vu, merci, dit JD après la huitième ou neuvième photo.

– Navan a démissionné ce matin parce qu'il voulait pas que sa femme voie ça.

– Attends une seconde, dit JD en se frottant le front. Qui a pris les photos ?

– Jacko. Il était dans la chambre avec nous, mais il portait le manteau d'invisibilité, donc Navan ne l'a pas vu. C'est un bon photographe, tu trouves pas ?

– T'as fait du bon boulot, Jas. Je te revaudrai ça.

– J'espère bien. J'ai encore un voyage à faire pour régler quelques détails.

– Quels détails ?

– Eh bien, pour commencer, le gouvernement veut toujours faire tuer Zero pour avoir filmé le président en train de se branler.

– Ah oui, ça.

– Et, bien sûr, vu que tuer tous ces connards ça n'a pas marché, je vais les avoir autrement. »

Avant que JD puisse demander comment, Elvis les interpella.

« De quoi vous parlez, tous les deux ?

– Je montre juste à JD des photos de moi en train de jouer avec un gode.

– Ah, OK. »

Elvis posa une carte sur la table et reprit sa partie avec Rex.

La jeune femme remit son téléphone dans sa poche. JD fixait de nouveau la cuisine, regardant Flake préparer le petit déjeuner. Jasmine plongea la main dans la poche de poitrine du Kid et en sortit ses lunettes de soleil.

« Tu devrais porter ça pendant quelque temps, dit-elle en les dépliant et en les faisant glisser sur ses oreilles. Si tu veux pas que tout le monde voie ce que tu regardes. »

JD prit la main de Jasmine et la serra.

« Tu es une bonne amie. »

Elle lui décocha un clin d'œil.

« Je ferais bien d'y aller. J'ai du pain sur la planche. »

Là-dessus, elle se leva et passa devant Rex et Elvis pour rejoindre les toilettes.

Quand JD regarda de nouveau vers la cuisine, il vit Flake devant la gazinière. Elle posait un bol d'eau par terre pour Goober. Elle leva les yeux vers JD et lui sourit. Il lui sourit en retour. La magie du moment fut brisée par Sanchez, qui entra dans la cuisine en entonnant le premier couplet de sa chanson de merde, « Do They Know It's Breakfast ? ». Au moment de chanter la phrase « *throw your arms around Flake at breakfast time*[1] », il se glissa derrière elle et fit exactement ce que disait la chanson. Ils continuèrent à chanter tous les deux pendant que Flake retournait la nourriture sur le gril, toujours dans les bras de Sanchez, qui la serrait comme s'il ne voulait plus jamais la laisser partir.

1. « Prends Flake dans tes bras à l'heure du petit déjeuner. »

82

La douche bien chaude du dimanche matin était l'un des moments préférés du président des États-Unis. Il avait du temps pour lui, qu'il aimait mettre à profit en réfléchissant aux meilleurs moyens de rester au pouvoir sans faire quoi que ce soit de susceptible de bénéficier à la populace. Ce matin-là, tout en rinçant le shampoing dans ce qui lui restait de cheveux, il se demanda comment mettre plus d'armes à feu dans les mains des adolescents américains.

Sa journée s'annonçait assez calme. Il était déjà 9 h 15, et, jusqu'à présent, personne n'avait téléphoné pour l'informer d'une nouvelle fusillade de masse dans le pays. Il se doucha à l'eau froide pendant trente secondes avant de sortir et de se sécher tout en se mirant dans le miroir de la salle de bains. Alors qu'il reposait sa serviette, il remarqua que la porte était fermée, ce qui était inhabituel. Il la laissait normalement ouverte pour empêcher le miroir de s'embuer.

Sans s'inquiéter outre mesure, il l'ouvrit et sortit de la salle de bains, fonçant droit dans une embuscade. Il perçut un mouvement à la périphérie de son champ de vision avant de recevoir un violent coup de genou dans les bijoux de famille. Putain, ça faisait un mal de chien. Les couilles du président rebondirent d'avant en arrière comme une poire de vitesse. Il tomba à genoux et porta ses mains à ses testicules en levant les yeux pour voir son agresseur.

« Bonjour, monsieur le président », dit la femme qui se tenait au-dessus de lui.

Elle avait la peau mate et soyeuse et de longs cheveux noirs, et elle portait un mini short en jean et un crop top blanc. Le président la reconnut immédiatement. C'était l'héroïne de sa vidéo porno préférée.

« Putain de merde. Lady Casse-Burnes !

– C'est comme ça qu'on m'appelle, de nos jours ?

– C'est Jasmine, n'est-ce pas ? dit le président avec une grimace en tenant ses couilles meurtries.

– Oui. Votre ami Navan Douglas m'envoie comme cadeau de démission. Il dit que vous avez travaillé dur et que je suis exactement ce dont vous avez besoin.

– Ah oui ?

– Oui, monsieur. Je suis là pour détruire votre cercle.

– Mon quoi ? »

Jasmine se baissa et attrapa le président par le bras. Il s'attendait à ce qu'elle le relève, mais, à sa surprise, elle lui passa une menotte au poignet, puis tira son bras derrière son dos et referma la seconde autour de son autre main.

« Hou, c'est coquin », dit le président, sentant qu'il allait passer un moment fort agréable.

Jasmine le tira par les aisselles jusqu'au grand lit au milieu de la pièce. Elle le poussa dessus, et son visage s'enfonça dans la couette moelleuse. Levant les yeux vers les miroirs sur les portes du placard en face de lui, il vit que Jasmine se tenait derrière lui. Elle était en train d'attacher quelque chose autour de sa taille. Quelque chose de gros. Pendant les minutes qui suivirent, Jasmine le pilonna sans ménagement avec le plus gros gode-ceinture auquel il ait jamais eu affaire. Et elle le plaça dans des positions assez originales. Il ne savait pas qu'il était si souple. Enfin, quand elle en eut fini avec son cul, elle passa à sa bouche, lui enfonçant le gode dans la gorge pour qu'il puisse avoir une idée du goût de son fondement. Décidément, ce dimanche matin commençait fort. Ça faisait des semaines qu'il n'avait pas autant pris son pied. Le président prit mentalement note d'envoyer à Navan Douglas des cigares cubains en guise de remerciement.

Malheureusement, les choses tournèrent vite au vinaigre pour l'homme le plus puissant du monde. Quand Jasmine eut fini de s'amuser avec lui, elle refusa de lui enlever les menottes.

« Vous voyez ça ? demanda-t-elle en brandissant un téléphone portable sorti de nulle part.

– Oui », répondit le président, qui était étendu sur le dos, les mains toujours menottées derrière lui.

Jasmine contourna le lit et tint le téléphone devant son visage.

« C'est une photo du président russe et d'un de ses gardes du corps », dit-elle.

Le cliché montrait le chef d'État dans une position compromettante avec un autre homme et une poupée gonflable. Les deux hommes étaient nus, allongés l'un contre l'autre en position de la cuillère, le garde du corps avec sa main refermée autour de la bite du président, comme s'il lui faisait une branlette.

« Comment avez-vous eu cette photo ?

– Je suis une fille pleine de ressources. »

Jasmine passa à la suivante, qui montrait Navan Douglas avec un gode dans le cul.

« Waouh. Vous connaissez du beau monde.

– Oui. »

Elle fit défiler plusieurs photos de Douglas subissant le même traitement que celui que le président venait de recevoir. Puis elle arriva aux clichés du président lui-même en train de se faire sodomiser par Jasmine.

« Comment avez-vous eu ces photos ? demanda-t-il, déconcerté.

– J'ai un ami invisible avec moi.

– Quoi ?

– Voici ce qui va se passer, dit Jasmine. Comme vous le savez sans doute, vos amis du cirque des vampires sont tous morts. Et si vous et vos camarades atlantes participez encore à des *snuff movies* pédophiles avec des vampires ou n'importe qui d'autre, je veillerai à ce que ces photos de vous soient rendues publiques. Donc, la prochaine fois que vous aurez une réunion avec tous vos potes cinglés, vous feriez bien de leur dire que les Dead Hunters les ont dans le collimateur, et qu'on peut atteindre n'importe qui n'importe quand. Est-ce que vous comprenez ? »

Le président hocha la tête.

« Oui.

– Et j'ai un ami nommé Zero qui vous a filmé en train de vous branler devant un porno avec des lions. Il m'a donné cette vidéo. S'il arrive quoi que ce soit à Zero ou à l'un de ses amis, je publierai cette vidéo, et je vous ferai tomber, vous et tous vos amis atlantes. Pigé ? »

Le président opina frénétiquement.

« Oui, oui, je comprends. On ne tuera plus d'enfants, et personne ne fera de mal à Zero, je le jure.

– Bien, parce qu'au moindre faux pas, je reviendrai vous voir. Mais la prochaine fois, ce sera pas un gode que vous vous prendrez dans le cul. Ce sera un fusil. »

À la surprise du président, un homme noir apparut soudain à côté de Jasmine. C'était le portrait craché de Robert Johnson, le célèbre bluesman des années 1930. Et il portait le Manteau sans couleurs.

« C'est quoi ce bordel ?

– Je suis Jacko, dit l'homme. Et j'emporte ce manteau d'invisibilité avec moi. Personne ne le portera plus jamais, à moins que toi et tes amis n'enfreigniez les règles de Jasmine. Compris ?

– Oui.

– Bien. » Jacko se tourna vers Jasmine. « Prête à partir ?

– Ouaip.

– Hé, attendez, fit le président. Vous ne m'avez pas enlevé les menottes. »

Jasmine sortit une petite clé de la poche de son short.

« D'accord, dit-elle d'une voix douce. Tourne-toi, salope ! »

Le président hésita. Il baissa les yeux sur son pénis en érection.
« Heu, vous voudriez pas me finir, avant ? »
Jasmine regarda Jacko pour voir ce qu'il en pensait.
Le bluesman soupira.
« D'accord. Mais fais vite. Je t'attends dans la salle de bains. »

83

Le trajet jusqu'à son travail était généralement un moment fort appréciable pour Doreen. Elle adorait ce qu'elle faisait et en tirait une grande fierté. Mais la visite du Bourbon Kid pendant *Danse avec les stars* l'avait secouée. Ce qu'il lui demandait de faire était sans précédent, et pour le moins bizarre. Et contraire à l'éthique. Et susceptible de la faire virer ou dénoncer à la police. Mais comme le Kid le lui avait assuré, si elle disait la vérité, les autorités feraient preuve d'indulgence, car elle n'avait pas eu le choix. Si elle refusait de faire ce qu'il lui demandait, le Bourbon Kid reviendrait et il tuerait son mari sous ses yeux. Puis il la tuerait, elle. Puis il se rendrait chez leur fils et le tuerait aussi. Ce type était un psychopathe.

Elle passa la première partie de la journée à se demander si elle devait faire part de son problème à ses collègues. Mais elle n'osait pas. Le Bourbon Kid pouvait être n'importe où, caché dans les ombres, à l'épier.

Quand vint le moment d'exécuter ses instructions, les mains de Doreen tremblaient. Elle était sur scène, devant un public de trois cents écolières. Plusieurs de ses collègues étaient assis derrière elle, attendant qu'elle prononce son discours hebdomadaire. Ils allaient avoir une sacrée surprise, c'était certain. Doreen vérifia que son micro était allumé. C'était le cas.

Arrête de gagner du temps, se dit-elle. *Fais-le.*

« Bonjour à toutes, dit-elle, s'adressant à toute la salle.

– Bonjour, madame Lampkin », répondirent les filles sur ce ton sarcastique qu'elles avaient toujours.

Elle survola les visages innocents des écolières. Comment allaient-elles réagir ? Pas très bien, vraisemblablement. Elle parcourut la salle du regard, à la recherche de Paige Rodriguez. La fille à la coupe au bol se tenait au centre, les yeux rivés au sol. Toutes les autres regardaient Doreen Lampkin, leur directrice.

« Pour commencer, j'ai une annonce importante à faire », dit-elle. *C'est parti.* « Il a été porté à mon attention que certaines filles de cette assemblée ont volé le déjeuner de Paige Rodriguez, qui consiste en six pots de crème anglaise et une banane. »

Cette révélation suscita diverses réactions. Quelques ricanements, beaucoup de regards en coin. Plusieurs filles semblaient chercher des yeux Paige, et Paige elle-même regardait la scène en fronçant les sourcils.

Doreen prit une profonde inspiration. La suite allait être brutale. Elle lut mot pour mot ce qui se trouvait sur la carte qu'elle tenait dans sa main tremblante.

« À partir d'aujourd'hui, quiconque harcèlera Paige ou lui volera son déjeuner sera expulsé de cet établissement. Et si les parents se plaignent, ils seront assassinés. »

Cette fois, la déclaration fut accueillie par des hoquets de stupeur, des murmures, et quelques rires nerveux. Et ce n'était que le début.

Elle poursuivit.

« Leurs grands-parents aussi seront assassinés. »

Un des professeurs assis derrière Doreen marmonna « C'est quoi ce bordel ? », déclenchant une vague de murmures à travers toute la salle.

« Pour résumer, reprit Doreen en élevant la voix. Si l'une de vous s'en prend à Paige Rodriguez de quelque manière que ce soit, elle recevra une visite de son ami, le Bourbon Kid. C'est bien compris ? »

Après une courte pause, l'assistance répondit à l'unisson :

« Oui, madame Lampkin.

– Merci, dit Doreen. Ce sera tout. »

84

Rex amena sa camionnette jusqu'au portail en fer du domaine des Rodriguez, qui s'ouvrit à son approche, lui permettant d'entrer sans avoir à s'arrêter. Cet endroit était immense. Alors qu'il roulait vers le bâtiment principal, il vit le terrain de golf qui s'étendait en retrait de la route, entouré d'arbres.

Il gara la camionnette à côté d'une grosse Mercedes noire. Dans d'autres circonstances, il serait venu en Harley, mais sachant qu'il devrait rester une semaine, il avait emporté quelques vêtements et, surtout, assez d'armes et de munitions pour éliminer une petite armée, juste au cas où. Il sortit du van, ouvrit une porte latérale et attrapa son sac. Il le plaça sur son épaule, verrouilla le véhicule et se dirigea vers la double porte d'entrée. Elle s'ouvrit avant même qu'il l'atteigne.

Un bel homme d'une cinquantaine d'années sortit du manoir et salua Rex avec un grand sourire révélant des dents d'un blanc éclatant. Il était plutôt en forme pour son âge. Vêtu de blanc des pieds à la tête, il avait défait les trois premiers boutons de sa chemise, laissant entrevoir son torse lisse et bronzé.

« Rodeo Rex ! dit-il avec entrain. Ravi de vous rencontrer.

– Merci. Vous êtes Antonio ?

– Tout à fait. Vous avez reçu le message ?

– Quel message ?

– Oh. » Antonio grimaça. « Ils ne vous ont pas dit ?

– Me dire quoi ? La mission est annulée ?

– En quelque sorte, oui. Les personnes qui menaçaient de tuer ma fille ont été éliminées.

– Sérieusement ? J'ai fait tout ce chemin pour rien ?

– J'en ai bien peur, oui. Je ne l'ai appris que ce matin. Mais bon, puisque vous venez de loin, pourquoi ne resteriez-vous pas quelques jours ? Je vous paierai vingt mille dollars, juste pour le désagrément que nous vous avons causé. »

Rex grogna.

« Mon ami, le Bourbon Kid, il sait que la mission est annulée ?

– Oui. Le général Calhoon m'a appelé il y a une heure pour me dire qu'il ne viendrait pas. Il était censé vous prévenir. »

Rex s'efforça de contenir sa rage.

« Ben il ne l'a pas fait. Quel enfoiré !

– Venez, dit Antonio en lui donnant une tape sur le bras. Prenez une douche, allez vous baigner dans la piscine, buvez quelques verres, jouez au golf. Détendez-vous. Il y en a pour tous les goûts. Je vous le garantis, si vous regardez autour de vous, vous tomberez amoureux de cet endroit. Qu'est-ce que vous en dites ? »

Après toutes ces heures sur la route, Rex se sentait sale et poisseux. Il avait bien besoin d'une douche. Il portait un jean bleu et une veste sans manches en cuir noir, ainsi qu'un bandana Harley-Davidson noir et or autour de la tête, juste pour s'assurer que tout le monde sache que, malgré la camionnette, Rex était un biker et fier de l'être. Malgré tout, il n'avait vraiment pas envie de passer du temps avec un gangster et ses sbires.

Un cliquetis de sabots parvint aux oreilles de Rex alors qu'il réfléchissait à ce qu'il allait faire. Une femme à cheval arrivait du terrain de golf. D'un seul coup d'œil, il vit qu'elle était superbe. Elle avait de longs cheveux bruns, une peau crémeuse qui semblait scintiller, les yeux marron et un sourire magnifique. Elle portait un pantalon noir moulant, des bottines marron et un chemisier blanc. À vue de nez, Rex lui donnait environ vingt-cinq ans.

« C'est ma femme, Selene, dit Antonio en voyant Rex la regarder. C'est une sacrée feignasse, mais un super coup. Alors, qu'est-ce que vous diriez de rester quelques jours ? Vous pourriez être mon invité d'honneur. Mes hommes de main meurent d'envie d'entendre vos aventures. Allez, dites oui !

– Je ne crois pas, dit Rex. C'est très gentil à vous de proposer, mais je pense que je vais rentrer. »

Antonio parut déçu.

« Très bien, mais laissez-moi vous donner votre argent. Attendez ici, je reviens tout de suite. »

Rex attrapa le bras d'Antonio pour le retenir.

« On a dit cinquante mille pour le dérangement, c'est bien ça ? »

Antonio sourit.

« Vous êtes dur en affaires, mon ami. Cinquante mille ! »

Il lâcha le bras d'Antonio, qui rentra dans son palace pour récupérer ce que Rex supposait être une enveloppe marron crasseuse remplie de billets.

Au lieu d'attendre, celui-ci retourna à sa camionnette et fit glisser la porte coulissante pour remettre son sac à l'intérieur. Il se retourna juste à temps pour voir la femme d'Antonio descendre de son cheval. Un jeune palefrenier prit l'animal par les rênes et s'éloigna avec.

Selene écarta une mèche rebelle de son front. Puis elle regarda Rex et sourit.

« Vous devez être Rodeo Rex ?

– Oui. Et vous êtes Selene, si je ne me trompe pas ?

– C'est ça. » Elle s'approcha de Rex, retira un de ses gants d'équitation et tendit la main. « Enchantée. Dois-je vous appeler Rex, ou Rodeo Rex ?

– Rex, ce sera très bien. »

Il lui serra délicatement la main avec sa prothèse métallique gantée.

« Oh, mince. Sacrée poigne.

– C'est une main en métal. J'ai essayé d'y aller doucement. »

Selene sourit.

« Désolée. On m'a prévenue. On ne m'a rien dit pour le cache-œil, en revanche. Ça ne me regarde pas, mais que s'est-il passé ?

– J'ai eu une altercation avec des cannibales. »

Un long silence s'ensuivit pendant que Selene digérait l'information.

« Désolée, dit-elle finalement. Je n'aurais pas dû poser la question.

– C'est rien. Vous êtes la première, en fait.

– À vous demander pour le cache-œil ?

– Ouais. Ce truc avec les cannibales, c'est assez récent, et aucune des personnes que j'ai rencontrées depuis n'a eu le courage de m'en parler. Félicitations, d'ailleurs. J'attendais ce moment. »

Selene sourit de nouveau. Rex se sentit fondre à l'intérieur. Son gangster de mari était un homme chanceux.

« Je vous ai vu ranger votre sac, dit-elle en désignant la camionnette. Vous ne restez pas ?

– Non. Ma mission a été annulée.

– C'est dommage. Cet endroit vous aurait plu. Vous êtes un motard, n'est-ce pas ?

– Ouais. J'ai pas vraiment l'habitude de me balader en camionnette.

– Vous êtes déjà monté à cheval ?

– Quelquefois, ouais. »

Selene sourit avec ses yeux.

« C'est vraiment dommage que vous partiez, alors. On aurait pu aller se balader à cheval. La vue est magnifique le matin.

– Je n'en doute pas.

– J'ai été ravie de vous rencontrer, en tout cas. Soyez prudent sur la route.

– Ravi également. »

Selene adressa un dernier sourire à Rex, puis franchit les portes de la maison. Elle croisa son mari dans le vestibule, qui revenait avec l'argent.

« Ta balade s'est bien passée ? lui demanda Antonio.

– Oui, merci. » Elle regarda l'enveloppe marron dans sa main. « C'est pour le biker ?

– Occupe-toi de tes affaires, dit-il en lui donnant une tape dans le dos. Et rends-moi service, fais-toi discrète, ce soir. J'aurai de la compagnie. »

Antonio n'attendit pas la réponse de Selene. Il effaça l'expression agressive sur son visage, la remplaça par un faux sourire et sortit d'un pas nonchalant pour donner son argent à Rex. Alors qu'il posait le pied sur le porche, il vit celui-ci qui refermait la porte coulissante de sa camionnette. Son sac de sport était par terre. Il se pencha pour le ramasser, puis se dirigea vers lui.

« Vous avez changé d'avis ? demanda Antonio. Vous avez décidé de rester ?

– Oui. J'y ai réfléchi et je me suis dit, pourquoi pas après tout, j'ai besoin de vacances.

– C'est une excellente nouvelle, dit Antonio en lui tendant l'enveloppe contenant l'argent. Je savais que j'arriverais à vous convaincre. Venez, la gouvernante va vous conduire à votre chambre. Vous allez adorer cet endroit. Mais dites-moi, qu'est-ce qui vous a fait changer d'avis ?

– Ma foi, vous aviez raison. Je pense que je vais me plaire, ici. »

FIN (peut-être...)

Imprimé en France par
CPI BRODARD & TAUPIN
en septembre 2023
N° d'impression : 3054648